U0464289

性别视角中的
女性形象与文化语境

魏　颖◎著

中国社会科学出版社

图书在版编目（CIP）数据

性别视角中的女性形象与文化语境/魏颖著. —北京：
中国社会科学出版社，2017.6
ISBN 978 - 7 - 5203 - 0213 - 5

Ⅰ.①性… Ⅱ.①魏… Ⅲ.①文学理论—研究—中国
Ⅳ.①I206

中国版本图书馆 CIP 数据核字（2017）第 086512 号

出 版 人	赵剑英
责任编辑	郭晓鸿
特约编辑	席建海
责任校对	韩海超
责任印制	戴 宽

出 版	中国社会科学出版社
社 址	北京鼓楼西大街甲 158 号
邮 编	100720
网 址	http://www.csspw.cn
发 行 部	010 - 84083685
门 市 部	010 - 84029450
经 销	新华书店及其他书店

印刷装订	北京君升印刷有限公司
版 次	2017 年 6 月第 1 版
印 次	2017 年 6 月第 1 次印刷

开 本	710 × 1000 1/16
印 张	21.75
插 页	2
字 数	263 千字
定 价	96.00 元

前　　言

21 世纪初，笔者开始关注性别诗学问题，一方面，利用西方话语资源对文本进行诗性观照，将研究基点落实在中国叙事作品中的女性形象上，重点挖掘中国女性的性别意识从传统到现代的演变；另一方面，立足于本土的历史文化经验和语境，注重文本背后涵盖的性别关系和文化内涵，在性别诗学体系上展开探索与思考，并陆陆续续在《文化与诗学》《红楼梦学刊》《中国文学研究》《西南民族大学学报》《求索》等核心期刊上发表了 18 篇相关论文。

性别诗学的范畴界定如下：是指以性别视角考察文学作品、文学活动和文化传统，挖掘男女两性特殊的精神底蕴和文学的审美表达方式，具有动态生成能力的知识体系和结构。性别意识即女性的主体意识，是对女性的角色、地位等问题的认识，是女性作为人的价值的体验。性别意识并非生就的，而是女性在与男性他者长期的历史对话之中形成的非稳定的动态过程，是在男女生理差异的基础上，由社会、文化、经济、政治等因素所建构的，从根本上说是一种自我身份认同。因此，性别意识的重点不在于女性自我的内心生活，而在于其社会、文化构成部分，不同的社会历史阶段决定着性别意识发展流变的不同层次和内容。

笔者结合性别视角与文化视角，以女性形象为中心，从叙事与性别、文本与语境的深层互动关系上来探求中国性别诗学的原创性问题。主要分为前言、绪论、正文四章、余论、参考文献、后记9个部分。

绪论部分介绍性别诗学的缘起、发展、文化特质、批评方法、范畴、研究目标，以及文化语境与性别意识的互动关系。

第一章论述唐宋传奇中的女性形象及生命意识。唐传奇塑造了许多有情有义、敢爱敢恨、不畏强权、有思想、有个性的女性形象，如《离魂记》中的倩娘、《任氏传》中的任氏、《非烟传》中的步非烟、《霍小玉传》中的霍小玉、《虬须客传》中的红拂等，笔者分析这些女性在追求爱情婚姻幸福上表现了一定的自我生命意识和不甘被封建礼教压迫的反抗精神，虽然她们无法挣脱时代赋予的思想局限性，但她们在对爱情的向往和追求过程中超越了封建伦理纲常的约束，表现出对自我生命力的把握与珍视，成为中国小说史上不可磨灭的、具有独特艺术魅力的唐代女性形象系列。

接下来论述了儒家诗教与唐传奇《莺莺传》的内在关系。作为意识形态的教化传统，儒家诗教经过历史的积淀和延伸，已逐渐凝结为民族的社会心理和文化心理，它不仅与《莺莺传》的抒情方式、审美诉求、叙述结构密切相关，而且成为元稹创作时自觉遵行的道德规范、价值观念以及认识世界的思维方式。不仅在审美层面上，元稹深受诗教传统"温柔敦厚"的审美标准的影响，塑造了崔莺莺这样一位仪态端方、敦厚深情、含蓄内敛的女性形象，而且在伦理层面上，《莺莺传》也并非单纯的爱情小说，它渗透了讽喻教化目的，与诗教有着深刻的内在联系。

相对于唐人张扬个性，崇尚传奇，宋人把握世界的态度更趋于理性和世俗化。宋传奇中以爱情为题材的作品很多，却无法与唐传奇中的名篇媲美，其中一个重要原因便是，小说家在写男女之情时往往以理节情，使作品呈现出浓郁的理学色彩和伦理化倾向，因此缺乏动人心魄的力量。不过，宋传奇多方面地反映了宋代复杂丰富的社会文化生活，塑造了许多荷载着中国传统文化的女性形象，如《谭意哥记》中儒家文化的践行者谭意哥、《双桃记》中程朱理学的殉道者王萧娘、《李师师外传》中佛家文化的觉悟者李师师，从这些女性的主体意识和自我价值取向中可以透视宋代的社会伦理文化。

　　第二章首先分析了孔尚任在《桃花扇》中塑造的李香君形象，指出《桃花扇》突破了中国古典悲剧"大团圆"的窠臼，以侯方域和李香君一南一北修真学道终结，虽然不符合中国悲剧的审美规律，却与现实版的李香君为了爱情屈就命运构成了互文回响，呈现出决绝之美、理想之美和悲凉之美，因此，《桃花扇》的立意深度超过了一般的历史剧和爱情剧，孔尚任塑造的李香君才成为民族人格精神的代表和文化理想的显现，在中国文学史上拥有无可替代的审美价值。

　　接下来分析了《红楼梦》中的林黛玉、薛宝钗、史湘云、花袭人等女性形象所折射的性别意识，以及由她们所代表的"千红一窟（哭），万艳同杯（悲）"的时代悲剧。林黛玉与薛宝钗都是曹雪芹感悟美好人性所塑造的审美理想的载体，她们身上都承载着"水"的哲理意味和文化内涵；史湘云的性格中存在叛逆的文化基因，她最终选择了隐逸独身的人生道路。带有现代女性自由选择的叛逆色彩。钗、黛、湘鼎足而三，代表三种相互对立又彼此互补的美和价值取向，象征着一种微妙而复杂的修辞策略：一方面反映了曹雪芹精神世界内在的矛盾与困惑，另一方面也寄托了曹雪芹的文化人格全面发展的理想，即通过儒、释、道的综合统一来代替已经崩溃了的陈旧的精神支柱；在分析花袭人究竟有没有"告密"时指出花袭人是一个真诚地信奉封建道德，并以封建道德来规范自己言行的典型，曹雪芹运用"春秋笔法"刻画袭人，让自己的价值判断、爱憎褒贬沉淀在对人物形象的客观叙述中，将许多彼此矛盾的细节相反相成地组合在袭人身上，从而造成袭人性格内涵的丰富与不确定。通过对《红楼梦》中女性命运的分析，可以看到曹雪芹虽然有以"情"来救世的补天情结，但也清醒洞见了"情本"思想存在难以调和的内在矛盾，《红楼梦》中青春少女的悲剧是整个时代的悲剧，不仅反映了封建礼教对女性身心的桎梏，而且体现了封建末世时期人们的茫然与困顿，找不到合适的生存方式和行为标准，就不可能摆脱悲剧命运。

本章还从性别视角观照冯梦龙的拟话本《白娘子永镇雷峰塔》与徐克的电影《青蛇》，指出《白娘子永镇雷峰塔》缺乏一以贯之的价值认同点，冯梦龙一方面对追求爱情的白娘子寄予了深刻的同情，生动描写了白娘子富于人性的闪光点；另一方面，也没有摆脱"存天理，灭人欲"的封建伦理道德观的束缚；《青蛇》则正面肯定了以白素贞为代表的情欲和人性的力量，批判了法海不能心怀慈悲，只知道逃避、压抑与生俱来的欲望。这两部作品虽然都取材于民间传说"白蛇传"，却显示了在不同的时代文化语境下所产生的迥然不同的性别伦理意识和价值取向。

第三章论述中国现代小说中的女性形象及其在现代性进程中的身份认同。首先运用互文性理论分析了丁玲、萧红、张爱玲这三位女性作家的小说创作，指出她们所塑造的女性形象与其本人的生命体验存在精神上的同构关系。如丁玲塑造的梦珂、阿毛姑娘，萧红塑造的翠姨，张爱玲塑造的葛薇龙等，她们虽然被时代唤醒，表现了一定程度上的主体精神的觉醒，但她们没有找到出路，最终成了生活、命运和感情的俘虏，无可逃遁地陷入困惑、焦灼、苦闷、感伤、幻灭的精神危机之中；接下来运用巴赫金的复调理论解读了张爱玲的早期小说，指出张爱玲的早期小说之所以呈现出鲜明的复调品格，不仅源于她本人内在的矛盾意识，而且和她所处时代客观上的复杂性、矛盾性和多元性密切相关；运用原型批评理论比较了张爱玲在《倾城之恋》之中塑造的白流苏与米兰·昆德拉在《生命中不能承受之轻》中塑造的特丽莎，指出与西方的"灰姑娘"特丽莎相比，中国的"灰姑娘"白流苏在对自身的人格尊严和独立性的追求方面依然匮乏；从文本的叙事结构上分析了丁玲《韦护》中的爱情悲剧，指出小说的叙事结构存在纵横交错的裂缝，并在这裂缝中透露出覆盖主流话语的叙述声音，体现了丁玲本人叙事立场的不确定与内在思想的矛盾；从性爱伦理的文化指向上阐释了丁玲的《我在霞村的时候》，指出丁玲将自身的内心隐痛和希望寄托在贞贞身上，借贞贞的形象表达了作家本人的价值取向和情感认同。

本章还分析了郁达夫、鲁迅、老舍、李劼人等男性作家小说创作中的女性形象：从生态女性主义的角度解读了郁达夫的《迟桂花》，指出小说以形象化的方式诠释了女性贴近自然、女性和自然之间存在某些本质上相同的特点，翁莲作为没有受到现代文明污染的、表现出自然生命状态的"自然人"为"我"提供了精神慰藉，净化了"我"的欲望，从而实现了"自然人"对文明人的拯救；从马克思主义女性主义的角度解读了老舍的《月牙儿》、鲁迅的《伤逝》，指出老舍与鲁迅从被压迫阶级和弱势社会群体的角度看女性的生存状态，以生动的艺术形象演绎了马克思主义女性主义者所揭示的真理，即经济因素是妇女遭受压迫的主要根源，妇女首先必须获得经济地位，才能获得真正的自由和解放；最后，从日常生活角度分析了李劼人《死水微澜》中的女性空间建构，指出服饰装扮、饮食起居深刻地参与到蔡大嫂的性格塑造和主题情节之中，与个体的精神存在有着本质联系，日常生活形象不仅构成了小说中女性空间的基础，而且暗示了女性空间的精神潜质和价值取向。

第四章论述当代审美镜像中的女性形象及现代性体验。首先以世纪之交的女性小说为中心，论述了现代性体验在全球化语境中的审美镜像，依照卡林内斯库的"人性时间"的标尺来划分，现代性体验分为回瞥、世俗、颓废和反思等诸种类型，分别指向现代性的传统维度、现实维度、既无过去又无将来的维度以及过去、现在和未来相交融的维度，并探讨了中国现代性体验的审美特质与文化逻辑。

接下来运用原型批评阐释了"嫦娥奔月"神话与陈染小说中女主人公命运选择的内在联系，分析了陈染在创作中置换变形"嫦娥奔月"神话的文化心理根源及美学意义；运用巴赫金的对位理论分析了徐小斌的小说，指出在徐小斌的创作中，具有相反相成两种性格特征、价值观念和处事原则的女性形象常常对位出现，成为她本人梦想的文化符码与内在生命体验的投射；运用吉尔伯特和格巴的"妖妇"理论剖析了铁凝小说中的一类女性形象，指出与男性作家塑造的带有极端偏见的"妖妇"形象相比，铁凝笔下的"妖妇"有着丰富生动的性格审美内涵；运用"始乱终弃"原型分析了阎真《因为女人》中的柳依依形象，指出小说采用重复修辞策略凸显女性被"始乱终弃"的命运，并非对"始乱终弃"原型的简单模仿，而是赋予了欲望化社会的时代色彩。柳依依的悲剧可以看作衰微的传统和美在欲望化社会中被逼挤到"无物之阵"的悲剧；运用后现代文化理论分析了安妮宝贝的小说，指出作家反复述说着个性气质雷同、从传统生活方式中脱轨后进入失序状态的"小资女性"的故事，通过人物碎片、场景碎片、思想碎片以及虚无体验折射工业化大都市生活，表现出鲜明的后现代主义文化症候；运用原型批评理论阐释了残雪的小说，指出残雪通过塑造一系列富有灵性与激情，重视物欲升华的风尘女子置换"巫山神女"原型，借此挖掘被现代工业文明所掩盖的人性，表达她本人的现代性焦虑，即在商品化的物质时代拯救爱情、拯救人性的渴望，有着对抗现代文明危机的深远意义。

本章还探讨了两部热播电视剧中的女性形象：根据麦家同名小说改编的电视剧《暗算》中的黄依依与根据蒋胜男的同名小说改编的电视剧《芈月传》中的芈月。女数学家黄依依敢爱敢恨、才情丰沛，却错过了幸福，从主观上讲是因为黄依依在感情上没有把握好时机所致；从客观上讲，黄依依的悲剧命运归根结底还是由她所处的时代文化环境所致。电视剧《芈月传》将古装历史剧引向了一个开放的历史真实与艺术真实相交融的领域，主要体现在史传式的客观写实与个人化的历史叙事相结合，在宏阔而真实的历史背景下展开浪漫主义想象，使历史进程内化为以芈月为中心的命运流程。编导借芈月这一艺术形象承载主流意识形态所认同的国家观、历史观和民族观，通过浓郁的家国情怀打动观众，对当代人增强文化认同与民族认同具有现实意义，也在一定程度上为时下消费文化与主流意识形态的弥合找到了契合点。

余论部分论述了近年来女性小说的悲剧性症候及性别诗学本土化建构的方向。近年来，女性小说的悲剧性症候折射了中国现代化进程中主观精神文化与客观物质文化日趋分离的文化逻辑，具体表现在现实生存立场代替了启蒙立场，"灰色"人物消解了理想生活，审美距离嬗变为感官的直接享乐。当下的性别诗学应坚持理论的务实品格，立足于中国社会性别发展的客观情势，在历史文化语境与文学艺术本体的紧密相连处寻找新的学术生长点，为建设和谐社会的性别文化，实现"中国梦"做出积极贡献。

目　　录

绪　论 ………………………………………………………… 1

第一章　唐宋传奇中的女性形象与生命意识 ……………… 15

第一节　唐传奇的情爱伦理空间 ……………………… 16

第二节　儒家诗教传统与《莺莺传》 ………………… 29

第三节　中国传统文化与宋传奇女性形象的审美品格 ……… 40

第二章　明清叙事中的女性形象与命运悲歌 …………… 49

第一节　《桃花扇》中李香君形象及其悲剧美 …………… 51

第二节　女儿如水，水似女儿
　　　　——《红楼梦》中"水"原型的文化内涵 ………… 58

第三节　《红楼梦》中史湘云的命运探析 ……………… 70

第四节　林黛玉人生悲剧的现代文化精神
　　　　——兼谈《红楼梦》对明清"才子佳人"
　　　　小说的超越 …………………………………… 85

第五节　春秋笔法和花袭人的形象塑造 …………………… 96

第六节　性别视角中的"白蛇传"

——从《白娘子永镇雷峰塔》到《青蛇》 ……… 108

第三章　现代小说中的女性形象与身份认同 ……………… 115

第一节　互文性视域下丁玲、张爱玲、萧红的小说创作与

生命体验 …………………………………………… 118

第二节　张爱玲早期小说的复调品格 …………………… 140

第三节　从原型批评角度解读特丽莎与白流苏 ………… 152

第四节　《韦护》的爱情悲剧与丁玲的叙事立场 ……… 160

第五节　《我在霞村的时候》的贞贞塑造与丁玲的

自我认同 …………………………………………… 173

第六节　生态女性主义视域下的《迟桂花》 …………… 184

第七节　从马克思主义女性主义视角看《月牙儿》

《伤逝》 …………………………………………… 193

第八节　从日常生活形象看《死水微澜》的女性空间建构 … 204

第四章　当代镜像中的女性形象与现代性体验 …………… 218

第一节　现代性体验在全球化语境中的审美镜像

——以世纪之交的女性小说为中心 …………… 219

第二节　"嫦娥奔月"神话在陈染女性书写中的

当代变形 …………………………………………… 230

第三节　徐小斌小说的人物对位与自我认同 …………… 239

第三节　性政治与铁凝笔下的"妖妇"形象 …………… 248

第四节　"始乱终弃"原型与《因为女人》中的

柳依依形象 ………………………………………… 255

第五节　安妮宝贝小说的后现代文化征候 …………… 264

第六节　"巫山神女"原型与残雪的爱欲书写 …………… 273

第七节　《暗算》中黄依依的命运透视 ………………… 285

第八节　《芈月传》的家国情怀与文化认同 …………… 291

余论　近年来女性小说的悲剧性征候与性别文化建设 ………… 305

主要参考文献 ……………………………………………… 321

跋　在执着中绽放 ………………………………………… 333

绪　　论

　　20 世纪 80 年代中期，西方女性主义批评不再拘泥于文学本身，兴起了与社会思潮互动的性别诗学，从意识形态、生物学、社会学、人类学、心理学等方面对男权中心主义进行批判和反思，探讨女性在文化中的地位并试图建构属于女性自己的文化，发展成为容纳生理学、心理学、社会学、美学等领域的知识和理论的多元格局的跨学科的性别文化诗学。近 30 年来，中国的女性主义、性别诗学研究取得了一定的成果，但也存在不少亟待解决的问题：在全球文化转型的语境下，如何经过系统的整理和阐释，建构具有本土特色和原创性的性别诗学体系？从现代性视域考察性别诗学，是性别诗学获得新的话语生长点的契机。在本书中，笔者一方面利用西方话语资源对文本进行诗性观照，将研究基点落实在中国叙事作品中的女性形象上，强调文本细读，通过文本的语义内涵与审美分析，挖掘性别意识从传统到现代的演变；另一方面，立足于本土的历史文化经验和语境，注重文本背后涵盖的性别关系、权力关系和文化内涵，将文学审美与文化批评有机结合，为建构富有民族特色的性别诗学体系，展开了自己的探索与思考。

一　性别诗学的缘起和发展

　　女性主义（也称女权主义）是 20 世纪 60 年代发轫于欧美的一股声势浩大、影响深广的美学思潮和历史文化思潮。它从性别意识出发，清理父权制的性政治，在建立女性主义批评和标举差异中不断建树自己的理论。20 世纪 80 年代初，西方的女性主义理论被介绍到中国，并被运用于社会学、妇女学、政治哲学、文学艺术等领域的研究，成为当代中国本土批评与理论的主要话语资源之一。

　　一般认为，妇女解放运动肇始于欧洲的文艺复兴。文艺复兴倡导尊重人权，对中产阶级妇女产生了重要影响。意大利的维多贝诺·达斐尔特为当地人民办了一所学校，任何阶层的男女子弟均有入学权。后来这种教育制度和理想传遍全欧洲。城市的发展也为妇女的独立、摆脱对男人的经济依靠提供了某种基础。工业革命、启蒙运动和法国大革命使广大妇女组织起来，开始向父权制传统宣战。1789 年法国大革命期间，妇女领袖奥林普·德·古日发表了《女权宣言》，陈述了女人在革命中"不在场"的境况。同年，英国女作家玛丽·沃尔斯通克拉夫特发表了《为女权辩护》，批判了女人生来是男人附庸物的观点，提出女子和男子一样具有理性，应当在政治、教育、工作及财产继承等方面享有与男子同等的权利，同时呼吁女子成为为社会做贡献的、具有独立人格的人。《女权宣言》和《为女权辩护》被日后的女性主义者们奉为宝典。此外，法国空想社会主义对女权主义运动产生过一定影响。欧文、傅立叶在其想象的社会主义社会里建构了男女平等相处的模式，并认为每个时代的社会进步和变迁，是由妇女所获得的自由促成的，当妇女的自由程度减弱，社会也随之退化。无产阶级革命运动的精神领袖马克思与恩格斯也十分关注妇女问题，发表了不少抨击男性中心主义的观点，对妇女运动产生了重要作用。恩格斯在《家庭、私有制和国家的起源》（1884 年）一书中集中探讨了性别关系与家庭结构的发展变化问题，突出了妇女社会处境的历史性与可变更性，其引发的相关著述延续至今。①

女性主义的兴起与妇女解放运动密切相连，是西方女权运动深入文化领域的产物。19 世纪 60 年代，在崇尚权力和自由的自由主义传统的影响下，欧美展开了大规模的妇女运动，掀起了第一次女性主义浪潮，一直持续到 20 世纪初。女权主义者在现有的规则与法律体系中，为争取女性形式上的平等而斗争。这一时期以自由主义的女性主义为主要特征，强调男女两性的共性和平等，反对性别歧视，断言男性和女性实质上是相同的，区别只在于他们的社会化方式不一样，强调女性应该享有与男性同样的地位，追求男人和女人拥有法律和政治上的形式平等。

从 20 世纪 60 年代至 80 年代末，随着美国黑人民权运动、反战运动和学生运动的政治气候出现，女性主义运动的第二次浪潮（从 20 世纪 60 年代至 90 年代）酝酿形成。如果说在女性主义第一次浪潮阶段，几乎所有的女权主义者都强调性别平等，只是对平等的具体理解上有争议，在女性主义第二次浪潮阶段，他们则强调性别差异并探讨性别差异的根源和逻辑。在此阶段，女性主义的内部衍生出形形色色的理论变体，诸如自由主义女性主义、激进女性主义、社会主义女性主义、马克思主义女性主义、精神分析女性主义、存在主义女性主义、生态女性主义，等等，这些流派多元并立，围绕平等和差异问题、女性主义的目标展开了大讨论。首先，自由主义和社会主义的女

① 林树明：《多维视野中的女性主义文学批评》，中国社会科学出版社 2004 年版，第 14—15 页。

性主义者分别主张,在资本主义或社会主义经济制度下实现政治和经济的平等。自由主义和社会主义的女性主义者都断言无论是作为自由民主的理性公民,还是作为马克思主义的革命的无产者,男性和女性在实质上是相同的。在这一阶段,其他流派的女性主义者开始挑战自由主义和社会主义的女性主义者,挑战者们认为,无论是男性还是女性,其本性、经历和历史都是不同的,大多数文本反映的只是某一性别的现实。并且,女性之间除了阶级以外,还存在着基于其他基础的差异。因此,女性主义的目标应该是尊重差异,并认同如果要包含与反映两性之间多样的现实,我们就需要改变语言和知识的主体。

从 20 世纪 90 年代起,女性主义开始与后现代主义相互融合,成为后现代主义的一部分,进入了女性主义的第三次浪潮——后现代女性主义发展时期。后现代女性主义以解构为目的,向启蒙时代开始形成的启蒙传统和现代思想提出挑战,反对二元对立的思维模式,提倡多元论与整合的思维模式;反对普遍主义和本质主义,强调注重女性与女性、女性与男性因国家、种族、阶级、宗教的不同而形成的各种差异,呼唤人们注意女性内部千差万别的经验;反对具有特定身份的主体的存在;挑战现代主义的启蒙思想和静止的社会性别观等。例如美国后现代女性主义学者朱迪斯·巴特勒在《性别麻烦——女性主义与身份的颠覆》中对"女性"作为女性主义的主体提出了质疑。她借用后结构主义、精神分析和女性主义的分析框架,通过对斯特劳斯结构主义人类学、福柯的管控性生产、拉康的原初禁制理论和弗洛伊德的性抑郁的解读,从哲学本体论层面重新追问语言、主体、性别身份等关键性概念,深刻阐述了异性恋框架下的性别身份和欲望关系是如何形成的,从而颠覆了霸权话语对性、性别、性欲的强制性规定。后现代女权主义者已不再局限于从女性自身权益出发进行争取男女平等的社会政治实践，而是能够着眼于整个人类的利益和命运来考虑自身的目标，一方面，后现代女性主义者认识到，如果没有男性的参与，要充分认识并有效改变妇女的屈从地位是不可能的。因此，后现代女性主义改变了传统女权主义往往站在女性自身的立场上、从女性自身的利益出发来争取女性的权利和性别平等的做法，明确主张和要求与男性开展全面合作，积极寻求男性的支持和参与；另一方面，后现代女性主义面对当今人类所面临的困扰全球的冲突、对抗、能源危机、生态破坏、核威胁等问题，积极寻求解决办法，反对各种形式的歧视和压迫，努力探索一种新的伦理文化，将解决性别不平等和解决当今人类所面临的问题结合起来。

应该指出的是，第一浪潮女性主义的理论主要集中在政治、经济方面，为妇女争取政治上的平等权利以及受教育与就业的权利取得了一定的成就，但传统的性别角色规范并没有改变。1949 年，西蒙·波伏娃出版了《第二性》一书，提出"女人并不是生就的，而宁可说是逐渐形成的。在生理、心理或经济上，没有任何命运能决定人类女性在社会的表现形象。决定这种介于男性与阉人之间的、所谓具有女性气质的人的，是整个文明"。① 女人不是天生的，而是后天形成的，是父权制社会通过男性中心话语权力强加给女性的观点成了女权运动的旗帜，对第二浪潮女性主义（Second‑wave Feminism）起了极大的推动作用。妇女运动的第二次浪潮发生在 20 世纪六七十年代，引发了妇女学和女性主义理论的研究热潮。在半个世纪的发展历程中，出现了激进女性主义、自由主义女性主义、马克思主义女性主义、精神分析女性主义、存在主义女性主义和生态女性主义等多种流派。虽然流

---

① ［法］西蒙娜·德·波伏娃：《第二性》，陶铁柱译，中国书籍出版社 1998 年版，第 309 页。

派纷纭，各有各的具体主张，但各流派都有着一致的目标，即消灭不平等的两性关系及社会、文化各领域的性别歧视。从 20 世纪 90 年代起，女性主义开始与后现代主义相互融合，进入了第三浪潮女性主义，即后现代女性主义发展时期。

迄今为止，女性主义诗学思潮在西方大致经历了三个阶段：20 世纪 60 年代末至 70 年代中期为第一阶段，其立足点是揭露男权文化对女性的歧视和偏见，颠覆男性中心文化。贝蒂·弗里丹的《女性的奥秘》被认为是妇女解放运动的里程碑式的著作。作者对美国社会的妇女问题提出了自己鲜明的观点，在很大程度上促进了美国女权运动的发展。凯特·米利特的《性政治》从男女生理差异出发揭露男性中心文学对女性形象的歪曲，进而揭示了性问题的政治内涵。第二阶段开始于 70 年代中期，发展以女性经验为基础的批评模式，揭示女性居于从属地位的社会、历史和文化根源。伊莱恩·肖瓦尔特在其代表著作《她们自己的文学》中从女性经历的角度审视英国小说中自勃朗特以来的大量名不见经传的女性作家，指出女性文学有其独特的属性，应该被视为一种亚文化①。80 年代中期以后是其发展的第三阶段。受后学思潮的影响，当代的西方女性主义美学在认识论上发生了三大重要转变：第一个转变就是质疑并扬弃启蒙主义、人文主义的认识论，尤其是启蒙主义中有关性别压迫的宏大叙述；第二个转变就是将研究的重心从社会体制和物质角度来研究妇女问题转向从性别视角审视人类的语言、思维特点、叙述方式、批评与诠释等方面的问题；第三个转变即从强调男女平等的理论转向注重研究不同历史时期的不同社会

① Elaine Showalter: *A Literature of Their Own*, Princeton University, 1977.

和文化中的妇女之间的差异。① 在经历以上三个转变的同时，西方女性主义批评开始深入性别诗学研究，在对女性亚文化作深入全面研究的基础上，关注生物性别、社会性别和女性日常生活的方方面面，如身体、饮食、衣饰、家居、购物等，并挖掘其中的价值和意义，从意识形态、生物学、社会学、人类学、心理学等方面对男权中心主义进行批判和反思，探讨女性在文化中的地位并试图建构属于女性自己的文化，发展成为容纳生理学、心理学、社会学、美学等领域的知识和理论的多元格局的跨学科的性别文化诗学。

1995 年 9 月 4 日，第四次世界妇女大会在北京召开。这次大会不仅为世界女性主义资源大量输入中国搭建了平台，而且深刻影响并拓展了中国女性主义研究的视野。其后，有关女性主义的批评和理论著作如雨后春笋般地充斥中国文论界。当下中国的女性主义研究主要呈现为以下三种批评形态：第一，女性主义批判。主要是从女性主义视角考察文本，包括男性作家作品对女性形象的扭曲以及父权意识对性别含义的建构。第二，女性中心批评。追溯女性的文学传统，探索女性意识、女性经验在文学创作中的表现，努力发掘被埋没、被曲解的女性作家及作品，使她们浮出历史地表。第三，跨学科的性别文化诗学。1999 年，叶舒宪主编的《性别诗学》（社会科学文献出版社出版）是我国第一部以"性别诗学"命名的学术著作，叶舒宪在导论中指出性别诗学的思考在女性主义文学观、文化观和社会观三方面达成了坚实的默契；2005 年，万莲子在《湘潭大学学报》上发表了《性别：一种可能的审美维度》一文，指出中国性别诗学研究执意于在审美领域不将女性做社会少数族群"特殊化"处理，而是强调女性是人

---

① 苏红军：《成熟的困惑：评 20 世纪末期西方女权主义理论上的三个重要转变》，转引自《西方后学语境中的女权主义》，广西师范大学出版社 2006 年版。

类的另一半，男女双性作为人"类"，人权首先是人身之主体地位和权利；2011年，林树明在《迈向性别诗学》（中国社会科学出版社出版）中阐释了如何超越性别二元对立，挖掘男女两性特殊的精神底蕴和文学的审美表达方式来研究文学。中国性别诗学与社会文化思潮互动，试图以一种两性和谐发展的意识替代两性对抗的意识，建构一种新型的两性审美关系，在文化与审美领域获取更高层次和更深意义上的性别审美理想。

虽然女性主义在中国发展迅速，出版了一批有价值的成果，但经过一番梳理和考察，还是发现存在一定的不足，在此总结如下：当下的批评理论多从西方的概念术语中推衍出来，由于异质文化的差异，在运用西方话语时常有疏离、脱节之处，忽略了中国文化的特殊性以及由此造成的中国女性特殊的生存现实；过于强调男女二元对立，忽略了探讨由各种社会、文化、时代等所铸成的两性角色的复杂性。有鉴于此，当下的女性主义研究亟待一种新的综合，即立足于中国社会性别发展的客观情势，通过深入系统地整合西方的文艺理论和本土的诗学传统，建构富有民族特色、超越男女二元对立、关注两性新型审美关系的性别诗学体系，为两性和谐的人文建设提供学理支撑。

二 性别诗学的文化特质与批评方法

要建构富有本民族特色的性别诗学体系，首先要了解中国古典诗学独特的思维方式。中西诗学在思维方式上有着本质的差别。西方诗学注重的是概念演绎和逻辑推理的理性思维，在理性思维支配下，西方诗学长于归纳分析和思辨，拥有逻辑严密的理论体系；中国古典诗学则注重感悟思维，强调以体验感悟的方式融入对象以达到整体把握。杨义先生对中国诗学的文化特质作了如下概括："中国诗学是

'生命—文化—感悟'的多维诗学。它的基本形态和基本特征，是以生命为内核，以文化为肌理，由感悟加以元气贯穿，形成一个完整、丰富、活跃的有机整体。由此可以派生出比兴（隐喻）、意象、意境和气象等基本范畴，从而在不同层面和不同方式上作为生命与文化的具有东方神韵的载体，作为感悟进行贯穿运作的基本方式。"① 中国文化的基本精神乃在于天人合一之道，即人与自然、个人与社会、情与理等融合相通。从孔子提出"兴于诗"开始直到现代宗白华的《美学散步》，中国诗学形成了重视兴发感悟，追求物我两契、情境交融的诗学传统和文化特质。中国古代最常见的诗学文体是诗话、词话、曲话、序跋、杂感、点评等，往往以诗化的方式去挖掘文本的意味，形成了以诗论诗、心物交融、言简意赅的言说方式。如钟嵘的《诗品》、皎然的《诗式》、李清照的《论词》、杜甫的《戏为六绝句》和元好问的《论诗三十首》等都紧密扣合文本，以生命感悟来把握对象，强调主体的心灵体验，具有含蓄隽永、耐人寻味的言外之意。

中国古典诗学直接立足在具体的文本之上，重视情感体验和生命感发，强调主客体内在精神的契合，虽然不乏深入的体味和精辟的洞见，但往往囿于印象式鉴赏。诚如杨义先生所言："没有经过现代理性的阐释、分析、思辨和重构，难免笼统含糊散乱，甚至带点神秘，但它的内在品质却非常灵动、精粹、奇妙，具有独特的穿透力和整体性。"② 中国古典诗学以感悟为着力点，像一柄双刃剑，既有其优势，又有其缺陷：一方面，直接面对文本体味感悟，避免了从抽象概念出发的空疏议论，能够彰显难以言状的精神体验和生命韵味，更贴近文学艺术的审美本质；另一方面，感悟往往点到即止，缺乏严密的逻辑

---

① 杨义：《中国诗学的文化特质和基本形态》，《东南学术》2003 年第 1 期，第 20 页。
② 杨义：《感悟通论》，人民出版社 2008 年版，第 167 页。

论证，所以难于建构宏大、精确的理论科学体系。

结合中国古典诗学的文化特质来看当前的女性主义批评，发现普遍存在这样的症结：在借鉴西方女性主义理论时缺乏立足于本土文化的生命体验和感悟。这一方面是由于中西文化传统的差异所造成的，另一方面，则是由于二者产生的社会语境和思想文化背景不同。众所周知，西方的女性主义思潮是伴随着第二浪潮女权运动而出现的，是在资本主义经济发展的基础上产生的，具有原生性；中国却没有出现过独立的女权运动，中国的女性主义理论是在西方女性主义理论的示范和启迪下发生发展起来的，从一开始就带有明显的西方化的异质文化倾向。因此，女性主义研究要返回中国文化原点需要做两方面的工作：一方面，将西方女性主义理论放置在中国特殊的历史文化背景中，通过本土的文化过滤和文化移植，最后沉淀为本土的文化精神；另一方面，应发挥古典诗学独特的思维方式和诗学传统，直接对中国的文学艺术文本进行感悟体验和个案分析。

立足于中国本土文化语境，直接感悟文学艺术文本，或批判，或弘扬，或反思，从中华文明博大精深的文化生命中去发现原创性，是建构具有民族特色的性别诗学的必由之路。理论要落实到文本才不会被架空，而文本必须与理论相结合才能具有学理高度。在此，西方的新历史主义理论为性别诗学提供了可供借鉴的方法和阐释框架。王岳川教授指出，新历史主义是一种注重文化审理的新的"历史诗学"，批评者"必须意识到自己作为阐释者的身份，而有目的地将文字理解为构成某一特定文化的符号系统的组成部分，进而打破文学与社会、文学与历史之间封闭的话语系统，沟通作品、作家与读者之间的内在关联，并发现作为人类特殊活动的艺术表现问题的无限复杂性"。① 就其方法而言，新历史主义推崇历史与文本互动的文化批评方法。"它总是将一部作品从孤零零的文本分析中解放出来，将其置于同时代的社会惯例和非话语实践关系中，通过文本与社会语境，文本与其他文本的'互文本'关系，构成一种新的文学研究范式或文学研究的新方法论。"② 新历史主义主张从文本与语境的关系中去研究文本，并非如旧历史主义一样将历史仅仅作为文本中人物活动的背景，而是打破历史与文本的二元对立，将文本看作一段压缩的历史，而历史是一段延伸的文本。历史不仅是对文本施加外力的环境，而且体现在文本的语言、修辞、结构等内在因素之中。因此，一方面要深入文本的内在理路，向内把握文本体验和叙事结构的特色；另一方面要将这部作品当作历史文本，置于当下的现实文化语境中加以考察和阐释，通过这部作品与其他作品以及现实文化语境的互文关系来揭示文本生成的现实意义。这样将文本的内部视角与外部视角打通，文本、历史与现实因此成为一种不断对话、互相阐释的张力结构。

中国性别诗学是女性主义文学及批评理论发展到一定程度上的自然结果，具有本土资源和西方资源相交融的开放性。其开放性意味着"它可以将女性立场和性别视角，与任何一种批评方法相结合；而任何一种流派的女性主义理论主体，都借助了对文学艺术的解读来表达各自的观点和主张。种种不同话语方式的相互交锋、彼此激荡，使文学和批评发挥出更强的现实功能，也培育了女性主义主体兼容并蓄的意识和能力"。③ 在性别诗学的建构进程中，一方面应看到中西文化的

① 王岳川：《当代西方最新文论教程》，复旦大学出版社 2008 年版，第 394 页。

② 同上书，第 390 页。

③ 魏天无、魏天真：《女性主义文学批评的本土化历程及其问题》，《外国文学研究》2011 年第 3 期，第 149 页。

本质差异，批判地继承中国古典诗学传统，通过体验感悟的方式来沟通文本与历史、个体与社会，突出文学艺术对于人生的关注与把握，并转而影响社会；另一方面要汲取西方诗学长于逻辑分析的优势来弥补中国古典诗学的不足。西方的各种批评理论如叙事学、现象学、解释学、精神分析学、原型批评、解构批评、生态批评等经过本土文化过滤和文化移植后都可以作为建构中国性别诗学的工具。

三　文化语境与性别意识的互动关系

本书主体部分的研究是对中国叙事文学作品进行症候式阅读，选择以《莺莺传》《霍小玉传》《谭意哥记》《桃花扇》《红楼梦》等为代表的古代叙事文学；以丁玲、张爱玲、萧红等为代表创作的现代小说；以陈染、徐小斌、残雪、铁凝、安妮宝贝等为代表创作的当代小说进行个案研究，以点带面，达到对性别意识从传统到现代演变的总体把握。最后论述近年来中国女性小说的悲剧性症候的表现与文化逻辑，以及性别诗学的建构对于和谐社会的建设起着积极促进作用。

在此，性别诗学的范畴具有如下界定：是指以男女平等、两性和谐为性别价值目标，以性别为视角考察文学作品、文学活动和文化传统，揭示男女性别不平等的社会历史与现实，"挖掘男女两性特殊的精神底蕴和文学的审美表达方式，并试图说明其产生缘由"①，具有动态生成能力的知识体系和结构。本书所涉及的叙事文学作品主要是以女性形象作为叙述的焦点，以呈现性别意识、性别特征和性别关系作为中心环节的小说，这些小说所塑造的女性形象极深地抵达了作为历史和社会无意识的女性经验与女性心理。大致来说，主要有这样几个

---

① 林树明：《迈向性别诗学》，中国社会科学出版社 2011 年版，第 149 页。

特征：第一，具有明显的女性本位意识，并将女性形象置于社会文化结构中进行观照和描写；第二，以基本写实的方式描写女性的日常生活、生存状态，以及女性置身其中的社会的世态人情，在一定程度上表现了女性的真相和性别主体意识；第三，主题往往是非政治化的。一般通过描写女性的生存状态来表达某种文化思考或价值诉求，基本回避政治意识形态主题。性别意识即女性的主体意识，是对女性的角色、地位等问题的认识，是女性作为人的价值的体验。性别意识并非生就的，而是女性在与男性他者长期的历史对话之中形成的非稳定的动态过程，是在男女生理差异的基础上，由社会、文化、经济、政治等因素所建构的，从根本上说是一种自我身份认同。性别意识的重点不在于女性自我的内心生活上，而在于其社会、文化构成部分，性别意识既与特定的文明有着紧密的联系，又与特定的历史文化语境息息相关，不同的历史文化语境决定着性别意识发展流变的不同层次和不同内容，随着时代文明形态的更替，性别意识的内涵也必然发生变化。

　　马克思说过："每个了解一点历史的人也都知道，没有妇女的酵素就不可能有伟大的社会变革。社会的进步可以用女性（丑的也包括在内）的社会地位来精确地衡量。"① 相较于男性的主体地位，女性以"第二性"的身份出现，女性的生存体验更单纯地倾注于现实。叙事文学是社会生活的反映，是在特定的社会文化语境中创作的，作家对两性关系的思考，必然投射到其创作中来。笔者一方面结合文本创作的文化语境，从历史文化与性别意识的互动关系中探索中国社会从封建伦理到现代伦理的变迁；另一方面"向熟悉的文本提出当代问

---

① 《马克思恩格斯全集》第 32 卷，人民出版社 1972 年版，第 571 页。

题，来重新激发它们的活力，如是澄清文本，深化它们的神秘内涵"①，通过文本分析达到对具有本土女性生命体验的审美特点的理论归纳，建构具有民族特色的、以两性和谐为性别价值坐标的性别诗学体系。

日本学者竹内好认为："学问与生活并非同样的事情。然而，从终极结果上说来，与生活不相联系的学问根本不存在，任何学问都是从我们应该怎样生存这一追问出发的。"② 竹内好将生活和学问联系起来，以具体的生活体验视域来切入文学研究，进入作家及其作品的生命世界中去，以获得真切的生命体验与具体的生活场感，这种鲜活的研究范式也是本书所遵循的。在结构安排上，以时间为经，以中国叙事文学作品为纬，抓住古代、现代、当代小说的不同叙事特点、伦理指向与文化语境的互动关系进行剖析，打通中国古代与现当代叙事文学作品之间的关系，在利用西方话语资源对文本进行诗性观照的同时，立足于本土的历史文化经验和语境，通过文本分析达到对具有本土女性生命体验的审美特点的理论归纳，发挥性别诗学的现实关怀和社会批判精神，加强其介入现实生活的深度和广度，强调自强、自立的女性意识，为两性和谐的人文建设和精神文化建设提供学理支撑。

---

① ［美］希利斯·米勒：《小说与重复》，王宏图译，天津人民出版社 2008 年版，封底。

② ［日］竹内好：《近代的超克》，孙歌等译，生活·读书·新知三联书店 2005 年版，第 270 页。

第一章　唐宋传奇中的女性形象与生命意识

　　唐传奇是中国文言小说创作的高峰，鲁迅在《中国小说史略》中概括："小说亦如诗，至唐代而一变，虽尚不离搜奇记逸，然叙述宛转，文辞华艳，与六朝之粗陈梗概者较，演进之迹甚明，而尤显者乃在是时则始有意为小说。"① 鲁迅认为，唐传奇的小说观念、创作意识都发生了变革，是六朝"粗陈梗概"的志怪小说的"演进"。唐传奇以"史才"和"诗笔"相结合的方式塑造了许多有情有义、敢爱敢恨、不畏强权、有思想、有个性的女性形象，如《离魂记》中的倩娘、《任氏传》中的任氏、《非烟传》中的步非烟、《霍小玉传》中的霍小玉等，这些女性在追求爱情和婚姻幸福上表现了一定的自我生命意识和不甘被封建礼教压迫的反抗精神；另外，唐传奇还塑造了不少无法摆脱封建伦理纲常的桎梏，在礼义和爱情的冲突中泯灭自我的主体性以维护父权文化的女性形象，如元稹《莺莺传》中的崔莺莺。崔

---

① 鲁迅：《中国小说史略》，东方出版社1996年版，第45页。

莺莺的悲剧有着鲜明的传统伦理的思维定式，即个体从抑制的激情中导向人格社会化与伦理本位的复归，最终达到以理节情的平衡。

相对于唐人张扬个性，崇尚传奇，宋人把握世界的态度更趋于理性和世俗化。宋代社会经济文化发展的一个重要标志就是城市的繁荣，在这种经济文化背景下，市民文化得以产生，小说家受市民意识的影响，在作品中反映市民的思想意识和审美情趣，使小说呈现出世俗化倾向；同时，程朱理学主张"存天理，去人欲"，对社会伦理道德进行了补充规范和重新诠释，使宋代大量的爱情小说纳入了道德说教的框架，表现出强烈的理学色彩。如《谭意哥记》中的谭意哥、《双桃记》中的王萧娘，自觉充当封建礼教的殉道者，表明封建伦理道德已渗入女性的意识深处，性别意识封建伦理化在宋代已经基本成型。

第一节　唐传奇的情爱伦理空间

唐传奇以前的志怪、志人和杂事小说，基本上是一种记录式的"短书"文体，受神道意识的影响很深，塑造的形象多志怪神异，为仙为妖，拥有超凡的力量，却缺乏人的性格和魅力。明代胡应麟在《少室山房笔丛》中云："凡变异之谈，盛于六朝，然多是传录舛讹，未必尽设幻语，至唐人乃作意好奇，假小说以寄笔端。"[①] 胡应麟注意到较之六朝，唐人开始有意识地创作小说，唐传奇是六朝志怪小说的

---

① 转引自章培恒、骆玉明主编《中国文学史》（中），复旦大学出版社1996年版，第208页。

演进。唐传奇源于六朝小说，却开始了古代小说对叙事艺术的自觉追求，布局谋篇，精心结构，叙述婉转，行文放荡，出现了较六朝志怪小说更为宏大的篇制，更善于用各种艺术手段构思情节，内容更偏于反映世态人情，并在人物形象塑造、人物心理刻画等方面有了显著提高。唐传奇的出现，标志着中国古代短篇小说开始进入成熟阶段。

唐传奇的题材内容丰富，其中又以爱情题材的传奇成就最大。就爱情题材中的人物形象而言，唐传奇塑造了一系列有血有肉，充满现实气息和生命活力的女性形象，这些女性来自现实社会的各个阶层，有出身于官宦人家的闺秀，有处在社会底层的歌伎、侍婢，有身怀绝技的侠女，有出家为道的道姑，有置身于政治旋涡中的风尘女子，还有陪伴在君王左右的宠妃……下面笔者选取唐传奇中的《离魂记》《任氏传》《非烟传》《霍小玉传》《虬须客传》等名篇，分析这些传奇中的女性在仰慕风流、追求爱情的历程中所表现出的主体意识和自我价值取向，从而透视唐代社会在父权文化的笼罩下所呈现的情爱伦理空间。

一　一往情深，精诚所至的倩娘

在《离魂记》里，陈玄祐通过浪漫的想象描绘了一位灵魂与肉身能够相离并相合的女子倩娘。倩娘是衡州（今湖南衡阳）一位官宦人家的小姐，生得"端妍绝伦"，与表哥王宙青梅竹马，长大后两人互生情愫，暗暗将对方视为自己的意中人。倩娘的父亲张镒也器重才俊超拔的王宙，常口头上说要将倩娘嫁给王宙为妻。不料风波乍起，有位将赴吏部选官的宾客向倩娘求婚，张镒竟轻易答应了那位宾客。倩娘闻之郁抑不已，王宙也深感怨恨，借赴京参加吏部文选，离开了衡州。半夜，王宙在船上不能入睡，忽见倩娘光着脚来到他身旁，王宙喜出望外，将倩娘藏匿于船舱，历经数月颠簸，来到四川。倩娘与王宙在四川待了五年，生了两个儿子，与家人断绝了音信。倩娘思念父母，于是王宙携妻带子坐船回到衡州。张镒闻知倩娘回来，非常惊讶，因为倩娘病在闺中已经五年了。家中卧病的倩娘闻知外出的倩娘回来了，便饰妆更衣，笑而不语。当外出归来的倩娘与家中的倩娘相遇的时候，两者便突然合为一体，连衣裳也重合在一起。倩娘的家人这才知道倩娘为追随王宙，神魂已出窍了五年，留在家中的不过是病体恹恹的肉身。

明代钟人杰曾如此评价这篇传奇："词无奇丽而事则微茫有神至，翕然合为一体处，万斛相思，味之无尽。"① 钟人杰指出《离魂记》的艺术感染力并非来自文字辞藻，而主要来自"微茫有神至，翕然合为一体处"的构思情节。倩娘是大家闺秀，深受封建礼教的影响，她知道婚姻必须听命于父母，无法自作主张，但封建的纲常伦理虽然可以禁锢她的身体，却无法束缚她憧憬幸福、追求爱情的灵魂。倩娘私奔的灵魂生动形象地表达了深锁闺阁的女性"安得身轻如飞燕，随风缥缈到君旁"（《古今闺媛逸事》卷四《对面谁家楼》）的梦想和渴望。虽然《离魂记》篇幅较短，仅六七百字，但浪漫离奇的情节使这篇小说产生了余味悠长的艺术效果。小说的白描手法也很精彩，语言简练而准确，有较大的容量。如倩娘在梦中感应到王宙的深情厚谊，"徒行跣足而至"，让王宙"欣跃特甚"。倩娘的灵魂深夜光着脚追赶王宙，体现了倩娘对王宙的一往情深；还有个耐人寻味的细节，即张镒派使者察看私奔五年后还乡的倩娘，发现倩娘"颜色怡畅"，而闺中的倩娘却一直生病，"常如醉状"，两相对比，暗示了倩娘与王宙生活得幸福美满，而封建礼教则是压抑、扭曲人性的。小说虽然在字面

---

① 转引自李剑国主编《唐宋传奇品读辞典》，新世界出版社 2007 年版，第 163 页。

上没有刻画人物的心理，人物的情态和心理状貌却已宛然在目。

《离魂记》中的倩娘不甘心被动地等待幸福，对自己的真爱梦绕魂牵，终于精诚所至，灵魂冲破了封建樊篱的桎梏，追随自己的爱人，并幸福地生活在一起，这一爱情主题在明代汤显祖的戏剧《牡丹亭》中得到了更为深刻、曲折的演绎。《牡丹亭》中的杜丽娘因情成梦，因梦而死，其魂灵与意中人柳梦梅追逐幽媾，后得到阎王的帮助，竟起死回生，与柳梦梅喜结姻缘。"情不知所起，一往而深，生者可以死，死者可以生"①，《牡丹亭》中的杜丽娘为爱情出生入死，与《离魂记》中的倩娘为自己的意中人灵魂出窍如出一辙，都生动形象地表现了真诚、执着的爱情可以超越肉体凡胎，达到精神凝一、情契魂交的境界。

二 情义两全，焕发出理性光辉的任氏

在唐传奇《任氏传》里，沈既济刻画了一位名为任氏的狐女。虽为狐女，有未卜先知的狐性和"非人世所有"的美丽，却颇具生活气息和人性人情。任氏的伪装身份是"名系教坊"的女伶，其行为举止其实与人间的风尘女子别无二致，围绕着人物的背景也是唐代社会现实生活的风俗画。

在小说里，任氏与郑生偶遇并发生了性关系，郑生从旁人处得知任氏是位狐女，仍对她爱慕如初。任氏感其知遇不弃，"愿终己以奉巾栉"（妇女为人妻妾的委婉说法）。任氏托身于郑生后，郑生租了房子，却无钱购置家具，只得向自家的叔伯亲戚韦崟借用家具。韦崟乃一方太守，见到任氏的惊人美貌后，便"爱之发狂，乃拥而凌之"。

---

① 汤显祖：《牡丹亭·题词》，岳麓书社 2002 年版，第 1 页。

任氏坚决不从，奋力反抗，当自知力不能敌后，便仰天长叹，说出一番让韦崟汗颜、折服的话来：

> "嗟乎！郑六之可哀也！"崟曰："何谓？"对曰："郑生有六尺之躯，而不能庇一妇人，岂丈夫哉！且公少豪侈，多获佳丽，逾某之比者众矣。而郑生穷贱耳，所称惬者，唯某而已。忍以有余之心，而夺人之不足乎？哀其穷馁不能自立，衣公之衣，食公之食，故为公所系耳。若糠糗可给，不当至是。"崟豪俊，有义烈，闻其言，遽置之。敛衽而谢曰："不敢。"俄而郑子至，与崟相视咍乐。①

任氏在韦崟面前"富贵不能淫，威武不能屈"，她抓住韦崟注重朋友义气的品质，机智而坚决地拒绝了他。韦崟为任氏的节义、善良、自持所感动，虽然求欢不遂，却没有恼羞成怒，反而对她心生敬重。郑生与韦崟的交往也因之能一如既往地继续下去。

任氏忠贞于贫贱的郑生，而不愿顺从有钱有势的韦公子，在那个损不足而富有余的封建社会无疑是难能可贵的，表现了她有情有义的节操。若从另一个角度来看，任氏拒绝韦公子的肌肤之亲，也不仅仅是出于对郑生的坚贞不渝，而是由于她清醒地勘破了限于床第之私的男女欲情的不可靠，因此宁愿选择与韦公子保持一种不即不离的、介于友情和爱情之间的男女关系。在后来的相处中，韦崟对任氏敬爱备至，对任氏的需求唯命是从：

> 自是凡任氏之薪粒牲饩，皆崟给焉。任氏时有经过，出入或

---

① （唐）沈既济：《任氏传》，转引自李剑国主编《唐宋传奇品读辞典》，新世界出版社2007年版，第168页。

车马舆步，不常所止。崟日与之游，甚欢，每相狎昵，无所不至，唯不及乱而已。是以崟爱之重之，无所悭惜，一食一饮，未尝忘焉。①

任氏与韦崟虽然交往密切，却理智地掌握了分寸，不至于"乱"。任氏为了回报韦公子慷慨解囊的恩情，将丰润漂亮的张十五娘引诱到韦公子面前，结果不过几个月，韦公子便厌倦了张十五娘；任氏又为韦公子智取刁将军宠奴，供他玩弄；同时，任氏还凭借自己未卜先知的通灵本领为郑生买马谋利，使郑生脱贫致富，走上仕途。任氏明明知道西行不利，却禁不住郑生的再三恳求，陪同他西行赴任，结果碰到猎狗，任氏便随即化作狐狸的原形，并被猎狗追杀致死。

在传奇中，作家借任氏与郑生、韦崟三者之间的微妙关系建构了一种新型的情爱伦理空间，可谓"著文章之美，传要妙之情"，② 生动细致地展现出任氏所具有的人性美、人情美。在郑生面前，任氏表现了对爱情的忠贞和善于理家、辅佐丈夫的贤妻美德；在韦崟面前，任氏则表现了她懂得知恩图报（当然她引诱女性供韦崟玩弄的方式不值得称道），又能够理性地把握分寸的红颜知己的品格。任氏与韦崟能从容地保持一种克制了肉欲要求、掺和了男女之悦和朋友之义的关系，这种关系能够得到郑生的默许，并不违背社会人际交往的伦理规范。这种闪耀着理性光辉的、介于友情和爱情之间的感情一直到清代曹雪芹的《红楼梦》、蒲松龄的《聊斋志异》中才又有类似的表达。《红楼梦》中贾宝玉和史湘云的感情、《聊斋志异·娇娜》中孔生与娇娜的感情，同《任氏传》中任氏与韦崟的感情有异曲同工之妙，都

---

① （唐）沈既济：《任氏传》，转引自李剑国主编《唐宋传奇品读辞典》，新世界出版社 2007 年版，第 168 页。
② 同上书，第 170 页。

表达了色授魂与的精神上的倾慕与交流，更胜过颠倒衣裳的男女性爱的思想。可以认为，《任氏传》最为独到之处是第一次将柏拉图式的精神之恋引入小说，开辟了不以性关系为目的的男女情爱的新伦理空间。

三　敢爱敢恨，宁为玉碎的步非烟

皇甫枚的《非烟传》塑造了一位不惜以生命来捍卫爱情和人格尊严的女子步非烟。步非烟是河南府功曹参军武公业的宠妾，不仅"容止纤丽"，而且富有才情，通音律，好文墨。武公业性情粗悍，虽然宠爱非烟，却根本不懂得她的内心需求。有官宦人家的弟子赵象一日窥见非烟的绝世姿容，顿时倾倒，寝食难安，于是贿赂武公业的门人为他传递表示爱慕非烟的诗柬。非烟常怀"彩凤随鸦"、所嫁非良配的痛苦，也曾目睹赵象的"大好才貌"，于是回复了表示接受赵象爱慕的诗柬。从此，才子佳人开始了诗词酬唱，暗中幽会，来往频繁。直至女奴告密，武公业来捉拿约会的恋人，赵象立刻跳墙而去，武公业便将愤怒的矛头全都指向了步非烟——"缚之大柱，鞭楚血流"，非烟在武公业的暴打下并不求饶，但云："生得相亲，死亦何恨。"武公业打累了便去睡觉，痛苦不堪的非烟饮水而绝。武公业醒来后准备再次鞭打非烟，发现非烟已死。武公业便对外宣称非烟死于暴病，赵象则更服易名逃往他乡。

这篇传奇是一出彻彻底底的悲剧，不仅在于传奇描述了以步非烟为代表的美的毁灭，而且反映了这种美的毁灭在当时的社会显得无足轻重，没有价值。步非烟义无反顾地投身于爱情，为了爱情不惜搭上自己的性命，但她的爱情投射对象却表现得非常懦弱，事发后，赵象立刻溜之大吉，根本不愿意与非烟一起承担命运。武公业本来宠爱非烟，一旦发现非烟有了私情，就对她弃之如履，当他鞭打非烟的时候，凶狠暴虐，没有丝毫情分，非烟在他眼里不过是一件可以随意打碎的物件。非烟被武公业鞭打致死后，武府上上下下都统一口径隐瞒真相，凶手武公业和当初主动引诱非烟的赵象均没有受到任何惩罚，非烟的惨死就这样不了了之。

难道非烟的爱情和抗争就没有意义了吗？并不尽然。试想下，多少人的一生都在沉闷冗长、无声无息中度过，非烟却在爱情追求过程中让生命迸发出夺目的火花，虽然短暂而悲壮，但毕竟绚烂而真实地绽放过。人生无常，但活着必须有意义，真诚的爱情就是赋予生命意义的一种重要方式，由此看来，步非烟那种不甘柔情空落，知其不可而为之的精神，以及不愿苟且、庸庸碌碌生活的人生态度，特别是她临死前在飞扬跋扈的武公业面前无怨无悔地道出"生得相亲，死亦何恨"的爱情宣言，本身就是存在的意义。

四　执着痴情，刚烈决绝的霍小玉

在唐代，由于城市经济日趋繁荣，歌伎、艺伎行业也迅速发展，生活在社会底层的歌伎、优伶等为了竞争要接受各种文艺的专业化训练，往往表现出非凡的文学、音乐、舞蹈等艺术才华。她们虽然出身卑微，却比受制于三纲五常的闺阁女子享受到更大的社会活动空间，能够与男性联袂出游、同席宴饮、赋诗唱和，她们是士子们享受风雅生活的不可缺少的点缀，对文艺的共同爱好使她们与士子们可能产生灵肉交融的爱情。唐传奇中的青楼女子，不但美丽聪慧，而且多才多艺多情，卑微的身份和对爱情的渴望使她们注定历尽情劫，内心要承受常人难以想象的苦痛与挣扎。

蒋防的《霍小玉传》就是描述青楼女子苦苦追求爱情和人格尊严的悲剧。霍小玉，本是霍王宠婢的女儿，她的身上既有霍王高贵的血统，又有出身为歌伎的母亲的卑微血脉。霍王殁后，霍小玉因为庶出被弟兄遣居于外，沦落娼门。霍小玉不仅生得美艳，而且聪慧多才，音乐诗书，无不通解，一时成为士子们倾倒的对象，但她心气很高，并未轻易许身。经过鲍十一娘牵线，霍小玉与才子李益见面后互生爱慕，便私下结合了。

一场才貌相兼、琴瑟相和的爱情本应美若琼瑶，可男女双方悬殊的社会地位给两人的爱情埋下了隐患。李益与霍小玉缠绵多日，日夜相从。后来，李益考取了功名，即将赴任。临行前，霍小玉向李益提出了一个卑微的请求，她说不敢奢望与李益结为秦晋，只求与李益有八年欢爱，从此削发为尼，任由李益另娶。李益在缱绻中发誓与小玉偕老，并约好了来迎接小玉的日期。霍小玉一片痴心地等李益回来，李益却如黄鹤一去不复返，原来李益的母亲已为他攀结了与高门卢氏的姻缘。小玉在相思中煎熬，为求"李"郎顾，频频曲有误，终于资产耗尽，抑郁愤懑成疾。而李益因惭愧自己愆期负约，虽然明知霍小玉卧病在床，也狠心不去看望她。有黄衫豪士见之不忍，挟李益于霍小玉前，此时霍小玉已经病入膏肓，在回光返照中她举杯以酒酹地，怒斥并诅咒李益后长恸而卒。

蒋防以现实主义的冷峻态度创作《霍小玉传》，选择了一个在当时具有典型意义的悲剧来揭露唐代社会门阀制度的杀伤力。唐代的士子娶妻非常讲究门第，只有娶了名门望族之女才能有利于立身仕途，飞黄腾达。李益对霍小玉始乱终弃无非是出于仕途上的考虑。霍小玉为李益奉献了一切，情感、身体和名誉，对李益并没有更多的奢望，只希望在自己美好的青春年华与李益有八年欢爱，但李益无情地击碎了她这个最基本的梦想。霍小玉的付出和等待没有得到任何回应，生命垂危，最后由黄衫豪士主持公道，将李益挟持到霍小玉的住处，展开了一场痴情女与负心汉的正面交锋：

> 玉沉绵日久，转侧须人。忽闻生来，欻然自起，更衣而出，恍若有神。遂与生相见，含怒凝视，不复有言。羸质娇姿，如不胜致，时复掩袂，返顾李生。感物伤人，坐皆唏嘘。顷之，有酒肴数十盘，自外而来。一座惊视，遽问其故，悉是豪士之所致也。因遂陈设，相就而坐。玉乃侧身转面，斜视生良久，遂举杯酒酬地曰："我为女子，薄命如斯；君是丈夫，负心若此。韶颜稚齿，饮恨而终。慈母在堂，不能供养。绮罗弦管，从此永休。征痛黄泉，皆君所致。李君李君，今当永诀！我死之后，必为厉鬼，使君妻妾，终日不安！"乃引左手握生臂，掷杯于地，长恸号哭数声而绝。①

霍小玉的声泪控诉掷地有声，不仅是对李益负心薄义的鞭挞，更是对冷酷无情的门第婚姻和封建等级制度的有力抨击。这一情节富有动人心魄的悲剧魅力，对后世的小说创作产生了深远影响，如明代拟话本小说《杜十娘怒沉百宝箱》中杜十娘怒斥李甲和孙富，抱持宝匣跳江自尽的情节与霍小玉临死前控诉造成其惨痛命运的薄幸男子李益的情节有异曲同工之妙，都表现了女性不甘于被玩弄、被欺凌的命运，不惜以生命为代价来讨回公道，争取人的价值和尊严，从而在一定程度上确立了女性在弱势地位中的主体性。

通常的阅读都将霍小玉的悲剧归结于等级森严的门阀制度和李益的寡情薄义，却很少有人看到，霍小玉本人的思维方式也存在局限性：霍小玉才貌绝佳，主动追求和选择自己的爱情，但她对爱情并不自信，她和李益在一起，就算是极尽欢爱之时，也会以"女萝无托，

---

① （唐）蒋防：《霍小玉传》，转引自李剑国主编《唐宋传奇品读辞典》，新世界出版社 2007 年版，第 460 页。

秋扇见捐"自比,强求对方立下誓不相弃的承诺。霍小玉的乐极生悲表明门第的差距使她产生了强烈的自卑感,这种自卑感又成为她寻求人格认同的能量,致使爱的欲求更加强烈。李益考取功名后,霍小玉希望将自己最美好的年华与心上人相度,然后遁入空门,她的人生期盼是卑微的,也可以说是狭隘的,她将李益看成自己的人生理想,一旦无法达到预期的理想目标,她的生命意志便崩溃了。李益一天不来,她的心便一天也不能放下。她在等待中折磨自己,同时通过各种渠道给李益施加压力,将两人的私情公布于众,让大家都知道李益负心,不给对方,也不给自己留下任何余地。其实,霍小玉如果从等级森严的门阀制度和社会文化环境考虑李益的选择,就不会抑郁、愤懑至死。因为在当时的社会文化环境下,儿女情要挑战世俗礼谈何容易! 李益一介文人,柔肠百结,瞻前顾后,他选择懦弱地逃避霍小玉不过是在爱情与功利之间选择了功利,也并非不爱霍小玉。当霍小玉将爱情看作人生的唯一目的,冷酷的现实将她推向了黄泉不归路。可以说,思维方式的局限是霍小玉悲剧的深层内核,也是将爱情看作生命全部的女性无法超越自身痛苦的精神根源。

蒋防饱蘸笔墨,塑造了霍小玉这个执着痴情、刚烈决绝的艺术典型,深刻而细致地叙述了霍小玉的无可逃遁的悲剧命运,表现了他对处于社会底层的女性的悲悯与同情,同时也流露了对封建门第婚姻的反思。

五 独具慧眼,驾驭命运的红拂

裴铏的《虬须客传》刻画了一位置身于政治旋涡中的风尘女子红拂。红拂原本姓张,是杨素花重金买来的侍妾。杨素在隋末年间是位权倾天下的人物,他的身边总是围绕着一大帮美妾。在红拂眼里,杨素腐化堕落，没有干大事业的进取心，她在司空府虽然过着插金披绮的富贵生活，却如燕山剑老，沧海珠沉，不能实现自我价值。

当富有雄才大略的李靖来到杨素府慷慨陈词，侍立在杨素之侧的红拂便认定李靖是值得她托付终身的人。当李靖起身告辞，红拂便不动声色地找来一位小童，吩咐他探明李靖的住址。小童问得结果后回报红拂，红拂默记在心。她匆匆回房将行囊收拾妥当，只等夜幕降临后去投奔李靖。夜深人静，李靖被一阵急促的敲门声惊醒，他披衣而起，看到一位穿紫衣的戴帽人，自报为杨素家的红拂。在李靖的犹疑中红拂闪进了屋，她脱掉男人的装束，李靖方认出就是白天站在杨素身后，一面向他频送秋波，一面轻轻地扇动那杆红色拂尘的女子。面对惊讶不已的李靖，红拂楚楚可怜地说明了自己的来意："妾侍杨司空久，阅天下之人多矣，无有如公者。丝萝非独生，愿托乔木，故来奔耳。"李靖还是担心杨素的权势，红拂却一针见血道："彼尸居余气，不足畏也。"① 李靖被红拂的美貌与胆识所击中，便留下了红拂。

按照红拂制订的逃跑计划，李靖与红拂逃出了杨素手下人的追踪，一路风尘，来到一家旅舍。两人煮了羊肉，准备美餐一顿。一位长着红色卷曲胡须的汉子闻着肉香过来了，他将皮囊往炉前一扔，取了个枕头斜卧在床上，用热辣辣的眼光睨视着正在梳头的红拂。李靖在一旁看着，心中不悦，待要发作，却被红拂用眼色制止了。红拂从虬髯客洒脱不拘的举止中洞察出他绝非凡夫俗子，很可能是当世的高人。她从容地挽好秀发，恭恭敬敬地向虬髯客行礼并问其姓名，得知虬髯客也姓张，便要拜他为兄长。虬髯客见红拂举止落落大方，也高兴结拜这位妹妹。于是红拂与虬髯客成就了兄妹之义，虬髯客称红拂

---

① （唐）裴铏：《虬须客传》，转引自李剑国主编《唐宋传奇品读辞典》，新世界出版社 2007 年版，第 851 页。

为"一妹",红拂唤虬髯客作"三哥",红拂、李靖、虬髯客从此肝胆相照、坦诚相待。

那虬髯客乃一代枭雄,本志在逐鹿中原,后见到真命天子李世民,自愧不如,便成人之美,将万贯家产赠予李靖夫妇,自己别图海外。临行前他祝福李靖、红拂:"非一妹不能识李郎,非李郎不能荣一妹。你们的遇合是虎啸龙吟,天生的一对。当今正是风云际会之日,望你们携手并肩,建立功业!"

有了虬髯客的馈赠,李靖、红拂闯荡天下便有了物质基础,特别是虬髯客留下的兵书使李靖如获至宝,他用心研读其中的兵法韬略,以至在辅佐李世民匡复天下的战役中,他总能用兵如神,出奇制胜。红拂用满腔柔情激发夫君的凌云壮志,使其叱咤风云,辅助李靖屡建奇功。贞观四年李靖被封为卫国公,红拂也因夫贵被封为一品夫人。

后人羡慕红拂,认为她眼力好、运气好,傍到了李靖这棵"乔木",又与虬髯客那样豁达的一掷千金的侠士结为兄妹,最终尽享荣华富贵。应该说,红拂的运气的确很好,但她能有这番传奇,又是凭借自己积极主动地追求幸福争取的。红拂能够毅然舍弃权高位尊的通天人物杨素和锦衣玉食的生活,而选择落魄公子李靖,跟随他浪迹天涯,还能于放浪形骸之处洞察到虬髯客的不同凡响,并游刃有余地平衡了李靖和虬髯客这两位珍爱自己的男人的关系,这种识人之慧、应事之智和驭人之才显然是一般人望尘莫及的。"英雄相遇,乃在女子更奇。"(《虞初志》的评语)在隋末唐初的乱世中,红拂的决断和胆识让她改变了自己原本低贱的社会地位,演绎了风尘女子的稀世传奇。

漫长的封建社会中,男尊女卑、三从四德历来是占统治地位的思想。然而,唐朝是中国历史上社会经济和文化发展的鼎盛时期,也是中国历史上少有的"开放型"社会。唐朝在历经"贞观之治"和"开元盛世"后，其政治、经济、文化、艺术均异常发达，国家的安定、经济的繁荣、文明的进步使社会风气大为开放，特别是武则天执理朝政时期，思想禁锢较少，女性的地位有所改观，妇女受到普遍关注，女性的主体意识也有所觉醒，反映在唐传奇中，就是肯定女性的自我情感和个体价值，并对她们被欺凌、被压迫的命运表示了深切同情，出现了为数众多的有个性、有决断、有自由意志的女性形象，虽然她们无法挣脱时代赋予的思想局限性，但她们在对爱情的向往和追求的过程中超越了封建伦理纲常的约束，表现出对自己生命力的把握与珍视，富于现代女性独立自主的意识和反叛精神，成为中国小说史上不可磨灭的、具有独特艺术魅力的唐代女性形象系列。并且，从今天的审美标准来看，倘若将唐传奇中的这些女性形象放置在世界文学艺术的长廊，也能够毫不逊色，焕发出熠熠生辉的光芒！

第二节 儒家诗教传统与《莺莺传》

在儒家思想体系中，"诗教"是其中的核心价值理念，概括起来，主要有两个不同的标准：一个是"兴观群怨"，另一个是"温柔敦厚"。孔子用"兴观群怨"来论述诗歌的社会功能和教化作用："《诗》，可以兴，可以观，可以群，可以怨。迩之事父，远之事君，多识于鸟兽草木之名。"（《论语·阳货》）作为诗教的源头，"兴观群怨"奠定了儒学伦理教化的基础。汉儒禀孔子之旨，进一步提出"温柔敦厚"的诗教主张。"温柔敦厚"最早见于《礼记·经解》："孔子曰：入其国，其教可知也。其为人也温柔敦厚，诗教也。"孔颖达《礼记正义》对此解释为："温，谓颜色温润；柔，谓情性和柔。诗依违讽谏，不指切事情，故云温柔敦厚是诗教也。"概括而言，"诗教"体现了孔子在文艺创作思想方面的基本原则：强调诗歌既要有发挥社会教化功能的"质"，又要具备审美的外在表现形式"文"，主张用委婉含蓄的手法表达作者的喜怒哀乐以达到教化的目的。

唐代元稹的传奇《莺莺传》深受儒家诗教的影响，在文本的各个层面都渗透着诗教意识。对此，不少学者有所论及。如美国学者宇文所安将《莺莺传》视为主人公儒家道德成长的故事："这是一个有关道德'成长'的故事。经过了微小的堕落和随后的悔悟，年轻人成长了，从自己的错误里面汲取了教训。"① 不过，这些研究大多围绕思想主题、人物形象展开，实际上，作为意识形态的教化传统，诗教经过历史的积淀和延伸，已逐渐凝结为民族的社会心理和文化心理，它不仅与《莺莺传》的抒情方式、审美诉求、叙述结构密切相关，而且成为元稹创作时自觉遵行的道德规范、价值观念以及认识世界的思维方式。从《莺莺传》与诗教的内在联系中发掘元稹创作时的艺术构思，并从中透视中唐时期的社会文化心理，不失为把握该传奇的独特角度。

一

在审美表现上，儒家诗教强调"温柔敦厚"，注重含蓄蕴藉、以理节情的中和之美。所谓"喜怒哀乐之未发，谓之中；发而皆中节，谓之和。"（《中庸》）即追求理性与情感的自然交融、相互渗透，情感表达的适度而有节制。孔子赞美《关雎》"乐而不淫，哀而不伤"

---

① ［美］宇文所安：《中国"中世纪"的终结》，生活·读书·新知三联书店 2006 年版，第 124 页。

（《论语·八佾》），"诗三百，一言以蔽之，曰'思无邪'"（《论语·为政》）。即认为《关雎》作为一首爱情诗，写欢乐与哀怨都遵循中庸之道，既把欢乐和哀怨的情绪抒写出来了，又符合礼义道德之规范，防止了过与不及。《诗经》三百篇皆思想内容纯正，合乎儒家伦理道德的要求。

元稹深受"温柔敦厚"审美标准的影响，在《莺莺传》中成功地塑造了崔莺莺这样一位仪态端方、敦厚深情、含蓄内敛的女性形象。莺莺有超凡出众的才华，但她艺高而不浮，恃才而不露。叙述者对莺莺的评价是："大略崔之出人者，艺必穷极，而貌若不知；言则敏辩，而寡于酬对。待张之意甚厚，然未尝以词继之。时愁艳幽邃，恒若不识；喜愠之容，亦罕形见。"① 虽然莺莺一度逾越了传统礼教的桎梏，但她始终无法从根本上摆脱社会伦理规范施加给她的压力。元稹站在维护礼教的立场上着力表现她以理制情、克己复礼的内心冲突：初见张生，莺莺在母亲的再三催促下，方淡妆出场。莺莺以其含蓄矜持给张生留下了深刻的印象。张生以诗寄情，莺莺芳心萌动，托红娘传诗笺回应张生，张生依诗旨而来，莺莺却"端服严容"，对张生发了一通"以礼自持，无及于乱"的伦理说教。后来张生离开莺莺去参加科举考试，莺莺将儿时所佩玉环并书信赠予张生，同时又对自己自荐枕席的行为表示羞愧和悔恨："君子有援琴之挑，鄙人无投梭之拒。及荐寝席，义盛意深。愚陋之情，永谓终托。岂期既见君子，而不能以礼定情，松柏留心，致有自献之羞，不复明侍巾帻。没身永恨，含叹何言。"② 这段陈词不迫不露，委曲有致，所表达的审美情感

_____

① （唐）元稹：《会真记》，转引自陈德芳校点《金圣叹评西厢记》，四川文艺出版社2000 年版，第 30 页。

② （唐）元稹：《会真记》，转引自陈德芳校点《金圣叹评西厢记》，四川文艺出版社2000 年版，第 31 页。

是有节制、有限度的，并以主体自省的方式获得了矛盾冲突的化解。后来，张生抛弃了莺莺，莺莺遂委身于人，张生也另有所娶，当张生以"外兄"的名义求见莺莺时，莺莺却不求非分违礼之恩宠而从容拒绝。莺莺对爱情的绝望不是通过剑拔弩张的冲突、以命相酬的抗争和呼天抢地的渲染来表现的，而是通过"愚不敢恨"的压抑、缱绻缠绵的等待，以及"还将旧来意，怜取眼前人"①的决绝来表现。莺莺的个性烙上了传统伦理文化深深的烙印，她被抛弃后所表现的"哀而不伤""怨而不怒"的情感态度恰好符合儒家伦理文化的审美定位。并且，莺莺的悲剧有着鲜明的传统伦理的思维定式，即个体从抑制的激情中导向人格社会化与伦理本位的复归，最终达到以理节情的平衡。

二

不仅在审美层面上，《莺莺传》深受诗教传统的影响，而且在伦理层面上，《莺莺传》也并非单纯的爱情小说，它渗透了讽喻教化目的，与诗教有着深刻的内在联系。

从文本的故事层面看，讲述的是一个"始乱终弃"的爱情故事：张生于普救寺得遇郑氏，免郑氏一家大难于军乱之中。张生与郑氏之女崔莺莺一见钟情并私下结合。张生赴京赶考后抛弃了莺莺，莺莺改嫁他人，张生也另有所娶。虽然故事叙述得缠绵悱恻，但元稹创作这篇传奇并非完全出于自由的审美情怀。小说临近结尾，张生发表了宣扬封建伦理价值的"尤物论"："大凡天之所命尤物也，不妖其身，必妖于人。使崔氏子遇合富贵，乘娇宠，不为云为雨，则为蛟为螭，吾

---

① 同上书，第34页。

不知其所变化矣。昔殷之辛，周之幽，据百乘之国，其势甚厚，然而一女子败之。溃其众，屠其身，至今为天下僇笑。予之德不足以胜妖孽，是用忍情。"① 这段议论辞色俱厉，将美色同妖孽、国家祸乱相连，与前面"时有情致"的浪漫叙事极不协调，被鲁迅批判为"文过饰非，遂堕恶趣"②。实际上，"尤物论"不仅是张生的开脱之词，而且用意深婉，寄寓了讽喻之旨，即元稹借端发挥，通过张生之口实现政治伦理的教化惩劝功能。《莺莺传》通过张生的"忍情"和莺莺的"不敢恨"传达了伦理本位的审美理想，隐含了"反情和志"的教化功能。

阅读《莺莺传》，读者"无法将语言归至一个单一的无所不包的一元化阐释。可能会有两种以上互为矛盾的阐释，每一种都被拉向它自己的视角具有的引力中心。"③ 小说中有两种视角都在试图控制整个文本，这两种视角代表了不同的价值观念：其中一种是在审美视角下的叙事，这种叙述角度着眼于日常生活中的浪漫情怀，渲染了张生与莺莺之间爱情的温馨美好，莺莺的美慧动人，叙述尽态极妍、缠绵婉转；另外一种则是在伦理视角下的叙事，这种叙述角度表现了元稹对道德伦理的思考、选择或认同，将张生始乱终弃的行为视为"善补过"，包含了教化和讽谏的成分。这两种视角相互冲突，彼此抵牾，使文本的叙述结构出现了无法弥合的裂缝，因此，读者在阅读过程中疑窦丛生，无法对《莺莺传》作出独白性质的评论。

---

① （唐）元稹：《会真记》，转引自陈德芳校点《金圣叹评西厢记》，四川文艺出版社2000年版，第34页。

② 鲁迅：《中国小说史略》，东方出版社1996年版，第54页。

③ ［美］希利斯·米勒：《解读叙事》，申丹译，北京大学出版社2002年版，第117页。

三

元稹创作《莺莺传》，取材于他本人的亲身经历和情感体验。不仅传奇中的情节与元稹所作的许多诗文如《梦游春七十韵》《赠双文》《莺莺诗》《会真诗三十韵》《春晓》等相符，而且张生始乱终弃的行为也与元稹本人在唐德宗贞元年间的经历一致。宋代的赵令畤、刘克庄，明代的胡应麟、瞿佑等都主张《莺莺传》是元稹自叙亲历之作。鲁迅在《中国小说史略》中提出"元稹以张生自寓，述其亲历之境"的"自寓说"①。陈寅恪进一步明确指出："莺莺传为微之自叙之作，其所谓张生即微之之化名，此固无可疑。"② 孙望也力主此说，"以为元稹于贞元十六年与崔氏女确有'始乱终弃'之事，见《莺莺传事迹考》（载《蜗叟杂稿》五六页—九九页）"③。《莺莺传》是元稹"自叙之文，有真情实事"④ 的观点，历经考证，基本上已成为学术界之共识。因此，通过对照元稹的经历来看张生与莺莺的富有典型意义的爱情悲剧，可以"借一斑而窥全豹"，透视中唐士人的两难心态和历史宿命。

从个人出身和经历看，元稹是北魏鲜卑族拓跋氏之后，他的家族血统中积淀着深厚的朔漠文化渊源。与南方礼乐文化迥然不同，朔漠文化主要表现为不拘礼节、任情恣性和粗犷奔放。从家境方面看，元稹家世早衰，8 岁丧父，孤儿寡母依靠亲戚维持生活。出身寒微的元稹从小立下了锐意进取仕途、改变困厄的志向。贞元八年，14 岁的元稹辞别母亲赴长安参加明经科考试，次年发榜，一举及第。因为当时

---

① 鲁迅：《中国小说史略》，东方出版社 1996 年版，第 54 页。
② 陈寅恪：《元白诗笺证稿》，生活·读书·新知三联书店 2001 年版，第 112 页。
③ 傅璇琮主编：《唐才子传校笺（三）》，中华书局 1990 年版，第 28 页。
④ 陈寅恪：《元白诗笺证稿》，生活·读书·新知三联书店 2001 年版，第 119 页。

的社会风尚重进士而轻明经，庶族文人欲求官入仕，必须应吏部试。贞元十六年和贞元十八年元稹两次应吏部试，第一次"文战不胜"，没有及第，第二次如愿以偿，在贞元十九年春登书判拔萃科。书判登科后，他被授官秘书省校书郎。怀着自觉的参政意识，元稹先后呈上《论教本书》《献事表》《论谏职表》等文章上疏论政，针砭时弊。《旧唐书》记载如下："稹性锋锐，见事风生。既居谏垣，不欲碌碌自滞，事无不言，即日上疏论谏职。"① 元稹初涉仕途，谏诤意识十分强烈，因此触怒了权贵，导致元和元年和元和五年，两次被贬被迁。历练了仕途的坎坷和谏官尸位素餐的状况，元稹的心理发生了显著的位移，他审时度势，攀结权贵，从而仕途通达，于长庆二年登上了位极人臣的宰相之位。由于复杂的政治斗争和官场倾轧，元稹的宰相生涯仅仅四个月就宣告结束。元稹被贬后，在同州、越州任刺史多有德政。大和四年，元稹奉命外任鄂州刺史、武昌节度使，次年突然于任所去世。

纵观元稹的政治生涯，充满了矛盾与挣扎。他一方面积极入世，力图除弊求新，在仕途上施展抱负；另一方面又无法超越自己所处的社会环境。元稹在宦海中几经浮沉，表现出文人和政治人的双重人格倾向。在文人人格的支配下，元稹感性、重情、叛逆，个性张扬；在政治人人格支配下，元稹理性、功利、世故，随时附俗。与其仕途经历所体现的双重人格相通的是，元稹对爱情、婚姻的选择和追求也充满了矛盾和困惑，暴露了他人格的两面性。元稹青年时代在蒲州普救寺遇见崔莺莺，与之展开了一段缠绵悱恻的恋爱。虽然元稹对崔莺莺的感情是真挚的，但他又清醒地意识到仕宦和婚姻

---

① 《旧唐书》卷一百六十六《元稹传》，岳麓书社1997年版，第2722—2723页。

的密切关系，门第观念在现实生活中发挥着至关重要的作用："盖唐代社会承南北朝之旧俗，通以二事评量人品之高下。此二事，一曰婚。二曰宦。凡婚而不娶名家女，与仕而不由清望官，俱为社会所不齿。"① 在当时的社会文化环境下，庶族文人为跻身仕途，得到上层社会的认可，除了通过科举考进士，往往还不惜代价攀结高门，婚姻实为庶族文人进身仕途的阶梯。在传奇的开端，张生虽然对莺莺一见钟情，被莺莺的美貌才情所打动，却并没有把莺莺视为联姻的对象。因为尽管莺莺家境富裕，颇有资财，但孤儿寡母，在兵荒马乱之中连性命都无法自保，更不用提为张生的仕途铺路。因此当张生托红娘牵线，红娘要张生按照礼数提亲时，张生便假托漫长的等待将"索我于枯鱼之肆矣"，实际上是根本不想明媒正娶莺莺。在现实生活中，元稹权衡利害关系，抛弃了政治上没有家庭背景的崔莺莺，娶了当时权势显赫的韦夏卿之女韦丛为妻。元稹在婚恋上的选择就如他在仕途上为改正自己明经登第的出身，复举进士科一样，都是为了抬高自己的社会政治地位。

四

要深入探究《莺莺传》与诗教的内在联系，还需要追问小说所产生的历史文化语境和个人创作背景。

《莺莺传》写于中唐时期唐德宗贞元二十年。安史之乱后，中国社会处于一个急遽转型的阶段，不仅在政治时局上，唐朝由鼎盛走向衰落，藩镇割据，战火连绵，宦官专权，党争激烈，国家陷入巨大变革之中；而且在文化史上，中唐也是一个转折的时代，主要表现为儒

---

① 陈寅恪：《元白诗笺证稿》，上海古籍出版社1982年版，第116页。

学中兴、思想转型。儒学在两汉时期占统治地位，随着佛、道二教的兴起，汉代以后，形成儒教与佛教、道教鼎足而三的局面。到了唐代，随着专制统治的加强，儒学作为统治者的工具被推到了前台。安史之乱使唐朝国力衰退，各种社会弊端日趋严重，社会风气每况愈下，其中，"女祸"成为唐代士人关注的一个政治现象："贞观之末，武后已在宫中，其后称制命，杀唐子孙几尽，中冓之丑，千载指为笑端。韦后继之，秽声流闻，并为其所通之武三思，榜其丑行于天津桥，以倾陷张柬之等，寻又与安乐公主毒弑中宗。宫闱女祸，至此而极。及玄宗平内难，开元之治，几于家给人足，而一杨贵妃足以败之。虽安史之变不尽由于女宠，然色荒志怠，唯耽乐是从，是以任用非人而不悟，酿成大祸而不知，以致渔阳鼙鼓，陷没两京，而河朔三镇从此遂失，唐室因以不竞，追原祸始，未始非色荒之怠害也。"① 礼教沦丧的朝政、危机四伏的社会现实使中唐士人的忧患意识格外深厚，在这种背景下，韩愈、柳宗元等借古文运动高举重振儒学的旗帜，大力宣扬儒学的纲常礼教。元稹、白居易倡导的新乐府运动也应时而生。新乐府运动强调复兴儒家诗教传统，提出了"文章合为时而著，歌诗合为事而作"的主张，在此思想的指导下，元稹创作了许多救济人病、裨补时厥的讽喻诗，如《连昌宫词》《织妇词》《君莫非》《苦乐相倚曲》等，表现出强烈的讽谏意识和自觉的政治使命感。这种讽喻精神也体现在他的小说创作中——在《莺莺传》中，元稹借张生之口发表"尤物论"，并通过当时的人多赞许张生为"善补过者"，以及莺莺的自我反思与决绝来批判世风浮薄的社会现实，借此曲折委

---

① （清）赵翼：《廿二史札记校正》，王树民校证，中华书局1984年版，第411页。

婉地劝诫帝王不可宠色误国，达到"惩尤物，窒乱阶，垂于将来"①的讽喻目的。与此殊途同归的是，唐代不少作家从不同的角度表达了这一主题，如白居易的《长恨歌》、陈鸿的《长恨歌传》。这两部作品都是从帝王宠色误国的历史教训中进行追问和反思，元稹的《莺莺传》却另辟蹊径，不从历史人物和政治事件着手，而从普通男女的日常生活和悲欢离合的角度切入，通过"几乎无事的悲剧"②来把握现实，寻找理乱之道。从本质上讲，《莺莺传》和白居易的《长恨歌》、陈鸿的《长恨歌传》不谋而合，即都是通过婉转之词干预时政，获得"主文而谲谏，言之者无罪，闻之者足以戒"（《毛诗序》）的效果。

单单从教化讽喻的角度来理解《莺莺传》中的"尤物论"，仍然有失片面。联系该小说创作的个人背景来看，《莺莺传》是元稹与韦丛新婚后不久创作的（贞元十九年夏秋之间，元稹与韦丛结婚）。攀上高门的元稹内心世界极为矛盾复杂：一方面，在伦理观念支配下，他认同自己的选择："一梦何足云，良时事婚娶"，认为自己与莺莺的爱情在现实功利面前不足挂齿，因为当时"韦门正全盛，出入多欢裕"（见元稹诗《梦游春七十韵》）；另一方面，元稹对自己抛弃莺莺的行为又深感内疚。现实的伦理政治在压抑他、异化他的同时也为他寻找精神出路提供了内在的动力和需要，于是，他在"红颜祸水"论中找到了为自己始乱终弃的行为辩解的思想根据和文化传统。追根溯源，张生的"尤物论"与中国传统文化的"红颜祸水"论一脉相承，儒家文化重理轻情，视爱欲、情欲为原罪，视"红颜"为男权社会的"替罪羊"，因此商朝的灭亡可归于

---

① （唐）陈鸿：《长恨歌传》，转引自李剑国主编《唐宋传奇传奇品读辞典（上）》，新世界出版社 2007 年版，第 315 页。

② 鲁迅：《几乎无事的悲剧》，转引自《鲁迅全集》（第 6 卷），人民文学出版社 1981 年版，第 371 页。

妲己；周朝的倾覆是由于褒姒；开元盛世毁于一旦，罪魁就是杨玉环。美人与江山不可兼得，换言之，爱情与事业不相容，所谓"灭人欲"，才能"存天理"。透过张生的"尤物论"，可以看到《莺莺传》的男权文化立场，从而作出如下判断：张生与莺莺的爱情悲剧蕴含着深层的社会文化根源，归根究底是文化的悲剧。值得一提的是，唐宋传奇中才子佳人遇合，始乱终弃的悲剧具有普遍性，无论是《霍小玉传》中出身低微的青楼女子霍小玉，还是《莺莺传》中出身名门的良家女子崔莺莺，在封建礼教和门阀制度的桎梏下，都难逃"始乱之，终弃之"的命运。元稹《莺莺传》中的崔莺莺被张生抛弃后不敢有丝毫怨恨，反而对自己违反礼教的行为充满自责，使《莺莺传》的悲剧更具有复杂性和深刻性。

综上所述，元稹自觉地以"温柔敦厚"作为《莺莺传》的审美诉求，同时又以"主文而谲谏"作为其伦理价值归宿。不过，《莺莺传》的教化功能并没有屏蔽其审美功能，正如司马相如作赋"劝百而讽一"，我们读《莺莺传》，被深深感动的是小说中男女主人公的至情流溢，讽谏之意则微乎其微。元稹虽然在主观意图上秉持教化的目的创作《莺莺传》，但在实际创作过程中又逸出了抽象的伦理说教，向真实的人生和审美情感开掘。可以认为，正是经历了伦理政治异化与审美情感自由的两极矛盾的焦虑，元稹才写出了这部"小小情事，凄婉欲绝，洵有神遇而不自知者"① 的绝代传奇《莺莺传》。

---

① （宋）洪迈：《唐人说荟》，转引自宁宗一主编《中国小说学通论》，安徽教育出版社1995年版，第124页。

第三节　中国传统文化与宋传奇女性形象的审美品格

中国传统文化在宋代得到了多方面的发展。就小说而言，以史传为渊源的宋传奇正处在一个承先启后的阶段，既继承了唐传奇叙述婉转的诗笔手法，又以史才和议论见长，表现出强烈的理学色彩和伦理化倾向。同时，中国封建社会进入宋代，内部的经济结构发生了重要变化，主要体现在工商业的发达，促成了城市的扩大和城市经济的繁荣。北宋崇宁年间，东京已有人户十八万家，成为一个"八荒争凑，万国咸通"的大都会，《东京梦华录》（卷二）描写道："南通一巷，谓之'界身'，并是金银彩帛交易之所，屋宇雄壮，门面广阔，望之森然，每一交易，动即千万，骇人闻见。"南宋时的都城临安，人烟稠密，户口浩繁，城内"歌舞游遨，工艺百物，辐辏争售，通宵骈阗"，"自融和坊北至市南坊，谓之'珠子市'，如遇买卖，动以万数，又有府第富豪之家质库，城内外不下数十处，收解以千万计"①。南宋时临安的繁华程度甚至超过了北宋时期的东京。在商品经济繁荣的背景下产生了市民文化，小说家受市民意识的影响，在作品中反映市民的思想意识和审美情趣，使小说呈现出世俗化倾向。下面通过分析宋传奇中的名篇《谭意歌记》《双桃记》和《李师师外传》，透视作品中女性形象所承载的审美、文化内涵。

---

① 转引自向楷《世情小说史》，浙江古籍出版社1998年版，第69页。

一　谭意哥——儒家文化的践行者

秦醇的《谭意哥记》讲述的是这么一个故事：谭意哥幼年父母双亡，流落长沙，被人卖给娼家。意哥天资聪慧，精通音律，尤工诗文，以才色闻名遐迩。她不愿为妓，希望脱籍从良，但没有碰到合意的对象，直到与茶官张正字相遇，两人一见钟情，堕入爱河。两年后张正字调官，与意哥分别，誓不背弃。意哥已有身孕数月，与张正字分别后，从此闭门不出，一再写信表达相思之情。不想张正字迫于亲命，另娶了官宦人家的小姐孙氏，不敢告诉意哥。意哥知道真相后心志愈坚，买田耕耘自给，坚忍地独立抚养稚子。三年后，张正字的妻子孙氏亡故，他从旁人处获知意哥的坚贞之情，再去长沙找意哥，明媒正娶了她，并携意哥同归京师。意哥理家有方，深守礼法，家庭内外和睦，后又生一子，登进士。意哥终生为命妇，夫妇偕老，子孙繁茂。

鲁迅曾如是评价该传奇："盖袭蒋防之《霍小玉传》，而结以'团圆'者也。"[①]从题材内容上看，《霍小玉传》和《谭意哥记》都是以封建士子与青楼女子的爱情故事为中心，都叙述了士子迫于森严的封建等级制度和世俗的压力抛弃了青楼女子，另娶高门。不同的是，《霍小玉传》中的霍小玉是以悲壮的死来抗争李益的负心，捍卫和维护人的尊严，结果是家破人亡，两败俱伤；《谭意哥记》中的谭意哥面对被遗弃的命运，则表现出极大的宽容精神和自立能力，经过漫长的艰辛的自食其力的生活，终于守得云开见天日，有了一个圆满的收场。

————————

① 鲁迅：《中国小说史略》，东方出版社 1996 年版，第 69 页。

　　此外，与《霍小玉传》缠绵悱恻、凄婉欲绝的叙述迥然不同的是，《谭意哥记》的叙事趋向平俗化，表现出温柔敦厚、中正平和的美学风貌。并且，谭意哥的从良故事充满了伦理道德说教，使传奇带上了浓重的理学色彩。譬如叙述谭意哥得知张正宇与官宦人家的女儿订婚后，给张正宇写了一封信：

　　　　妾之鄙陋，自知甚明。事由君子，安敢深扣。一入闺帷，克勤妇道，晨昏恭顺，岂敢告劳。自执箕帚，三改岁华，苟有未至，固当垂悔。遽此见弃，致我失图。求之人情，似伤薄恶；揆之天理，亦所不容。业已许君，不可赒咎。有义则合，常风服于前书；无故见离，深自伤于微弱。盟顾可欺，则不复道。稚子今已三岁，方能移步，期于成人，此犹可待。妾囊中尚有数百缗，当售附郭之田亩，日与老农耕耨别穰，卧漏复壘，凿井灌园。教其子知诗书之训，礼义之重，愿其有成，终身休庇。妾之此身，如此而已。其他清风馆宇，明月亭轩，赏心乐事，不致如心久矣。今有此言，君固未信，俟在他日，乃知所怀。燕尔方初，宜君子之多喜；拔葵在地，徒向日之有心。自兹弃废，莫敢凭高。思入白云，魂游天末。幽怀蕴积，不能穷极。得官何地？因风寄声。固无他意，贵知动止。饮泣为书，意绪无极。千万自爱！①

　　这封信不仅是小说情节的一个发展部分，而且表现了人物在逆境中以性节情、平和温厚的生活态度。谭意哥被遗弃后，清醒地认识到士子与妓女之间存在阶级、门第、身份等的巨大差异，张正宇的选择有他的为难之处。谭意哥抛弃了以往的锦衣玉食、风花雪月的生活，

———————————

　　① 秦醇：《谭意哥记》，转引自李剑国主编《唐宋传奇品读辞典》，新世界出版社2007年版，第1197页。

住在漏雨的房子里，用自己的积蓄购置了薄田，与老农一起耕种，凿井灌园。她恪守妇道、恭顺勤俭，将希望寄托在儿子身上，勤勉地教儿子诗书礼义，期盼他成人。对张正宇虽然有抱怨，有思念，但并没有如霍小玉一样撕肝裂肺，痛不欲生，而是表现出一种怨而不怒、哀而不伤的中和之美。

谭意哥的为人处世之道与儒家推崇的中和精神、中庸之道存在一致之处。"中和"一词，源于《礼记·中庸》："喜怒哀乐之未发，谓之中；发而皆中节，谓之和。中也者，天下之大本也；和也者，天下之达道也。致中和，天地位焉，万物育焉。"儒家所提倡的中和，也称为中庸，即推崇喜怒哀乐发而有节制、适度，反对固执一端的偏激片面，以达到处世和谐，通达圆融。除了中和精神，儒家还推崇君子之强，认为"精神力量的强大体现为和而不流，体现为柔中有刚，体现为中庸之道，也就是坚持自己的信念不动摇，固守自己的高远志向和操守"①。传奇中的谭意哥虽然不幸沦落娼门，但心志高洁，一心想从良，凭借她的学识和诗才，博得了高级长官周公的欣赏，周公动了惜才之心，利用手中的权力让谭意哥脱籍为良人。遇见张正宇后，谭意哥就认定了他是自己的"良配"，执着专一地对待爱情，虽遭遗弃，也不改初衷。她承受着相思的煎熬和独自抚育稚子的艰难，终于成功地与自己沦落青楼的过去告别，获得了自尊、自立的新生活。谭意哥不向命运屈服的坚定意志表现了她深受儒家文化的濡染，她的锲而不舍和真心相待终于感动了张正宇，让他消除了门户成见，在原配夫人亡故后，郑重地迎娶了谭意哥。

随着儒学在宋代的复兴，修身养性成为一代知识分子的时尚。

---

① 王岳川：《大学中庸讲演录》，广西师范大学出版社 2008 年版，第 111 页。

"在宋代，道德的要求变得第一重要，提倡修习气质，超越际遇。先天的才气刚柔，后天的际遇坎坷，都可以通过道德的固守来填平"。① 从心性修为这一主旨来看，《谭意哥记》中女主人公的圆满归宿与其认为是作家为了迎合市民文化的"始于悲者终于欢，始于离者终于合，始于困者终于亨"的团圆意识所作的刻意安排，莫如看作谭意哥修身成功的必然结果。

二 王萧娘——程朱理学的殉道者

李献民的《双桃记》讲述了一个取材于现实生活的真实的爱情悲剧。故事的开头是吻合市民情趣的典型的才子佳人的套路：佳人王萧娘有"眉扫春山之翠，目裁秋水之明"的绝色姿容，"香体凝酥，垂螺绾黛。虽古名姝，不足以拟其艳丽"。才子李生则"丰姿茂美""气宇扩清，辞章华丽"②。在一个春天的郊外，二人偶遇，互生情愫。李生一表人才，却是有妇之夫，他引诱萧娘，使萧娘堕入情网不能自拔。两人冲决了礼仪的防线，暗中来往，绵延数月。李生赠给萧娘并蒂的双桃，希望与她偕老，并明确提出休妻再娶的想法。萧娘却拒绝了李生，还宣讲了一番颇有道学气的说教："夫男子以无故而离其妻，则有缺士行；女子以有私而夺人之夫，则实恣妇德。显则人非之，幽则鬼责之，此非所宜言。愿君自持，无复及此。"③ 萧娘不仅在思想意识上无法摆脱封建伦理的束缚，她的家庭环境也不允许她对爱情婚姻做出自己的选择。萧娘的父母将她许配给刘氏之子，为了在礼义和爱情的冲突中寻求解脱，萧娘在刘氏之子前来迎娶的那一天，自

---

① 杨挺：《宋代心性中和诗学研究》，巴蜀书社 2008 年版，第 104 页。

② 李献民：《双桃记》，转引自李剑国主编《唐宋传奇品读辞典》，新世界出版社 2007 年版，第 1324 页。

③ 同上书，第 1325 页。

缢于家中。故事戛然而止，故事的高潮也就是故事的结局。

《双桃记》虽然叙述的是才子佳人的爱情悲剧，却没有陷入始乱终弃的俗套。将萧娘逼上绝路的并非李生的负心薄情，而是压抑人性的程朱理学。两宋时期，封建传统伦理观的统治力量加强，针对市民文化为社会既定礼俗所带来的冲击，程朱理学对社会伦理道德、婚姻、教育等诸多问题进行了补充规范和重新诠释，理学家程颐、朱熹提倡妇女贞节，主张"存天理，去人欲"，对女性产生了不可忽视的影响。在宋代小说家的笔下，理想的女性是遵守封建伦理道德的贤妻、孝女、节妇，义娟贞妇不断在传奇中出现，大量的爱情小说自觉纳入了道德说教的框架，表现出强烈的理学色彩。《双桃记》中的萧娘虽然对李生一往情深，却无法摆脱封建伦理纲常的桎梏，面对爱情和封建伦理道德的冲突，她的人格产生了分裂，她被迫遵从父命出嫁，却又在出嫁之日为李生殉情，自觉地充当了封建礼教的牺牲品。萧娘的悲剧深刻揭示了宋代理学对人性的扭曲以及"吃人"的本质。

三　李师师——佛家文化的觉悟者

自古道："小隐在山林，大隐于市朝。"意思是隐居于山林不过是一种形式上的"隐"，是暂时的逃避，真正有定力的隐者是入红尘而不为红尘所惑，他们虽然处在喧嚣的市井或朝野，却能酒肉穿肠过，佛祖心头坐，保持平和雍容、荣辱不惊、不贪不著的境界。

宋传奇《李师师外传》（作者佚名）塑造了一位颇有佛性、慧心通透的名妓李师师。李师师在历史上确有其人，她是北宋末年色艺双绝的名妓，传说宋徽宗赵佶、大才子周邦彦、水泊梁山的好汉燕青等与李师师都有过情缘。有关李师师的传记、野史很多，多把她描绘成风流妖媚的高级妓女，《李师师外传》却以雅洁之笔写李师师，将她与佛门弟子联系在一起，在一定程度上表现了"大隐隐于市"的人生智慧。

人们常说，佛不度无缘之人，菩萨的教化，往往讲究因缘。李师师的身世坎坷而奇特，从小就与佛结下了不解之缘。她本来不姓李，乃汴京城里一个叫王寅的染布匠的女儿。她一出生就经历了命运的残酷——因为难产，其母在生下她后便死了。王寅只得用豆浆代替人乳喂她，竟使她活了下来。奇特的是，这女娃娃生下来就只会笑不会哭，三岁那年，王寅将她舍身宝光寺，一位老僧盯着她看了一阵，突然说："这是什么地方，你敢到这里来？"女娃娃这才破天荒地放声大哭，老僧为她摩顶，她竟立即止住了啼哭。王寅见之窃喜，认为女儿很像佛门弟子，因为人们管佛门弟子叫"师"，王寅就给女儿取名叫"师师"。过了一年，王寅因罪入狱，死在狱中。师师孤苦伶仃，以经营妓院为业的李姥见她是个美人坯子，便收养了她，唤她作李师师，教她琴棋书画、歌舞侍人。随着年岁的增长，李师师也出落得越来越水灵，不仅能歌善舞，而且琴棋书画无一不精。李师师迅速走红了，而且红得发紫，声名远扬，许多达官贵人、文人雅士都不远千里，慕名前来，只为一睹李师师的仙姿。走红后的李师师却不同于一般的青楼女子，她依然沉静朴素，喜欢独处静坐，并不乐意参与热闹的应酬场面。

李师师的名气越来越大，连深在皇宫的宋徽宗也有耳闻。在亲信宦官张迪的策划下，在一个月朗星稀的晚上，宋徽宗化名为大商人赵乙，来到了镇安坊。宋徽宗备的礼金很重，李姥大喜过望，殷勤招待，李师师却迟迟不来相见。宋徽宗的耐性非常好，虽然左等右等李师师也不来，他依然没有丝毫气恼，只是对这平生不曾受过的"礼遇"感到惊奇。大半夜就这样在等待中过去了，宋徽宗感到了疲倦。

这时，李姥拥着李师师姗姗而来，宋徽宗不由为之一振：李师师未施粉黛，穿得也素净，却娇艳如出水芙蓉，特别是目似晨曦，在烛光下闪烁，显得光彩照人。宋徽宗问她年龄，李师师默然，再问，她干脆坐到别的地方去了。李姥赶紧打圆场，然后放下帘子出去了。李师师轻拢慢捻，鼓了一曲《平沙落雁》，反复了三遍，韵味悠远，让精通音律的宋徽宗听得如醉如痴，不觉已东方泛白，于是起身返宫。

从此，镇安坊就如磁石一样吸引着宋徽宗频频眷顾。每次来镇安坊，宋徽宗总要赏赐李师师许多价值连城的奇珍异宝。为了方便见李师师，还特地修了从皇宫通向镇安坊的"潜道"。有妃子问宋徽宗，"李师师是什么样的人？陛下怎么对她如此迷恋？"宋徽宗回答道："无她，但令尔等百人，改艳妆，服玄素，令此娃杂处其中，迥然自别。其一种幽姿逸韵，要在色容之外耳。"①

泼天的富贵与恩宠突如其来，并没有让李师师感到不能自持，她依然不卑不亢，从容应对。她将宋徽宗给她的封赏都保存起来，并预感到安逸的生活表面其实潜伏着祸患与危机。果然不久，金兵犯境，河北告急。李师师便主动向开封府打了报告，愿意将宋徽宗前后赏赐的金钱捐献给官府，助河北军饷；征得宋徽宗同意后，李师师在慈云观当了女道士。金人很快攻破汴京，李师师不幸被金人虏获。李师师不愿意伺候金主，先是用金簪自刺喉咙，但是没有成功，于是又折断金簪吞下，殉国而亡。

《李师师外传》中的李师师虽沦落风尘，却能始终保持一颗平常心，具有淡泊名利、不执着的佛性。她既能不执于钱财，在民族危亡的关头洒脱地捐出宋徽宗赏赐的财物；又能不执于情欲，虽然宋徽宗

---

① 佚名：《李师师外传》，转引自李剑国主编《唐宋传奇品读辞典》，新世界出版社2007年版，第1550页。

对她宠爱逾常，她却从来没有恃宠骄纵，也从来没有入宫争宠的想法。身居青楼，能富贵不淫，威武不屈，不迷失自我，不沾染浅薄谄媚的习气，的确可以称得上真正的隐者。

作为宋代传奇的压轴之作，《李师师外传》将李师师塑造得颇有慧根佛性，这与佛教禅宗在宋代繁盛有关。"佛学东渐"是中西文化交流史上的大事，对中国思想文化的影响非常巨大。佛教自两汉之际传入中国，而汉代佛教的活动范围局限于上层社会，少有中国本土的高僧。魏晋时期的佛教，开始了中国化的进程，受玄学影响，一度曾出现玄学化的现象。南北朝时期的佛教是佛教中国化进程中的一个极为重要的阶段，隋唐则是中国佛教的成熟期。宋代以降，佛教禅宗开始异乎寻常的兴盛。北宋时期，太祖至神宗均崇尚佛法，其间遍译经藏，广修灯录，佛事大盛。南宋时期，城市经济畸形繁荣，歌舞升平的社会假象，掩盖了积贫积弱的国势。统治者对内巧取豪夺，对外屈辱求和，使英雄失路、才子不遇成为普遍的社会现实。儒家思想不能解决宋代士人的现实困惑，许多知识分子走向佛教世界寻求精神避难和心理平衡，"说佛谈禅"蔚然成风。正是在这样的社会文化环境下，《李师师外传》的作者以"雅洁"之笔塑造李师师，将李师师与佛门弟子联系在一起，写出李师师不贪恋富贵、不追慕钱财、出淤泥而不染的高洁情怀，并通过这位青楼女子来反映北宋的社会现实，表达他对江山社稷之忧，具有惩劝那些卖国求荣的王公大臣的讽喻意义。

第二章　明清叙事中的女性形象与命运悲歌

　　中国封建社会发展到明清，进入它的后期阶段。公元 1368 年朱元璋建立了大明政权，结束了元末绵延多年的战争，使国家回到大一统的轨道上来。事实上，伴随大一统政权出现的是高压、严密的专制政策。政治上的专制，与之伴随的是思想和文化上的封闭，程朱理学在意识形态领域得到了统治者的推崇，被奉为官方哲学。"男尊女卑""三从四德"等封建伦理教条的加强带来女性心理上的压抑和封闭，"父母之命，媒妁之言"成为封建婚姻的唯一合法形式。明中叶后，为矫正理学所带来的种种弊端，展开了以王阳明为代表的心学运动与古学复兴运动。

　　明代中叶以后，商业的发展推动着城市社会文化的繁荣，江南工商业发达地区出现了资本主义萌芽，文艺活动的发展也越来越受到城市社会需要的影响和推动。明清叙事文学也呈现出新的时代特色，即市井化与通俗化。随着市民阶层的壮大、城市经济的繁荣，追求物质利益的思想开始向社会生活的各个领域渗透，文学创作开始淡化了通

过文学来寄托社会道德理想的传统创作观念，许多思想家、文学家如
李贽、袁宏道、汤显祖等纷纷倡导"童心"、至情和"人欲"，出现
了与程朱理学相抵牾的"以情抗理"的社会思潮，表现为肯定情欲的
合理性，追求男女平等婚恋自由，世俗道德观念进一步凸显，封建的
伦理道德规范渐渐失去了普遍的约束力。如冯梦龙的《三言》以情本
论为基础，肯定情欲存在的合理性，推崇妇女追求自由爱情和平等的权
利，表现了新兴市民阶层的情爱伦理，不仅语言通俗化，而且带有浓厚
的市民意识和世俗色彩。

　　清朝前期，全国实现统一，经济得以恢复，社会秩序日益稳定，
文化事业也相应发达，一些贵族妇女在一定条件下可以参与社会文化
活动，表现自己的才华，女性的才华在一定程度上得到了社会的认
可，理想的佳人，除了美貌，还要有才情，清代鹤市道人的《醒风流
奇传》对佳人形象做了如此概括："佳人乃天地山川秀气所钟，有十
分姿色，七分聪明，更有十分风流。十分姿色者谓之美人，十分聪明
者谓之才女，十分风流者谓之情种。三者之中有一不具，便不谓之佳
人。"在明清数量众多的才子佳人小说里，如《玉娇梨》《平山冷燕》
《定情人》《五色石》，才子佳人的爱情是建立在才貌相当的基础上，
所写的情是在"发乎情，止乎礼义"的伦理道德规范下进行心灵沟
通，表达爱慕，一般格调典雅，内容纯正，代表着向正统的伦理道德
复归的趋势。正如何满子所指出的："顺情而不越礼，风流而无伤风
教，这是才子佳人小说的要旨所归。"[①] 在明清的才子佳人小说中，人
物对封建伦理道德的持守多于反叛，在封建礼教面前往往表现出反抗
的软弱性，男女之情和道德劝惩相互交织。清代的女性诗社层出不

---

① 何满子：《中国爱情小说中的两性关系》，上海书店出版社 1999 年版，第 146 页。

穷，造成一定影响的有蕉园诗社、清溪吟社、梅花诗社、惜阴社、湘吟社等。诗社的才女们或相约饮酒赏花，或在闺中交流琴棋书画，或登山泛舟，或访古探幽，每次聚首，均有诗词唱和。这些诗社类似《红楼梦》大观园的诗社，在一定程度上表现了男性对女性才华的欣赏和尊重，在一定程度上冲击了"女子无才便是德"的传统伦理道德观。然而，在封建末世，以李贽、袁宏道、汤显祖等为代表的社会新思潮基本上还是作为封建思想的异端存在，他们本人尚未从根本上脱离封建樊篱，并没有形成新的思想体系。明清时期社会生活的空前丰富，与唐宋传奇相比，明清小说"描摹世态，见其炎凉"[1]，女性形象的性别意识表现出复杂的态势：一方面继承了传统伦理思想的某些质素，另一方面又糅合了新时代的精神因子，无论是大家闺秀，还是小家碧玉，都自发地反对程朱理学对情欲的禁锢，体现出女性对人生幸福的憧憬和追求。

第一节　《桃花扇》中李香君形象及其悲剧美

一

孔尚任的《桃花扇》以侯方域与李香君的离合之情为主线抒发兴亡之感，在其结尾处，侯、李历经磨难与波折后在南京栖霞山重逢了，两人比肩同看桃花扇，欲鸳梦重温，突然闯来一位张瑶星道士，

————————————

[1]　鲁迅：《中国小说史略》，东方出版社 1996 年版，第 126 页。

裂扇掷地道："两个痴虫，你看国在那里，家在那里，君在那里，父在那里，偏是这点花月情根，割他不断么？"① 张道士的当头棒喝让侯方域与李香君如梦方醒，遂了断情根，一南一北修真学道去了。有情人分道扬镳，侯、李的爱情显然是个悲剧。值得探讨的是，历史上的侯方域并未出家，李香君虽然出家了，见侯方域来栖霞山找她，就还俗了，还与侯方域育有一子。那么，我们如何理解《桃花扇》的结尾对历史真实的背离呢？

从整个剧本来看，孔尚任创作《桃花扇》是以尊重历史为基础的。据他本人在《桃花扇·凡例》中所言，"朝政得失，文人聚散，皆确考时地，全无假借。至于儿女钟情，宾客解嘲，虽稍有点染，亦非乌有子虚之比。"② 孔尚任为创作这部历史剧，经过十多年的资料准备，直接接触过一些南明遗民，了解到许多关于南明王朝兴亡和关于李香君与侯方域的鲜活故事。特别是，孔尚任与冒襄曾有过忘年之交。冒襄，字辟疆，与侯方域、陈贞慧、方以智并称为"明末四公子"，年轻时多次到南京参加乡试，不仅与秦淮歌伎陈圆圆、董小宛过从甚密，而且与侯方域一起同为缔结复社的骨干，也是侯、李爱情的见证人。据史料记载，八十岁高龄的冒襄曾特地从如皋来到兴化孔尚任的住所，两人同住一个月，冒襄向孔尚任详细讲述了南明小朝廷的兴亡和侯方域、李香君当年的逸事，为孔尚任创作《桃花扇》提供了详尽的素材。并且，孔尚任的足迹几乎踏遍南明故里，他曾到扬州参拜史可法衣冠冢，去南京游秦淮河、登燕子矶、拜明孝陵，还专程到栖霞山白云庵访问了张怡道长（字瑶星），也就是《桃花扇》中张瑶星道士的原型。

---

① （清）孔尚任：《桃花扇》，人民文学出版社1959年版，第258页。
② 同上书，第11页。

　　客观地讲,《桃花扇》中的绝大多数人物都是历史上的真人真事,部分重大历史事件甚至考证精确到某月某日,但《桃花扇》毕竟是文学作品而非历史书,就其结尾而言,该剧进行了艺术虚构,与历史真实存在很大出入。实际情况是,李香君在栖霞山的葆真庵出家了,侯方域找到了她,两人尘缘未了,李香君随侯方域来到其老家河南归德(今商丘)。为了让侯家接纳李香君,李香君的歌伎身份被隐瞒了,化名为吴姓女子,以妾的身份住进侯家西园翡翠楼,与侯方域的原配夫人常氏相敬如宾,过了几年妻妾同侍一夫的平静生活。清顺治九年(1652年),侯方域再次下江南,李香君曾为秦淮歌伎的身份被公公侯恂获知,即被逐出翡翠楼,住到离城十五里的侯氏柴草园——打鸡园。侯方域回到归德后,将李香君接回,但侯氏家族难以接纳她,将李香君赶到距城七公里的侯氏庄园(今李姬园)居住。李香君生下一个男孩,不能随父姓侯,只能随母姓李,孩子生下不到几个月,李香君便在抑郁中撒手尘寰,终年约三十岁。至今在河南商丘,还保留着侯方域为李香君立的石碑,以及刻在石碑上的对联:"卿含恨而死,夫惭愧终生";碑前设有一石桌,供祭奠之用;石桌前有一石墩,上刻"愧石墩"三个字。据说当年侯方域经常坐在"愧石墩"上追思李香君,在李香君去世一年后,三十七岁的侯方域也在忧思中走完了自己的人生之路。

　　至今,在南京栖霞寺的牌坊上仍可以看到李香君于1644—1645年在栖霞山出家的记载,侯方域则没有出家,只是曾经三次游历栖霞山。明亡之后的顺治八年(1651年),侯方域参加了清政府组织的河南乡试,中副贡生。相形于现实版的李香君为了爱情委曲求全,在过往恩怨里牵缠;侯方域则违背初衷,晚节不保,孔尚任的《桃花扇》以侯方域与李香君双双入道作为收煞,虽然有悖于历史真实,却给这部传奇留下了耐人寻味的悲剧美。

二

中国传统审美文化追求"团圆之趣",中国古典悲剧有个共同的特点就是难以一悲到底,总要留下一个光明的"尾巴"。例如在洪昇的《长生殿》中,唐明皇与杨贵妃迫于政治压力被拆散了,死后却在月宫中重逢,得以"仙圆";在孟称舜的《娇红记》中,申纯与娇娘受封建礼教的桎梏不能终成眷属,双双抑郁而亡后被合葬于濯锦江边,两人遂化作鸳鸯嬉戏于坟前;在方成培的《雷峰塔》中,白娘子被法海镇于雷峰塔下,16 年后白娘子与许仙生的孩子许仕林得中状元,救出其母,一家团圆……虽然悲剧人物的理想在现实世界中遭到阻遏或毁灭,悲剧冲突却受"团圆之趣"的影响,从现实世界延伸到虚幻世界,悲剧主人公的追求在虚幻世界中终获实现。《桃花扇》则突破了中国古典悲剧"大团圆"的窠臼,以侯方域和李香君一南一北修真学道终结,虽然不符合中国悲剧的审美规律,却在艺术真实的层面上与现实版的侯李之恋构成了互文回响,呈现出决绝之美、理想之美和悲凉之美。

(一)决绝之美。与戏剧版的李香君斩断情根大相径庭,现实版的李香君尘缘未了,为了爱情跟着侯方域从南京栖霞山走到了河南商丘。她本是心气和天赋都极高的人,爱侯方域却低到了尘埃里,为了与侯方域生活在一起,她必须隐瞒自己曾经是秦淮名伎的身份,改李姓为吴姓;她必须顺从侯方域的原配夫人,还有侯氏家族的种种繁文缛节;她还必须宽容侯方域入清后参加科举,晚节不保。这些李香君都忍辱做到了,也姑且过了几年安宁的日子,但当她的真实身份被暴露后,这种苟安的日子竟无法持续下去,她被赶出翡翠楼,连她的孩子、孩子的孩子都不能入侯氏宗族姓侯。在屈辱绝望中李香君香消玉殒了,侯方域也抑郁而终,这对才子佳人的爱情悲剧在现实版本里终究是一出被封建礼教所压制、扼杀的家庭悲剧。

现实生活中李香君为了爱情屈就命运在《桃花扇》里变为斩断情根、抱节守志的抗争。中国历史上抱节守志，堪称经典的有商周时期的伯夷、叔齐耻食周粟，采薇而食，饿死于首阳山。《桃花扇》中，侯方域与李香君被张道士当头棒喝后，一个悔悟"大道才知是，浓情悔认真"，另一个觉醒"回头皆幻景，对面是何人"，遂一南一北修真学道，其精神血脉恰与伯夷、叔齐耻食周粟如出一辙，都代表了一种高标独立、不随流俗的民族人格。让侯、李相遇相知、心灵契合的共同理想就是痛恨阉党、反清复明，而当两人所支持的南明王朝气数已尽，任何个人的力量都无法力挽狂澜，抱节守志、修真学道便成为孔尚任为其塑造的主人公设置的抗争形式。这种抗争虽然消极，却充满了拒绝妥协的决绝之美，使《桃花扇》从习见的"大团圆"窠臼中超脱出来，并在理性认识上传达出对历史、人生的悲剧性体悟，即侯方域与李香君的爱情悲剧并非由个人意志所决定，而是时代的悲剧，民族的悲剧。覆巢之下安有完卵？侯、李被张道士点化，由情入道的决绝便升华为因了家国大义而毅然抛弃儿女情长的崇高精神。

南京"李香君故居"中的李香君塑像

（二）理想之美。李香君是《桃花扇》中最为光彩动人的形象，她虽为青楼女子，社会地位卑贱，却承载着中国主流文化意识形态所要求的人格精神，诸如深明大义、疾恶如仇、不畏强权、忠诚爱情、具有强烈的民族意识和忧国忧民的情怀。孔尚任从社会环境与人物关系出发，将人物塑造与当时的政治风云紧密相连，并对史实进行了艺术加工，通过"却奁""拒媒""守楼""骂筵""入道"等一系列戏剧性情节将李香君这一人物形象理想化。据梁启超考证，"却奁"的情节出自艺术虚构，而非实有其事："香君亦不过劝朝宗（侯方域）择交，无所谓却奁之事也"，然"阮大铖自防乱公揭刊播后，欲纳交于侯朝宗，此事实也。朝宗之不为大铖所买，颇得李香君提醒之力，此亦事实也。大铖因此大恨朝宗以及香君，此亦事实也。但大铖所夤缘以纳交者并非杨龙友，其纳交手段亦非赠香君妆奁"。① 阮大铖是明末戏剧家，由于他依附阉党，为人奸佞，品格低下，多为士林所摈斥。孔尚任不拘泥于史实，想象阮大铖为结交侯宗域，通过杨龙友赠送钗钏衣裙给香君，香君得知来历后，拔簪脱衣，高唱"脱裙衫，穷不妨；布荆人，名自香"，李香君的侠骨慧眼、超常胆识与不同流俗由此跃然纸上。"入道"的情节也是亦真亦假，作为历史人物的李香君的确于 1644 年在栖霞山葆真庵出家了，但她的出家属于迫于外在压力的权宜之计，是在动荡社会中寻求一个赖以栖身的场所，并非被张道士点化后内心深处的觉悟。据栖霞寺牌坊所记载，李香君在栖霞山出家的时间不过一年光景，当侯方域找到她，欲带她回其河南老家，她就跟着侯方域离开栖霞山还俗了，抗争精神也在世俗生活中化为乌有。孔尚任省略了李香君还俗后的故事，以李香君和侯方域由情

---

① （清）孔尚任：《梁启超批注本〈桃花扇〉》，梁启超批注，凤凰出版社 2011 年版，第 37 页。

入道作为结尾，审美意图是使戏剧情节更为精炼、集中，人物性格更为典型、鲜明，与"拒媒""守楼""骂筵"等情节保持一致，突出了李香君崇尚气节、刚烈忠诚、宁为玉碎不为瓦全的性格，使全剧闪耀着理想主义光芒。

（三）悲凉之美。《桃花扇》面世时距清王朝建立已有五十余年，孔尚任也经历了人生的诸多波折，由明亡带来的悲痛与激愤经过时间的沉淀已凝结为沉郁与苍凉。山河震荡裹挟着难以自主的生命，在孔尚任心中刻下了世事无常的悲凉感，这也是《桃花扇》的深层底蕴，正如清代彩绘《桃花扇图册》中的跋语所云："水外有水，山外有山，桃花扇曲完矣，桃花扇意不尽也！思其意者，一日以至于千万年，不能仿佛其妙曲云。"作为全剧中心意象的"桃花扇"串联起各色人物和诸多事件，经历了一个从赠扇、溅扇、画扇、寄扇到最后撕扇的过程。当"桃花扇"被张道士撕裂后，全剧的故事情节也基本结束了，在曲终人杳、江上峰青的背景下，孔尚任又安排了苏昆生、柳敬亭两位民间艺人演唱"余韵"，给全剧带来回味无穷的悲凉之美："俺曾见金陵玉殿莺啼晓，秦淮水榭花开早，谁知道容易冰消。眼看他起朱楼，眼看他宴宾客，眼看他楼塌了。这青苔碧瓦堆，俺曾睡风流觉，将五十年兴亡看饱。那乌衣巷不姓王，莫愁湖鬼夜哭，凤凰台楼枭鸟。残山梦最真，旧境丢难掉，不信这舆图换稿。"[①]　"馀韵"中的〔哀江南〕套曲不仅抒发了家国兴亡之感、末世悲凉之叹，而且对历史、宇宙做了宏阔的审美观照和思考，传达出生命价值与历史狂澜、刹那须臾与人类宇宙之间的矛盾，以及以体味永恒来消解当下苦难的终极关怀。

---

① （清）孔尚任：《梁启超批注本〈桃花扇〉》，梁启超批注，凤凰出版社 2011 年版，第 200 页。

综上，《桃花扇》尽管是一部历史剧，但并非历史书。孔尚任在忠于客观史实的现实主义精神指导下创作《桃花扇》，并不是简单地模仿历史，而是将侯方域和李香君的"离合之情"置于南明王朝覆灭的社会环境中，展示了广阔的历史背景和社会内容，想象了丰富的故事情节，揭示出个人命运与国家命运息息相关，从而使剧作更具深度、广度和艺术表现力。特别是，他将侯方域、李香君的命运归宿做了改变，以侯、李拔慧剑、斩情丝，一南一北修真学道作为全剧的结尾，不仅试图达到"惩创人心，为末世之一救"（《桃花扇·小引》）[①]的创作目的，而且充满了历史与人文的艺术张力，因此，《桃花扇》的立意深度超过了一般的历史剧和爱情剧，孔尚任塑造的李香君才成为民族人格精神的代表和文化理想的显现，在中国文学史上拥有无可替代的审美价值。

第二节　女儿如水，水似女儿
——《红楼梦》中"水"原型的文化内涵

一

中国水文化传统源远流长。水不仅是人们的审美表现对象，也是理性认知对象，在中国文化中具有丰富而深邃的象征隐喻意义。老子云："上善若水，水善利万物而不争，处众人之所恶，故几于道。"

---

① （清）孔尚任：《桃花扇》，人民文学出版社 1959 年版，第 1 页。

（《老子·八章》）以水"善利万物而不争"的品性来象征"道"；孔子面对东流而去的河水感慨："逝者如斯夫。"（《论语·子罕》）以水的流逝来象征岁月流转；孟子则曰："原泉混混，不舍昼夜，盈科而后进，放于四海。"（《孟子·寓娄下》）以水百折不回、一往无前的精神赞美君子的品格。在《红楼梦》里，曹雪芹注重水性与女性、水韵与女韵的关系，用"水"来比拟女儿，描绘出一个汇山川之灵秀，钟天地之精华的女性世界。"女儿"作为"水"的载体不仅融入了曹雪芹的精神、感情和理念，而且凝聚着水文化传统所赋予的象征意义，"水"成为《红楼梦》中反复出现的、富有文化内涵的原型。

　　所谓原型（archetype），又称为原始意象，是一个民族的文学、艺术和文化中的具有规范和启示意义的象征性符号或心理结构。作为文艺理论概念的"原型"则来自 20 世纪五六十年代盛行于西方的原型批评。瑞士心理学家荣格的"原型"心理学为原型批评提供了深层的理论依据。荣格在论述心理学与文学的关系时谈到在不同时代、不同文学作品中存在着"原型再现"和"集体无意识"现象，"每一个原始意象中都有着人类精神和人类命运的一块碎片，都有着在我们祖先的历史中重复了无数次的欢乐和悲哀的一点残余，并且总的说来始终遵循同样的路线"①。荣格认为原型肇始于洪荒的历史，原型的反复再现表明人类在无意识的心理构造中继承着祖先的文化与传统。加拿大学者诺斯洛普·弗莱将原型批评的重心从心理学领域转向了社会文化领域，他在《批评的剖析》中以开阔的视野把握文学现象的规律，揭示文学现象中的深层模式，强调原型是"一种典型的或重复出现的意象"，是具有约定性的联想物和"可交流的象征"②，在历史长河中

---

① ［瑞士］荣格：《荣格文集》，冯川译，改革出版社 1997 年版，第 226 页。
② ［加拿大］弗莱：《批评的剖析》，陈慧等译，百花文艺出版社 1998 年版，第99 页。

可以置换变形。譬如，弗莱认为，有些普遍的自然景象，如大海、森林、田园等，在诗歌中反复出现，不能被称作"巧合"，而是显示了自然界中的某种联系，而文学则模仿这种联系。因此，在文学作品中，一个关于田园的故事，就可能有一个潜在的程式化的原型。在对原型的诸多论述中，可以把握原型根源于悠远的历史，却不直接地反映和表现历史，具有反复发生性和普遍一致性，不同民族的文化模式决定了同一原型在不同文化背景下的象征意义和审美内涵。在人类文化生活中，"水"是一种重要的原始意象，诚如 P. E. 威尔莱特所言："水这个原型性象征，其普遍来自它的复合的特征，水既是洁净的媒介，又是生命的维持者。因而水既象征着纯净，又象征着新生命。"①"水"不仅是智慧、力量、品格的象征，也是情爱、女性和生命的喻体。《红楼梦》中，女儿如水，水似女儿，曹雪芹将水与女性互喻，借贾宝玉之口道出"女儿是水做的骨肉，男人是泥做的骨肉"来矫正封建社会的男尊女卑思想，并创造了大观园"女儿国"这个与"现实的世界"形成鲜明对比的"乌托邦的世界"，②借此表现对女性的欣赏、赞美与尊重，寻绎清净、和谐、温暖的生命之源。

二

《红楼梦》中的女性多有着如水的品性，她们或柔情似水，或纯净如水，或外柔内刚，有着水一般的坚韧与执着，或宽厚容物，有着水一般的低调处下的性情……其中，"娴静时如娇花照水"的林黛玉

---

① P. E. 威尔赖特：《原型性象征》，转引自叶舒宪等编《神话—原型批评》，陕西师范大学出版社 1987 年版，第 228 页。

② 余英时认为曹雪芹在《红楼梦》里创造了"乌托邦的世界"和"现实的世界"两个鲜明对比的世界，即大观园的世界和大观园以外的世界（余英时：《〈红楼梦〉的两个世界》，上海社会科学院出版社 2002 年版）。

敏感柔弱，才华横溢，执迷于儿女之情，堪称"水做的骨肉"。围绕林黛玉这一人物形象，曹雪芹建构了"绛珠还泪""水月镜花""似水流年"等与"水"相关的原始意象。

小说第一回，借一僧一道谈话，叙述了"绛珠还泪"的神话：贾宝玉前生乃赤霞宫神瑛侍者，林黛玉前生乃灵河岸上、三生石畔的绛珠仙草，神瑛侍者每日以甘露灌溉绛珠仙草，仙草受天地之精华，修成女体。神瑛侍者下凡，绛珠仙草也下世为人，愿以一生眼泪来酬报神瑛侍者的灌溉之恩。

绛珠还泪的神话从叙事层面来看，借僧道之口，演说宝黛的前世因缘，涉入因果，并以警幻仙姑为纽带，连接太虚幻境与贾府实境，将整个贾府兴衰、木石盟、金玉缘都套在因果报应的框架结构中。从象征层面来看，甘露、眼泪是水的形态，也是情的符号，这个神话象征性地解说了情是生命之源、万物之根。

神瑛侍者携石头下凡，成为衔玉而生的贾宝玉。贾宝玉在世人眼里"潦倒不通世务，愚顽怕读文章，行为偏僻性乖张"，但他并不是普通的纨绔膏粱，他是有理想有追求的——他要守住未经浊世污染的真淳人性，建立一个平等的、自由的、充满爱和美的有情天地。林黛玉理解他，所以从来不劝他走仕途经济的道路。贾宝玉、林黛玉不仅出身、教养相当，而且志趣、禀赋相投，他们的爱情不同于"才子佳人"传奇中一见定情、皮肤滥淫式的爱情，而是经历了一个相互试探、相互了解、相互交心的发展过程，终于成为心灵相通的知己。第五回"游幻境指迷十二钗"通过演唱〔枉凝眉〕预演了宝黛情缘：

一个是阆苑仙葩，一个是美玉无瑕。若说没奇缘，今生偏又遇着他；若说有奇缘，如何心事终虚化？一个枉自嗟呀，一个空劳牵挂；一个是水中月，一个是镜中花。想眼中能有多少泪珠儿？怎经得秋流到冬尽春流到夏！①

　　诚如［枉凝眉］所唱"一个是阆苑仙葩，一个是美玉无瑕"，这种前世的因缘使宝黛初遇便有似曾相识的感受。曲词中还提到了"水中月""镜中花"，水月镜花本是禅宗的范型，以水喻禅、以水道禅是禅宗的传统，形成了禅学水观。所谓"宝月流辉，澄潭布影，水无蘸月之意，月无分照之心，水月两忘，方可称断"②。水月之境与禅境浑然一体，在相忘中相融，在相融中合一。由此看来，［枉凝眉］的"水中月""镜中花"包含两层含义：其一是凡所有相，皆是虚妄；其二是镜与花、水与月相摄、达到你中有我、我中有你的圆融无碍的境界。"水月镜花"这一原始意象不仅预示了宝黛的姻缘最终成为虚幻，而且象征性地表达了宝黛之间如镜花相印、水月相忘、精神契合的爱情境界。

　　接下来的"想眼中能有多少泪珠儿？怎经得秋流到冬尽春流到夏"，若拘泥字面做落实的解说，是暗示林黛玉泪尽夭亡的命运，但《红楼梦》不是一部普通的小说。普通的小说是写人生里头某一个事件、某一个场景、某一个人物，《红楼梦》则处处渗透着曹雪芹对整个人生的感悟。诚如叶朗所言："《红楼梦》这种对整个人生的感悟是带有一种哲理性的感悟和感叹。它引导读者去体验整个人生的某种意味，我们称之为人生感，或者叫历史感。"③ 有了这种"人生感"，《红楼梦》便超出了特定的历史时代，写出了不同时代的人所共有的体验和感受。因此，从"人生感"这一角度来理解"想眼中能有多少

---

① 《脂砚斋重评石头记庚辰校本》（第一卷），作家出版社2006年版，第158页。
② （宋）释普济编：《五灯会元》，万卷出版公司2008年版，第265页。
③ 叶朗：《〈红楼梦〉的意蕴》，转引自凤凰卫视出版中心编《世纪大讲堂·清议》，中国友谊出版公司2007年版，第68页。

泪珠儿？怎经得秋流到冬尽春流到夏"就极富形而上的意味：林黛玉
从小父母双亡，贾母对这个外孙女又呵护有加，封建礼教对她的禁锢
相对较少，因此她能保持自己的本性，活得比较率真和自我。她经常
愁肠百转，临花落泪，不仅是因为她对贾宝玉的真挚爱情在封建礼法
桎梏下得不到正常表达，只能以泪水的形式宣泄出来，更是因为她有
一种对青春年华和生命的无限哀怜和珍惜。这在"牡丹亭艳曲警芳
心"中表现得尤为深刻：

> （林黛玉）正欲回房，刚走到梨香院墙角上，只听墙内笛韵
> 悠扬，歌声婉转。林黛玉便知是那十二个女孩子演习戏文呢。至
> 因林黛玉素习不大喜看戏文，便不留心，只管往前走。偶然两
> 句，只吹到耳内，明明白白，一字不落，唱道是：
>
> 原来姹紫嫣红开遍，似这般都付与断井颓垣……
>
> 林黛玉听了，倒也十分感慨缠绵，便止住步，侧耳细听，又
> 听唱道是：
>
> 良辰美景奈何天，赏心乐事谁家院……
>
> 听了这两句，不觉点头自叹，心下自思道："原来戏上也有
> 好文章。可惜世人只知看戏，未必能领略这其中的趣味。"想毕，
> 又后悔不该胡想，耽误了听曲子。又侧耳听，唱道：
>
> 则为你如花美眷，似水流年……
>
> 林黛玉听到这两句上，不觉心动神摇。又听到"你在幽闺自
> 怜"等句，亦发如醉如痴，站立不住，便一蹲身坐在一块山子石
> 上，细嚼"如花美眷，似水流年"八个字的滋味。忽又想起前日
> 见古人诗中有"流水落花春去也，天上人间"之句，又兼方才所
> 见《西厢记》中"花落水流红，闲愁万种"之句，都一时想起

来，凑聚在一处。仔细忖度，不觉心痛神痴，眼中落泪。①

灵心慧性的林黛玉偶然听到《牡丹亭·惊梦》中的戏文产生了强烈的心灵震撼和共鸣，乃是因为"似水流年"的原始意象唤醒了她心底深处对时间、对青春、对爱情的感受，于是她为人世间美好事物的短暂、无常而哭泣。因此，林黛玉的泪水不仅是她"情重愈斟情"的写照，而且象征性地表达了她对生命的忧患意识和似水流年的人生感。

三

在中国文化传统中，水常作为"君子"的人格象征和比喻。《大戴礼记·劝学》载："孔子曰：'夫水者，君子比德焉：偏与之而无私，似德；所及者生，所不及者死，似仁；其流行庳下，倨句皆循其理，似义；其赴百仞之溪不疑，似勇；浅者流行，深渊不测，似智；弱约危通，似察；受恶不让，似贞；苞裹不清以入，鲜洁以出，似善化；必出，量必平，似正；盈不求概，似厉；折必以东西，似意，是以见大川必观焉。'"② 孔子之所以见大水必观，在于水具有"似德""似仁""似义""似勇""似智""似察""似贞""似善化""似正""似厉""似意"等美德和能力，这正是君子所宝贵的。所谓比德，是指从客体的自然物的某一特征中品味出与主体人相关的美德。孔子以水喻贤才君子之说，为后代儒者所继承：《世说新语》载，卫瓘评价乐广为"人之水镜也，见之若披云雾睹青天"，以清水和明镜为比喻称赞乐广之见识高明。北宋范仲淹在《严先生祠堂记》中以富春江之水比喻严子陵，赞曰："云山苍苍，江水泱泱，先生之风，山高水

---

① 《脂砚斋重评石头记庚辰校本》（第二卷），作家出版社 2006 年版，第 473 页。
② 王岳川：《发现东方》，北京图书馆出版社 2003 年版，第 72 页。

长。"通过对水的赞美表达对品德高尚、修养深厚的君子的讴歌之情。

在《红楼梦》中，薛宝钗是唯一直接被称作"君"的女性。她被唤为"蘅芜君"，不仅是因为她容貌丰美，可以与花中之王牡丹媲美，更是因为她有君子的品格，博学多才，温柔敦厚，处处与人为善，既知命又执着，在她身上集中体现了"君子如水"的人格模式。

首先，薛宝钗有君子之德。她行止得体，进退有据，懂得体上恤下，敬老怜弱。当探春发起举办"海棠诗社"，史湘云自告奋勇做东，薛宝钗体贴史湘云经济上紧张，在家里做不得主，便从自家的当铺里要来几篓螃蟹，替史湘云设计了螃蟹宴；林黛玉常年生病，薛宝钗嘘寒问暖，为了不兴师动众，减轻林黛玉精神上的负担，她每日体贴地叫丫鬟熬了燕窝粥送来；薛宝钗做生日，贾母问她爱听何戏、爱吃何物，她没有考虑自己，而是顺着贾母的心意，点了热闹戏文和甜烂食物；她哥哥薛蟠从虎丘带回一些土特产，她除了自己留用之外，还一份一份配合妥当，使丫鬟婆子挨门儿送到，连平素为人尖刻、众人鄙薄不屑的赵姨娘也没有遗漏。更为难得的是，薛宝钗出身"珍珠如土金如铁"的富贵人家，却甘于淡泊，不喜簪花抹粉，不爱富丽闲妆，将自己的卧室也布置得"雪洞"一般，连贾母看了都觉得过于素净。薛宝钗选择这种朴素无华的生活方式，一方面是她追求"淡极始知花更艳"的自然美，另一方面则是她懂得防患于未然，深谋远虑。她清楚地看到贾府和薛家虽然表面风光，却早已如"百足之虫，死而不僵"，因此她不仅以身作则，处处从俭，还劝诫他人不事奢华。邢岫烟衣饰寒素，薛宝钗悄悄替她赎回了当铺的棉衣，并就探春送给邢岫烟的碧玉佩来劝导："这些妆饰原出于大官富贵之家的小姐，你看我从头至脚可有这些富丽闲妆？然七八年之先，我也是这样来着，如今一时比不得一时了，所以我都自己该省的就省了。将来你这一到了我们家，这些没有用的东西只怕还有一箱子。咱们如今比不得他们了，总要一色从实守分为主，不比他们才是。"① （第 57 回）从这些细琐事情上可以看到，薛宝钗为人处世朴素大方，孝亲敬老，安分随时，水平持中，拥有文化传统所推崇的美德，不愧为君子的典范。

其次，薛宝钗不乏君子之才，她精通文墨，博览群书，还擅长齐家。论诗才，薛宝钗锦腹秀口，堪与黛玉媲美：第 37 回 "秋爽斋偶结海棠社"，薛宝钗与林黛玉均以白海棠为题写了诗，两人风格各有千秋，名次上则不相伯仲；第 38 回，海棠社举行咏诗活动，林黛玉的菊花诗独占鳌头，薛宝钗的螃蟹咏则以小题目寓大意，被众人赞为 "大才"；第 70 回，薛宝钗的诗又一次夺了魁。她写的《临江仙》咏柳絮别出心裁，让众人拍案叫绝，认为 "果然翻得好气力，自然是这首为尊"。论齐家之才，在 "时宝钗小惠全大体" 这一回中，薛宝钗的一番理家举措可谓进退得宜，上下兼顾，既使园中服役的嬷嬷婆子得了实惠，又使偌大贾府于紧缩之中不失体面，这种才干是林黛玉所匮乏的，连贾宝玉也望尘莫及。另外，薛宝钗在学问方面也有高过男人的行止见识。在 "贾元春归省庆元宵" 中，宝玉奉元妃之命题诗，宝钗借钱翊咏芭蕉的典故劝宝玉将 "绿玉" 改为 "绿蜡"，被宝玉尊为 "一字师"；在 "听曲文宝玉悟禅机" 中，薛宝钗点了一出《鲁智深醉闹五台山》，贾宝玉不知戏文的奥妙，薛宝钗便随口念了一支《寄生草》，让贾宝玉佩服得五体投地，赞赏她 "无书不知"。脂评云："宝钗可谓博学矣，不似黛玉只一《牡丹亭》，便心身不自主矣。真有学问如此，宝钗是也。"② 薛宝钗博学宏览，既知道 "绿蜡" 的典故，又通晓《寄生草》《牡丹亭》这类闲书杂曲，无论是指导惜春

---

① 《脂砚斋重评石头记庚辰校本》（第三卷），作家出版社 2006 年版，第 1019 页。
② 《脂砚斋重评石头记庚辰校本》（第二卷），作家出版社 2006 年版，第 447 页。

作画，还是与湘云论诗，与宝玉参禅，与黛玉谈医药之理，薛宝钗都讲得头头是道，令人折服。同时，她修养深厚，不会像黛玉那样读了《牡丹亭》便心动神摇，无法自持，而是恪守封建礼教所要求的女人本分，在言行上符合那个时代所要求的"德言工貌"。在"蘅芜君兰言解疑癖"中，她苦口婆心地规劝偷看了《牡丹亭》《西厢记》的林黛玉：

> 所以咱们女孩儿家不认字的倒好。男人们读书不明理，尚且不如不读书的好，何况你我。就连作诗写字等事，这也不是你我分内之事，究竟也不是男人分内之事。男人们读书明理，辅国治民，这便好了。只是如今并不听见有这样的人，读了书倒更坏了。这是书误了他，可惜他也把书糟蹋了，所以竟不如耕读买卖，倒没有什么大害处。你我只该做些针黹纺绩的事才是，偏又认得了字。既认得了字，不过拣那正经的看也罢了，最怕见了些杂书，移了性情，就不可救了。①

薛宝钗循循教导黛玉安于当时的社会文化条件给女人的定位，主观上是从"君子爱人以德"出发的，说得黛玉垂头吃茶，心下暗服。但是，薛宝钗自己内心深处并不安于"针黹纺绩"，她是有"青云"之志的，她曾在《临江仙》中借柳絮抒怀："好风凭借力，送我上青云"。在古汉语里，"青云"的含义是青天、高空，用青云形容高位，或比喻远大的抱负和志向。薛宝钗一出场，就点出她志在魏阙——薛宝钗随母亲、兄长入京，滞留贾府，乃为待选，或聘为妃嫔，或充为才人赞善之职，但不知何种缘故，薛宝钗的帝妃之梦成了南柯一梦（小说没有交代原因）。

---

① 《脂砚斋重评石头记庚辰校本》（第三卷），作家出版社 2006 年版，第 766 页。

1987 年版电视剧《红楼梦》中薛宝钗教导林黛玉

虽然薛宝钗品性才识不同凡响，但她明白作为封建时代的女子，只能依赖男性而存在，她的命运将由其丈夫的地位所决定。于是她努力争取金玉良缘，试图通过当宝二奶奶实现自己齐家治国的"青云"之志。她以品格端芳赢得了封建家长的支持，当上了宝二奶奶，便执着地以一种知其不可而为之的精神劝贾宝玉走仕途经济的道路，希望将贾宝玉改造成她所认同的"读书明理，辅国治民"的男人。但事与愿违，贾宝玉与薛宝钗成亲不久后便毅然弃宝钗而为僧。贾宝玉出家后，薛宝钗不坠"青云"之志，竭尽心力地培养她与贾宝玉的遗腹子贾桂。精诚所至，金石为开，贾桂与李纨的儿子贾兰后来都中了举，薛宝钗终于在自己的儿子身上实现了夙愿。

孔子曰："不知命，无以为君子也。"（《论语》）李泽厚曾对此做了详细的注释："'不知命，无以为君子也'，就是说不懂理、不认识外在力量的这种非可掌握的偶然性（及其重要），不足以为'君子'。就人生总体来讲，总被偶然性影响着支配着，现代社会生活更是如此。如何注意、懂得、认识、重视偶然性，与偶然性抗争（这抗争包括利用、掌握等），从而从偶然性中建立起属于自己的'必然'，这就是'立命''造命'。因此不是盲目顺从、无所作为、畏惧以至崇拜偶然性，而恰恰是要抓紧、了解和主动适应偶然性。"① 由此看来，儒家所称道的君子并非被动地服从命运的安排，而是懂得适应偶然性为自己"立命""造命"。薛宝钗的一生，都在与命运的偶然性抗争，执意以一种知其不可而为之的精神为自己"立命""造命"，虽然奋力人事，但命运多舛。且不论薛宝钗的"青云"之志是否具有合理性，单说她为实现自己的人生价值所表现的百折不回、坚忍弘毅的精神，应该说在一定程度上契合了"君子如水"的人格模式，显示出崇高的悲剧精神。

在封建礼教压制和禁锢下，薛宝钗有些时候也失去了自然的本真状态。譬如说，金钏儿投井，明明是不堪王夫人的侮辱而自杀，薛宝钗为了讨好王夫人，减轻她内心的负疚，便将金钏儿说成"在井跟前憨顽，失了脚掉下去的"。在"滴翠亭杨妃戏彩蝶"中，薛宝钗无意中听到红玉与坠儿的私谈，为了避嫌远祸、明哲保身，她采用了"金蝉脱壳"法将自己遮掩过去。薛宝钗的这些行为表现出她精于世故、冷漠虚伪的一面，但毕竟无存心害人之意，终究是瑕不掩瑜。正如曹雪芹在"终身误"中咏唱薛宝钗是"山中高士晶莹雪"，雪虽然冷，但毕竟是晶莹的、固态的水。与林黛玉一样，薛宝钗也是曹雪芹感悟美好人性所塑造的审美理想的载体，她们身上都承载着"水"原型的哲理意味和文化内涵。诚如脂评所言："钗、玉名虽二个，人却一身，此幻笔也。"② 宝钗、黛玉合一，构成了太虚幻境中的"兼美"，曹雪芹描写宝钗、黛玉，本意是要她们互补，通过她们寄托自己对理想人格的追求，抒发悲金悼玉、怨

---

① 李泽厚：《论语今读》，安徽文艺出版社 1998 年版，第 453 页。
② 《脂砚斋重评石头记庚辰校本》（第三卷），作家出版社 2006 年版，第 760 页。

世怀忧的心曲。

除了林黛玉、薛宝钗等贵族小姐，《红楼梦》还描写了许多地位卑微却有着水一般品格的女子，如平儿，她独自一人侍奉贾琏、王熙凤夫妇，在贾琏之威、凤姐之俗的夹攻下，竟能以柔克刚，妥帖周全，她低调处下的性情使她在贾府游刃有余，被宝玉视为"极聪明极清俊的上等女孩儿"；如晴雯，她对宝玉一往情深，却光明磊落、襟怀坦荡，始终珍爱并保持女儿的清白；还有唱戏的龄官，因为爱着贾蔷，心事又无着落，便在蔷薇花下画"蔷"字，骤雨来了也浑然不觉；还有鸳鸯、紫鹃、香菱……她们都有着水的灵性、水的洁净和水的柔情，洋溢着聪俊灵秀之气，表现了对诗性生活的体悟和追求。在今天看来，红楼女儿的生命形态仍然值得进行审美观照，并从中汲取一种美好的人格力量。

第三节　《红楼梦》中史湘云的命运探析

史湘云是曹雪芹在《红楼梦》中塑造的一个充满活力与才情、栩栩如生的形象，她的命运却是"神龙见首不见尾"，有始无终。高鹗续书中的史湘云黯然失色，变得木讷而顺从，她听从叔婶的安排与卫若兰成婚，待卫若兰得痨病死后，便终生寡居。其中破绽重重，读之有削足适履之感。高鹗的续书不仅违背了曹雪芹笔下湘云性格的发展逻辑，而且与前80回有关湘云的曲词、回目、诗词相抵牾。后来的红学家试图对史湘云的归宿做出合乎情理的安排，出现了宝湘结合论①、湘卫结缡论②、湘云孀居论③、湘云早夭论④等多种版本，但均无法与前 80 回的相关章节统一无间。史湘云的命运成为两百多年来"红学界"的一大悬案。难道史湘云的命运真的无从把握了吗？

根据格式塔心理学家考夫卡的"完形"理论，任何艺术品都是有机的整体，其中的各个组成部分相互依存，处在一个有机结构的统一体中。尚未定型的艺术品已经对艺术家存在一种反作用力，它引导艺术家沿着将各部分组成一个有机整体的目标进行创作。可以认为，一部艺术品即使残缺了，也能通过完形原理将其补充完整。曹雪芹的《红楼梦》虽然只留下了前 80 回，但作为一种"优格式塔"，其人物情节以及故事氛围都蕴含了一种整体的倾向性，不少伏笔和含蓄隐晦的手法也暗示了人物的命运。并且，《红楼梦》早期抄本上有署名脂砚斋的评语，"脂砚斋不仅是《红楼梦》思想艺术方面的评点家，而且他了解曹雪芹的生平家事，熟知《红楼梦》的创作过程，参与过小说的抄阅、对清等工作，在语词的音、义和八十回后的情节内容上做了提示，并提出过修改意见，而且脂砚斋的名字，被曹雪芹直接写入小说的正文和题目中"⑤。因此，脂评也为我们探寻《红楼梦》后部分内容的衍演发展提供了可贵的线索。笔者试图通过考据前 80 回的

---

① 周汝昌认为湘云暗契了《枉凝眉》中的"镜中花"，"湘云与宝玉同时遭逢巨变，家破人离，各自星散，而金麒麟却略如'半镜'，后来起了重逢证合的作用"。（周汝昌：《周汝昌点评红楼梦》，团结出版社 2004 年版，第 114—115 页）

② 丁维忠认为湘云与卫若兰结缡后，好景不长，卫若兰应诏戍边，终生苦役，湘云与卫若兰如牛、女双星一般，似隔天河，永不相聚。（丁维忠：《红楼探佚》，京华出版社 2006 年版，第 255 页）

③ 吴少平认为湘云的结局应是"未婚夫早逝，孀居以终"（吴少平：《"因麒麟伏白首双星"解》，《红楼梦学刊》1994 年第 1 辑，第 175 页）。

④ 俞平伯："我以为湘云虽不嫁宝玉，但她底婚姻须关合金麒麟（我不信回目是经改窜的），嫁后夭卒。"（俞平伯：《红楼梦辨》，人民文学出版社 1973 年版，第 144 页）

⑤ 冯其庸、李希凡：《红楼梦大辞典》，文化艺术出版社 1990 年版，第 979—980 页。

伏笔、暗示以及脂评来探寻史湘云的命运之谜，使这一未完成的形象获得吻合曹雪芹原本艺术构思的补充和解释。

一

《红楼梦》第 31 回"因麒麟伏白首双星"可谓布满玄机，留下了许多令人费解的疑窦。在这一章节里，湘云和翠缕突然谈起了"阴阳"。湘云说得头头是道，仿佛真的参悟了"阴阳"：

> "'阴''阳'两个字还只是一个字，阳尽了就成阴，阴尽了就成阳；不是阴尽了又有个阳生出来，阳尽了又有个阴生出来。"
>
> ……
>
> "阴阳有什么样儿？不过是个气，器物赋了成形。比如天是阳，地就是阴；水是阴，火就是阳；日是阳，月就是阴。"①

翠缕似懂非懂，问起了人的阴阳，湘云便害臊得不愿讲了。恰在这时，湘云发现了蔷薇架下的金麒麟，便要翠缕捡过来。"湘云举目一验，确是文采辉煌的一个金麒麟，比自己佩的又大又有文采。湘云伸手擎在掌上，只是默默不语。"一贯心直口快的湘云此刻竟沉默了。她想的是什么呢？小说在此留下了大片空白，只说湘云"正自出神，忽见宝玉从那边来了"。宝玉发现自己遗落的麒麟被湘云捡到了，不由欢喜异常。行文至此，应该大有文章可做——这一雌一雄两个麒麟相遇了，岂不预示着佳偶天成？不想前来斟茶的袭人说了一句："大姑娘，听见前儿你大喜了。"这句恭喜湘云定亲的话把当时宝湘之间朦胧、美好的情境全喊破了。接下来就是袭

---

① 《脂砚斋重评石头记庚辰校本》（第二卷），作家出版社 2006 年版，第 606 页。

人和湘云之间话家常，有关金麒麟的话题便被岔开了，金麒麟的下落也语焉不详。

1987 年版电视剧《红楼梦》中史湘云醉眠芍药裀

根据第 31 回的脂评"后数十回若兰在射圃所佩之麒麟，正此麒麟也。提纲伏于此回中，所谓草蛇灰线，在千里之外也"。[1] 有研究者囿于惯性思维，断定金麒麟经由贾宝玉之手，几经辗转到了卫若兰身上，如同那条茜香罗汗巾伏下了蒋玉菡和花袭人的姻缘，这个金麒麟也伏下了卫若兰与史湘云的姻缘[2]。按照高鹗的续书，湘云嫁给了卫若兰，不久卫若兰死去，湘云早寡，如此就印证了曲子中"云散高唐""水涸湘江"的交代。笔者认为这种安排牵强而片面，无法填平"白首双星"的回目与湘云的曲词之间的鸿沟。《红楼梦》第 5 回"游幻境指迷十二钗"是统领全书的一个章节，在此章节里，金陵十二钗的命运通过曲词得到了预示。史湘云的曲词是这样的：

① 《脂砚斋重评石头记庚辰校本》（第二卷），作家出版社 2006 年版，第 608 页。
② 俞平伯："我揣想起来，似乎宝玉底麒麟，不知怎样会辗转到了若兰底手中，仿佛蒋琪官底汗巾，到了袭人底腰间一样。"（俞平伯：《红楼梦辨》，人民文学出版社 1973 年版，第 180 页）

［乐中悲］襁褓中父母叹双亡，纵居那绮罗丛谁知娇养？幸生来英豪阔大宽宏量，从未将儿女私情略萦心上。好一似霁月光风耀玉堂！厮配得才貌仙郎，博得个地久天长，准折得幼年时坎坷形状。终久是云散高唐，水涸湘江。尘寰中消长数应当，何必枉悲伤！①

在湘云的曲词里有两个典故，一是"云散高唐"，用楚怀王梦会巫山神女的故事；二是"水涸湘江"，用娥皇、女英二妃于湘江哭舜的故事，都暗示了湘云的夫妻生活没有白头到老。如此看来，回目"因麒麟伏白首双星"与曲词［乐中悲］暗示的是截然相反的两种归宿。如何将这两种归宿集中在史湘云一人身上？那么只有一种可能，曲词中所暗示的因缘与回目中所暗示的因缘是两段因缘，这样一来，种种矛盾便可迎刃而解。

循此出发，笔者认为曲词"云散高唐""水涸湘江"所预示的是史湘云与卫若兰的姻缘。"厮配得才貌仙郎，博得个地久天长"是虚拟的让步状语复合句，指史湘云若能和贾宝玉这样的才貌仙郎结合，就正好匹配，博得地久天长。笔者认为宝玉在第 31 回便将金麒麟送给了湘云，因为曹雪芹明确地叙述宝玉见到湘云便笑道："你该早来，我得了一件好东西（指金麒麟），专等你呢。"于是，宝玉将金麒麟惠赠给湘云，后来湘云遵从包办婚约，嫁给了卫若兰，怀着对美好婚姻的期许，将金麒麟转送给自己的夫君。如此看来，卫若兰从湘云处得到金麒麟，并不存在命运的玄机。相反，宝玉在清虚观打醮，从张道士处得到金麒麟，遗落后又恰巧被正在和翠缕谈"阴阳"的湘云捡到，其中隐含着"缘由天定"的禅意。脂砚斋在评点"因麒麟伏白首

---

① 《脂砚斋重评石头记庚辰校本》（第一卷），作家出版社 2006 年版，第 158 页。

双星"时也谈道："金玉姻缘已定，又写一金麒麟，是间色法也。"①
所谓"间色法"，是指绘画为使主色鲜明，另用一色来衬托。这便是
说，《红楼梦》中的金玉姻缘是由双线构成，主线是宝钗因金锁与宝
玉结缘，副线是湘云因金麒麟与宝玉结缘，主副线交错，与宝黛的木
石前盟分庭抗礼，为感情纠葛增添波澜。据此推断，"因麒麟伏白首
双星"中的"双星"所伏的应当是贾宝玉和史湘云的缘。与正面描写
宝玉与宝钗这一对"金玉姻缘"迥然不同的是，曹雪芹落笔到宝玉和
湘云这一对"金玉姻缘"时总是采用侧面描写或暗示的手法。第32
回写到袭人来斟茶，岔开了有关麒麟的话题，却又带出了一件事，她
求湘云做鞋：

> 史湘云听了，便知是宝玉的鞋了，因笑道："既这么说，我
> 就替你做了罢。只是一件，你的我才作，别人的我可不能。"袭
> 人笑道："又来了，我是个什么，就烦你做鞋了。实告诉你，可
> 不是我的。你别管是谁的，横竖我领情就是了。"史湘云道："论
> 理，你的东西也不知烦我做了多少了，今儿我倒不做了的缘故，
> 你必定也知道。"袭人道："倒也不知道。"史湘云冷笑道："前
> 儿我听见把我做的扇套子，拿着和人家比，赌气又铰了。我早就
> 听见了，你还瞒我。这会子又叫我做，我成了你们的奴才了。"
> 宝玉忙笑道："前儿的那事，本不知是你做的。"袭人也笑道：
> "他本不知是你做的。是我哄他的话，说是新近外头有个会做活
> 的女孩子，说扎的出奇的花，我叫他拿了一个扇套子试试看好不
> 好。他就信了，拿出去给这个瞧给那个看的。不知怎么又惹恼了
> 林姑娘，铰了两段。回来他还叫赶着做去，我才说是你作的，他

---

① 《脂砚斋重评石头记庚辰校本》（第二卷），作家出版社2006年版，第598页。

后悔的什么似的。"史湘云道："越发奇了。林姑娘他也犯不上生气，他既会剪，就叫他做。"①

这段话表面上谈的是做针线的家常话，潜藏的却是曲折微妙的情事。史湘云出场的时候，家道已经败落，她要自己动手做针线，往往"在家里做活做到三更天，若是替别人做一点半点，他家的那些奶奶太太们还不受用呢"（第32回宝钗语）。尽管如此，湘云还是为宝玉做了很多针线活儿。宝玉很喜欢湘云为他做的扇套子，于是拿给这个瞧那个看，黛玉吃醋，将扇套子铰成了两段。宝玉为了在湘云、黛玉之间打圆场，就谎称本不知是湘云做的，袭人也赶紧附和。透过这段话，可以捕捉到这样的信息：湘云不辞劳苦，心甘情愿为宝玉付出；宝玉非常欣赏湘云的针线活儿，并以此为荣；黛玉对湘云非常嫉妒。虽然宝玉、湘云之间的情愫瞒过了贾府上上下下许多人，敏感而又了解宝玉的黛玉却警觉了。当事人湘云鸿蒙未开，对黛玉铰了她为宝玉编的扇套子还啧啧称奇。上述家常对话有一击两鸣的艺术效果：既旁敲侧击了黛玉的小性子、湘云的浑金璞玉，同时也曲径通幽地透露了宝湘之间若隐若现的情感潜流。

在接下来的章节里便发生了宝玉挨打的事件。宝玉挨打是《红楼梦》中的枢纽性情节，围绕宝玉挨打，曹雪芹重点描写了宝钗、黛玉的反应，也一笔带过了李纨、迎春、探春、惜春、贾母、凤姐、邢夫人、王夫人、周姨娘等人来探望宝玉。让人倍感蹊跷的是，独独不见湘云来探视宝玉。其实，宝玉挨打时，湘云正驻留在贾府："此时薛姨妈同宝钗、香菱、袭人、史湘云也都在这里。"（第33回）可是，

① 《脂砚斋重评石头记庚辰校本》（第二卷），作家出版社2006年版，第612—613页。

当众人一拨一拨前往怡红院探视受伤的宝玉，湘云却成了一个不在场的人物。直到宝玉的身体转危为安了，湘云才不经意地出现："大家说着，往前迈步正走，忽见史湘云、平儿、香菱等在山石边掐凤仙花呢。"（第35回）后来，宝玉完全康复了，又提到湘云来道别：

> 正说着，忽见史湘云穿的齐齐整整的走来辞，说家里打发人来接他。宝玉、林黛玉听说，忙站起来让坐。史湘云也不坐。宝林两个只得送他至前面。那史湘云只是眼泪汪汪的，见有他家人在眼前，又不敢十分委曲。少时薛宝钗赶来，愈觉缱绻难舍。还是宝钗心内明白，他家人若回去告诉了他婶娘，待他家去又恐受气，因此倒催他走了。众人送至二门前，宝玉还要往外送，倒是湘云拦住了。一时，回身又叫宝玉到跟前，悄悄的嘱道："便是老太太想不起我来，你时常提着打发人接我去。"宝玉连连答应了。①（第36回）

宝玉挨打后，宝钗"托"着药丸来探视，表现得"娇羞怯怯"，黛玉则哭得"两个眼睛肿的桃儿一般"，让人费解的是，小说没有留下任何墨迹叙述宝玉挨打后，湘云的反应和内心波澜，这难道是曹雪芹的疏忽吗？其实，此种"不写之写"正是曹雪芹的匠心独运之处。综观前80回对史湘云的描绘，突出的是其性格中的"憨"。湘云的"憨"与黛玉的"痴"相互辉映，恰好与宝玉的"似傻如狂"构成了绝配。不过，湘云的"憨"又不同于黛玉、宝玉不谙世事的"痴"和"傻"，她的"憨"是一种大智若愚的"憨"。湘云从小父母双亡，靠着叔父、婶娘生活，虽然身为侯门千金，但不曾"娇养"，比起宝

---

① 《脂砚斋重评石头记庚辰校本》（第二卷），作家出版社2006年版，第668—669页。

玉、黛玉，湘云更懂得世态炎凉，同时也磨炼出一种适应世俗环境的生存能力，在她天真烂漫、不拘形迹的性格表象下潜藏着洞明世情的慧黠。因此，她会在与黛玉争执的时候巧妙地抬举宝钗来刺激黛玉；她会将绛纹石戒指不仅赠给与她同一身份的黛玉、宝钗等小姐，而且分送给袭人、鸳鸯、金钏儿、平儿等大丫鬟，借此广结人缘；她还会从迎合社会环境的角度来劝宝玉走仕途经济道路，以便接触社会，成人立事。宝玉挨打后，湘云心里自然很难过，但她已经订婚，并且，刚刚发生的"金麒麟"事件也使她情窦初开，开始敏感自己和宝玉之间微妙的感情，于是当众姐妹都去探视宝玉的时候，湘云却选择了回避。但她对宝玉的惦念丝毫不逊于黛玉，因此一直滞留在贾府，等到宝玉完全康复，她才眼泪汪汪地、"缱绻难舍"地离开。曹雪芹通过这种含蓄的"不写之写"来曲尽其妙，表现了"英豪阔大宽宏量，从未将儿女私情略萦心上"的史湘云其实也有心思细密、儿女情长的一面。

二

在《红楼梦》中，诗词是表现人物性格命运的象征、隐喻手法，围绕湘云的诗词，有一组嫦娥意象尤为值得关注。

第 37 回"秋爽斋偶结海棠社"，写到湘云依韵和了两首海棠诗压轴，其一是这样写的：

> 神仙昨日降都门，种得蓝田玉一盆。自是霜娥偏爱冷，非关倩女亦离魂。秋阴捧出何方雪，雨渍添来隔宿痕。却喜诗人吟不倦，岂令寂寞度朝昏。（其一）

诗中有两个典故，一个是嫦娥奔月，另一个是倩女离魂。有关嫦娥奔月的传说春秋时期就开始流播，历代对嫦娥偷吃灵药、独自远走高飞的行为褒贬不一，但有一点却是肯定的——嫦娥的行为实质是对丈夫的背叛，嫦娥主动离开丈夫，表现了女性对男性的反抗。可以认为，"在整个神话传统中甚至在整个中国文化中，嫦娥是第一个向男权作战并对夫权表示蔑视的女性形象。在这一点上，她当之无愧地具备了一种'原型'的意义"①。倩女离魂的典故则出自唐传奇陈玄祐的《离魂记》，后来郑光祖的《倩女离魂》、汤显祖的《牡丹亭》皆由此改编，主要情节都是描写女主人公热烈地追求爱情，精诚所至，使灵魂摆脱受禁锢的躯壳而与意中人追逐幽媾。以上典故中的嫦娥和倩女，都具有强烈的女性自发的主体意识，表现出女性少有的决绝之美，堪称父权文化体制中的异数。

在第二首咏白海棠诗中，湘云仍旧提到了嫦娥：

蘅芷阶通萝薜门，也宜墙角也宜盆。花因喜洁难寻偶，人为悲秋易断魂。玉烛滴干风里泪，晶帘隔破月中痕。幽情欲向嫦娥诉，无奈虚廊夜色昏。（其二）

在第76回"凹晶馆联诗悲寂寞"中，湘云与黛玉联诗，又一次提到嫦娥：

宝婺情孤洁，银蟾气吞吐。药经灵兔捣，人向广寒奔。犯斗邀牛女，乘槎待帝孙。虚盈轮莫定，晦朔魄空存。壶漏声将涸，窗灯焰已昏。寒塘渡鹤影，冷月葬花魂。

耐人寻味的是，为什么在湘云的诗词里再三出现嫦娥？在这重复

① 胡邦炜、[日]冈崎由美：《古老心灵的回音》，四川文艺出版社1990年版，第87页。

的表达里，是不是隐含着一个无意识潜文本？按照脂砚斋在"自是霜娥偏爱冷"旁的批注"又不脱自己将来形景"。① 这其实已明确提示嫦娥的命运就是湘云命运的富有诗意的自我写照。湘云在她的诗中反复吟咏嫦娥，客观上表达了她内心深处希图超越现实限囿的焦虑，以及追求自由幸福的渴望。曹雪芹让湘云的咏白海棠诗压倒群芳，实乃诗中的"嫦娥"暗合了湘云的命运，具有诗谶的意义。循此出发，可以这样推理：湘云和卫若兰成婚后，压抑的婚姻生活让湘云的生命活力窒息，卫若兰身上的种种王子公孙的陋习让湘云深为不满，于是她像嫦娥一样主动离开了自己的夫君，过着孤独寂寥的生活。这便是"花因喜洁难寻偶""自是霜娥偏爱冷"等诗句的内涵了。应该进一步说明的是，嫦娥吞食灵药，奔向月宫，不同于一般的孀居，而是出于自己的选择。湘云选择类似嫦娥的生活道路绝非偶然，因为在她的性格中本身就存在叛逆的文化基因："割腥啖膻""裀药酣眠"这两组特写镜头表现了湘云自由洒脱的独立的人格意识；在"芦雪广争联即景诗"中，湘云一人力战宝钗、黛玉、宝琴三人而夺魁，表现了朦胧的竞争意识。湘云这种豪放不羁的个性无疑为她日后不愿苟且于压抑的婚姻生活奠定了基调。

有关湘云后来的独身命运，在湘云的不少诗词中也有暗示。如第50回"芦雪广争联即景诗"，湘云所作的诗句多表现了一种孤独高洁的情怀，其中有两句"僵卧谁相问""清贫怀箪瓢"，都暗示了湘云日后孤独、清贫的生活；第76回"凹晶馆联诗悲寂寞"中，湘云从灵魂深处迸出了"寒潭渡鹤影"，无疑是其高洁脱俗、追求自由生命的自况。

———————

① 《脂砚斋重评石头记庚辰校本》，作家出版社 2006 年版，第 686 页。

脂砚斋在点评《红楼梦》主要人物的性格悲剧时，曾言简意赅地总结"黛玉一生是聪明所误，宝玉是多事所误，阿凤是机心所误，宝钗是博知所误，湘云是自爱所误，袭人是好胜所误"。① 这"自爱"与湘云吟咏的嫦娥、野鹤相合，都暗示了湘云最后的解脱之道是隐逸独身。

三

如果史湘云的归宿是隐逸独身，岂不与"因麒麟伏白首双星"的回目相冲突了吗？这就必须清楚"白首双星"的含义。"双星"一词，从古以来一直具有固定的、特有的内涵，即指牵牛、织女二星，不能另作他解。据《焦林大斗记》载："天河之西，有星惶惶，与参俱出，谓之'牵牛'；天河之东，有星微微，在氐之下，谓之'织女'。世谓之'双星'。"民间传说天河两岸的牛郎、织女一年一度在七月七日相会，谓之"双星节"。另外，"双星"一词见诸历代诗人的诗作中，都确切无疑地指牵牛、织女二星。如杜甫的《奉酬薛十二丈判官见赠》："银汉会双星"、辛弃疾的《绿头鸭·七夕词》："泠泠一水会双星"、元好问的《后平湖曲》："春波澹澹无尽情，双星盈盈不得语"等诗句都是以"双星"来界定牵牛、织女二星。牵牛、织女永远遥隔天河，以双星比喻夫妇，包含着天各一方，终身分离，到老都不能聚合的意思。这样我们来看"白首双星"，并非代表白头偕老的夫妇，而是暗指一辈子像牵牛、织女那样分隔开的夫妇。

联系"白首双星"的含义，再来看第32回脂砚斋的［回前墨］，便可参悟宝玉和湘云的悲剧了。［回前墨］这样写道：

---

① 《脂砚斋重评石头记庚辰校本》，作家出版社2006年版，第450页。

前明显祖汤先生有怀人诗一截，读之堪合此回，故录之以待知音。

无情无尽却情多，情到无多得尽么。

解到多情情尽处，月中无树影无波。①

这首佛家偈语式的诗题为《江中见月怀达公》，作于明代嘉靖万历年间，是在达观禅师到临川来访，汤显祖陪他南游，又送他到南昌，归家时所作。脂砚斋评引汤显祖诗，是希望有人能够配合此诗诗旨来理解《红楼梦》的深意。

达观禅师来访临川与汤显祖相处将近一个月，这在汤显祖的思想历程上是件大事，特别引发了他的出世思想，并对"人生若梦"有了切身体验。这首诗表现了信奉"至情"的汤显祖在悟了禅机以后，达到一种"情尽"的佛境，即诗中所言"解到多情情尽处，月中无树影无波"的境界。这首诗与曹雪芹创作《红楼梦》的旨意息息相关。曹雪芹创作《红楼梦》，是以"开辟鸿蒙，谁为情种？"作为引子，以〔飞鸟各投林〕作为收尾，可见曹雪芹有着鲜明的出世思想。脂砚斋将这首《江中见月怀达公》录在第 32 回之前，直逼"因麒麟伏白首双星"的壶奥，暗示了宝湘的悲剧宿命：宝玉的归宿是遁入空门，湘云则是隐逸独身。宝玉和湘云就像牵牛织女双星，终生暌违，永抱白首之叹。宝玉与湘云"白首双星"的命运归宿，既吻合曹雪芹的出世思想，也应和了《红楼梦》的收尾曲"好一似食尽鸟投林，落了一片白茫茫大地真干净！"

在曹雪芹构思的后 40 回里，应该有这样的情节：史湘云主动离开了卫若兰，历尽千辛万苦终于找到了贾宝玉，但此时的贾宝玉已经

---

① 《脂砚斋重评石头记庚辰校本》，作家出版社 2006 年版，第 611 页。

出家，彻底勘破了红尘，不可能再与史湘云重续前缘了。关于这一点，脂评中有提示："宝玉之情，今古无人可比，固矣。然宝玉有情极之毒，亦世人莫忍为者，看至后半部则洞明矣。此是宝玉第三大病也。宝玉有此世人莫忍为之毒，故后文方能'悬崖撒手'一回；若他仍得宝钗之妻，麝月之婢，岂能弃而为僧哉？玉一生偏僻处。"① 所谓"情极之毒"，即情到极处的无情，是一种纯粹的忘情境界。宝玉从一个多情公子"悬崖撒手"为无情僧人，是"情机转得情天破"的彻悟和决绝，不可能再回头了。

　　湘云与宝玉重逢后，忆昔感今，物易人非，她明白自己和宝玉之间是"此情可待成追忆，只是当时已惘然"了。既然无法拥有自己的真爱，湘云宁愿像嫦娥一样过无家可归的孤独生活。按照人物性格的发展逻辑和前 80 回的伏笔暗示，湘云的角色地位在曹雪芹的佚稿中应当大大加强，在《红楼梦》的总体布局中形成以贾宝玉为"情"之中心，钗、黛、湘鼎足而三的悲剧格局。这种悲剧格局的形成不仅与前 80 回的伏笔、暗示密切相关，而且根源于中国传统文化的"一分为三"的思维定式。《易经》的六十四卦及其卦象、卦辞集中反映了天、地、人三道之间的辩证关系以及天、地、人三位一体的整体思维方法；儒家的过犹不及的中庸之道、道家的无为无所不为的守中精神以及佛家不偏不执的境界都包含着"一分为三"的辩证思维，儒、释、道三家相通互补，共同构成了中国传统文化的基本伦理道德、人文精神和价值取向。"一分为三"的思维定式潜伏在曹雪芹身上，成为他认识事物和表现世界的哲学模式。在《红楼梦》中，他描写了众多的女性，着力刻画的却是钗、黛、湘三位女性，她们代表着三种相

---

① 《脂砚斋重评石头记庚辰校本》，作家出版社 2006 年版，第 426 页。

互对立又彼此互补的美和价值取向：在宝钗身上，主要表现了儒家文化所推崇的"补天济世"的理想。宝钗极力劝宝玉走仕途经济的道路，就是其儒家理想的替代性补偿；在黛玉身上，主要表现了佛家文化所宣扬的因果轮回观。绛珠仙子还泪报恩的因缘就是佛家文化轮回观的形象化认同；在湘云身上，则主要体现了道家文化所张扬的放旷不羁、率性自然。钗、黛、湘鼎足而三，以对立互补的形象出现，象征着一种微妙而复杂的修辞策略：一方面反映了曹雪芹精神世界内在的矛盾与困惑，另一方面也寄托了曹雪芹的文化人格全面发展的理想，即通过儒、释、道的综合统一来代替已经崩溃了的陈旧的精神支柱。

从审美层面上讲，湘云的悲剧比黛玉、宝钗的悲剧更具有崇高的美学内涵。因为相形于黛玉的自绝（这个问题以后探讨）、宝钗的被弃，唯有湘云没有坐以待毙，而是有超越命运的积极追求——主动离开无爱婚姻的羁绊去追求真爱，在希望落空后仍然拒绝平庸，坚韧而孤独地生活下去。湘云的人生道路超越了封建时代女性局促的视野，带有现代女性自由选择的叛逆色彩。依据这样的脉络来完形史湘云形象，才能与曹雪芹笔下那个英气逼人、豪放不羁的史湘云的个性气质相协调。

面对美的陨落，面对情的困惑，曹雪芹和他笔下的贾宝玉都感慨"无材补天"，只能以遁世的方式来坚守自己的心灵世界。一方面，可以认为这是一种消极的逃避，具有虚无主义倾向；另一方面，也可认为这是对晚明启蒙思想家、文学家所倡导的"以情为本，以情立人"的"情本"思想的超越。如果说汤显祖在《牡丹亭》中是以"情本"思想来解放压抑中的人情、情欲，曹雪芹在《红楼梦》中"大旨谈情"，传达的却是"由色生情，传情入色，自色悟空"的理念。曹雪芹虽然有以"情"来匡世济民的补天情结，但也清醒地洞见了"情本"思想存在难以调和的内在矛盾，"情"的必然要求在当时"悲凉之雾，遍被华林"① 的社会文化环境下不可能实现，"情"无法承担社会救赎的使命。于是曹雪芹追踪蹑迹"千红一哭，万艳同悲"的命运来自觉否定"情"的文化价值意义，批判封建社会文化结构的深层危机，使自己成为社会苦难的思考者。

第四节　林黛玉人生悲剧的现代文化精神

——兼谈《红楼梦》对明清"才子佳人"小说的超越

《红楼梦》中的金陵十二钗都有着独特的性情和命运，都代表着一种独特的生存方式或精神探索的路径。其中，林黛玉无疑是最璀璨的一颗明珠，她集天地灵秀之独钟，才华横溢，风流袅娜，纯真高洁……然而，这颗明珠却无可逃遁地走向毁灭。当我们用现代人的眼光审视并诠释林黛玉这一形象时，我们也是在面对自己的心性；当我们探究宝黛爱情的悲剧根源时，也是在追问具有现代意义的文化悲剧精神。

1987 年版电视剧《红楼梦》中林黛玉剧照

① 鲁迅：《中国小说史略》，《鲁迅全集》（第 9 卷），人民文学出版社 2005 年版，第239 页。

一

《红楼梦》第 1 回介绍了贾宝玉和林黛玉的前世因缘：贾宝玉的前生是赤霞宫的神瑛侍者；林黛玉的前生是三生石畔的绛珠仙草，因神瑛侍者的灌溉而修炼成了绛珠仙子。见神瑛侍者下凡，绛珠仙子也下为人世，愿以一生眼泪来酬报神瑛侍者的灌溉之恩。

贾宝玉和林黛玉第一次相遇就彼此有似曾相识之感——黛玉"吃一大惊，心下想道：'好生奇怪，倒像在哪里见过一般，何等眼熟到如此！'"宝玉看了黛玉，也笑道："这个妹妹我曾见过的。"（第 3 回）

黛玉在宝玉心目中的位置始终无人替代，不仅是前世因缘之故，还因为黛玉是宝玉理想生存模式的力量之源。贾宝玉厌恶走仕途经济的道路，以沉迷于女儿世界、自然世界和艺术世界来建构自己的主体性世界，黛玉恰恰是宝玉渴望回归本真的理想世界的载体。黛玉的《问菊》《葬花吟》《桃花行》《秋窗风雨夕》等诗作可谓字字珠玑、光彩夺目，让宝玉叹服不已。绛珠仙子还泪报恩的神话从表层上看是黛玉以眼泪来回报宝玉，从深层上解，却是黛玉以诗来酬答知己。无论是泪还是诗，都是黛玉生命的精华，都是黛玉一片真情的宣泄。

宝玉、黛玉不仅出身、教养相当，而且志趣、禀赋相投。他们的爱情不同于"才子佳人"传奇中一见定情、皮肤滥淫式的爱情，而是经历了一个相互试探、相互了解、相互交心的发展过程，终于成为精神契合的知己。

事实上，相对于宝玉与宝钗的"金玉良缘"，宝黛的"木石前盟"更有得天独厚的优势。在贾家，家族的内部事务是由贾母说了算。在第 33 回"不肖种种大承笞挞"中，贾政杖打宝玉没有经过贾母的同意，被贾母一顿怒斥，只得"苦苦叩求认罪"，教育儿子的权力最终还是没有收回。可见，贾母在贾家的威望是一言九鼎的。贾母和王夫人，这一对婆媳表面上温情脉脉，骨子里斗争得却很激烈，两人在宝玉的婚姻问题上都想得到控制权。王夫人支持的是"金玉良缘"，不仅因为宝钗的性格、举止吻合王夫人的心意，还因为宝钗的母亲薛姨妈与王夫人是亲姐妹；贾母则倾向于"木石前盟"，因为黛玉的母亲贾敏生前是贾母最喜爱的女儿。贾母是位性情中人，异常疼爱黛玉，黛玉的"寝食起居，一如宝玉，迎春、探春、惜春三个亲孙女，倒且靠后"（第5回）。贾母对宝黛的庇护和宠爱不仅使宝黛爱情有了滋生的环境，而且有了开花结果的可能性。第25回，王熙凤打趣黛玉："你既吃了我们家的茶，怎么还不给我们家做媳妇？"脂砚斋在此的批语是："二玉之配偶，在贾府上下诸人，即观者、批者、作者，皆为无疑，故常有此等点题语。"[1] 王熙凤是个善于察言观色、见风使舵的人，她打趣黛玉，也是为了迎合贾母的心意。第55回，王熙凤合计贾府将来要办的婚宴大事，就干脆把宝、黛合在一起算："宝玉和林妹妹他两个一娶一嫁，可以使不着官中的钱，老太太自有梯己拿出来。"

连贾府中的下人，也认定了"二玉之配偶"关系。第66回，尤二姐疑心尤三姐的意中人是宝玉，兴儿便在一旁笑道："若论模样儿行事为人，倒是一对好的。只是他已有了，只未露形。将来准是林姑娘定了的。因林姑娘多病，二则都还小，故尚未及此。再过三二年，老太太便一开言，那是再无不准的了。"

由此可见，宝玉和黛玉将成为配偶，在故事展开的很长一段时间里，是贾府上下许多人的看法。如果黛玉能善于协调各种关系，把握机

---

[1] 《脂砚斋重评石头记庚辰校本》（第二卷），作家出版社2006年版，第505页。

会的话，她和宝玉应该是会有结果的。可是，由于黛玉主观上的性格缺陷和其他客观原因，导致"木石前盟"最终败北于"金玉良缘"。

二

第57回"慧紫鹃情辞试莽玉，慈姨妈爱语慰痴颦"是宝黛爱情悲剧的一次预演。在此章节里，紫鹃为试探宝玉，谎称黛玉要回苏州老家去，宝玉当即认了真，"便如头顶上响了一个焦雷一般"，一时间，急痛迷心，两眼发直，口角流津，人事不知，贾府上下慌作一团。紫鹃从这场风波里看出了宝玉对黛玉的满腔痴情，便劝黛玉趁老太太在世，拿主意要紧。黛玉反责怪紫鹃"疯了"，说"明儿必回老太太退回去，我不敢要你了"。

这场风波令薛姨妈非常紧张，她和宝钗不约而同来探望黛玉，薛姨妈对黛玉说了这么一番话：

> "我的儿，你们女孩家那里知道，自古道：'千里姻缘一线牵'。管姻缘的有一位月下老人，预先注定，暗里只用一根红丝把这两个人的脚绊住，凭你两家隔着海，隔着国，有世仇的，也终久有机会作了夫妇。这一件事都是出人意料之想，凭父母本人都愿意了，或是年年在一处的，以为是定了的亲事，若月下老人不用红线拴的，再不能到一处。比如你姐妹两个的婚姻，此刻也不知在眼前，也不知在山南海北呢。"①

这段话云罩雾笼，话中有话。从表面上看，薛姨妈是以一位长辈的身份来关心、抚慰黛玉，慈祥地和黛玉拉家常，唠叨过来人的经验

---

① 《脂砚斋重评石头记庚辰校本》（第三卷），作家出版社2006年版，第505页。

之谈。但若我们结合整篇小说中薛姨妈的行为来分析她的这番"爱语"，便会发现"爱语"反讽性地悬置了另一种声音的存在：薛宝钗选秀失利后，一家三口老借居在贾府不走。薛姨妈到处散布"金玉良缘"说，其用意很明显，即认定宝玉是自己女儿终身大事的最佳人选。当宝玉为紫鹃的一句戏言而疯癫犯病，对黛玉的真情可以说是成为"公开的秘密"，薛姨妈就非常紧张，担心黛玉在这节骨眼上和宝玉联手一哭一闹、一唱一和，使贾家的最高掌权人贾母因为心疼宝黛的缘故，为着"冲喜"就敲定了宝黛的婚事。于是薛姨妈借探视黛玉病情的名义来观察她的动静，并抛出"红线说"稳住黛玉，使黛玉安心听从命运的摆布：你看姻缘都是月下老人用红丝拴着的，你和宝玉虽然年年在一处，老太太又疼爱有加，但若没有这根线拴着，还是靠不住。所以呢，婚姻大事是无须你这姑娘家自己操心的，命里有时终须有，命里无时莫强求。接下来薛姨妈又拐弯抹角地探黛玉的口风："我想着，你宝兄弟老太太那样疼他，他又生得那样，若要外头说去，断不中意，不如竟把你林妹妹定与他，岂不四角俱全?"机灵的紫鹃赶紧顺水推舟道："姨太太既有这主意，为什么不和太太说去?"立刻，薛姨妈关心黛玉的幌子便不攻自破："你这孩子，急什么? 想必催着你姑娘出了阁，你也要早些寻一个小女婿去了。"黛玉为遮掩她和宝玉之间的真情，竟在一旁骂起紫鹃来："又与你这蹄子什么相干?"在众人的哄笑声中，紫鹃臊红了脸转身去了。

黛玉根本听不出薛姨妈话中的弦外之音，也无法看到这场风波对促成自己和宝玉婚事的有利方面，因此不能当机立断拿定主意去争取自己的幸福，反而将薛姨妈当作可以倾诉、依赖的对象，把用心良苦的紫鹃当作揶揄的对象。在一片"爱语"和玩笑声中，曹雪芹穷形尽相了黛玉的单纯如水和薛姨妈的老谋深算。宝黛的婚事因为黛玉的优柔寡断、没有主心骨而被延宕。

如果说优柔寡断、不能见机行事使黛玉坐失良机,生活中爱拈酸吃醋、耍小性子则渐渐令她失了人心,消耗了自己。比较宝钗能理性地有计划、有步骤、善应变地去争取机会,拉拢人心,在复杂微妙的人际关系中找到平衡点,黛玉的用情、用心从来都是率性而发,无目的性无功利性,也不懂得保护自己,争取自己应该的权利。黛玉父母双亡,没有任何经济来源寄居在荣国府,但她本来是有富贵根基的:其父林如海是前科探花,后被钦点为巡盐御史,可以算是钟鼎之家兼书香之族。林如海虽有几房姬妾,却只有黛玉这棵"独苗",因此,林如海殁后,林黛玉可以继承大笔遗产,但林黛玉实际上却没有分得半点遗产,这是如何化为乌有的,小说没有交代,唯一的线索是第16回写道:"林如海已葬入祖坟了,诸事停妥,贾琏方进京的。本该出月到家,因闻得元春喜信,遂昼夜兼程而进,一路俱各平安。宝玉只问得黛玉'平安'二字,余者也就不在意了。"和黛玉一样,宝玉也是位不操心金钱琐事的贵族子弟,正是因为两个人都漠不关心"余者",黛玉应得的遗产才有可能被贾琏等人侵吞了,黛玉才成了寄人篱下的"寄食者"。"富贵根基"的丧失,无疑为宝黛爱情悲剧埋下了隐患。

虽然黛玉是曹雪芹寄托了审美理想的一个人物,曹雪芹在刻画这一形象时表现出明显的"褒"黛玉的倾向;但是,曹雪芹对黛玉的"褒"又不是绝对的"爱之欲其生"的"褒",而是褒中含贬,在欣赏黛玉的同时又以深微婉曲的笔触表达了"爱而知其恶"的倾向。小说让人感到,如果黛玉不是时常"逢迎着宝玉淘气"(第78回),每每闹得宝玉摔玉、砸玉,王夫人不会憎恶黛玉;如果黛玉不对袭人说"但凡家庭之事,不是东风压了西风,就是西风压了东风"(第82

回），袭人不会疏黛玉而亲宝钗；如果黛玉不铰了湘云为宝玉编的扇套子，湘云不会冲着宝玉指责黛玉（第 32 回）……

王国维评介《红楼梦》，指出宝黛爱情悲剧"可谓悲剧中之悲剧也"，是因为"金玉以之合，木石以之离，又岂有蛇蝎之人物、非常之变故，行于其间哉？不过通常之道德、通常之人情、通常之境遇为之而已"①。《红楼梦》成书的年代，也是"才子佳人"小说盛行的时代。清初的"才子佳人"小说诸如《玉娇梨》《平山冷燕》《金云翘传》等都追求情节的曲折、奇巧，在才子与佳人的遇合过程中，往往有"蛇蝎之人物"的阻挠或"非常之变故"。在《红楼梦》中，曹雪芹没有因袭"才子佳人"小说尚奇的审美视角，而是从通常的道德人情、固有的人际遇合角度切入宝黛爱情悲剧，将日常生活琐事点石成金，达到"悲剧中之悲剧"的境界。

三

如果仅仅从性格角度来探究黛玉的人生悲剧根源，未免流于片面。其实，在黛玉性格的背后蕴含着深层的社会文化动因。

明中叶以后，随着资本主义萌芽、商品经济的发展，一方面，"人"的意识开始觉醒，尊人欲、反礼教已成为历史的必然。在李贽的"童心"说的影响下，文学界出现了以汤显祖、冯梦龙为代表的言情说：汤显祖在《牡丹亭》中颂扬"情不知所起，一往而深"的"至情"；冯梦龙则在天启年间推出了《情史》，以"情史氏"的身份宣布："我欲立情教，教诲诸众生……"汤、冯的言情说在文艺界产生了振聋发聩的效果，一大批向理学开战，对男女之情极尽讴歌之能

---

① 王国维：《〈红楼梦〉评论》，转引自王国维、蔡元培、胡适《三大师谈〈红楼梦〉》，上海三联书店 2007 年版，第 25 页。

事的小说、戏曲争相出现。黛玉虽然是守在深闺的贵族小姐，但她从宝玉带来的"外传野史"中，从梨香院的戏子演唱的《牡丹亭》中敏锐地感受到了追求个体自由意识的时代精神，产生了青春的觉醒。但另一方面，封建礼教的桎梏又使黛玉对内心深处萌芽的爱情怀有深深的"原罪"感。所谓"原罪"（original sin），来自基督教的传说，是指人类与生俱来的、洗脱不掉的罪行。"原罪"被认为是各种罪恶滋生的根，会把人引向罪恶的深渊，又是使人难以自拔的原因。黛玉的"原罪"感来自中国几千年来积淀而凝固下来的传统文化，这种文化以伦理为本位，造就了个体逆来顺受、自我萎缩甚至自我丧失的人格。鲁迅先生曾一针见血地指出："老子书五千语，要在不撄人心；以不撄人心故，则必先自致槁木之心，立无为之治；以无为之为化社会，而世即于太平。"① 与道家学说不谋而合的是，孔孟儒学也是强调克己复礼、以礼节情；到了宋明理学更是鼓吹"存天理，灭人欲"，压抑人追求自然本能的幸福的欲望。由封建礼教的压制而滋生的"原罪"感是纠缠、折磨黛玉的巨大梦魇，使她优柔寡断，不敢主动追求自己的婚姻幸福，却渴望被救赎。因此，当宝钗指出黛玉行酒令时失于检点，说出了《牡丹亭》《西厢记》中的词句，并告诫她不要"见了些杂书，移了性情"时，黛玉听了竟"心下暗伏"。接下来，宝钗又关切地劝黛玉吃燕窝粥养身，黛玉的心理防线便全面崩溃，把眼前的竞争对手当成了救赎者，并向她发出自赎式的心灵告白：

> "你素日待人，固然是极好的，然我最是个多心的人，只当你心里藏奸。从前日你说看杂书不好，又劝我那些好话，竟大感激你。往日竟是我错了，实在误到如今。细细算来，我母亲去世

---

① 鲁迅：《坟·摩罗诗力说》，《鲁迅全集》第1卷，人民文学出版社1996年版。

的早，又无姊妹兄弟，我长了今年十五岁，竟没一个人像你前日的话教导我。怨不得云丫头说你好。我往日见他赞你，我还不受用，昨儿我亲自经过，才知道了。比如，若是你说了那个，我再不轻放过你；你竟不介意，反劝我那些话，可知我竟自误了。"

（第 45 回）

黛玉的情路之旅痛苦而艰难，其痛苦、艰难之处不仅在于金玉良缘的巨大威胁，更在于在当时的社会文化环境下，黛玉难以摆脱自己内心深处的"原罪"感。这种"原罪"感使黛玉在渴求爱的同时又拒绝爱、畏惧爱，终日长吁短叹、涕泪涟涟。因为焦虑，黛玉寝食难安，本就孱弱的身体更加亏损，性格中一系列负面的因子如敏感、多疑、孤傲、小性子等也都随之膨胀，使她的生活进入了非良性循环，在贾府这个"人情"生态圈中渐渐迷失了方向，陷入"一年三百六十日，风刀霜剑严相逼"的困境之中。

四

关于黛玉的结局，高鹗的续书是叙述王熙凤趁宝玉疯癫之际想出了"调包计"，黛玉在宝玉迎娶宝钗之日，怀着对宝玉的深深误解和怨恨焚稿断痴情，魂归离恨天。情节虽然悱恻动人，但与绛珠仙子还泪报恩的神话以及黛玉的诗词相冲突。因为既然是"报恩"，黛玉临终前对她的前世恩人就不应当存在怨恨；再则黛玉的不少诗词具有似谶成真的性质，已透露出黛玉将会自杀的征兆。

第 76 回，黛玉与湘云联诗，为压倒湘云的"寒塘渡鹤影"，黛玉沉吟半日，猛然对出了"冷月葬花魂"的诗句，这两句诗分别成了湘云、黛玉命运的诗谶。黛玉应当是在得知元春下了宝玉与宝钗成婚的懿旨后，投湖自杀身亡的。这一悲剧的幕后操纵者就是王夫人。王夫人是贾府的实权派人物，不仅因为她是贾政的夫人、宝玉的母亲，更为了不得的是，她还是皇上的宠妃元春的母亲。曹雪芹虽然没有正面描叙王夫人对黛玉的看法，但从她对晴雯的态度上可以推测一斑。王夫人对凤姐形容晴雯是"水蛇腰、削肩膀、眉眼又有些像你林妹妹的，正在那里骂小丫头。我的心里很看不上那狂样子"，并表示"我一生最嫌这样人"（第74回）。黛玉是贾母万般疼爱的外孙女，王夫人投鼠忌器，当然不敢正面与黛玉发生冲突，但她借指责晴雯附带表现了自己对黛玉的厌恶。晴雯被王夫人逐出大观园后，王夫人向贾母禀报此事，又含沙射影了黛玉："况且有了本事的人，未免就有些调歪。……他色色虽比人强，只是不大沉重。若说沉重知大礼，莫若袭人第一。虽说贤妻美妾，然也要性情和顺举止沉重的更好些。……况且（袭人）行事大方，心地老实，这几年来，从未逢迎着宝玉淘气。"（第78回）王夫人在贾母面前褒袭人，贬晴雯，其实也是在抬举宝钗，打击黛玉。王夫人喜欢宝钗、袭人这样"性情和顺举止沉重"的人，而黛玉、晴雯自以为有本事就"调歪"，王夫人早已看不入眼，碍于贾母的面子又不便发作，但她心中已经有数，决不能让自己的儿子娶黛玉。因此王夫人找机会进言元春，让元春赐婚宝玉和宝钗，彻底断绝了宝黛爱情的发展空间。

其实早在1984年，周汝昌先生就发表了《冷月寒塘赋宓妃——黛玉夭逝于何时何地何因》一文，提出了曹雪芹对黛玉的结局设计是自沉于湖的观点。但有学者表示质疑，因为在第5回金陵十二钗"正册"的册页里，有关黛玉的判词是"玉带林中挂"，许多学者因此推断黛玉最后是用玉带挂到树上，上吊自尽的。刘心武发展了周汝昌先生的观点，认为黛玉是"在贾母去世、病入膏肓、泪尽恩报的临界点"，选择在中秋夜自沉于湖。至于"玉带林中挂"，刘心武的理解是，"或许曹雪芹会写到一个细节，就是黛玉沉湖前，解下了自己腰上的玉带，挂在湖边林木上，这样就给寻找她的人们，留下一个记号，因为她实际是仙遁，最后没有尸体的"①。笔者认为，刘心武仅仅是从字面上来解释"玉带林中挂"的含义，并没有领会其中深刻的象征意义和哲理内涵。如果借用海德格尔的思想来解释"林"的含义，"玉带林中挂"与"冷月葬花魂"的矛盾就可迎刃而解了：海德格尔在其书《林中路》的题记中写道："林乃树林的古名。林中有路。这些路多半突然断绝在杳无人迹处。这些路叫做林中路。"② 海德格尔认为人在"林中路"上的迷失与困惑，也就是人处在"人情"生态圈中的迷失与困惑，实际上是人类整体性的认知困境与生存困境。曹雪芹在《红楼梦》中"大旨谈情"，其中的"情"并非单纯指"儿女之情"，而是有着丰富复杂的内涵。"在其本质意义上，《红楼》之'情'意味着人生在世，对于自身、对于他人、对于外界的精神上的互动与关联，因而具有一种深层性、普遍性的'精神存在'的本体意义。"③ 循此出发，"玉带林中挂"即隐喻黛玉在自杀前精神上陷入了无路可走的迷失状态。

　　林黛玉挟带着封建伦理文化的积淀，在命运的浪涛中浮沉，最终被人情"生态圈"的旋涡所吞噬。曹雪芹写出了人性人情的丰富和人生命运的诡谲，赋予了宝黛爱情悲剧深刻的时代、文化和哲理内涵。如果说，明清时期的"才子佳人"小说以曲折传奇的情节、剑拔弩张的冲突来结构小说，《红楼梦》则将笔锋落在日常生活场景中，深刻

---

　　① 刘心武：《玉带林中挂是黛玉沉湖的标记》，http：//culture. people. com. cn/GB/40479/40482. html。

　　② ［德］海德格尔：《林中路》，孙周兴译，上海译文出版社1997年版。

　　③ 张洪波：《〈红楼梦〉之整体"人情"》，《红楼梦学刊》2004年第3辑，第35—36页。

精微地剖析人生境遇"自执金矛又执戈，自相戕戮自张罗"① 的悖谬本质；如果说，明清时期的"才子佳人"小说以皆大欢喜的团圆定式来寄托人在现实中无法实现的"白日梦"，《红楼梦》则是直面人生悲苦真相后的觉醒。较之崇尚乐天团圆的理想美的"才子佳人"小说，《红楼梦》的悲剧美更具有警喻世人、穿透人心的力量。

第五节　春秋笔法和花袭人的形象塑造

纵观《红楼梦》中贾宝玉的成长，自始至终都有一个女子如影随形——她就是贾宝玉的贴身丫鬟花袭人。从第 3 回宝黛初会，袭人登场，到第 120 回宝玉出家，袭人嫁给蒋玉菡，几乎是但凡有宝玉出场的地方，袭人都不离左右。她不仅照顾着贾宝玉的饮食起居，是贾宝玉生活上的左膀右臂，而且是王夫人在怡红院的"耳目"。从日常生活层面上讲，袭人是比王夫人、贾母，甚至比林黛玉更亲近贾宝玉的女性，她总是不失时机地对宝玉进行规劝、监护和控制，扮演着贾宝玉的守护人角色。

作为一个性格复杂、包孕丰厚的艺术形象，历代红学研究者对袭人的评价褒贬不一。褒之者，尊袭人为"贤而多智术之人"（脂砚斋)②；贬之者，则曰袭人"奸之近人情者也。以近人情者制人，人忘其制；以近人情者谗人，人忘其谗。约计平生，死黛玉，死晴雯，

---

① 《脂砚斋重评石头记庚辰校本》（第二卷），作家出版社 2006 年版，第 420 页。
② 《脂砚斋重评石头记庚辰校本》，作家出版社 2006 年版，第 383 页。

逐芳官、蕙香，间秋纹、麝月，其虐肆矣"（涂瀛）①。为什么对同一人物形象，评价的分歧会如此大呢？究其根源，乃是曹雪芹娴熟地运用了"春秋笔法"塑造花袭人。

"春秋笔法"，乃是孔子编撰《春秋》所开创，即在行文中不直接阐述对人物和事件的看法，而是通过实录事迹、修辞手法和材料取舍来暗含褒贬，文笔曲折隐晦而深藏"微言大义"。春秋末年，鲁人左丘明根据《春秋》撰写《左传》，进一步丰富了"春秋笔法"，确立了史传的叙述模式。在《左传》中，左丘明发微探幽，对"春秋笔法"做了精当阐释："《春秋》之称，微而显，志而晦，婉而成章，尽而不污，惩恶而劝善。"② 具体而言，"春秋笔法"就是文辞简约，含义隐晦，表达委婉但顺理成章，照事实录而不加夸饰，达到惩恶劝善的目的。中国的文学艺术素来注重含蓄，重言外之意、弦外之音、象外之象、韵外之致，重实、显、形之外的虚、隐、神，这一审美情趣的形成，与源远流长的"春秋笔法"有着不可分割的联系。古典小说如《西游记》《三国演义》《水浒传》《金瓶梅》等都继承了史传的客观叙述模式，寓褒贬于曲折的文笔之中，到了《红楼梦》，其叙事更是达到了"春秋笔法"的最高境界。戚蓼生在《石头记序》中明确将《红楼梦》的叙事冠以"春秋笔法"："第观其蕴于心而抒于手也，注彼而写此，目送而手挥，似谲而正，似则而淫，如《春秋》之有微词，史家之多曲笔。"③ 戚蓼生认为《红楼梦》的叙事与"春秋笔法"是一脉相承的，具有含蓄蕴藉、委婉深幽的美学效果。

---

① 涂瀛：《红楼梦论赞》，转引自何红梅编著《红楼女性》，中华书局 2006 年版，第566 页。

② 杨伯峻：《春秋左传注》，中华书局 1981 年版，第 870 页。

③ ［清］戚蓼生：《石头记序》，转引自朱一玄编《红楼梦资料汇编》，南开大学出版社 2001 年版，第 561 页。

曹雪芹运用"春秋笔法"刻画袭人，不仅是出于审美伦理的考虑，而且有意借该人物形象来反观贾宝玉，达到"注彼而写此，目送而手挥"的艺术境界。袭人在《红楼梦》中出场虽然多，但始终只是个配角，她像一面镜子，从一个特殊的角度折射着贾宝玉在封建贵族大家庭中所经历的精神悲剧。

一

贾宝玉的前生是神瑛侍者，他携"无材可去补苍天"的通灵宝玉下凡历劫，其实是担负着精神探索的使命。贾宝玉钟情于女儿，"爱博而心劳"，是因为女儿的世界没有被世俗思想所污染，他推崇女儿人格，便是要守住纯洁、清净的真淳人性。从小说中我们可以看到，贾宝玉对自己爱慕的青春少女没有轻薄猥亵的心理，而是表现了尊重、体贴和平等相待。第 27 回"埋香冢飞燕泣残红"，第 30 回"椿龄画蔷痴及局外"，第 44 回"喜出望外平儿理妆"以及第 62 回"呆香菱情解石榴裙"都表明贾宝玉对女性注重的是审美化的欣赏和爱护，情爱的成分很浓，色欲的成分很淡。

小说唯有一次正面描写了贾宝玉与女性发生性关系——第 6 回叙述了宝玉与袭人初试云雨。袭人很小就因家贫被卖到贾府，利害繁复的生活环境历练了她的早熟和精明。她欲拒还迎地与宝玉偷试云雨，这一方面是她性爱意识的觉醒和需要，另一方面也是她有意识地拉拢宝玉的手段。自此，"宝玉视袭人更比别个不同，袭人侍宝玉更为尽心"。

"初试云雨"是贾宝玉的成人仪式，却并不代表着他心灵上的成熟。心灵的成长是一个漫长而艰难的过程，需要经历挫败和伤痛，才能逐渐成熟起来。在贾母、王夫人的百般呵护下，在袭人等众丫鬟婆子的精心照料下，贾宝玉对自己的生活环境有很强的依附性。曹雪芹特辟了"情切切良宵花解语"一个章节来描写袭人对宝玉的规劝，在客观化叙事中传达了丰富的情感意味。

"情切切良宵花解语"写得很细腻，向读者呈现了生活中常见的夫妻交流场景。宝玉与袭人的关系在此场景中与其说是尊卑分明的主奴关系，莫如说是展开心理之战的一对夫妻。按照常理，如袭人这样身份卑微的丫鬟应该对她的主子言听计从，袭人却借着其母兄要赎她回去的事由，斗胆劝宝玉做他不愿意做的事。袭人有这样的胆量，不仅是宝玉平素在丫鬟面前惯于低姿态，而且因为她的身后有强大的封建家长撑腰。宝玉厌恶走仕途经济的道路，要以"主持巾帼，护法裙钗"作为自己的事业。宝玉的理想与封建家长的价值期待大相径庭，袭人便充当了封建家长驯服宝玉，使其归顺到主流文化上的工具。袭人的劝谏非常巧妙，她开始只是试探地对宝玉说："如今我要回去了"，宝玉一听便急着挽留，袭人反而以退为进，更加坚决："去定了"，并凭着她的伶牙俐齿把宝玉挽留她的理由一一回驳了。蒙在鼓里的宝玉摸不到袭人的底牌，急得泪流满面，袭人便胜券在握，笑道只要宝玉依她两三件事，便是"刀搁在脖子上，我也是不出去的了"。宝玉忙笑道："你说，那几件？我都依你。好姐姐，好亲姐姐，别说两三件，就是两三百件，我也依。"袭人知道火候到了，便将早已酝酿成熟的话说出来：

> "你真喜读书也罢，假喜也罢，只是在老爷跟前或别人跟前，你别只管批驳诮谤，只作出个喜读书的样子来，也教老爷少生些气，在人前也好说嘴。他心里想着，我家代代读书，只从有了你，不承望你不喜读书。已经他心里又气又愧了，而且背前背后乱说那些混账话——凡读书上进的人，你就起个名字叫'禄蠹'；又说只除'明明德'外无书，都是前人自己不能解圣人之书，便

另出己意混编纂出来的。这些话，怎么怨得老爷不气，不时时打你？叫别人怎么想你？"①（第 19 回）

袭人的话绵里藏针，既表现了对宝玉的体贴，又含而不露地抖出贾政这把尚方宝剑，无形中就有了震慑宝玉的威力，宝玉忙迁就了袭人："再不说了。那原是那小时候不知天高地厚信口胡说，如今再不敢说了。还有什么？"袭人道："再不可毁僧谤道，调脂弄粉。还有更要紧的一件，再不许吃人嘴上擦的胭脂了，与那爱红的毛病儿。"宝玉道："都改，都改。"袭人在规劝中既履行了封建家长交给她的任务，又试探了宝玉对她的情意，可谓一举两得。叙述者隐退在故事画面之后，正面展示的是袭人忽嗔忽喜、忽起忽落、忽刚忽柔的劝谏过程，侧面表现的却是宝玉的思想性格。尽管宝玉无奈地哀叹自己"天天圈在家里，一点儿做不得主，行动就有人知道，不是这个拦就是那个劝的，能说不得行，虽然有钱，又不由我使。死后要化灰化烟，再不托生为人了"（第 47 回），但又对自己所生活的环境，包括袭人对他的精心照料充满了眷恋之情，他不敢也无力开辟属于自我的新天地。因此，宝玉"主持巾帼，护法裙钗"的理想不过是乌托邦理想，被他爱慕、呵护的女性往往因他所累，逃脱不了被放逐、被伤害、被摧残的命运。

二

"春秋笔法"虽然是客观化叙事，却仍然有价值判断，其褒贬往往通过"笔"与"削"来实现。所谓"笔"即书写记录，所谓"削"主要指对某件事的全部或部分删略或隐藏。"笔"与"削"都服从于

---

① 《脂砚斋重评石头记庚辰校本》（第一卷），作家出版社 2006 年版，第 384 页。

作家的褒贬目的和审美表达需要。

关于袭人是否向王夫人"进谗",一直以来是红学研究者争议的焦点。实际上,作家虽然削去了袭人向王夫人"进谗"的直接描述,却利用"笔"记录了袭人善良之中不乏心机、贤淑里面包藏祸心的细节。譬如第 63 回描写众人给贾宝玉祝寿,作者客观叙述了一个容易让人忽略的场景:

> 芳官吃的两腮胭脂一般,眉梢眼角越添了许多丰韵,身子图不得,便睡在袭人身上,"好姐姐,心跳的很"。袭人笑道:"准许你尽力灌起来。"小燕四儿也图不得,早睡了。晴雯还只管叫。宝玉道:"不用叫了,咱们且胡乱歇一歇罢。"自己便枕了那红香枕,身子一歪,便也睡着了。袭人见芳官醉得很,恐闹他唾酒,只得轻轻起来,就将芳官扶在宝玉之侧,由他睡了。自己却在对面塌上倒下。
>
> 大家黑甜一觉,不知所之。及至天明,袭人睁眼一看,只见天色晶明,忙说:"可迟了。"向对面床上瞧了一瞧,只见芳官头枕着炕沿上,睡犹未醒,连忙起来叫他。宝玉已翻身醒了,笑道:"可迟了!"因又推芳官起身。那芳官坐起来,犹发怔揉眼睛。袭人笑道:"不害羞,你吃醉了,怎么也不拣地方儿乱挺下了。"①

这段描写看似静水微澜,实则波谲云诡。叙述者将事件的过程戏剧化地呈现在读者面前,叙述只提供人物的对话和动作,却能够借助于外在的言行来揭示人物的内心隐秘。为什么袭人将很有可能唾酒的

---

① 《脂砚斋重评石头记庚辰校本》(第四卷),作家出版社 2006 年版,第 1119 页。

芳官扶在宝玉身边睡下，自己却若无其事地倒在另一张床上，到天明又当众笑芳官"怎么也不拣地方儿乱挺下了"？袭人做事一贯认真细致，这一次为什么如此疏忽大意？文中没有披露人物的内心活动，也隐去了叙述者对这件事的看法，仅有一个字透露了叙述者的主观态度——"自己却在对面塌上倒下"，一个"却"字，似无心而有意地道出了袭人此举的蹊跷和别有用心，可谓一字之褒贬。曹雪芹用看似闲笔的细节来表现袭人心机叵测，使人看不出任何斧凿痕，读者需反复玩味，才能探幽索隐，弄清作家的褒贬情感，而这正是"春秋笔法"之含蓄蕴藉的要旨所在。

孔子当年编撰《春秋》，遵照"为尊者讳，为亲者讳，为贤者讳"① 的原则，导致了大量讳书笔法的出现。曹雪芹对袭人的塑造也采用了讳书笔法，其中一个重要原因是袭人在现实生活中是有原型的，她是曾在曹雪芹身边生活多年，且照料他无微不至，与他感情深厚的一位女子。脂砚斋在评点描写袭人的文字时常有"口气像极"②、"文是好文，唐突我袭卿，吾不忍也"③、"妙绝矣！好袭人，真好！'石头'记得真，真好"④ 等语，可见脂砚斋也非常熟悉她。曹雪芹出于"为亲者讳"的目的，总是正面描写袭人温柔、贤淑、容忍、克制、含蓄的传统美德，对袭人的心机、袭人向王夫人进"谗言"等则采用了"削笔"。因为若是从正面直书袭人的这些行为和动机，袭人将成为一个非常令人讨厌的反面人物。

---

① 《春秋公羊传注疏》，转引自《十三经注疏》，中华书局1980年版，第2244页。
② 《脂砚斋重评石头记庚辰校本》（第一卷），作家出版社2006年版，第381页。
③ 《脂砚斋重评石头记庚辰校本》（第二卷），作家出版社2006年版，第424页。
④ 同上书，第427页。

三

"削笔"在《红楼梦》中的表现方式多种多样，其中最主要的一种方式是运用限知视角。中国古典小说一般采用全知视角叙事，其特点是全知全能的叙述者可以从任何角度、任何时空来叙事，不仅对人物的过去、现在和未来均了如指掌，而且可以任意透视人物的内心，对人物进行权威性的评论。限知视角则采用故事中人物的视点来观察和感受，读者观察和感受到的一切都是借人物的眼光、感受、思考来获得的。这样，叙述者淡化了自己的存在，将故事从自己的控制中解放出来。

第77回晴雯、芳官、四儿被王夫人逐出大观园后，宝玉很疑心袭人，与袭人有这么一番谈话：

> 宝玉哭道："我究竟不知晴雯犯了何等滔天大罪！"袭人道："太太只嫌他生的太好了，未免轻佻些。在太太是深知这样美人似的人必不安静，所以恨嫌他，像我们这粗粗笨笨的倒好。"宝玉道："这也罢了。咱们私自顽话怎么也知道了？又没外人走风的，这可奇怪。"袭人道："你有甚忌讳的，一时高兴了，你就不管有人无人了。我也曾使过眼色，也递过暗号，被那人已知道了，你反不觉。"宝玉道："怎么人人的不是太太都知道，单不挑出你和麝月、秋纹来？"袭人听了这话，心内一动，低头半日，无可回答，因便笑道："正是呢。若论我们，也有玩笑不留心的孟浪去处，怎么太太竟忘了？想是还有别的事，等完了再发放我们，也未可知。"宝玉笑道："你是头一个出了名的至善至贤之人，他两个又是你陶冶教育的，焉得还有孟浪该罚之处？只是芳官尚小，过于伶俐些，未免倚强压倒了人，惹人厌。四儿是我误

了他，还是那年我和你拌嘴的那日起，叫上来作些细活，未免夺占了地位，故有今日。只是晴雯也是和你一样，从小儿在老太太屋里过来的，虽然他生得比人强，也没甚妨碍去处。就只他的性情爽利，口角锋芒些，究竟也不曾得罪你们。想是他过于生得好了，反被这好所误。"说毕，复又哭起来。

袭人细揣此话，好似宝玉有疑他之意，竟不好再劝，因叹道："天知道罢了。此时也查不出人来了，白哭一会子也无益了。倒是养着精神，等老太太喜欢时，回明白了再要来是正理。"[①]（第 77 回）

在上述对话中，以宝玉的眼光来看晴雯、芳官、四儿被逐，袭人脱不了干系，袭人在宝玉的盘问下"低头半日，无可回答"，只好以自己也将被发放出去来搪塞。宝玉是个直觉非常敏锐的人，他猜忌袭人向王夫人打了"小报告"，是不无道理的，但他又不愿意相信自己的判断，因为在朝夕相处的日常生活中，袭人已成为他生活中难以割舍的依靠：夏天的中午，别的丫鬟都睡了，唯有袭人守候在他身边，一边为他驱赶蚊蝇，一边为他绣肚兜；宝玉的通灵玉，袭人每晚都要摘下来，用自己的手帕包好，塞在被子下，这样宝玉次日再戴时便不会冰脖子；有一次宝玉失脚踹了袭人，袭人非常委屈、难受，却体谅到宝玉不是有意为之，口里还安慰他："没有踢着。还不换衣裳去。"……袭人心致玲珑，善于为人着想，委曲求全，怡红院里的许多风波都是在她的调停下得以化解，从秉性上讲，她应该属于善良之辈；从奴婢的身份上来看，她也不乏忠肝义胆，她向王夫人打"小报告"，

---

① 《脂砚斋重评石头记庚辰校本》（第四卷），作家出版社 2006 年版，第 1377—1378 页。

其实是她效忠于主子、维护主子利益的奴性表现。

对袭人，曹雪芹和小说中的贾宝玉一样，始终是宽容的，他通过贾宝玉的限知视角来描述大观园中女儿们被逐的悲剧，一方面表现了晴雯、芳官、四儿的清白无辜，并借贾宝玉的《芙蓉女儿诔》礼赞女儿的美好："其为质则金玉不足喻其贵，其为性则冰雪不足喻其洁，其为神则星日不足喻其精，其为貌则花月不足喻其色"，另一方面对晴雯等人被逐的具体缘由云遮雾掩，只轻描淡写道："原来王夫人自那日着恼之后，王善保家的去趁势告倒了晴雯。本处有人和园中不睦的，也就随机趁便下了些话，王夫人皆记在心。"①（第 77 回）一直以来，贾宝玉视大观园中的女儿们为他的精神家园，他欣赏她们的纯真、善良、聪慧和美丽，只有在她们身上，他方能感觉到生活的意义。他不愿意面对和承受在这片清净的"女儿国"里也有为了自己的利益，踩着别人向上爬的告密者，而且告密者里头就有与他朝夕共处并建立了深厚感情的袭人！他宁愿袭人辩解，否认事实，让他相信大观园中的"女儿"还是他所希望的那样美好。况且，晴雯、芳官被逐后，宝玉不堪再承受失去袭人的痛苦与孤独，因此，当宝玉把无端死了半边的海棠花看作晴雯将死的预兆时，就引来袭人的一番抢白，使晴雯被逐的事件不了了之：

> 袭人听了（宝玉的）这篇痴话，又可笑，又可叹，因笑道："真真的这话越发说上我的气来了。那晴雯是个什么东西？就费这样心思，比出这些正经人来。还有一说，他纵好，也灭不过我的次序去。便是这海棠，也该先来比我，也还轮不到他——想是我要死了。"宝玉听说，忙握他的嘴，劝道："这是何苦！一个

---

① 《脂砚斋重评石头记庚辰校本》（第四卷），作家出版社 2006 年版，第 1375 页。

未清，你又这样起来。罢了，再别提这事，别弄的去了三个，又饶上一个。"①（第 77 回）

"那晴雯是个什么东西？……他纵好，也灭不过我的次序去。"袭人将平素潜藏的对美貌、伶俐、心灵手巧的晴雯的嫉恨、不满发泄出来，表现出争强好胜的利己主义野心。在上述对话中，叙述者只是以客观的笔调叙述人物的言行，袭人排挤劲敌后的张狂，宝玉息事宁人的软弱跃然纸上，真正是"无一贬词，而情伪毕露"②。

晴雯被逐出大观园后不久便病逝，应验了宝玉的预感。晴雯之死给宝玉带来了深沉的痛苦和愤怒，让他感到"悲凉之雾，遍被华林"③——不仅仅是贾政、王夫人为代表的封建家长扼杀、摧残着人性的真善美，制造了一幕又一幕的女儿悲剧，更让人绝望的是，还有他衷心爱慕的"女儿"也充当了悲剧制造者的帮凶！

王国维评价《红楼梦》时指出该书乃彻头彻尾的悲剧，是"由于剧中之人物之位置及关系而不得不然者；非必有蛇蝎之性质与意外之变故也，但由普通之人物、普通之境遇逼迫不得不如是"④。袭人也并非具有"蛇蝎之性质"的人物，在她身上还是有许多美好的品质，如善良、贤淑、隐忍，顾全大局。作为一个身份地位卑贱的奴婢，她的人生理想就是做宝玉的妾，并为着这个理想竭尽全力地站在封建家长的立场上行事，以博得王夫人的信任和支持，这也不过是"通常之道

---

① 《脂砚斋重评石头记庚辰校本》（第四卷），作家出版社 2006 年版，第 1379 页。
② 鲁迅：《中国小说史略》，东方出版社 1996 年版，第 160 页。
③ 同上书，第 167 页。
④ 王国维：《〈红楼梦〉评论》，《三大师谈〈红楼梦〉》，上海三联书店 2007 年版，第 24 页。

德、通常之人性、通常之境遇为之而已"①。因为袭人的生活逻辑与宝玉迥然不同，于是悲剧与冲突不可避免，她伤害了自己的同伴，也伤害了宝玉，最终被宝玉所抛弃，她也成了悲剧人物。

曹雪芹一方面用"春秋笔法"掩饰袭人之失，表现出明显的"褒"袭人的倾向；另一方面，曹雪芹对袭人的"褒"又不是绝对的"爱之欲其生"的"褒"，而是褒中含贬，又以深微婉曲的笔触表达了"爱而知其恶"的倾向。他既润饰了袭人对王夫人的迎合与讨好，又提到金钏儿被王夫人逼迫跳井后，袭人听了竟"点头赞叹，想素日同气之情，不觉流下泪来"；既正面描写了宝玉动怒要撵走晴雯，刚受了晴雯羞辱的袭人反跪下来为晴雯求情，又含蓄地暗示了袭人、芳官等被逐，袭人难以摆脱干系；既细致刻画了袭人从容镇定地平息了怡红院的一场又一场风波，又如实记录了李嬷嬷、晴雯对袭人的冷嘲热讽与排揎……曹雪芹让自己的价值判断、爱憎褒贬沉淀在对人物形象的客观叙述中，将许多彼此矛盾的细节相反相成地组合在袭人身上，从而造成长期以来人们对袭人性格内涵把握的巨大差异。

综上所述，"春秋笔法"隐晦含蓄，寄意深婉，客观上为读者留下了广阔的探究和想象的艺术活性空间。曹雪芹运用"春秋笔法"塑造的袭人形象涉及丰富复杂的世态人情，带有难以用概念语言加以确定的内涵，吸引了一代又一代读者参与到形象的再创造中去，使形象不断地重新规定自身，因此超越有限获得永恒的生命活力。

---

① 王国维：《〈红楼梦〉评论》，《三大师谈〈红楼梦〉》，上海三联书店 2007 年版，第 25 页。

第六节 性别视角中的"白蛇传"

——从《白娘子永镇雷峰塔》到《青蛇》

"白蛇传"是中国民间广为流传、家喻户晓的故事。这一故事起源于唐宋，经历了笔记小说、拟话本小说、戏曲，再到电影、电视这么一个漫长的发展和传播过程。在代代流传中，"白蛇传"的故事不断发展，以至版本众多。明代小说家冯梦龙将这一民间传说整理、润色、加工成拟话本《白娘子永镇雷峰塔》，并编入《警世通言》，至此，这一爱情故事基本定型。

冯梦龙是苏州人，又在镇江做过教谕，他熟悉流传于杭州、苏州、镇江这一带关于白娘子的故事，由他编撰的《白娘子永镇雷峰塔》尊重民族心理和习惯，较多地吸取了民间流传的东西。拟话本叙述的是南宋年间，杭州临安府有一位俊俏后生许宣在一家生药店做主管，因游玩西湖，遇见了如花似玉的白娘子和她的随身丫环青青。许宣与白娘子以借伞、还伞为由头缔结了姻缘。白娘子为解除许宣经济上的窘迫，盗了官库银子送给许宣，连累许宣吃了官司。后来，白娘子又盗了时样衣服打扮许宣，许宣因此又吃了官司，押发到镇江做苦工。许宣怀疑白娘子是妖怪，白娘子百般解释，两人重归于好。生药店的主人李员外觊觎白娘子的美色，白娘子有意现出原形，将李员外吓得退避三舍。在白娘子的资助下，许宣另起炉灶开了生药店，生意兴隆。七月初七，许宣去金山寺烧香，被法海和尚撞见，白娘子和青青驾船来接许宣，法海点醒许宣——白娘子和青青都是妖精。白娘子见到法海，便与青青翻入水底逃走。许宣遇赦后回到杭州姐姐家，白娘子和青青早已在此等候。许宣心生恐惧，和姐夫一起请来捉蛇人，不料捉蛇人反被化为原形的白娘子吓走。心惊胆战的许宣来求助法海，法海交给他一个钵盂和制服白娘子的方法。许宣回家后，趁白娘子不备，用钵盂罩住了白娘子。法海随后赶到，逼白娘子和青青现出了原形，原来是一条白蛇和一条青鱼。法海将二物收于钵盂内，并镇在雷峰塔下，千年万载，白蛇和青鱼都不能出世。许宣拜法海为师，就雷峰塔剃度为僧，修行数年，一夕坐化而去。

《白娘子永镇雷峰塔》塑造了一位勇于追求爱情和幸福婚姻生活的白娘子。白娘子悲剧的深刻之处并不在于她最终被镇在雷峰塔下，千年修行毁于一旦，而在于她真诚地爱着许宣，许宣却因她是异类而屡次亏负于她，最后竟不顾两人多年的恩爱，亲手用钵盂将她镇压了。冯梦龙描述了白娘子被镇压的悲惨情形：

> 许宣张得他（白娘子）眼慢，背后悄悄的，望白娘子头上一罩，用尽平生气力纳住。不见了女子之形，随着钵盂慢慢的按下，不敢手松，紧紧的按住。只听钵盂内道："和你数载夫妻，好没一些儿人情！略放一放！"许宣正没了结处，报道："有一个和尚，说道要收妖怪。"许宣听得，连忙教李募事请禅师进来。来到里面，许宣道："救弟子则个！"不知禅师口里念的什么，念毕，轻轻的揭起钵盂，只见白娘子缩做七八寸长，如傀儡人像，双眸紧闭，做一堆儿，伏在地下。禅师喝道："是何业畜妖怪，怎敢缠人？可说备细！"白娘子答道："祖师，我是一条大蟒蛇。因为风雨大作，来到西湖上安身，同青青一处。不想遇着许宣，春心荡漾，按捺不住，一时冒犯天条，却不曾杀生害命。望禅师

慈悲则个!"禅师又问:"青青是何怪?"白娘子道:"青青是西湖内第三桥下潭内千年成气的青鱼。一时遇着,拖他为伴,他不曾得一日欢娱,并望禅师怜悯!"禅师道:"念你千年修炼,免你一死,可现本相!"白娘子不肯。禅师勃然大怒,口中念念有词……须臾庭前起一阵狂风。风过处,只闻得豁刺一声响,半空中坠下一个青鱼,有一丈多长,向地拨刺的连跳几跳,缩做尺余长一个小青鱼。看那白娘子时,也复了原形,变了三尺长一条白蛇,兀自昂头看着许宣。①

这段文字比较典型地运用了寓褒贬于客观叙述的"春秋笔法"。白娘子虽然不是凡人,却有着中国妇女勤劳、勇敢、对丈夫坚贞不渝、帮助丈夫创立家业的美德,她不嫌弃许宣穷困,主动、执着地追求爱情,虽然连累许宣吃了两场官司,却是出于好意要帮他,丝毫不存蓄意害人的想法。许宣对身为蛇妖的白娘子又爱又怕,最后借助法海的力量将白娘子镇压,作家虽然对此没有进行评述,字里行间却流露出对白娘子的同情,特别是通过描写被迫现出原形的白娘子"兀自昂头看着许宣",不仅形神毕露地写出白娘子对许宣未了的深情和被辜负的遗恨,而且传达了作家丰富的褒贬情感,达到了"无一贬词,而情伪毕露"②的艺术效果。

据考证,由冯梦龙改编的《白娘子永镇雷峰塔》是目前"留传于世的最早一篇完整的《白蛇传》"③。虽然在故事情节上《白娘子永镇雷峰塔》已趋于完善、定型,但整部小说缺乏一以贯之的价值认同点。一方面,受明末新兴市民阶层的影响,冯梦龙推崇"情教",在

---

① (明)冯梦龙:《警世通言·第二十八卷》,九州出版社2001年版,第200—201页。
② 鲁迅:《中国小说史略》,上海古籍出版社1998年版,第158页。
③ 戴不凡:《试论〈白蛇传〉故事》,《文艺报》1953年第11期。

"三言二拍"中大力提倡"以情许人"的情爱原则，肯定自主择偶的婚姻权利，批判禁锢人性的封建礼教，因此，他在改编民间传说的白蛇故事时，对追求爱情的白娘子寄予了深刻的同情，生动地描写了白娘子富于人性的闪光点——对丈夫一片真情且坚贞不渝；另一方面，冯梦龙没有摆脱"存天理，灭人欲"观念的束缚，他是否认人妖相恋的。冯梦龙笔下的白娘子还具有浓郁的"妖性"，当许宣知道白娘子是妖不是人，欲摆脱她时，白娘子便圆睁怪眼威胁他："我如今实对你说，若听我言语喜喜欢欢，万事皆休；若生外心，教你满城皆成血水，人人手攀洪浪，脚踏浑波，皆死于非命。"如此杀气腾腾的话吓得许宣胆战心惊，只好请戴先生捉拿白娘子，没有成功，于是求助法海，方将白娘子降伏。后来许宣又拜法海为师，亲自化缘砌成七层宝塔来镇压白娘子。许宣对白娘子的负情薄义反映了男权社会里以理制欲的封建伦理道德观。白娘子亦人亦妖的形象则反映了社会意识形态中"女人祸水""女人尤物"的观点，每一次她与许宣团聚，都给许宣带来灾难，她最后被自己所爱的人毁灭，不仅表现了父权中心社会男性对女性潜意识的恐惧心理，而且强化了一种具有社会意义的教化精神，即告诫世人不要贪恋美色，色即是空，空即是色。

同样是取材于民间传说"白蛇传"，根据李碧华的同名小说改编，由徐克执导的电影《青蛇》则运用了与传统的讲述大相径庭的视角进行叙述，即以青蛇（小青）的视角来观照白素贞（白蛇）、许宣与法海的纠葛，探讨情为何物以及人生修为等问题，从而使"白蛇传"注入了新鲜的现代元素。

徐克版电影《青蛇》中的白素贞与小青

《青蛇》中的小青是一条有五百年道行的蛇精，她跟随白素贞来到人间修炼如何做人。白素贞在茫茫人海中看上教书先生许宣，不图他的名，不图他的利，只图他老实好相处。她与许宣结为夫妇后便开了一家药店，悬壶济世，治好了许多人的疑难杂症，被人誉为"华佗再世"；她还携小青一道运用法力治水，解除了一方百姓之苦。因为修善积德，白素贞已基本上脱尽妖气，修炼成人，即便喝了雄黄酒，也不会显露原形。正如影片中的插曲《流光飞舞》所唱："留人间多少爱，迎浮生千重变，跟有情人做快乐事，别问是劫是缘。"白素贞千年修行只为拥有一份温暖的人间真爱，与自己所爱的人一起好好做人，过"只羡鸳鸯不羡仙"的凡俗日子。

因为法海的横加干涉，白素贞的理想无法实现。法海是个年轻英俊的和尚，他善恶不分、六根未净，却自以为慧根深厚，法力无边。影片的开始法海就错收了一心向佛向善的蜘蛛精，毁了蜘蛛精的百年道行，导致自己内心魔障重生。为解除魔障，法海立志降妖除魔。

许宣因看到喝了雄黄酒化作大蟒蛇的小青吓得昏死过去，白素贞为救许宣，不顾自己身怀有孕去盗灵芝草，小青为保护白素贞，用色相诱惑前来阻挠的法海，乱了他的定力，法海恼羞成怒，打着替天行道的旗号来降伏白素贞和小青。他先是劝诱许宣成为他的同盟，许宣还比较有情义，虽然明明知道白素贞与小青是蛇精变的，仍然不愿与法海结盟来谋害自己的娘子和小青。法海便强持许宣到了金山寺，逼他剃度出家。白素贞携小青来金山寺寻夫，与法海斗法，水漫金山，连带生灵涂炭。鏖战之下，白素贞动了胎气，在水中产下一个婴孩。法海见白素贞水中产子，心中大为震撼——白素贞已修炼到能够孕育人的子嗣，原来和他斗法的是人不是妖！他神志恍惚，不知道自己苦心修炼降妖驱魔是为了哪般。金山寺中，小青看到剃度后的许宣，流下了平生第一滴眼泪：姐姐白素贞拼着千年修行和生命奋力争取的那个人，已经背叛她了！这一场付出，原来没有意义。小青亲手杀了许宣后独自离开了，只剩下身披袈裟的法海抱着白素贞与许宣生的孩子，面对诸多因水漫金山而惨死的尸体，陷入了困惑与茫然。

影片中的白素贞与法海，一个是妖，一个是人，却都是虔诚的修行者，白素贞渴望成人，法海渴望成佛。虽然白素贞被雷峰塔镇压了，她的修行却结成了正果——诞生了一个新的生命，一个真正的人！白素贞的崇高之处在于她勇于坦然面对滚滚红尘中的情与欲，在直面世俗中明白人情世故，明白如何做人。法海显然是一位失败的修行者，因为他一心想着降妖除魔，却不能心怀慈悲，最后连他自己也不明白他的修行有何意义。法海的失败根本在于只知道逃避、压抑与生俱来的欲望，忘记了自己本身是个人。正是由于他刻意压抑自己的潜意识欲望，所以不愿意承认自己抵挡不住青蛇的诱惑，嫉妒拥有白素贞和小青的许宣，阻挠白素贞与许宣结合在一起，成为水漫金山的始作俑者。

综上所述，从对冯梦龙小说版的《白娘子永镇雷峰塔》和徐克电影版的《青蛇》的分析中可以看到，随着时间的推移和岁月的变迁，"白蛇传"的内容发生了重大变化，并显示了迥然不同的性别意识和价值取向。"白蛇传"的故事正是在表现不同时代的人对幸福、对爱情的不同追求，对人性的不同理解中与时俱进，常读常新。

第三章　现代小说中的女性形象与身份认同

　　自五四新文化运动以来，新文化运动的倡导者建构了"压迫—解放"的叙述模式，他们呼唤"人的发现"、人性解放和个性觉醒，以民主和科学反对封建主义，强调个体生命的价值，追求爱情自由、家庭幸福成为主题。借助西方的历史进化论和人文主义精神，新文化运动不仅唤醒了"人"的意识，也唤醒了女性主体意识。诚如杨联芬教授所言："'性别'在现代中国文化转型中的重要意义，不只在于它是个人身份确立的标志，更重要的是，有关性别的观念、伦理、制度的变革，是民族国家现代性的必需选项。换言之，在20世纪初的中国，女性解放作为社会文明与平等的象征，既关乎女性个人主体地位的确立，又是民族国家进入'现代'的入场券。传统中国社会建立在纲常伦理结构的礼教制度中，女性的身份既为'父/子'、'夫/妇'关系中处于卑下和服从地位的'子'与'妇'，更因性别而丧失'子'的基本权利（受教育权、财产继承权等），并居于家族的最底层，在社会上也处于'无名'状态。因此，在社会伦理的变革中，女性权利成为最终裁判；女性的社会身份即是衡量社会文明'现代性'的基本尺度。"① 女性社会身份的现代性认同，是从旧的古典性形态向新的现代性形态的转变过程，这种转变并非简单的以后者取代前者的历时性更迭，而往往是旧的古典性形态与新的现代性形态你中有我、我中有你地交织在一起的共时性并存的复杂状况。

面对五四时期新旧文化冲突和社会伦理变革的复杂状况，李欧梵是如此概括的："文化传统根深蒂固，无所不包，并不那么容易被新的东西取代。虽然，以新破旧、崇新抑旧的观念也逐渐流行，到了五四时期更变成了一种主要的意识形态，但旧的文化传统，非但挥之不去，反而构成了一种不可或缺的文化土壤，从西方传来的诸多新的事物和观念，就在这种旧的土壤中发酵，再逐渐开花结果，演变而成中国的现代文化。"② 五四时期新文化、新道德处于与深厚的传统文化进行权力角逐的情势中，许多女性受五四新文化运动的感召，逃离家庭的私人空间而进入家庭以外的公共空间去寻觅独立的精神和自己的人生，向传统性别身份提出了挑战。现代作家对女性人格独立、婚姻恋爱自主、男女平等等现代社会观念的认同和实践，往往超越了单向度的文化选择，表现出性别文化关系中的人性尺度。传统文明和现代文明的冲突激发了性别意识的现代伦理转型，反映在小说创作中，透露出社会文化变迁的深层蕴含及症候。

20 世纪 20 年代，庐隐、冯沅君、冰心、凌叔华等知识女性纷纷登上文坛，开始以现代女性的眼光观照女性的生活方式、生存价值，将女性受压抑和反父权制文化的主题纳入她们的女性书写中，形成了

---

① 杨联芬：《新伦理与旧角色：五四新女性身份认同的困境》，《中国社会科学》2010年第 5 期，第 207 页。

② 李欧梵：《未完成的现代性》，北京大学出版社 2005 年版，第 65 页。

启蒙时代的女性话语。如庐隐的《象牙戒指》以石评梅与高君宇的爱情故事为原型，反映了一代青年在封建婚姻制度与现代爱情观的冲突下的苦闷和纠结；凌叔华在《绣枕》中借大小姐精心制作的"女红"绣枕惨遭糟蹋，隐约表现出旧式女性与新式女性之间的紧张冲突，表明两性关系从来不只是两性关系，它还是社会文化权力博弈、较量的结果；冯沅君的《隔绝》运用书信体表达了女主人公敢于为了恋爱自由赴死的决心，一方面有着性别意识的觉醒，另一方面则缺乏相应的控制欲望的能力和超越现实困境的能力。

以女性的青春、自我、爱情为书写内容的"五四"女性小说到了 20 世纪 20 年代中期渐渐衰落，到 20 世纪三四十年代，由于民族危机加剧，国共两党对于抗日的不同态度和对知识分子的不同政策，文学创作在解放区和国统区形成了大相径庭的审美风格。在延安，民族革命战争为女性作家带来了更多进入公共空间的机遇，使她们的性别意识进入更为广阔的天地，女性反抗的出发点已不再是为了个人的婚姻，而是为了将民族解放、社会进步和妇女解放有机地统一起来，这在丁玲、陈学昭的创作中有着突出表现。丁玲在《"三八节"有感》中喊出了女性自己的声音："我自己是女人，我会比别人更懂得女人的缺点，但我却更懂得女人的痛苦。她们不会是超时代的，不会是理想的，她们不是铁打的。她们抵抗不了社会一切的诱惑，和无声的压迫，她们每人身上都有一部血泪史，都有过崇高的感情（不管是升起的或沉落的，不管有幸和不幸，不管仍在孤苦奋斗或卷入庸俗）。"她在延安创作的《我在霞村的时候》《在医院中》，一方面审视、质疑并批判了男权价值世界，另一方面张扬了女性的觉醒和独特的现代意识；此外，陈学昭创作的《南风的梦》《珍珠姐》以鲜明的女性立场关注时代大潮中的女性，表达了积极从事社会革命与女性解放的愿望。

国统区的创作则表现出与解放区大相径庭的审美风格。张爱玲、萧红等从日常生活视角关注女性命运的流转变迁，创造了与特定的历史文化语境息息相关的女性话语。她们的性别身份使其能够深刻地体察到女性在新旧交替的历史时期的精神诉求，以及女性人格独立的艰难。如张爱玲《第二炉香》中的葛薇龙、《倾城之恋》中的白流苏、萧红《小城三月》中的翠姨，这些女性既不能彻底地被强势冲击中国本土的西方现代文明所同化，也无法彻底地坚守本土的文化传统，她们在同现实环境的对抗中，内心充满矛盾和焦灼，陷入生存危机与精神危机之中。此外，鲁迅、老舍、郁达夫、李劼人等男性作家也通过小说创作对文化转型时期的女性命运表现了深层次的人文关怀。在接下来的篇章中，笔者选择现代作家创作的以女性的爱情婚姻、生命体验为中心的小说进行解读，透视女性在新旧交替时代的主体意识与身份认同。

第一节　互文性视域下丁玲、张爱玲、萧红的小说创作与生命体验

丁玲在1927—1928年间创作了小说《梦珂》和《阿毛姑娘》，张爱玲在1943年创作了小说《沉香屑　第一炉香》（以下简称《第一炉香》），萧红则在1941年创作了小说《小城三月》。这四篇小说采用不同的叙述视角和修辞手段讲述不同情节的故事，透露出迥然不同的叙述声音，呈现出大相径庭的艺术风貌。值得关注的是，这四篇小说拥

有一个共同的深层结构，都是在中国社会现代转型的文化背景下叙述同一形象流程的有关女性命运的故事。本节将这四篇小说放置在一个坐标体系中予以观照，进而发现这四篇小说相互参照、彼此牵连，形成互文性关系。互文性（intertexuality），也译作间文本性或文本间性，是法国批评家克里斯托娃 1966 年在巴尔特的研讨班上提出的，她指出："任何文本也都是作为形形色色的引用的镶嵌图而形成的，所有的文本，无非是其他文本的吸收和变形。"① 也就是说，每一个文本绝不是孤立地存在着的，它同其他文本处于相互参照、彼此关联的关系中，形成一个包容着过去、现在和将来的无限开放的动态网络体系。并且，克里斯托娃认为，在一个总的文化符号学内，社会和历史并非外在于文本的独立因素或背景，而是不可避免地存在于文本系统之中，社会和历史自身就是文本。即互文本并不仅仅指文学、语言文本，任何事物、任何文化现象，包括作家的生平和社会文化环境都可以看作文本，根据这一概念，不仅过去被写成的文本与现在正在创作的文本是相互关联的，而且文学文本和社会文本也是相互指涉、彼此支撑的，这样一来，文学文本被理解为通向社会环境和历史文化的窗口。运用互文性理论来看丁玲的小说《梦珂》《阿毛姑娘》，张爱玲的小说《第一炉香》，萧红的小说《小城三月》，不仅可以看到这四篇小说可以互见文意，小说的创作与作家本人的爱情体验存在精神上的同构关系，而且表现了中国现代性体验的独特性：现代与反现代相互交织，传统与反传统紧密相连，传统与现代并不是简单的以后者取代前者的历时性更迭，而往往是你中有我、我中有你的共时性交融并存的复杂状态。

---

① ［日］西川直子：《克里斯托娃：多元逻辑》，王青、陈虎译，河北教育出版社 2002 年版，第 51 页。

一

1840 年鸦片战争爆发，中国封建社会的超稳定系统被强制性地动摇了，西方文化以势不可当的力量冲击着绵延千年的中国传统文化，中国在一种十分被动屈辱的状况下走上了现代化的历史进程。

值得关注的是，中国的现代性与西方的现代性存在根本区别——西方的现代性是在资本主义经济发展的基础上产生出来的，具有原生性；中国的现代性则是随着鸦片战争以来西方列强的侵入和中华古典帝国的迅速衰落而生成的历史现实，并不具有原生性。中国社会的现代转型缺少一个像西方文艺复兴运动那样的长达五百年之久的思想过渡期。虽然在西方现代文化的强势入侵下，中国传统文化的圆融自足性被打破了，却依然根深蒂固，并顽强地对抗强势入侵的西方文化。在西方现代文明和中国封建意识并存、殖民主义色彩和本土价值理念交错的文化背景下，丁玲、萧红、张爱玲，这三位中国现代文学史上无法抹去的才女分别以不同的题材为切入口，书写了一个共同的母题，表现了在传统文化与现代文明的夹缝中生存的女性的现代性体验：处在封闭环境中的少女由于种种原因，脱离了原来的传统的生活环境和家庭背景，来到受西方现代文化和资本主义商业文明影响的新环境，受到异质文化的冲击，无可逃遁地陷入困惑、焦灼、苦闷、感伤、悲愤的精神危机中。丁玲的代表作品有《梦珂》与《阿毛姑娘》，萧红的代表作品是《小城三月》，张爱玲则写有《第一炉香》，见表1。

表 1　　　　　　　丁玲、萧红、张爱玲作品中的女性的形象流程

形象流程 ╲ 小说人物	处于封闭状态	进入开放状态	陷入身份危机	走向死亡状态
《梦珂》中的梦珂（1927 年）	生活在偏僻的、山清水秀的酉阳	来到上海，大都市的现代生活诱惑了她，她萌发了对表哥的纯真爱情	不断回忆在酉阳的幸福时光，发现表哥嫖妓并与澹明共谋占有她	参加圆月剧社，隐忍并习惯了成为男性欲望的客体
《阿毛姑娘》中的阿毛（1928 年）	生活在荒僻的山谷	嫁到西湖边，都市之行、上海来的夫妇、嫁到城里去的三姐给了她无尽的诱惑和想象	沾染了富贵的、浪漫的幻想，现实生活却使这幻想比梦还渺茫	感到生的无味，吞火柴自杀
《小城三月》中的翠姨（1941 年）	生活在一个闭塞保守的家庭	住到开通的"我"家，有机会接受新文化与新文明，翠姨默默爱上了"我"哥哥	翠姨与有钱人家订了婚，受到新文化洗礼的翠姨不愿意出嫁，发奋读书	谁也不能医治翠姨的心病，翠姨拼命糟蹋自己的身体，静悄悄地死去
《第一炉香》中的葛薇龙（1943 年）	生活在上海普通人家	来到香港姑母家，灯红酒绿的生活诱惑了她，她爱上了乔琪乔	乔琪乔和姑母利用薇龙笼络男人，薇龙想回家却回不去了	嫁给了乔琪乔，继续留在姑母家过行尸走肉的生活

按照格雷马斯的"深层结构"理论："一个形象流程可以在两个（或多个）符号同位上展开。"① 参照表 1，梦珂、阿毛、翠姨、薇龙

---

① 昂特尔凡尔纳研究小组：《都德作品分析》，王国卿译，转引自张寅德编选《叙述学研究》，中国社会科学出版社 1989 年版，第 389 页。

的故事不过是同一形象流程的不同符号，这些符号被一个作用力所控制和利用，在四个文本中显示了类似的意义：处于封闭状态的少女在外来文化的冲击下，在物质和感情的双重诱惑下陷入身份危机，她们既无法获得自己所憧憬的理想身份，又不能回到从前的境遇当中去，只能殊途同归地走向死亡状态。不同的是，梦珂与薇龙是以牺牲自己的灵魂为代价苟且地活下去，走向的是精神死亡；阿毛与翠姨是宁为玉碎，不为瓦全，以自戕的方式了断自己鲜活的生命。怨恨与羡慕相交织的怨羡情结则是梦珂、阿毛、翠姨、薇龙精神上共同的深层体验：一方面，惊羡于现代都市文明的繁华，抵挡不住它的诱惑；另一方面，又敏感到繁华不属于自己，产生对难以企及的生活方式或文化身份的怨恨。

四个故事的深层结构大同小异，女主人公精神上的深层体验也不谋而合，关键是故事的叙述视角与叙述声音大相径庭。丁玲、萧红、张爱玲分别采用不同的叙述视角叙述同一形象流程的故事，产生了不同的审美效果，并在迥然不同的叙述声音里预示了三位女作家各自不同的价值立场和人生走向。

二

任何叙事都有叙述视角，在叙事过程中，所描述的事件和人物必定经由一个特定的视角呈现出来。这里的叙述视角相当于兹维坦·托多罗夫所概括的"叙事体态"[①]；热拉尔·热奈特所称的"聚焦"[②]；

① 托多罗夫认为叙事体态是"来说明在故事中可以辨认出来的各类感受（这个词在这里的词义和它的词源本义相近，即'看见'）。更确切地说，体态反映了故事中的'他'和话语中的'我'之间的关系，也就是人物和叙述者的关系"（参见托多罗夫《叙事作为话语》，张寅德编选《叙述学研究》，中国社会科学出版社 1989 年版，第 298—299 页）。
② ［法］热拉尔·热奈特：《叙事话语　新叙事话语》，王文融译，中国社会科学出版社 1990 年版，第 129—133 页。

以及巴赫金所说的"视野"①。应该说明的是，托多罗夫、热奈特和巴赫金从各个不同的角度提出了叙述视角这个范畴应有的因素：叙述者或作者、人物或主人公、聚焦或视野，尽管在内容细节上存在一定的分歧，但在总体构架上相互补充，能共同解释叙述视角的本质。下面参照托多罗夫、热奈特和巴赫金的理论区分三种叙述视角，取其大略作为本文研究的基点，如表 2 所示。

表 2　　　　　　　　　　　叙述视角的分类

叙事视角种类	托多罗夫的"叙事体态"	热奈特的"聚焦"	巴赫金的"视野"
全知视角叙事	叙述者 > 人物（从后面观察）	无聚焦或零聚焦叙事	作者视野 > 主人公视野
限知视角叙事	叙述者 = 人物（"同时"观察）	内聚焦叙事，分为固定式、不定式与多重式三种形式	作者视野 = 主人公视野
客观视角叙事	叙述者 < 人物（从外部观察）	外聚焦叙事	作者视野 < 主人公视野

在全知视角叙事中，叙述者采用的是自己处于故事之外的全知全能的视角，即可以从任何角度、任何时空来叙事，也可以任意透视人物的内心；叙述者说得比任何人物知道的都多，并对人物的过去、现在和未来了如指掌；读者一般通过叙述者的全知视角来观察故事世界，包括人物的想法。

---

① ［俄］巴赫金：《诗学与访谈》，白春仁等译，河北教育出版社 1998 年版，第 61—74 页。

在限知视角叙事中，叙述者知道的和人物一样多，叙述者无权讲述人物不知道的事情。读者一般通过人物的有限视角来观察故事世界，包括人物的内心世界。叙述者可以由一个人充当，相当于热奈特的固定式内聚焦叙事；也可以由几个人充当，如果是由两个或多个人叙述不同的事，就相当于热奈特的不定式内聚焦叙事；如果是由两个或多个人叙述同一事件，就相当于固定式内聚焦叙事。并且，限知视角叙事可采用第一人称，也可采用第三人称。

在客观视角叙事中，叙述者置身于故事之外，仅限于描写人物所看到的和听到的，让人物自己展示自己的命运，既不加任何解释和主观评价，也不介入人物的内心活动的观照和分析。

在文本中，叙述视角是"一种特定的观看世界的方式，一种力求得到社会意义的方式"①。一个故事以何种视角叙述，不仅是一个形式技巧问题，而且是对世界的特定观照方式，并决定着文本的社会意义的最终获得。在此意义上，叙述视角总是内化了社会意识形态内容的"有意味"的叙述形式。叙述视角决定着叙述声音，一般而言，叙述声音是作为叙述主体发出的声音，即叙述主体用什么口气或什么态度叙述。叙述声音位于"'社会地位和文学实践'的交界处，体现了社会、经济和文学的存在状况"。"在各种情况下，叙述声音都是激烈对抗、冲突与挑战的焦点场所，这种矛盾斗争通过浸透着意识形态的形式手段得以表现，有时对立冲突得以化解，也是通过同样的形式手段得以实现的。"② 也就是说，叙述声音既与叙述主体的社会地位、文化身份密切相关，也与叙述主体的价值取向、思想立场、情感评价相互

① ［美］华莱士·马丁：《当代叙事学》，伍晓明译，北京大学出版社 2005 年版，第 152 页。

② ［美］苏珊·S. 兰瑟：《虚构的权威》，黄必康译，北京大学出版社 2002 年版，第 4、7 页。

依存，因此，叙述声音作为意识形态冲突的场所，充分体现了文本的意识形态性质。

三

丁玲在《梦珂》中建构了一个全知视角，通过这一视角来传达叙述者的声音；同时她又创立了一个以梦珂为主体的限知视角，通过这一视角表达人物的声音。小说开始以全知视角描述了梦珂挺身而出解救被欺侮的女模特的情形，接着又介绍了梦珂的家世，但当梦珂来到姑母家时，视角便发生了转移。叙述者通过采取人物限知视角观照外在世界，并借此进入梦珂的感觉和心境：

> 梦珂独自留在特为她收拾出的一间房子里，心旌摇摇的站在窗台前，模模糊糊的回想适才的一切。客厅，地毡，瘦长的花旗袍，红嘴唇……便都在眼前舞蹈起来。为想故意去打断这思想，把手撑在窗台上，伸着头去看楼外的草坪：阳光已跑到园的一小角上去，隔壁红楼上一排玻璃窗正强烈的反射出刺目的金光。汽车的喇叭声，不断的从远处送来。及至反身来，又只看见自己的两只皮箱凌乱的，无声的，可怜的摊在那边矮凳上，大张着口呆呆的朝自己望着。①

这段描写以梦珂的限知视角传达了她初到上海姑母家的主观感受，"舞蹈"的客厅、地毡、花旗袍、红嘴唇以及"刺目"的金光表现了梦珂的头晕目眩，凌乱的、无声的、可怜的、"大张着口呆呆的朝自己望着"的皮箱衬托了梦珂茫然无助、忐忑不安、理不清头绪的

---

① 丁玲：《梦珂》，《在黑暗中》，人民文学出版社 2000 年版，第 11 页。

纷乱心境。

> 梦珂觉得有点烦闷，把袍子脱下，便走到凉台上去吹风。这是二十几里，月亮还没出来，织女星闪闪的在头上发出寒光。天河早已淡到不能揣拟出它的方向。①

这里，叙述者的视角和人物的视角重合，以景语道情语，通过发出寒光的织女星言说梦珂冷清、寂寞的精神状况。她不适应表哥表姐们整天莺歌燕舞、花天酒地的生活方式，又不得不迎合他们。她感到自己再也不能坚守内心的阵地，不知何去何从，就像淡得无法揣拟方向的天河。

小说中还出现了不少自由间接引语，通过这些自由间接引语建立了人物的声音与叙述者的声音相互交融、彼此共存的"微型对话"②关系。

例证1：

> 夜晚，她更是不能安睡的辗转在她的那张又香又软的新床上，指尖一摸触到那天鹅绒的枕缘，心便回味到那一切精致的装饰、漂亮的面孔，以及快乐的笑容……好像这都是能使她把前两天的一场气忿消失得净尽，而只醉一般的来领略这所从未梦想过的物质享受，以及这一些所谓的朋友情谊。但，实实在在这新的环境却只扰乱了她，拘束了她，当她回忆到自己的那些勉强装出来的样子，做得真像是非常自然的夹在那男女中笑谈着一切，不

---

① 丁玲：《梦珂》，《在黑暗中》，人民文学出版社2000年版，第17页。
② 巴赫金对"微型对话"下的定义是"对话渗透到每个词句中，激起两种声音的斗争和交替"（［俄］巴赫金：《陀思妥耶夫斯基诗学问题》，《诗学与访谈》，白春仁等译，河北教育出版社1998年版，第100页）。

觉羞惭得把眼皮也润湿了。①

梦珂的声音：那张又香又软的新床，那天鹅绒的枕缘，那一切精致的装饰，漂亮的面孔，以及快乐的笑容……好像这都是能使我把前两天的一场气忿消失净尽，而只醉一般的来领略这所从未梦想过的物质享受，以及这一些所谓的朋友情谊。

叙述者的声音：这新的环境扰乱了你，拘束了你，使你辗转不能安睡。当你回忆到自己那些勉强装出来的样子，像是非常自然地夹在那男女中笑谈着一切，你是羞惭的。

例证2：

> 为什么一个人不应当把自己弄得好看点？享受点自己的美，总不该说是不对吧！一个女人想表示点自己的高尚，自己的不同侪属，难道就必得拿"乱头粗服"去做商标吗？②

梦珂的声音：我不过是想把自己弄得好看点，享受点自己的美而已。我没有必要拿"乱头粗服"去做商标表示自己的高尚、自己的不同侪属。

叙述者的声音：你用父亲省吃俭用的钱去买貂皮大衣，不是一种高尚的行为。

例证3：

> 她是直向地狱的深渊坠去。她简直疯狂般的毫不曾想到将来，在自己生涯中造下如许不幸的事。但这都能怪她吗？哦，要她去替人民服务，办学校，兴工厂，她哪有这样大的才力。再去

---

① 丁玲：《梦珂》，《在黑暗中》，人民文学出版社2000年版，第11—12页。
② 同上书，第24页。

进学校念书，她还不够厌倦那些教师，同学们中的周旋吗？还不够痛心那敷衍的所谓的朋友的关系？未必真能整个牺牲自己去做那病院看护，那整天地同病人伤者去温存，她哪来这种能耐呵！①

梦珂的声音：我既没有才力去替人民服务，办学校，兴工厂，也厌倦了再去进学校念书，在那些教师、同学们中周旋，我痛心那敷衍的所谓的朋友的关系。我更不能整个牺牲自己去做那病院看护，因为没有能耐整天同病人、伤者去温存。

叙述者的声音：你是直向地狱的深渊坠去。你简直疯狂般的毫不曾想到将来，在你自己的生涯中造下如许不幸的事。

在上述引文中，梦珂的"每一感受，每一念头，都具有内在的对话性，具有辩论的色彩，充满对立的斗争或者准备接受他人的影响，总之不会只是囿于自身，老是要左顾右盼看别人如何"。② 即每句话里都有人物和叙述者的两个声音在争辩，并且，人物的声音和叙述者的声音不存在泾渭分明的界限，它们相互渗透、彼此交叉，在交叉的地方又存在两种互不融合的意识在进行交锋。这类自由间接引语的"长处在于不仅能保留人物的主体意识，而且能同时巧妙地表达出叙述者隐性评论的口吻"。③ 叙述者通过转述人物话语传达了叙述主体，也可以说是丁玲本人的意识形态定位：一方面，同情梦珂被诱惑的、身不由己地一步步堕落的境遇；另一方面，对梦珂的软弱、虚荣、耽于享乐又持明显的批判态度。到最后，梦珂成了女明星，叙述者干脆直接走上前台，发出自己的主观评价：

① 丁玲：《梦珂》，《在黑暗中》，人民文学出版社 2000 年版，第 33—34 页。
② ［俄］巴赫金：《陀思妥耶夫斯基诗学问题》，《诗学与访谈》，白春仁等译，河北教育出版社 1998 年版，第 43 页。
③ 申丹：《叙述学与小说文体学研究》，北京大学出版社 2004 年版，第 313 页。

现在，大约在某一类的报纸和杂志上，应当有不少的自命为上海的文豪，戏剧家，导演家，批评家，以及为这些人呐喊的可怜的喽啰们，用"天香国色"和"闭月羞花"的辞藻去捧这个始终是隐忍着的林琅——被命为空前绝后的初现银幕的女明星，以希望能够从她身上，得到各人所以捧的欲望的满足，或只想在这种欲望中得一点浅薄的快意吧。①

"自命""可怜""隐忍""浅薄的快意"等词语鲜明地表明了作家的批判立场——不仅抨击把女人当作欲望对象和色情商品的男权社会，同时也批判梦珂的软弱与妥协。

在丁玲的另一篇小说《阿毛姑娘》中，作家的批判态度更为明显，叙述者的声音也更为激越。《阿毛姑娘》采用的是全知叙述视角，叙述者如"上帝"般地俯视阿毛的命运，具有未卜先知的功能。小说一开始，阿毛出嫁，叙述者就有意识地渲染一种惨淡、凄凉的气氛，为阿毛的悲惨结局铺垫了不祥的色彩：

（阿毛老爹）笑容里却更显露出比平日更凄凉，更黯淡的脸："哈，明天便归我自己来烧了。"

这声音在这颇空大的屋子里响着，是很沉重的压住阿毛的心了。于是阿毛又哭泣起来。

在她（指三姑）眼里看来，阿毛也很可怜，虽说她也曾很满意过阿毛的婆家，且预庆她将来的幸运，不过她总觉得连阿毛自己也感到这令人心冷的简陋。

于是阿毛老爹就叹了一声气，走到屋外去；阿宝就忙着茶的

---

① 丁玲：《梦珂》，《在黑暗中》，人民文学出版社 2000 年版，第 41 页。

事；三姑更一面陪着揩眼泪，又来替她换衣裳；阿毛是真真的感到凄凉在哽咽着。①

叙述者还时时放弃对故事的讲述，显山露水地分析阿毛的心理，居高临下地评价阿毛的行为，并在这些公开的评论中渗透作家本人的生活体验：

> 现在她把女人看得一点也不神奇，以为都像她一样，只有一个观念，一种为虚荣为图快乐生出的无止境的欲望，这是乡下无知的阿毛错了！阿毛真不知道也有能干的女人正在做着科员，或干事一流的小官，使从没有尝过官味的女人正在满足着那一二百元一月的薪水；而同时也有着自己烧饭，自己洗衣，自己呕心呕血去写文章，让别人算清了字给一点钱去生活，在许多高的压迫下还想读一点书的女人——而把自己在孤独中所见到的，无朋友可与言的一些话，写给世界，却得来是如死的冷淡，依旧又忍耐着去走这一条已在这纯物质的，趋图小利的时代所不屑理的文学的路的女人。②

叙述者的评判让我们发现了一个价值世界——它批判了阿毛的虚荣和依附心理，并为女性探索了一条以经济独立为基础的，自尊、自立、自强的解放道路。《阿毛姑娘》写于 1928 年，这一时期丁玲与胡也频正过着卖文为生的日子，生活十分窘迫，他们以每月只要八元的房租，租了一间亭子间栖身。……他们租的一张大木床放在房中央，前后各放一张写字台，每天忙了下楼提水，洗菜淘米，点好打气炉子

---

① 丁玲：《阿毛姑娘》，《在黑暗中》，人民文学出版社 2000 年版，第 119、121 页。
② 同上书，第 141 页。

做两顿饭，就是坐下来写东西。丁玲以自身的生活经历为参照来看待把人生希望依附在男人身上的阿毛，自然是"哀其不幸，怒其不争"了。

在《阿毛姑娘》中，作家不仅通过叙述者之口对人物、事件甚至自己的写作发表了公开的评论，而且还发出了一些隐蔽的、耐人寻味的评论：

> 他（指小二）连同阿毛玩都没有时间，也振不起心情，那里得知他妻的耐苦的操作中，会压制得有极大的野心？
>
> 自然，在这情形下，已成为一个有贪欲的他的妻，竟从此把他推远了去，是可能的事。①

叙述者用"野心""贪欲"这样的词眼来形容一个少不更事的乡下姑娘，显然有些唐突。并且，当我们结合叙述者表现的事实，便会发现阿毛的要求实在不高，她不过是不甘心生来命不如人，想帮衬小二多挣钱，努力过富裕的生活，还希望小二能多给她温存与爱抚，生活得更有情调。这样的想法对一个充满活力的少妇来说，不能算过分，无论如何也谈不上"野心""贪欲"。于是，"这种表现与评价之间的矛盾在叙事形式上造成了一种十分敏感的不稳定现象：摹仿逼真的幻觉干扰了主观判断的叙事声音"②。在这种情况下，我们不由对叙述者的可信性产生怀疑，不得不进行双重解码："既要了解叙述者在话语层次上附加在'事实'之上的某种表象，又要根据生活经验和语境来建构出所描写的'事实'，同时要把握两者之间的微妙辩证关

---

① 丁玲：《阿毛姑娘》，《在黑暗中》，人民文学出版社2000年版，第138、140页。

② ［美］苏珊·S. 兰瑟：《虚构的权威》，黄必康译，北京大学出版社2002年版，第97页。

系。"① 可以认为,叙述者在这里与其说是在指责阿毛,不如说是用反讽的方式将批判的矛头对准阿毛所生活的那个环境——正是由于丈夫、婆婆等人的保守、刻板、安于现状,才不能容忍阿毛拥有梦想,才把阿毛萌生的每一点新鲜的想法都视为不正常的"野心"和"贪欲",是不守妇道的表现,从而使她招致辱骂和鞭打;也正是那个不把人当人的生存环境窒息了阿毛的生命活力,使她觉得生的无趣,终于选择了自杀。

丁玲通过叙述者公开的和隐蔽的评论实现了她的双重批判:不仅批判阿毛的虚荣、不自立自强、依附男人的思想,而且批判阿毛所生存的那个泯灭人性欲望的社会文化环境。

四

现代文学史上的另一位才女张爱玲在 1943 年写下了《第一炉香》,主人公葛薇龙的故事可以说是梦珂经历的翻版。小说的开始,张爱玲通过讲故事的方式安插了一个全知叙述者:"请您寻出家传的霉绿斑斓的铜香炉,点上一炉沉香屑,听我说一支战前香港的故事。您这一炉沉香屑点完了,我的故事也该完了。"但小说并没让叙述者的全知视角控制全文,而是大量采用内部聚焦手法,让薇龙充当聚焦人物,通过她的眼光、感受来观察、感知外部世界,突出人物的主体性和相对独立的自我意识:

> 薇龙一抬眼望见钢琴上面,宝蓝瓷盘里裹一棵仙人掌,正是含苞欲放,那苍绿的厚叶子,四下里探着头,像一窠青蛇,那枝

① 申丹:《叙述学与小说文体学研究》,北京大学出版社 2004 年版,第 228 页。

头的一捻红，便像吐出的蛇信子。①

　　薇龙向东走，越走，那月亮越白，越晶亮，仿佛是一头肥胸脯的白凤凰，栖在路的转弯处，在树桠叉里做了窠。越走越觉得月亮就在前头树深处，走到了，月亮便没有了。薇龙站住了歇了一会儿脚，倒有点惘然。再回头看姑妈的家，依稀还见那黄地红边的窗棂，绿玻璃窗里映着海色。那巍巍的白房子，盖着绿色的玻璃瓦，很有点像古代的皇陵。②

　　在以上段落里，叙述由叙述者的全知视角切换到人物的限知视角，客观物象被吸收到薇龙的主观意识中：青蛇一样的吐出蛇信子的仙人掌、仿佛白凤凰般的月亮、古代皇陵似的姑母的家等，都烙上了薇龙强烈的主观感受印痕，渲染了人物苍白、脆弱、恐慌的心理。薇龙害怕自己在这充满鬼气的世界里中邪，但物质的诱惑使她留了下来。在姑母家她遇到了乔琪乔，初次照面，她在乔琪乔充满情欲的眼光的逼视下，不自觉成了他的俘虏：

　　薇龙那天穿着一件瓷青薄绸旗袍，给他那双绿眼睛一看，她觉得她的手臂像热腾腾的牛奶似的，从青色的壶里倒了出来，管也管不住，整个的自己全泼出来了。③

　　这是一个在女性感觉下的男女两性对视的场景。薇龙显然是败下阵来了，她感到自己管不住自己，像一架没穿衣服的被展览的肉体，完全被乔琪乔的眼光所控制。在接下来的日子里，薇龙在物质和感情

―――――――――――

　　① 张爱玲：《沉香屑　第一炉香》，《传奇》增订本，山河图书公司中华民国卅五年（1946）版，第220页。
　　② 同上书，第223—224页。
　　③ 同上书，第235页。

的双重诱惑下越陷越深，虽然乔琪乔不愿负责任，不能给她任何承
诺，并且她自己也明白浪荡公子乔琪乔绝对不是可以托付终身的对
象，但她依然堕入情网，无力自拔：

> 她竭力地在他的黑眼镜里寻找他的眼睛，可是她只看见眼镜
> 里放映的她自己的影子，缩小的，而且惨白的。①

薇龙在乔琪乔的黑眼镜里看到了一个"缩小的""惨白的"她自
己的影子，象征性地表现了薇龙的自我已在十里洋场的生活中身不由
己地扭曲、变形了。故事的全知叙述者一直采取价值中立的立场，不
做任何主观评价，只是在叙述声音中透露出哀婉与苍凉："这一段香
港故事，就在这儿结束……薇龙的一炉香，也就快烧完了。"对葛薇龙，
张爱玲既痛惜又体谅：痛惜她的欲望缺乏理性约束，而导致不可挽回的
堕落和悲剧命运，同时又体谅资产阶级的物质文明和生活方式对一个初
出茅庐的少女来说，诱惑力实在太大，薇龙的沉沦其实是精神上没有着
落的表现。

大约在《第一炉香》完稿的一年后，张爱玲本人也体验了类似薇
龙的情感历程。23 岁的张爱玲爱上了大她 15 岁、已有家室的、汪精
卫的幕僚胡兰成。胡兰成生性风流倜傥，在和张爱玲热恋并结婚后，
依然处处留情，先是携妓游玩，不久又与护士小周有染。后来日本天
皇颁布投降诏书，胡兰成为逃避搜捕到处躲藏，在落难中又与范秀美
同居。张爱玲千里寻夫，看到这种情形，忍无可忍，终于责问："你
与我结婚时，婚帖上写现世安稳，你不给我安稳?"胡兰成却有一番
自圆其说的解释：他待张爱玲，如同对待他自己，宁可克己，倒是要

---

① 张爱玲:《沉香屑　第一炉香》,《传奇》增订本，山河图书公司中华民国卅五年
(1946) 版，第 246 页。

多顾顾小周和范秀美。张爱玲知道与胡兰成的情分到头了，当下心灰意懒地对胡兰成说："你到底是不肯。我想过，我倘使不得不离开你，亦不致寻短见，亦不能再爱别人，我将只是萎谢了。"① "我将只是萎谢了"与小说中"薇龙的一炉香，也就快烧完了"可以说互见文意，蕴蓄了一种无可奈何的苍凉与感伤，并在若干年后，人们发现这句话竟成为谶语：张爱玲的人生再也没有飞扬过，在创作上她越写越无力，虽有《华丽缘》《多少恨》《十八春》等作品问世，都不过是对其前期作品进行螺旋式下降般的重复，再也不能如《传奇》《流言》中的作品那样溢彩流光；在生活上她也尽量保持低调，再也不以奇装炫人，再也不愿在公众场合抛头露面，后与赖雅结婚，与其说是爱情的结果，不如说是寻求归宿的需要。可叹一朵奇葩就这么兀自萎谢了！

五

萧红的《小城三月》以异曲同工的方式重复了《梦珂》《阿毛姑娘》及《第一炉香》所表达的母题。小说通过故事的叙述者"我"展开回忆，追记在童年时代的"我"的视角观照下的翠姨的生存境遇。"我"作为旁观者的视角决定了"我"只能从外部观察翠姨，不可能走进翠姨的内心世界。读者只能看到反映在"我"主体心理上被过滤的、失去了内在性的翠姨形象。"我"在小说中起到的是一面折射镜的作用，"我"的视角巧妙而自然地将聚焦人物的外貌、行为特征展现给读者，读者便通过"我"这面镜子来揣度处在新旧交替时代的翠姨的个性特征以及在暗恋"我"哥哥的过程中内心所掀起的狂澜

① 余彬：《张爱玲传》，广西师范大学出版社 2001 年版，第 246 页。

巨波。譬如要描述翠姨是一位沉静、内敛、端庄的淑女，小说通过"我"的视角是这么刻画的：

> 翠姨生得并不十分漂亮，但是她长得窈窕，走起路来沉静而且漂亮，讲起话来清楚地带有一种平静的感情。她伸手拿樱桃吃的时候，好像她的手指尖对那樱桃十分可怜的样子，她怕把它触坏了似的轻轻地捏着。①

为进一步说明翠姨的含蓄、隐忍、优柔寡断，"我"举了买绒绳鞋的例子。那时候流行穿绒绳鞋，翠姨的妹妹买了一双绒绳鞋立刻穿上了。翠姨虽然心里边早已经喜欢了绒绳鞋，但是看上去却不愿意接受它，以至错过了买绒绳鞋的时机。"买绒绳鞋"的故事为翠姨的恋爱悲剧埋下了伏笔——分明是心里早已喜欢，却偏偏要装作无所谓，直到坐失良机。"我"虽然不太明白，也无法剖析处在恋爱中的翠姨的微妙心理，却能通过对生活细节的捕捉含蓄地暗示翠姨的性格和命运，并使作家本人的声音也透过这些细节隐而不显、含而不露地传达出来：

> 我们有时也去打网球玩玩，球撞到她（指翠姨）脸上的时候，她才用球拍遮了一下，否则她半天也打不到一个球。因为她一上了场站在白线上就是白线上，站在格子里就是格子里，她根本不动。有的时候她竟拿网球拍子站着一边去看风景去了。②

"借一斑而窥全豹"，翠姨为了不失她的淑女风范，根本就不主动地接球。如此被动的性格决定了翠姨不会听凭自己心灵的呼唤去主动

---

① 萧红：《小城三月》，《萧红作品精编》（小说卷），漓江出版社 2004 年版，第 179 页。
② 同上书，第189页。

地把握命运，只能在冰与火的情欲中挣扎，迫使自己的行为吻合当时的社会文化规范。翠姨一方面爱上了"我"的哥哥，对现代文明与现代生活方式有着强烈的憧憬和向往，另一方面又顺从世俗的安排与一个根本不熟悉的、无法产生好感的男人订了婚，用订婚的钱买了当时流行的衣服、耳坠子、高跟鞋，并到哈尔滨置办嫁妆，很是风光了一阵。临到要出嫁，她又如临大敌，推说要念书。就在这身心分裂的煎熬中，她不向任何人吐露自己的真实想法，终于一病不起。"我"母亲明白翠姨的心思，叫"我"哥哥去看她。翠姨在临近生命的尽头面对自己最爱的人，仍然欲言又止，最后一句要"我"哥哥传达给"我"母亲的话，尤其耐人寻味：

> "请你告诉她，我并不像她想的那么苦，我也很快乐……"翠姨苦笑了一笑，"我的心里安静，而且我求的我都得到了……"①

"我求的我都得到了……"翠姨求的是什么呢？难道仅仅是指临死前终于看到了"我"哥哥吗？其中包含了许多言外之意，需要了解作家萧红在当时的创作心态，方能得到较为透彻的诠释。1938 年初，萧红主动正式向萧军提出了分手，根据萧军的回忆，是这么记载的：

> 正当我洗涤着头脸上沾满的尘土，萧红在一边微笑着向我说：
>
> "三郎——我们永远分开罢！"
>
> "好。"我一面擦洗着头脸，一面平静地回答着她说。接着很快她就走出去了……
>
> 这时屋子里，似乎另外还有几个什么人，但当时的气氛是很

---

① 萧红：《小城三月》，《萧红作品精编》（小说卷），漓江出版社 2004 年版，第 198 页。

宁静的，没有谁说一句话。

我们的永远"诀别"就是这样平凡而了当地，并没有任何废话和纠纷地确定下来了。①

有关萧红、萧军分手的原因，版本很多，普遍认为，两萧本来个性不合，人生选择存在分歧，又有端木蕻良插足，导致两人感情的崩溃。但笔者坚持以为，萧军一直是萧红的最爱，萧红之所以主动提出分手，是为了自尊，更是为了想让自己最爱的人得到解脱。两人在一起的时候，矛盾冲突是多方面的，其实归根结底可用这么一个比喻来揭示：萧红天生是一朵红花，但大男子主义倾向严重的萧军是不堪做绿叶的。萧军曾把萧红托付给聂绀弩照顾，并向好友倾诉了自己的肺腑之言："我要到五台去。萧红和你最好，你要照顾她，她在处世方面非常幼稚，容易吃亏上当；她单纯、淳厚、倔强，有才能，我爱她，但她不是妻子，尤其不是我的。如果她不先说和我分手，我们还永远是夫妇，我决不先抛弃她！"② 敏感的萧红觉察到萧军和她生活在一起很累，自己多愁多病的身体已成为萧军的累赘；她的才华是萧军所欣赏的，同时也是萧军自愧不如的；从旧式农民家庭中成长起来的萧军需要的是一位传统的妻子，而不是一位现代的才女；萧军早就想离开她，一身轻松地到前线去和敌人面对面地游击作战，实现他的报国夙愿。因此，萧红主动向萧军提出分手，不过是帮萧军说出他内心早已存在的想法而已。1941 年，萧红已重疾在身，仍然坚持在病床上完成了她的最后一部小说《小城三月》。1942 年 1 月 22 日，萧红在贫困孤独中病逝于香港，年仅 31 岁。可以这么认为，萧红不仅在主人

---

① 萧军：《我与萧红的缘聚缘散》，转引自季红真编《萧萧落红》，人民文学出版社 2001 年版，第 262 页。

② 王科、徐塞：《萧军评传》，重庆出版社 1993 年版，第 159 页。

公翠姨身上寄托了她深深的悲悯与同情，而且把自己的个性气质也投注到翠姨身上了：翠姨的孤独、忧郁、敏感、犹疑、内敛、富于自我牺牲精神无不是萧红性格的写照。翠姨在小说中要"我"哥哥传达给"我"母亲的话不仅是翠姨的临终之言，也是萧红当时已预感到自己来日不多，向世人，特别是向萧军吐露的心声。就翠姨而言，她之所以"心里安静"，认为自己求的都得到了，是因为她念及在"我"家的日子，在"我"哥哥等人的启蒙下，她明白了自己的爱和追求，她再也没有浑浑噩噩地生，并且临终前还能见到自己心爱的人，明明白白地死去，她已经心安了；就萧红而言，能够遇到萧军救她于危难之中，走上了最适合自己的文学道路，并在这条路上遇到鲁迅、丁玲、聂绀弩等知音，她虽然贫困、多病，但也不像外人所想的那么苦。因为在文学创作中她的自我价值得到了实现，所以她其实"也很快乐"。可以说，萧红是将自己整个的生命情感体验投入翠姨身上，翠姨是萧红的第二个自我，《小城三月》是萧红凄美艳绝的"天鹅绝唱"！

综上所述，丁玲、张爱玲、萧红对待各自作品中陷入身份危机的女主人公采取了殊为不同的主观态度，并通过大相径庭的叙述声音表现出来：丁玲的《梦珂》《阿毛姑娘》都有着鲜明的批判立场，一方面对虚荣、软弱、耽于享受、依附男人的女性持否定态度，另一方面也将针砭的矛头指向把女人当作色情商品或生育工具的男权社会，从中透露出批判多于怜悯、反讽多于感伤的叙述声音。由这种叙述声音所透露的价值观无意中预示了丁玲后来的人生选择和精神追求：1936年，丁玲逃出国民党的虎口，准备奔向苏区，参加红军。潘汉年曾专程赶来劝她不要去苏区，并为她提供了去法国募捐的机会，但她拒绝了潘汉年的建议，毅然来到条件非常艰苦的陕北，从此，丁玲走上了一条女性自立自强、用笔杆子救亡图存的人生道路。与丁玲的斩钉截铁的批判立场形成鲜明对比的是，张爱玲在叙述《第一炉香》时采取了价值中立立场。她以"因为懂得，所以慈悲"的情怀审视她笔下的人物，理解薇龙的人性弱点和生存困境，叙述中讥讽之中有同情，哀婉之中有宽悯。张爱玲在小说中对待薇龙所采取的价值中立立场与她在现实生活中对待胡兰成的态度是一致的。"汪伪政府"倒台后，胡兰成成为爱国人士集体讨伐的汉奸，到处东躲西藏。面对政治上没落，且风流成性的夫君，张爱玲仍然眷恋不已，像薇龙一样无法驾驭自己的情欲，当张爱玲终于明白两人之间的爱情绝无挽留余地的时候，她的生命之花便像薇龙一样萎谢了。在《小城三月》中，萧红把自己的叙述声音、性格气质都融入翠姨身上。翠姨在身心万分疲惫、无人理解中寂寞死去，不到一年，萧红也在身心憔悴中孤独地客死于香港。可见，丁玲、张爱玲、萧红的创作与她们独特的生命体验、生活经历构成了一种互动关系。所谓文如其人，应该可以这么理解，文章的风格不仅与作家的气质、个性有密切关系，而且常常和作家本人的命运有惊人的契合。作家在作品中所透露的叙述声音不仅决定了作品的叙述风格，而且往往能暗示作家的人生走向，有时竟成为作家命运的谶语！

第二节　张爱玲早期小说的复调品格

20 世纪 40 年代，在上海这个十里洋场，张爱玲以梦魇般的感觉体验着一个时代的崩溃，陷入了不安与恐慌："这时代，旧的东西在崩坏，新的在滋长……人们只是感觉日常的一切都有点儿不对，不对到恐怖的程度。人是生活于一个时代里的，可是这时代却在影子似的

沉没下去，人觉得自己是被抛弃了……"（张爱玲《自己的文章》）
在张爱玲的笔下，新旧交替的历史情境不仅是她创作的时代背景，而
且决定了她所塑造的人物的独特性格和命运。她的早期小说中所折射
的传统文化与现代文明并不是截然对立的，它们往往你中有我、我中
有你地交织在一起，使小说呈现出双声对话的复调品格。

文坛奇才张爱玲

"复调"本是音乐艺术中的一个术语，后被巴赫金借用来指一种
诗学理论。巴赫金认为欧洲小说分为独白小说和复调小说两种类型，
独白小说中的人物受作者支配，复调小说中的人物具有独立的声音和
意识，与作者作为具有同等价值的一方参与对话，展示多声部的世
界。复调小说既是小说的一种新的体裁变体，又是一种新的艺术观照
与艺术思维类型，相对于运用单一的叙述者意识来统率所有人物意识
的独白小说，复调小说有着鲜明的对话性、主体性和共时性，能够充
分表现人物的内心冲突和复杂微妙的矛盾意识。这些特征在张爱玲20
世纪40年代创作的小说中有着明显呈现。

一

张爱玲的小说世界是对话的世界，对话渗透到其文本的各个层面。其中故事人物之间的对话是显而易见的，如在葛薇龙与乔琪乔、白流苏与范柳原之间展开了大段大段的对话，前者渴望结婚，找到归属和依傍，后者却拒绝结婚，不想承担任何责任，她与他不断进行对话交流，构成代表不同思想价值观的一对矛盾。人物之间内在的矛盾冲突在对话中获得外在显现，故事也在对话中层层铺开，达到高潮。

同时，对话也在人物的内心世界中进行。张爱玲在文本中娴熟地采用自由间接体的话语模式，将自己想象为故事中的人物，使读者聆听到人物意识深处相互对立的声音。譬如在《第一炉香》中就有一段运用自由间接引语反映人物内心挣扎的描写：

> 薇龙突然起了疑窦——她生这场病，也许一半是自愿的；也许她下意识地不肯回去，有心挨延着……说着容易，回去做一个新的人……新的生命……她现在可不像从前那么思想简单了。念了书，到社会上去做事，不见得是她这样的美而没有特殊技能的女孩子的适当的出路。她自然还是结婚的好。那么，一个新的生命，就是一个新的男子……一个新的男子？可是她为了乔琪已经完全丧失了自信心，她不能够应付任何人。乔琪一天不爱她，她一天在他的势力下。她明明知道乔琪不过是一个极普通的浪子，没有什么可怕，可怕的是他引起的她不可理喻的蛮暴的热情。①

在这段自由间接引语中，不仅人物的主体意识得到充分体现，而

---

① 张爱玲：《沉香屑　第一炉香》，《张爱玲文集》（第二卷），安徽文艺出版社1992年版，第41—42页。

且叙述者的口吻也通过第三人称获得了施展空间，叙述者的声音和人物的声音交织在一起，形成双声共鸣的态势：读者可以听到"走"与"不走"两种对立的声音在薇龙心中激烈争辩，一个声音在说："走吧，回去做一个新的人，不再被姑妈当作笼络男人的工具。乔琪根本不爱你，你不能做他的俘虏。况且乔琪不过是一个极普通的浪子，没有什么了不起。"另一个声音则尖锐地反驳道："不能走，你虽然美，但没有特殊技能，到社会上还是做不得事，自然还是结婚的好。嫁一个新的男子还不如嫁给乔琪，因为他激起了你不可理喻的热情，你不得不对爱认输。"这两种声音其实是分裂的两个自我之间的相互对峙、责难与辩驳，透过这两种声音，我们可以看出现实生活中两种解决办法、两种价值观的尖锐对话。

并且，小说中的人物和叙述者也展开了潜在的对话，这种潜在的对话主要通过双重视角交叉运用呈现出来。张爱玲在小说中一方面通过讲故事的方式安插了一个全知叙述者，如在《倾城之恋》中的开篇：

> 上海为了"节省天光"，将所有的时钟都拨快了一小时，然而白公馆里说："我们用的是老钟。"他们的十点钟是人家的十一点。他们唱歌唱走了板，跟不上生命的胡琴。
>
> 胡琴咿咿哑哑拉着，在万盏灯的夜晚，拉过来又拉过去，说不尽的苍凉故事——不问也罢！……①

可以看到，小说存在一个叙述者的全知视角。但张爱玲并没让叙述者的全知视角完全控制全文，而是大量采用内部聚焦手法，通过故

---

① 张爱玲：《倾城之恋》，《张爱玲文集》（第二卷），安徽文艺出版社 1992 年版，第48 页。

事人物的眼光、感受来观察、感知世界，突出人物的主体性和相对独立的自我意识。《倾城之恋》中，张爱玲多次让白流苏充当聚焦人物，借白流苏的眼光和感觉来感知外部世界：

> （白流苏）擦亮了洋火，眼看着它烧过去，火红的小小三角旗，在它自己的风中摇摆着，移，移到她手指边，她噗的一声吹灭了它，只剩下一截红艳的小旗杆，旗杆也枯萎了，垂下灰白蜷曲的鬼影子。①

在以上段落里，叙述由叙述者的全知视角切换到人物的限知视角，客观物象"洋火"的燃起又迅速枯萎被吸收到白流苏的自我意识中，烙上了白流苏感慨红颜易老、青春不再的强烈的主观感受印痕，并与叙述者的视角互为补充，构成潜在的对话。

在张爱玲的另一篇小说《红玫瑰与白玫瑰》中，主人公佟振保摆脱了独白小说中人物受叙述者支配的命运，按自己的思想逻辑去行动，发出了不同于叙述者的声音，获得相对独立的意识。如小说写到被振保辜负的娇蕊终于有一天和振保邂逅，哭的竟是振保：

> 娇蕊道："你呢？你好么？"振保想把他的完满幸福的生活归纳在两句简单的话里，正在斟酌字句，抬起头，在公共汽车司机人座右突出的小镜子里看见他自己的脸，很平静，但是因为车身的嗒嗒摇动，镜子里的脸也跟着颤抖不定，非常奇异的一种心平气和的颤抖，像有人在他脸上轻轻推拿似的。忽然，他的脸真的抖了起来，在镜子里，他看见他的眼泪滔滔流下来，为什么，他

---

① 张爱玲：《倾城之恋》，《张爱玲文集》（第二卷），安徽文艺出版社1992年版，第48页。

也不知道。在这一类的会晤里，如果必须有人哭泣，那应当是她。这完全不对，然而他竟不能止住自己。①

在这一段描写中，振保的意识和叙述者的意识处于平等、对立的位置，叙述者表示不能理解振保的行为，但振保的哭泣恰恰是吻合人物的思想性格逻辑的：振保一方面受过西方个性解放思想的洗礼，对自由的爱情有着强烈的憧憬与渴望；另一方面他毕竟是生活在中国这片土壤，为了迎合社会的理想规范，他不得不忍痛割爱，放弃娇蕊，而压抑生命的自由舒展又使他极为懊悔、痛苦，由此做出了违背叙述者声音的失态反应。这样我们可以看到叙述者视角和人物视角在文本中交叉运用，不仅避免了在传统全知式小说中叙述者无法进入被叙述人物意识深处的弱势，又在叙述者和人物之间形成了两种声音并存的对话局面，即叙述者和人物之间是平等的，人物可以发出不同于叙述者的声音，他们之间的对话是永不完结的。

张爱玲在创作过程中，还通过各种形式与读者进行对话。她擅长运用反讽叙述，或不可靠叙述，拉开叙述者与隐含作者的距离，使叙述者的价值观与隐含作者的价值观发生矛盾，使读者得以深思其产生的原因及裂缝所在，于是发挥主观能动性去探究缘由、填补裂缝，从而在叙述者、隐含作者与读者之间不断产生对话与交流，使文本成为多音齐鸣的复调有机体。按照查特曼的观点，隐含作者不承担任何叙述任务，没有直接交流的手段，却"通过整体的设计，借助于所有的声音，采用它所选择的使我们得以理解的所有手段，无声地指导着我们"②。也就是说，隐含作者通过提炼素材、整体布局、情节安排等间

---

① 张爱玲：《红玫瑰与白玫瑰》，《张爱玲文集》（第二卷），安徽文艺出版社 1992 年版，第 155 页。

② 谭君强：《叙事理论与审美文化》，中国社会科学出版社 2002 年版，第 25 页。

接手段来体现全文价值观，它有可能与叙述者的声音发生冲突，使读者对叙述者的可信性产生怀疑。譬如在《红玫瑰与白玫瑰》的开头，叙述者是这样介绍振保的：

> 侍奉母亲，谁都没有他那么周到；提拔兄弟，谁都没有他那么经心；办公，谁都没有他那么火爆认真；待朋友，谁都没有他那么热心，那么义气，克己。①

但在接下来的故事情节中，读者看到的却是一个对朋友横刀夺爱，对妻子残酷无情的振保。与故事情节不相一致的是叙述者总在字里行间赞美振保："这件事他不大告诉人，但是朋友中没有一个不知道他是个坐怀不乱的柳下惠。""而他，为了崇高的理智的制裁，以超人的铁一般的决定，舍弃了她。"这样，在叙述者与隐含作者之间产生了某种隔阂，在文本表层叙述与深层含义之间形成了反差，从而造成耐人寻味的反讽效果，使读者对作者的价值取向、人物的思想性格迷惑不解：振保究竟是好人还是坏人？说他"好"应该有存在的理由——他为了前途，为了母亲，为了社会文化规范，可以放弃自己的真爱，与不爱的女人结婚，是传统理性文化的楷模和典范；说他"坏"同样也有存在的理由——对情人，敢做不敢当；对妻子，敢怒不敢言，活得那么虚伪、自私、苟且……读者可聆听到不同的思想价值观念在文本中对话交锋，并不由自主地参与到其中的对话中去。由于文本叙事权威的缺席，以及主人公自我意识的分裂、流动，使作者与读者、人物与读者之间的对话显示出无法完成、永无结果的特性。

可以看到，自由间接体、双重视角和反讽叙述的运用，使张爱玲

---

① 张爱玲：《红玫瑰与白玫瑰》，《张爱玲文集》（第二卷），安徽文艺出版社 1992 年版，第 125 页。

的小说世界获得了一种不可完成的、开放式结构，使人物与人物之间、人物与叙述者之间、叙述者与读者之间、读者与人物之间不断进行对话与交流，使文本永远处在变化、流动的艺术活性空间中，呈现出多音齐鸣的局面，也就是巴赫金提出的"复调"特征。

巴赫金认为复调小说的另一个突出特点是重视共时性、瞬间性的艺术描写，指出陀思妥耶夫斯基的天赋在于能在瞬间的横剖面上尽可能看出纷繁多样的事物，并在描写中使这些事物各显特色而穷形尽相。张爱玲的创作也明显有淡化时间流程，把人物放在特定瞬间的横剖面上进行共时性描写的倾向。她拒斥"宏伟叙事"而专注于"微型叙事"，通过现代社会生活中许多片段、偶遇、稍纵即逝的瞬间来捕捉人物性格的矛盾性与多重性，揭示生活的本质和意义。在《倾城之恋》中，一波三折的爱情故事主要集中在饭店调情、电话传情、战乱定情等几个琐碎场景中，张爱玲的高明之处在于能通过碎片折射整体，通过偶然发现规律，通过瞬间系缚时代和命运。白流苏的命运最终峰回路转，有了圆满的收场，看似很偶然——是突然爆发的香港之战成全了她。但在这偶然之中却潜藏了人性的本质和规律：正是在战争的背景下，理性的生活秩序被打乱了，一切都变得无常、浮游不定、难以把握，才让主人公痛彻地意识到生命脆弱、岁月仓皇，于是放弃了彼此的防范和算计，转而在爱情、家庭中寻找富有人情味的拯救。请看《倾城之恋》中这段经典的描写：

> 流苏拥被坐着，听着那悲凉的风。她确实知道浅水湾附近，灰砖砌的那一面墙，一定还屹然站在那里。风停了下来，像三条灰色的龙，蟠在墙头，月光中闪着银鳞。她仿佛做梦似的，又来到墙根下，迎面来了柳原。她终于遇见了柳原。……在这动荡的世界里，钱财，地产，天长地久的一切，全不可靠了。靠得住的

只有她腔子里的这口气，还有睡在她身边的这个人。她突然爬到柳原身边，隔着他的棉被，拥抱着他。他从被窝里伸出手来握住她的手。他们把彼此看得透明透亮，仅仅是一刹那的彻底的谅解，然而这一刹那够他们在一起和谐地活个十年八年。①

城墙意象恰到好处地捕捉了人物在瞬间情境下的内在生命感受，同时也使作家能够"夺他人之酒杯，浇自己之垒块"（李贽《杂说》），感慨文明的倾覆、命运的偶然、未来的不可知……在这里，"城墙"相当于巴赫金所说的临界"点"，他指出"上面、下面、楼梯、门槛、走道、广场获得了'点'的意义，在这个'点'上出现危机、剧变、出人意料的命运转折；也是这个'点'上，人作出决定、越过禁区、获得新生或招致灭亡"②。巴赫金认为陀思妥耶夫斯基作品中的情节主要是在这些充满危机和转机的"点"上展开，"点"是狂欢式世界感受的浓缩，"它的一瞬间何啻数年、数十年，甚至相当于千百亿年"③。一瞬就是永恒！在这具有无穷生发性的瞬间，时间似乎停滞了，过去、现在、未来都被凝缩在同时共存的"城墙"这个"点"上。通过这个"点"，小说中的男女主人公达成了彻底的沟通与谅解，这是以一座城池的沦陷为代价的爱情！

二

张爱玲的早期小说之所以呈现出鲜明的复调性，和她创作时所处时代客观上的复杂性、矛盾性和多元性密切相关。她早期作品描绘的

---

① 张爱玲：《倾城之恋》，《张爱玲文集》（第二卷），安徽文艺出版社 1992 年版，第82 页。

② ［俄］巴赫金：《诗学与访谈》，白春仁等译，河北教育出版社 1998 年版，第 226 页。

③ 同上书，第 227 页。

是清末到太平洋战争这一时期的沪港洋场社会，这个时期的中国处在非常时期，特别是沪港，时局动荡、战火纷飞，是东方封建文化与西方带有掠夺性质的殖民文化的交汇点。西方文化以势不可当的力量冲击着绵延几千年的中国传统文化，中国传统文化的封闭自足性被打破了，却依然根深蒂固，并顽强地对抗强势入侵的西方文化。由于中西两种文化的不可调和、势均力敌，于是带来社会文化心理、价值观念的两重性。张爱玲的早期小说就是在现代文明和封建意识并存、殖民主义色彩和传统价值理念交错的文化背景下展开的。小说中的人物如白流苏、范柳原、葛薇龙、佟振保……他（她）们既不能彻底地被强势冲击中国本土的西方现代文明所同化，也无法彻底地坚守本土的文化传统。在"旧的东西在崩塌，新的在滋长"的时代背景下，他（她）们面临多重选择，内心充满矛盾、困惑与焦灼；在同现实环境的对抗中，他们表现得软弱无力，无所适从，陷入生存危机与精神危机的双重恐慌中。如《第一炉香》的葛薇龙来到香港姑妈家，就陷入惊羡体验与回瞥体验彼此交锋的精神危机中，一方面惊羡于现代都市文明的繁华，挡不住它的诱惑，另一方面又敏感到繁华不属于自己，总想在这繁华之中抓住一点恒定的、素朴的东西，于是回瞥体验伴随着惊羡体验产生，记忆中出现了儿时家里镇纸用的玻璃球意象，因为"想起它，便使她想起人生中一切厚实的，靠得住的东西"。这些处在时代裂缝中的人物有着丰富复杂的内心冲突，要刻画这些人物的两难处境，真实地呈现他（她）们自相矛盾的价值观，就不得不进行复调创作来表现人物的自我意识。在《倾城之恋》中，张爱玲创造一种极其复杂微妙的情境迫使白流苏、范柳原在电话中自我表述，祖露心迹；在《第一炉香》中，迫使葛薇龙在"走"与"不走"的临界状态中展开不同思想意向的交锋；在《红玫瑰与白玫瑰》中，让佟振保在边缘性情境中产生自我意识的分裂与对话。正是因为张爱玲在塑造人物时强化人物的自我意识，写出了历史转型期中国人在接受西方现代文明过程中，一步一回头的挣扎与痛楚，才使其早期小说不同于一般世情小说，而拥有复调小说的独特品格。

同时，张爱玲早期小说复调品格的形成也源于她本人内在的矛盾意识，小说中两种或多种声音的交锋正是作家自我内心冲突的外化。张爱玲是一个站在中西文化的交叉口上，应时而生的作家：既拥有没落封建贵族的家庭背景，又接受了现代西式教育，并且亲历了香港之战的炮火洗礼。在时代的感召和中西文化的交接作用下，二十出头的张爱玲便形成了独特、复杂的人生观和价值观，体验到现代性的匆忙步伐，发出了富有形而上意味的呼吁："个人即使等得及，时代是仓促的，已经在破坏中，还有更大的破坏要来。有一天我们的文明，不论是升华还是浮华，都要成为过去。如果我最常用的字是'荒凉'，那是因为思想背景里有这惘惘的威胁。"（张爱玲《〈传奇〉再版序》）一方面，渐趋式微的本土传统文化不再能让她信奉，另一方面，外来的西方现代文明也在殖民主义背景下显示出没落命运。恰如巴赫金对陀思妥耶夫斯基的评价："他想相信的东西却不能给他真正的信仰，他想否定的东西却经常使他狐疑不决。"① 并且，张爱玲本人一直坚持游离于政治之外，与主流意识形态保持相当距离，这也决定了她能以边缘视角进行审美透视和文化探寻，形成从相对性、多重性和未完成性的角度来看待事物的复调艺术思维，即在每一种声音里，能听出两个相互争论的声音；在每一种表情里，能看出两种相反的表情；在每一个现象上，能感知其存在着深刻的双重性和多种含义。张爱玲以

---

① ［俄］巴赫金：《诗学与访谈》，白春仁等译，河北教育出版社1998年版，第47页。

"因为懂得，所以慈悲"的悲悯情怀审视她笔下的人物，理解他（她）们正常的人性弱点和生存困境，叙述中往往讥讽之中有同情，哀婉之中有宽悯：对白流苏，一方面通过客观描述白流苏离婚后的窘境，表达了她的同情，这种同情来自对承受千年封建文化重荷的传统女性的宽容和对人的生命欲望的肯定，另一方面又通过范柳原之口批判了白流苏内在精神的匮乏："根本你以为婚姻就是长期的卖淫——"对白流苏在经济上依附男人，把本该是浪漫的、非功利的恋爱演绎成冒险投机活动，张爱玲显然是不满的，批判的力度来自作家本人主张的女性应当自立的现代意识。对佟振保，张爱玲的审美取向也是双重的，既讥讽他敢爱不敢当，推卸责任，又理解他的现实处境和内心的焦灼——作为受过西式教育和"五四"时代洗礼的青年，他无疑向往、追求现代爱情，希望拥有真爱；同时作为家族的传人与社会的精英，其婚姻的选择不得不代表家族的利益，吻合社会文化的理想规定。在现实与利害的双重压力下，他只能泯灭自身欲望，使行为顺从社会文化的理想规定。对葛薇龙，张爱玲既痛惜又体谅，痛惜她的欲望缺乏理性约束，而导致不可挽回的悲剧命运，同时又体谅西方的物质文明和生活方式对一个初出茅庐的女孩子诱惑力太大，薇龙的沉沦其实是精神上没有着落的表现……正是由于张爱玲本人价值取向的模糊与道德立场的中立，才使她在叙述过程中缺乏斩钉截铁的评判立场，才使她小说中的人物总在进行两种或多种价值观的对话，拒绝与渴望、顺应与逃逸、惊羡与懊悔往往同时产生，并不可分割地交织在一起，形成作品多声部的复调品格。

抗战结束后，张爱玲又创作了《华丽缘》《多少恨》《十八春》等长篇小说，但已失去了她20世纪40年代小说所特有的复调品格和丰富的现代性体验，没有对丰富人性的冷峻思考，也缺乏细致入微的心理刻画，而以情节曲折见长。这种转变是时代变革的原因，还是作家本人艺术思维的异变？应该两者兼而有之。

第三节　从原型批评角度解读特丽莎与白流苏

一

《生命中不能承受之轻》与《倾城之恋》分别是捷克作家米兰·昆德拉和中国作家张爱玲的扛鼎之作。昆德拉在一定程度上受到胡塞尔、海德格尔的影响，在创作《生命中不能承受之轻》时通过对存在境况的追询来揭示人在世界中存在的可能性，并运用大量的拼贴、断裂、视角游移等后现代主义手法进行叙述，主人公特丽莎并非从生活中提炼出来的典型，而是作家进行形而上的思辨想象出来的一个"实验性的自我"①；张爱玲则从小受传统文学的熏陶，《倾城之恋》明显地表现出中国古典小说的特质，张爱玲采用"参差的对照的手法"熔铸出白流苏这一典型形象，道尽了现代人"虚伪之中有真实，浮华之中有素朴"②的生存境况。

从这两部小说的表层结构来看，无论是叙述方式还是情节人物，都毫无共通之处，但若从两部作品的深层结构中去寻找，就会抽出一种有相通性和共同性的故事母题，即"灰姑娘"原型。有关社会地位

①　[捷]昆德拉：《小说的艺术》，孟湄译，生活·读书·新知三联书店1992年版，第29页。
②　张爱玲：《自己的文章》，《张爱玲文集》（第四卷），安徽文艺出版社1992年版，第175页。

高的男子爱上社会地位卑下的女子，几经周折后喜结良缘的"灰姑娘"型故事可以追溯到古代埃及人的传说：有位出身寒微的漂亮姑娘在河里洗澡，老鹰把她的一只木屐叼走了，飞到了法老跟前。法老爱上了这只木屐的主人，在全国寻找，最后找到并娶了她。欧洲有记载的最早的"灰姑娘"故事，是意大利人乔姆巴迪斯特·巴西尔在《故事集》（1636 年）中讲述的，它同后来的格林童话、安徒生童话中的"灰姑娘"故事大同小异，故事框架均为受后母虐待的"灰姑娘"借助神力穿上了华丽的衣服去参加舞会，王子在舞会上爱上了美丽的"灰姑娘"，"灰姑娘"与王子共舞后却突然消失了。王子在历经周折后找到了她，有情人终成眷属，"灰姑娘"与王子过上了幸福的生活。

在《生命中不能承受之轻》中，特丽莎就是一位"灰姑娘"：在没有遇见托马斯之前，特丽莎在乡间做女招待，母亲的专横、浅薄、下贱令她不堪忍受。一次偶然的机会，她遇见了来自布拉格的有名的外科医生托马斯，从此她认定这个人就是她的命运。她听从内心的召唤离家出走去寻找托马斯，并千方百计留在了托马斯身边。随着俄军入侵捷克，特丽莎与托马斯的生活也发生了翻天覆地的变化。他们到了瑞士后又回到布拉格，后又迁往乡村，最终在远离尘嚣的田园生活中，特丽莎与托马斯达到了灵与肉的和谐统一。在《倾城之恋》中，白流苏充当的也是"灰姑娘"角色：作为一个破落封建大家庭里失去了经济保障的离婚女人，白流苏在白公馆过着"风刀霜剑严相逼"的日子。颇有家产的范柳原的到来使白流苏孤注一掷，敢于拿最后的青春和名誉作赌注，去赌与范柳原的婚姻。征服范柳原这样的黄金单身汉可不是件容易的事，何况还得承受来自家庭、社会等各方面的压力，白流苏用心良苦又矜持自重，令一段像雾又似花的恋情波折重重。幸亏有香港战乱成全，白流苏终于成了名正言顺的"范太太"，有了一个美满的结果。

特丽莎与白流苏虽然有大相径庭的性格和经历，但她们的舞步却不约而同地踏在了"灰姑娘"舞曲的鼓点上——处境艰难、地位低下的女子遇见了地位优越的男子，经过一番周折后终成眷属，由无所依靠进入有所依靠，由低位处境上升到高位处境。并且，与童话中被动地等待"王子"前来迎娶的"灰姑娘"相比较，特丽莎与白流苏这两位现代版的"灰姑娘"对自己的命运采取了更为主动、积极的把握。由此看来，这两部小说虽然在外部形态上给人的感觉殊为不同，但在故事的深层结构上却一脉相承、异曲同工。

二

虽然同为"灰姑娘"，白流苏与特丽莎却表现出迥然不同的自我意识，作家在叙述她们的命运结果时分别采用了"以乐景写哀"和"以哀景写乐"的手法，使这两部小说超越了一般的以"灰姑娘"为原型的世情小说，具有思辨的哲理内涵。

在《倾城之恋》里，白流苏经过如履薄冰的情妇生涯后，得到了一桩她所向往的能给她带来生活保障的婚姻，她满足了，哪怕范柳原再也不像从前一样将心思花在她身上，而是把他的精神省下来留给旁的女人。几经波折的白流苏终于如愿以偿，在这个看似大团圆的收场背后隐匿的却是人对命运的屈从和命运无法驾驭的偶然性：白流苏当初来到范柳原身边，处心积虑，摆出一副"冰清玉洁而又富于挑逗性的"姿态欲征服范柳原，企盼获得她梦寐以求的婚姻，结果反被范柳原所征服，终于没有坚守"最后一道防线"，成了他的情妇。后来白流苏的命运峰回路转，并非她奋斗和抗争的结果，而是由于爆发了香港之战。战争的介入使理性的生活秩序被打乱了，一切都变得无常、浮游不定、难以把握，才让范柳原痛彻地意识到生命脆弱、岁月仓

皇，意识到"在这动荡的世界里，钱财，地产，天长地久的一切，全
不可靠了"。于是他放弃了对物欲、权欲的追求，转而在爱情、家庭
中寻找富有人情味的拯救。不难想象，如果没有这场突然爆发的战
争，没有白流苏和范柳原的劫后余生，在城墙下达成"一刹那的彻底
的谅解"，估计白流苏难以逃脱始乱终弃的宿命。

　　相对于张爱玲的其他小说如《沉香屑》《金锁记》《色戒》等，
《倾城之恋》的确有了一个"圆满的收场"——白流苏受欺侮的窘迫
处境得到了改变，她成了白公馆里人人羡慕的对象。值得一提的是，
张爱玲在描写《倾城之恋》的结局时，采用了"以乐景写哀"的手
法，将这个大团圆的收场反衬得令人倍感痛楚和无奈："柳原现在从
来不跟她闹着玩了。他把他的俏皮话省下来说给旁的女人听。那是值
得庆幸的好现象，表示他完全把她当作自家人看待——名正言顺的
妻。然而流苏还是有点怅惘。香港的陷落成全了她。但是在这不可理
喻的世界里，谁知道什么是因，什么是果？谁知道呢，也许就因为要
成全她，一个大都市倾覆了。成千上万的人死去，成千上万的人痛苦
着，跟着是惊天动地的大改革……"① 张爱玲由盛观衰，发出了哀婉
而悲凉的叙述声音，与白流苏的志得意满形成了鲜明的对照："流苏
并不觉得她在历史上的地位有什么微妙之点。她只是笑吟吟地站起身
来，将蚊烟香盘踢到桌子底下去。"② 在这里，作家把感情推向两极，
使之在一哀一乐的强烈反差中，造成最大限度的张力，同时使读者在
表面的圆满之下发现深刻的不圆满：一方面，偶然的战争成就了白流
苏的命运，白流苏的生活窘境将大为改观，此时此刻她毕竟是心想事

---

　　① 张爱玲：《倾城之恋》，《张爱玲文集》（第二卷），安徽文艺出版社 1992 年版，第
84 页。
　　② 同上。

成了；另一方面，白流苏内在精神的匮乏决定了她不配有更好的命运。白流苏没念过几句书，而且肩不能挑、手不能提，在经济上依附男人，把本该是浪漫的、非功利的恋爱演绎成了冒险投机活动。范柳原虽然很为白流苏一低头的娇媚所打动，但又遗憾白流苏不能在精神层面上与他沟通和交流，所以他迟迟不愿满足白流苏的结婚渴望："根本你以为婚姻是长期的卖淫——"在范柳原与白流苏之间所进行的看不见硝烟的两性战争里，范柳原一直都处于居高临下的强势地位，他拥有绝对的主动权和选择权；白流苏则始终处于被动的弱势地位，虽然机缘巧合，让她达到了目的，但仰人鼻息的命运并没有改变，以后要面对的是人生更大的缺憾和虚幻。可以认为，白流苏虽然勇于追求幸福婚姻，但站在"五四"启蒙主义"人"的视野上来观照，她并没有确立真正的女性自我意识。

与白流苏相比，特丽莎一生都在与命运进行不屈不挠的抗争，表现出现代女性的自由意志。特丽莎在乡间做女招待的时候就积存着极大的生命潜在力，经常利用给人上酒、给弟妹洗衣的间隙读书求上进。她有自己的思想和灵魂，知道运用书作为武器与包围着她的恶浊世界相对抗。她不理解托马斯的性漂泊，托马斯每一次与情人幽会都使特丽莎经历一次痛不欲生的心碎。她不懈怠地追求托马斯，并不是如白流苏极力争取范柳原一样仅仅是为了获得物质上的安全和人身的依附，而是因为托马斯召唤了她怯懦的灵魂，使她爱情萌动，所以她毅然决然地逃离母亲预定给她的"肉体集中营"的命运。她一直渴望拥有托马斯全部的灵魂和肉体，因为她向托马斯奉献了自己全部的爱情和忠诚。但托马斯的世界并非只有一个特丽莎，他还有萨宾娜和不计其数的别的女人。和萨宾娜在一起，托马斯感到轻松，因为萨宾娜和他一样，不将两人的性关系看成相互捆绑的伦理关系。特丽莎的存在让托马斯感到无比沉重——她用她的忠贞和坚守等待着托马斯从连绵不绝的情人身边回到她的理想主义的爱情中来；她用她的软弱和悲伤呼唤着托马斯"非如此不可"的责任；她用她的执着和坚韧追随托马斯到天涯海角，无论他是显达还是落魄，是富贵还是贫穷。为了与托马斯在平等视角下生活，特丽莎甘愿拜情敌萨宾娜为师学习摄影，凭着她的勤奋和悟性很快成了专业摄影师。俄军入侵捷克后，托马斯带着特丽莎来到了瑞士的苏黎世，在这里，凭着高超的医术，托马斯和特丽莎可以过安逸的生活，但特丽莎选择了独自离开，回到战乱中的布拉格。因为在苏黎世，她不能忍受事事都要依靠托马斯，更不能忍受托马斯和他的老情人萨宾娜来往。特丽莎主动离开托马斯表现了女性对自身人格尊严和独立性的追求，这是《生命中不能承受之轻》对"灰姑娘"原型的重大突破。

托马斯终于回到特丽莎身边，放弃了以萨宾娜为代表的感官享乐的轻盈，选择了以特丽莎为代表的相濡以沫的沉重。爱情可以战胜一切困难的信念支撑着特丽莎一次又一次地从即将倒下去的"眩晕"中站起，并以坚韧的战斗精神抓住了来自偶然的机缘，在偶然性中建立起属于自己的必然——托马斯在特丽莎的爱情面前一而再、再而三地投降，他的肉体和精神最终完全成为供特丽莎栖息的堤岸。从某种意义上讲，与其说是托马斯拯救了"灰姑娘"特丽莎，不如说是特丽莎倾其全部的精力和热情塑造了她的"王子"托马斯，让托马斯明白了爱情和责任的价值。

托马斯与特丽莎最后都死于非命：在小镇舞会狂欢后回家的路上，由于刹车失灵，两人同时在车祸中丧生。这应该是一个悲惨的结局，但昆德拉却采用"以哀景写乐"的手法来揭示人生的悖论。在叙述时间上，他将托马斯与特丽莎之死安排在第 3 章进行预叙（《生命中不能承受之轻》共有 7 章）。第 3 章的主要内容是叙述萨宾娜背叛家庭、背叛祖国和爱情，在异国他乡独自漂泊。萨宾娜生的轻盈与托马斯、特丽莎死的沉重形成了鲜明的对照，相辅相成地表达了昆德拉的哲理命题：生命中不堪承受的不是责任、感情施加给人的沉重，而是摆脱这一切负荷后无所顾忌的轻松！小说的结尾则省略了这场车祸，让小说在舞会狂欢后落幕。小说似乎还应该接着写下去，但昆德拉恰到好处地止笔了，"以哀景写乐"的寓意十分明显——人终有一死，还有什么结局比一对恩爱夫妻在历经人世沧桑后，怀着狂欢后的欢欣携手进入另一个世界更让人慰藉？

三

作为一种有相通性、共同性的故事母题，"灰姑娘"原型在古今中外的文艺作品中以各种变奏的方式反复出现：萧伯纳的戏剧《窈窕淑女》中的伊莉莎、简·奥斯汀的小说《傲慢与偏见》中的伊丽莎白；约翰·福尔斯的小说《法国中尉的女人》中的莎拉；日本电视剧《东京仙履奇缘》中的松井雪子；台湾电视剧《流星花园》中的杉菜；韩国电视剧《神秘男女》中的徐瑛智……时至今日，"灰姑娘"已成为世界范围内的一个超地域、超民族的故事人物类型。这些"灰姑娘"原本出身寒微，处境窘迫，与她们心目中的"王子"门不当户不对。几经磨难，"灰姑娘"凭借爱、智慧和勇气赢得了"王子"的爱情。值得追问的是，为什么"灰姑娘"原型会在历史长河中经久不衰？在这不断置换变形的"灰姑娘"原型背后又隐藏了什么样的精神需求模式呢？

无可置疑，昆德拉和张爱玲都是才华横溢的作家，《生命中不能承受之轻》和《倾城之恋》获得受众的青睐与小说的叙事技巧、思想内涵密切相关，但同时也与作家不约而同借用了"灰姑娘"原型息息相关。原型在文艺作品中具有特殊的功能，往往能比其他情节或题材唤起更丰富、更普遍和更深刻的体验。按照瑞士心理学家荣格的说法："一旦原型的情境发生，我们会突然获得一种不寻常的轻松感，仿佛被一种强大的力量运载或超度。在这一瞬间，我们不再是个人，而是整个族类，全人类的声音一齐在我们心中回响。个体的人不可能充分发挥他的力量，除非他从我们称之为理想的集体表象中得到援助。这些理想释放出所有深藏的、不为自觉意志接纳的本能力量。最有影响的理想永远是原型的十分明显的变体"。① 可以这么说，伟大的文学艺术作品之所以影响深远，就在于能借激活的原型发出千万个人的声音。原型的存在显示出不同个体的心灵具有超越时空的相通性，使人类无限丰富、千变万化的情感经验"万变不离其宗"。譬如在"灰姑娘"原型反复再现的背后，就隐藏着人类的集体无意识和普遍的精神需求模式：现实生活中，作为个体的人在与环境的对抗、冲突中，常常势单力薄，无法实现驾驭环境、主宰命运的梦想。作为一种精神补偿，一方面，创作者把梦想置换变形为艺术作品，达到无所避讳、无所顾忌地接近难以接近的事物的目的；另一方面，接受者阅读这样的作品也能获得普遍而深刻的替代性满足。在《生命中不能承受之轻》与《倾城之恋》中，特丽莎和白流苏的命运在遇见心目中的"王子"后有着奇迹般的转变，与低位处境中的人憧憬获得爱情、改变命运的"白日梦"相契合，因此使广大不满于现状的读者产生人同此心、情同此理的共鸣感。与童话中的"灰姑娘"被动等待王子前来拯救不同的是，白流苏和特丽莎主动追求自己的理想婚姻，反映出随着时代文化语境的变迁，"灰姑娘"呈现出积极掌握自己命运的精神特质。

---

① ［瑞士］荣格：《荣格文集》，冯川译，改革出版社 1997 年版，第 227 页。

第四节 《韦护》的爱情悲剧与丁玲的叙事立场

对丁玲早期小说《韦护》的研究，学界普遍存在这样一种观点：《韦护》是在大革命的时代背景下，表现"革命的浪漫谛克"[①] 主旋律的产物，是丁玲从个人主义走向集体主义的转折点。如冯雪峰所评："在《韦护》里，作者有意无意地想把无政府主义的思想和青年知识分子的浪漫的生活埋葬。"[②] 一般认为，《韦护》从内容到形式都比较模式化，未能跳出"革命＋恋爱"的窠臼，揭示的是这样一个主题：革命工作者在政治理想主义的支撑下，努力摆脱自身的小资产阶级情调，走出个人爱情的狭窄天地，去求索人生的更高价值。连丁玲自己也承认《韦护》"只是一个很庸俗的故事，陷入恋爱与革命冲突的光赤式的陷阱里去了"[③]。

时过境迁，当我们再来重新审视那个年代产生的"革命＋恋爱"模式的作品，包括蒋光赤的《鸭绿江上》《野祭》《菊芬》，洪灵菲的

---

① 易嘉（瞿秋白）、郑伯奇、茅盾、钱杏邨、华汉等人在《革命的浪漫谛克——〈地泉〉序》中指出，"革命的浪漫谛克"可概括为在人物塑造上，把人物变成"时代精神的号筒"，具有"脸谱主义"倾向；在结构上，采用"革命加恋爱"的模式，"方程式"地去布置故事，具有"公式主义"倾向；在艺术表现上，"一是不老老实实的写现实，把现实神秘化了去写。二是没有失败，只有胜利，没有错误，只有正确，把现实虚伪化了去写"，具有浪漫主义的倾向［易嘉（瞿秋白）、郑伯奇、茅盾、钱杏邨、华汉：《革命的浪漫谛克——〈地泉〉序》，《中国新文学大系 1927—1937·文学理论集一》，上海文艺出版社 1987 年版，第 864—883 页］。

② 何丹仁（冯雪峰）：《关于新的小说的诞生》，转引自袁良骏《丁玲研究资料》，天津人民出版社 1982 年版，第 249 页。

③ 丁玲：《我的创作生活》，《丁玲文集》（第五卷），湖南人民出版社 1984 年版，第 381 页。

《流亡》《前线》，胡也频的《到莫斯科去》……有可能抛开当年的政治功利角度，而主要着眼于文学性本身，我们便会发现这些作品中的绝大多数被固定在一个已经消逝的时间点上，时间距离成为我们理解这些作品无法超越的障碍。丁玲的《韦护》却在历史积淀的流沙中闪烁出逼人的光芒，时间距离反而成为文本意义向理解的无限可能性开放的基础。究其根源，《韦护》虽然是"革命的浪漫谛克"的时代语境下的产物，但丁玲在写作过程中仍保持了基于女性意识之上的性别思考。小说对革命意识形态层面的叙述相当苍白，文本的绝大部分都是在铺叙韦护与丽嘉的爱情故事，并浓墨重彩地渲染韦护与丽嘉相恋后，迫于自己内心与外界的压力而深感焦虑的体验。即作家站在女性立场上凸显了对人性、人情的关注和对革命理性的质疑，使作品的思想内涵溢出了革命战胜爱情的叙事模式的框架。

按照叙述学理论，叙事作品可分为故事层次与叙述本文层次。故事是"叙事文中所描述的存在物与事件"①，即被叙述的基本材料，它独立于已被进行的艺术组合，属于被叙述的层面。本文则是读者所读到、看到的东西，是按叙述目的对故事中事件的安排和组织。按照传统逻各斯中心主义的假定，叙述本文的逻辑服从于故事的逻辑，叙事被视为因果相接的一串事件，一根理想的叙事线条以一个故事的疆界为基础，是具有开头、中部和结尾的连贯一致的统一体。解构主义批评家希利斯·米勒则认为叙事线条犹如阿里阿德涅之线，本身并非引导走出迷宫的线索，而是自身构成迷宫。叙事线条的开头和结尾都不可能存在，中部则被各种因素所分离，插入文本（如引言、序言、脚注、信件）、间接引语、错格、反讽、叙述视角的转换、叙述者的

---

① 谭君强：《叙事理论与审美文化》，中国社会科学出版社 2002 年版，第 12 页。

层层相嵌等都会造成叙事线条双重化，使文本的逻辑秩序分裂或悬置，叙述结构产生裂痕。这样，读者就"无法将语言归至一个单一的无所不包的一元化阐释。可能会有两种以上互为矛盾的阐释，每一种都被拉向它自己的视角具有的引力中心"①。

从《韦护》的故事层面来看，小说讲述的是革命者韦护从国外回来，遇到了青春、美丽、活泼的丽嘉，两人倾心相爱了，与丽嘉共度的时光使韦护接触另一个世界，这个世界是以诗意、温情、美丽为价值基础的，它与韦护本来拥有的革命理想主义世界发生了激烈冲突，使韦护陷入熊掌和鱼翅不可兼得的焦虑，最后痛斩情丝，离开丽嘉，全身投入革命工作。丽嘉也从爱情的幻境中幡然醒悟，决心好好做点事业。从故事层面上来解读这篇小说，无疑是集体的理想主义战胜了个人的浪漫主义，是革命对于爱情的胜利。但若从叙事层面来解读《韦护》，事情就远远不是这么简单。文本中大量不稳定的自由间接引语、不断交替的叙述视角以及与叙述者本文属不同叙述层次的镜子——本文都使读者在阅读过程中难以建构一根连贯一致、意义单一的叙事线条，这样，文本的叙事结构就出现了无法弥合的裂缝，并在裂缝中透露出覆盖主流话语的歧义丛生的叙述声音。下面就具体从三个方面来展开论述。

一 双声齐鸣的自由间接引语

《韦护》中，作家采用大量的自由间接引语来间接叙述人物，特别是韦护的话语和心理活动。这些自由间接引语既属于叙述者，又属于人物，也就是说，叙述者的声音和人物的声音并存于自由间接引语

---

① ［美］希利斯·米勒：《解读叙事》，申丹译，北京大学出版社 2002 年版，第117 页。

中，形成双声齐鸣的态势。这里试举几例：

> 韦护有好几年不曾领略这江南的风味了。它像酒一样，慢慢将你酥醉去，然而你不会感到这酒的辛烈。它诱惑了你，却不压迫你，正像一个东方式的柔媚的美女，只在轻颦轻笑，一顾盼间便使人无力了，这里没有什么紧张、心动的情绪。

韦护的声音：我有好几年不曾领略这江南美女的风味了，的确，我无力抵抗丽嘉的轻颦轻笑、一顾一盼，但我并没有为她紧张，为她动心。

叙述者的声音：你已经受到了东方式的柔媚的美女的诱惑，丽嘉就像酒一样，慢慢地将你酥醉去，然而你不会感到这酒的辛烈。

> 本来别人并没有觉出你有什么病，若是一解释，反使人生疑了。若是浮生知道了，或是雯，女人总容易了解，说是我，韦护怎么了怎么了，一嘲笑开去，唉，那真糟！他又悔，为什么竟忘了一切，同那么一个小姑娘，多幼稚的人谈讲得那么有劲？真太愚蠢了。他越懊恼，他就越兴奋，又越对这兴奋起着反感。

韦护的声音：我害怕浮生或者雯知道我爱上了丽嘉，他们会传开去，嘲笑我太愚蠢，这真让人懊恼！恋爱毕竟是令人兴奋的，但这种事情不能发生在我身上，大家一直以为我把全部的热情投入了工作，但我却在恋爱，这实在让人反感。

叙述者的声音：你工作上本来是不辞辛苦的，大家有目共睹，你又何必解释你有点精神变态呢？你这么一解释，反使人生疑了。莫非你真的得了病，爱上了那么一个幼稚的小姑娘，所以你才同她谈讲得那么有劲。

那姑娘决不会把他放在心上的。若果他是一个个人主义者，自由主义者，或是一个音乐家，一个诗人，他都有希望将自己塞满那处女的心中去。然而，多不幸呵。他再也办不到能回到那种思想，那种兴趣里去。他已经献身给他自己不可磨灭的信念了。而这又决不能博得她的尊敬的。

韦护的声音：若果我是一个个人主义者，自由主义者，或是一个音乐家，一个诗人，我都有希望将自己塞满那处女的心中去。然而，多不幸呵。我再也办不到能回到那种思想，那种兴趣里去。

叙述者的声音：你已经献身给你自己不可磨灭的信念了，丽嘉不会把你放在心上的。你和她价值观、人生观不同，你不能博得她的尊敬，也不能征服她。

那旧有的苦恼，象虫一样的，又在咬他的心。他并不反对恋爱，并不怕同异性接触。但他不希望为这些烦恼，让这些占去他工作的时间，使他怠惰。他很怀疑丽嘉。他确定这并不是一个一切都能折服他的人。固然，他不否认，在肉体上，她实在有诱惑人的地方，但他所苦恼的，却不只限于这单纯的欲求。

韦护的声音：恋爱本身不值得反对，同异性接触也并不可怕。关键是，这难免影响工作。况且，丽嘉不过是在肉体上诱惑了我的生理欲求，在精神上，她并不能折服我！但这单纯的欲求像虫一样，又在咬我的心，令我苦恼。

叙述者的声音：恋爱是很让人苦恼的，同时也让人怠惰。丽嘉真的是一个一切都能折服你的人吗？真值得占用你的工作时间吗？

在这几段自由间接引语中，叙述者的声音和人物的内心独白交织在一起，诉说韦护遇到丽嘉后，内心泛起的微妙涟漪。由于这些语言线条受制于双重权威，因此可分裂为叙述者和人物的双声对话。但这种划分只是相对的，事实上，我们很难区分这些语言线条的两个源头：一个为叙述者，另一个为人物，两者之间的界限模糊不清，根本无法断定哪一句是叙述者的，哪一句是人物的。叙述者的语言通过自由间接引语的方式反讽性地模仿韦护的语言，而韦护仅有叙述者赋予他的语言，诚如米勒所言"间接引语内在的反讽悬置或者分裂叙事线条，根本无法将其简化为一个单一的轨道"①。可以看到，上面这几段自由间接引语一方面受制于双重权威，被一条深深的、不可弥合的裂缝一分为二；另一方面，叙述者的声音和人物的声音交织在一起，彼此融合，相互补充，处于永恒的震荡之中，不仅隐蔽地反映了叙述者的多元价值取向，而且揭示了主人公韦护的双重人格和矛盾心理：爱慕丽嘉的同时又害怕不能征服丽嘉，却反被她征服；明明动了真情又不愿意承认，还担心被人发现；坠入爱河的同时又苦恼浪费了工作时间……

二　反讽性冲突的双重视角

在《韦护》中，丁玲的叙述策略是采用第三人称叙述，同时把叙述视角人物安排在故事内部。叙述者经常放弃无所不知的权威视角，时而运用韦护的视角，聚焦韦护的心理；时而换用丽嘉的视角，聚焦丽嘉的心理。在丽嘉的视角里，韦护就是她的神，她的一切。丽嘉爱上韦护的时刻是韦护以精心设计的焕然一新的打扮出现在浮生家：

> 丽嘉并没有注意，转过脸去，拿眼在瞅韦护的新洋装了。简直是一种专为油画用的那沉重的深暗的灰黄的颜色，显然是精选

---

① ［美］希利斯·米勒：《解读叙事》，申丹译，北京大学出版社2002年版，第162页。

的呢料，裁制得那末贴身，使人一想起那往日蓝色的粗布衣，就觉得好笑，仿佛背项都为这有直褶的衣显得昂然了。丽嘉又看他脚，穿的是黑漆的皮鞋，反射出蓝色的光，整齐得适与那衣裳相配合。发是薄薄的一片，涂了一点油，微微带点棕黄，软软的、松松的铺在脑盖上。在上了胶的白领上，托出一个素净的面孔，带着一点高兴，又带着一点烦恼，常常露出好像是我知道了的微笑，真是一副具有稍近中年的不凡男子的气质，自自然然会令人生出一种爱好的心，不杂一点狎弄的。

韦护显然有意要引起丽嘉的注目和好感，也确实收到了效果。丽嘉一贯地对男人的骄傲和嘲讽在凝视的刹那间土崩瓦解，从此做了韦护的俘虏，仰视他，依赖他，沉湎于爱情而迷失了自我：

> 她呢，她太满足了，这意外的爱情的陶醉将她降伏了。她将她的爱人，看成一个巨人一样，有了他，精神便有了保障。……她只爱他，敬重他，一切均为他倾倒了。她不愿离开他，因为没有他，思想便没有主宰，生活便无意义了。

在韦护的视角里，丽嘉无疑是不可抗拒的。丽嘉的每一个细小的地方，每一个细微的动作，都被韦护的目光所捕捉：

> 韦护观察到她的后颈边，有一颗极圆的黑痣。而当她笑的时候，又现出两个笑涡来，一大，一小，一个在颊上，一个在微微凹进的嘴角边。那两片活动的红唇，真也有点迷人呢。

韦护一方面为丽嘉的美貌才情所吸引，堕入情网；另一方面，他一直在用理性的眼光审视他和丽嘉的关系，敏感到丽嘉的自由个性无法融入他的革命阵容，他和她相互不能给对方以人格上的刺激和满足。他害怕被丽嘉所征服，害怕旁人知道他已动了真情，害怕这令人心醉销魂的爱情占用了工作时间，因此，他陷入为难、焦虑与无奈的精神困境。

韦护和丽嘉的交往过程，从某种意义上可看作男女两性的抗争。在这抗争过程中，丽嘉一步步丧失了自己的阵地，渐渐失去了她作为新女性的桀骜不驯、自由洒脱，向着被男人所认同的传统女性回归。她把所有的情感和希望都寄托在韦护身上，"唯一的只知有爱情"，只知道被动地等候韦护回来给她温存，给她爱，这显然与韦护的革命工作极不协调，使他不堪精神重负，但面对单纯、美丽、柔弱的丽嘉又无从发泄，不愿说出他内心的孤独和压力。因此，两人虽然相爱，精神上却存在巨大的距离，可以说，他们相互间从未真正走到对方的世界中去。当韦护明白他与丽嘉的爱情不能为当时的社会环境所容，感伤地提出要到乡下去生活，丽嘉却浑然不觉事态的严峻，还天真地附和，憧憬乌托邦的田园生活，韦护只好苦笑着独自承受精神压力。这样一来，在丽嘉的视角与韦护的视角之间产生了反讽性冲突：一方面，丽嘉以崇拜的眼光仰视韦护，臣服于韦护的爱情，就在韦护深思熟虑准备抛弃她的时候，她依旧浑然不觉；另一方面，韦护即便在热恋时也保持了理性的思考，"他不能磨去他原来的信仰，他已不能真真的做到只有丽嘉而不过问其他的了"[1]。到最后，他决定以铁一般的意志离开丽嘉，便以俯视的怜悯的眼光来看这位曾经让他倾倒的女人了：

> 唉，只这女人太可怜了，当她抚着他的瘦胸和那怦怦跳着的心时，她还无感觉的沉醉在爱情中。虽然，他也不免偶尔又起了

---

[1] 丁玲：《韦护》，《丁玲文集》（第一卷），湖南人民出版社1983年版，第112页。

犹疑，只是他认清了爱情不可再延长，这不特害了他，于丽嘉也决不是有益的。

丽嘉的叙事眼光与韦护的叙事眼光形成了强烈的反差，一个是仰视的、幼稚的、被蒙在鼓里的眼光；另一个则是俯视的、成熟的、了解事情真相的眼光。两种大相径庭的叙事眼光的对照使文本的结构产生了难以缝合的裂缝，在裂缝中我们可以得出这样的结论：韦护决定永远离开丽嘉，革命工作与恋爱的冲突只是两人矛盾的外化，韦护和丽嘉之间思想信仰、生活经历、价值取向等的巨大差异才是内在的根源。

三　追根索源的镜子——本文

在叙事线条的结尾处，韦护离开丽嘉出走了，临走时留给她一封信。这封信作为插入的行为者本文与主要的叙述者本文属不同的叙述层次，并且，这封信既解释说明了叙述者本文，同时又反过来涉及叙述者本文的事件，回应、强化了叙述者本文。即韦护的信与叙述者本文构成一种镜像式的相互补足关系，是作为叙述者本文的镜子——本文而存在。

在这封信里，韦护采用回溯法追问了自身的苦闷，并为自己爱丽嘉又必须抛弃丽嘉的行为做辩护，具有追根索源的解释功能。索源，是从《文心雕龙·序志》借鉴而来，所谓"振叶以寻根，观澜而索源"。文学创作中的"索源"是运用逆向叙述（指本文的时间进程恰是故事时间进程的逆向展开形态）来追索事件的源头。[①] 韦护何以口口声声表示爱丽嘉，却又"残酷的撞起这可怕的钟，象霹雳一般的喊

---

① 王一川：《生死游戏仪式的复原——〈日光流年〉的索源体特征》，《当代作家评论》2001年第6期。

给我爱听：韦护走了！永远的走了！永不再回！"① 这封信以悖论式的
语言自白了韦护的矛盾心理，不仅在信件内部的语句之间生成了裂
缝，而且在信件与叙述者本文之间也生成了难以弥合的裂缝。

　　令人困惑的一点是，韦护在解释他离开的原因时，只有一句话提
到了工作："于是争斗开始了，一面站在我不可动摇的工作上，一面
站在我生命的自然需要上。"这显然与丁玲创作时先入为主的"革命
战胜爱情"的理念有冲突，说明韦护离开丽嘉的原因除了革命工作，
还有更深层次的根源。在信中，韦护坦言是自己的天秉——"是一种
完全神经质的、对一切都起着幻灭之感的人"，并解释在未遇到丽嘉
之前，"接受了另一种人生观念的铁律"。这样，我们可以运用米勒的
叙事线条理论认为：在小说开场时，"真正的行动早已发生"②。韦护
的母亲自杀、韦护的"三年的冷静的劳苦生活"都决定韦护对他和丽
嘉的情感走向做了悲观性预测，也就是说，在韦护和丽嘉没有相遇之
前，他们的悲剧性结局就已在前面等候！因此韦护感慨："真是你的
不幸，你为什么爱我呢？"③

　　更为荒谬的是，韦护是这么义正词严地把一部分错误归咎于丽
嘉："你没有一丝一毫想从我工作上取得胜利。于是终究造成了我们
的爱情的不可弥补的缺憾，这分离的惨剧！"可是丽嘉应当怎么做，
韦护才能满意？当韦护因爱情而怠工，是丽嘉提醒他；当韦护说要学
鲁滨孙漂流到无人的岛上去，丽嘉连忙附和他；当韦护说要到乡下去
生活，丽嘉毫不迟疑地回答"那正好"。总之，丽嘉一切以韦护为中
心，并且美丽、温柔、善良，韦护在她身上找不到可以始乱终弃的理

①　丁玲：《韦护》，《丁玲文集》第一卷，湖南人民出版社1983年版，第118页。
②　[美] 希利斯·米勒：《解读叙事》，申丹译，北京大学出版社2002年版，第7页。
③　丁玲：《韦护》，《丁玲文集》第一卷，湖南人民出版社1983年版，第119页。

由，就只能"欲加之罪，何患无辞"了。韦护的这番告白很容易让人联想到唐代元稹的《会真记》，《会真记》里张生为求取功名，要抛弃色艺俱佳、才情并茂的崔莺莺，借口也是冠冕堂皇的："大凡天之所命尤物也，不妖其身，必妖于人。……昔殷之辛，周之幽，据万乘之国，其势甚厚；然而一女子败之，溃其众，屠其身，至今为天下僇笑。予之德不足以胜妖孽，是用忍情。"① 张生的"尤物论"与中国传统"红颜祸水"的思维定式一脉相承，中国传统的理性文化重理轻情，视爱欲、情欲为原罪，视红颜为祸水，因此商朝的灭亡可归于妲己；周朝的倾覆是由于褒姒；开元盛世毁于一旦，罪魁就是杨玉环！美人与江山不可兼得，换言之，爱情与事业不相容，爱情是事业的绊脚石，男人要轰轰烈烈干一番事业，就要忍痛割爱，所谓"灭人欲"，才能"存天理"。韦护不顾自己始乱终弃的行为将给丽嘉造成多么严重的后果和伤害，潜意识中就是这种以自我为中心的男权思想在作祟——丽嘉是"有魔力的女人"，让他"无力抵拒，只觉得自己精神的崩溃"，② 他不愿做爱情的奴隶，于是选择了逃避。

单单这样来理解韦护的出走，仍然有失片面。我们再接下来读这封信："所以我要说，韦护终究是物质的，也可以说是市侩的，他将爱情亵渎了，他值不得丽嘉的深爱呵！"此话与叙述者本文中韦护"恐怖的预感"构成了镜像式关系。韦护和丽嘉的恋爱招来了很多人的非议和指责，可归于当事人与外界环境相互作用的结果。韦护归国后本来就对现实环境不满，"他不禁懊悔他的回国了。在北京的如是，在上海的如是，而这里也仍然如是。你纵有清晰的头脑，进行的步

---

① （唐）元稹：《会真记》，转引自陈德芳校点《金圣叹评西厢记》，四川文艺出版社2000年版，第34页。

② 丁玲：《韦护》，《丁玲文集》第一卷，湖南人民出版社1983年版，第110页。

骤，无奈能指挥者如此其少，而欠训练者又如此其多"。① 与丽嘉堕入
爱河后，就更加觉得"只要他不去办事，不去上课，不和一些难合的
人在一块，他都是快乐而骄傲的"。同时，韦护孤高自赏的作风气派
本来就引起了一部分人的反感和嫉妒，自韦护恋爱后，便"都找到了
攻击的罅隙"。就如同恶性循环，韦护就更不愿意去工作，不满他的
人也就越来越多，直到他"有点怕到那些地方去了，每去一次，便愈
觉得人人都在冷淡他，怀疑他，竟至鄙视他了"。② 韦护清楚如果自己
不采取断然措施，他就会成为《伤逝》中被辞退的涓生！他毕竟不能
离开他现在的工作，去过简单的农人生活，因为他有太多的思想和欲
求，无法做到依靠简单的精神、极低的粮食和单一的爱情度日。况
且，丽嘉作为一个无业女性，根本不能为他们的生活提供任何保障，
因此他承认"韦护终究是物质的，也可以说是市侩的"。可以说，韦
护离开丽嘉，是一种生存的本能，在爱情与事业的权力角逐中，爱情
总是最值得牺牲的，毕竟爱情只是奢侈品，生存才是第一要紧的。

　　韦护试图通过这封信来辩解，开脱他内心的愧疚，却使文本裂缝
丛生。在裂缝中，我们不仅可以体验到德曼在卢梭的《忏悔录》中所
感受到的类似的情感③，而且可以看到丁玲以女性的独特视角审视男
权政治的性别立场，从而做出以下判断：韦护与丽嘉的爱情悲剧不仅
是时代的悲剧，也是性格的悲剧，文化的悲剧！

　　如此看来，《韦护》的叙事结构存在纵横交错的裂缝，并在裂缝

---

① 丁玲:《韦护》,《丁玲文集》第一卷，湖南人民出版社 1983 年版，第 3 页。

② 同上书，第 111、108 页。

③ 保罗·德曼说过，在《忏悔录》中有一个小故事，是叙述卢梭做仆人时曾偷窃了
一条丝带，被发现后，他诬陷是一位年青的女仆玛丽永送给他的，结果两人都被辞退了。
卢梭多次对这一事件进行忏悔，德曼认为这是"经过精心策划置于叙事之中，以炫耀的口
吻讲述出来的"，是借忏悔来辩解，摆脱自己良心上的重负（保罗·德曼:《辩解——论
〈忏悔录〉》,《解构之图》，李自修译，中国社会科学出版社 1998 年版，第 263 页）。

中发出了多元价值的声音。值得注意的是，当丁玲在思想上完成了由个人理想主义向集体理想主义的转变，在创作上就不再有类似的严重的叙事裂缝出现。可以断言，《韦护》的叙事裂缝的存在，与其说是丁玲苦心经营的艺术构思，不如说是她这一时期陷入焦虑、困惑、彷徨的精神状态的自然流露，是由她不确定的叙事立场造成的。《韦护》创作于 1929 年至 1930 年，是以五卅运动以前的社会现实为背景，以她的挚友王剑虹与瞿秋白的恋爱故事为原型。众所周知，这一时期，中国正处于内忧外患，阶级矛盾、民族矛盾空前尖锐的阶段。大革命失败后，革命暂时转入低潮，当时充满主观战斗精神的革命知识分子顿时陷入幻灭、苦闷、彷徨、焦躁之中，由此产生出难以化解的转型再生焦虑。大批"革命＋恋爱"作品的出现，可视为革命知识分子转型再生焦虑的一种"置换"[1]。丁玲创作《韦护》，无疑受到当时的主流话语影响，给小说预设了这样一种理念：革命第一，爱情第二，为了社会的进步、民生的幸福，个人的需求应当服从集体的需要。因此，在小说的结尾，丁玲安排丽嘉在读了韦护的信后，非常突兀地觉醒了，决心好好干事业。同时，丁玲目睹了王剑虹与瞿秋白的恋爱过程，王剑虹病逝给了丁玲很多说不清的思绪。对瞿秋白弃病危的王剑虹而去革命，丁玲百思不得其解，甚至为挚友愤愤不平。这样，对挚友王剑虹的追忆就不仅是一种单纯的怀念，而且成为她创作《韦护》的个人体验背景。当这一个人体验背景融入当时的社会历史背景中，丁玲便陷入了叙述的两难境地：一方面，受革命意识形态话语的影响，她要突出表现革命者为了神圣的革命工作，必须也应当牺牲个人最为宝贵的爱情；另一方面，站在女性立场上，她对为革命放弃爱情

---

① 王一川：《中国现代卡里斯马典型》，云南人民出版社 1995 年版，第 128—130 页。

的男权政治又深表困惑与不满。在叙述中渲染了恋爱的温馨美好，革命与爱情二者必居其一的艰难，以及作为个体生命的存在，革命者有自己独特的思想、独特的追求乃至独特的弱点。这样，在丁玲的话语操作中出现了难以弥合的裂缝，使读者在叙事裂缝中疑窦丛生，无法对《韦护》做出独白性质的评论。

从以上论述可以看到，《韦护》中叙事裂缝的存在并非艺术表现的缺憾，它一方面丰富了作品的爱情悲剧内涵，成就了叙事的目的；另一方面也在某种程度上折射了丁玲这一时期徘徊于个性和使命之间的两难心态和历史宿命。丁玲以女性视角来观照人生经验，在《韦护》中倾注了作家本人对女性命运的关注，对男权文化的批判，表现出强烈的女性主体意识，以及在新旧交替时代真正属于女性自身的体验与思考。

第五节 《我在霞村的时候》的贞贞塑造 与丁玲的自我认同

一

丁玲来到解放区后，写了《我在霞村的时候》（以下简称《霞村》）等小说，涉及她对封建贞操观的隐忧和批判。小说由一个从政治部派到霞村的作家"我"来叙述贞贞的故事：贞贞为逃避包办婚姻到天主堂要求做姑姑，正巧碰上日军的大扫荡，遭受日本鬼子的蹂躏，后被党派利用她军妓的身份打探日军情报，由于身染重病，不得不回来治病。

贞贞开始并没有登场亮相，"我"也不曾见过她，只能通过周围人的谈论来捕捉有关她的信息。"我"既是一个观察贞贞的聚焦者，也是一个穿针引线的人——由"我"将周围人对贞贞的主观印象串联起来。每个人都是从自己特定的视角出发来讲述贞贞的故事，发表对贞贞的看法，他们的叙述由于思想意识、价值观念、性别、经历等的差异会产生偏见和限制，同时又能产生一种立体观察的效果，好像多束聚光灯一齐对准同一个对象，读者便能从多个侧面去熟悉贞贞，同时也了解贞贞所生存的那个环境。

贞贞回到霞村的时候，天已经完全黑了。院子里挤满了人看贞贞，"我"挤在人堆里，根本看不到什么。"我"看到的贞贞首先是马同志眼里的贞贞：

> "刘大妈的女儿贞贞回来了。想不到她才了不起呢。"即刻我感到在他的眼睛里面多了一样东西，那里面放射着愉快的、热情的光辉。[①]

马同志二十岁左右，在霞村负了点责，是一个未毕业的初中生，他眼里的贞贞是了不起的，因为她忍辱负重，为抗日工作贡献了力量。接下来，"我"听到了阿桂叹息声中的贞贞：

> "不，××同志！我不能说，我真难受，我明天告诉你吧，呵！我们女人真作孽呀！"[②]

阿桂是一位非常善良的妇女，她站在同为女人的立场上替贞贞难

---

① 丁玲：《我在霞村的时候》，《丁玲文集》（第三卷），湖南人民出版社 1983 年版，第 225 页。

② 同上书，第 226 页。

过，不忍在她背后去揭她的伤疤。第二天早上，杂货铺老板向"我"描述了一个扭曲变形的贞贞：

> "她那侄女你看见了么？听说病得连鼻子也没有了，那是给鬼子糟蹋的呀。……亏她有脸面回家来，真是她爹刘福生的报应。……听说起码一百个男人总'睡'过，哼，还做了日本官太太，这种缺德的婆娘，是不该让她回来的。"①

紧接着，"我"又听到两个打水的妇女在议论贞贞：

> "知道那里边闹的什么把戏，现在呢，弄得比破鞋还不如……"
> "昨天他们告诉我，说走起路来一跛一跛的，唉，怎么好意思见人！"②

随后，刘二妈讲述了她侄女的故事，贞贞原来跟磨房里的一个小伙计夏大宝要好，家里却把她许给米铺的小老板做填房，贞贞不愿意，赌气跑到天主堂要做姑姑，结果落入日本人的火坑：

> "她这一跑，真变了，她说起鬼子来就像说到家常便饭似的，才十八岁呢，已经一点也不害臊了。"③

贞贞回来了，霞村仿佛来了一位熟悉而陌生的天外来客，一时间满"村"风雨，几乎所有的村民都把贞贞当作茶余饭后的咀嚼对象，对她进行指手画脚、品头论足。如果说日本鬼子摧残的是贞贞的肉体，那么这些唾沫星子伤害的则是贞贞的灵魂，它们也杀人，而且杀

---

① 丁玲：《我在霞村的时候》，《丁玲文集》（第三卷），湖南人民出版社1983年版，第225页。
② 同上书，第227页。
③ 同上书，第229页。

人不见血！

众声喧哗过后，贞贞终于出现在"我"眼前：

> 这间使我感到非常沉闷的窑洞，在这新来者的眼里，却很新
> 鲜似的，她用满有兴致的眼光环绕地探视着。她身子稍稍向后仰
> 地坐在我的对面，两手分开撑住她坐的铺盖上，并不打算说什么
> 话似的，最后把眼光安详地落在我的脸上了。阴影把她的眼睛画
> 得很长，下巴很尖。虽在很浓厚的阴影之下的眼睛，那眼珠却被
> 灯火和火光照得很明亮，就像两扇在夏天的野外屋宇里的洞开的
> 窗子，是那么坦白，没有尘垢。①

这是正面描写贞贞的地方，用的"纯是白描追魂摄影之笔"，即
通过"最少的笔墨，勾出事物的动态和风貌，从而表现事物的生命，
表现事物内在的性格和神韵"。② 在"我"的视角下，这位被侮辱、
被损害的少女却显得非常纯净、聪颖，有着一股来自精神上的健康
的、坚韧的生命活力。她有一双明亮的、坦白的、没有尘垢的眼睛，
与村民们所议论的"缺德的婆娘""比破鞋还不如"形成了鲜明的对
照，让人越发觉得人言可畏——凭什么把这样一位美好的姑娘贬损到
那般田地，难道就因为她是一位不幸的、撞入日军火坑的受害者？

贞贞开始心平气和地讲述用自己被侮辱、被损害的身体来通风报
信的经历：

> "人家说我肚子里面烂了，又赶上有一个消息要立刻送回来，
> 找不到一个能代替的人，那晚上摸黑我一个人来回走了三十里，

---

① 丁玲：《我在霞村的时候》，《丁玲文集》（第三卷），湖南人民出版社1983年版，
第231页。

② 叶朗：《中国小说美学》，北京大学出版社1982年版，第186、188—189页。

走一步，痛一步，只想坐着不走了。要是别的不关紧要的事，我一定不走回去了，可是这不行哪，唉，又怕被鬼子认出来，又怕误了时间，后来整整睡了一个星期，才又拖着起了身。一条命要死好像也不大容易，你说是么？"①

在贞贞不动声色的叙述下面隐藏了一座随时可以喷发的火山，这里面有对日本人的刻骨仇恨，也有对自己同胞的伤心欲绝的愤懑：她用自己的身体使许多同胞幸免于难，用自己的"不贞""不全"成全了同胞们的"贞"和"全"，但这些人却视她为瘟神、异类，他们"嫌厌她，卑视她，而且连我也当着不是同类的人的样子看待了。尤其那一些妇女们，因为有了她才发生对自己的崇敬，才看出自己的圣洁来，因为自己没有被敌人强奸而骄傲了"。这些她救过的同胞们惊奇地看到她居然有脸回来，私下便认为她应该为了成全自己的名节，也为了成全霞村人的名节、中国人的名节，自绝于人民，否则就是"缺德"。这是多么残酷的、冷漠的封建贞操观！在这种贞操观的支配下，有关女性身体的政治神话永远是被人利用的悲剧。当代作家铁凝在《棉花垛》里也讲述了一个在抗日战争的背景下，利用女性身体完成革命任务的故事。小臭子担负了和贞贞一样的使命，其命运比贞贞更为不堪：小臭子与汉奸秋贵勾搭成奸，革命者乔和国利用小臭子和秋贵的关系获得日军情报，使敌人的扫荡一次次落空。后来小臭子身份败露，反被日军所利用，日本鬼子逮捕了乔，并残酷地奸杀了乔。国欲将小臭子带到敌工部听审，路上被小臭子的身体所诱惑，在棉花垛里与她尽情云雨了一番，事毕又毫不迟疑地开枪打死了她。让人触

① 丁玲：《我在霞村的时候》，《丁玲文集》（第三卷），湖南人民出版社 1983 年版，第 223 页。

目惊心的是，国在击毙小臭子的时候内心没有丝毫怜悯和犹疑，因为他内心根本没有把这个人亦可夫的小臭子当作一个有血有肉有感情的人，而是当作一件工具，既然工具已失去了利用的价值，留在世上就成了有辱民族尊严的祸害，是死有余辜的。

《我在霞村的时候》表达了丁玲对革命与性的困惑。在道德上，女性身体既作为孕育生命的神圣之所受到膜拜、作为欲望享受之源受到期待，也被视为藏污纳垢的不洁表征而受到谴责；在政治上，女人一方面是红颜祸水，误国害民，另一方面又可以性为工具操控敌人，为国立功。在日军蹂躏贞贞身体的同时，游击队也利用贞贞的身体获取情报。正因为女性身体既美好诱人又异常危险，男性社会才对之既利用又防范。丁玲于此提出的是：两性之间的不平等关系，在以"解放"为目的的革命中是否能获得解决？

二

值得注意的是，《霞村》中作为旁观者加叙述者的"我"对贞贞寄予了非同一般的理解和同情，甚至是由衷的欣赏和赞美：

> 阿桂走了之后，我们的关系就更密切了，谁都不能缺少谁似的，一忽儿不见就会彼此挂念。我喜欢那种有热情的，有血肉的，有快乐、有忧愁、又有明朗的性格的人；而她就正是这样。①

尽管作品中的叙述者"我"不过是丁玲创造的一个角色，是叙述主体而非写作主体，但若联系丁玲本人的经历，将叙述者"我"对贞

① 丁玲：《我在霞村的时候》，《丁玲文集》（第三卷），湖南人民出版社 1983 年版，第 234 页。

贞的情感倾向作为丁玲本人对女性命运关注的态度，应该是合乎情理的：1933 年 5 月 14 日，丁玲由于同居者冯达的出卖，被国民党特务绑架。一时间，外界盛传丁玲已死，鲁迅于 1933 年 6 月 28 日写了一首七绝来纪念丁玲，题名《悼丁君》："如盘夜气压重楼，剪柳春风导九秋。瑶瑟凝尘清怨绝，可怜无女耀高丘。"诗中，鲁迅将丁玲比作奏瑟的湘灵，辉耀高丘，是有才有德之女，可怜她死了，瑶瑟上凝集了灰尘，那清怨的乐声再也听不到了。由此可见，鲁迅此时深信丁玲已死，痛惜悲悼之情溢于言表。在丁玲失踪一年后，在寄给娄如英的信中，鲁迅又写下了有关丁玲生死的微妙言辞："丁玲被捕，生死尚未可知。为社会计牺牲生命，当然并非终极的目的，凡牺牲者，皆系为人所杀，或者万一幸存，于社会或有恶影响，故宁愿弃其生命耳。"[1] 当鲁迅确认丁玲还活着，于 1934 年 9 月 4 日在致王志之的信中写道："丁君确健在，但此后大约未必再有文章，或再有先前那样的文章，因为这是健在的代价。"[2] 鲁迅的这些言论本来就存在歧义，无论在当时还是以后，都曾被许多人用来攻击丁玲作为共产党人的气节和女人的贞节的根据。并且，丁玲在南京囚禁的三年期间，与出卖她的冯达同居一室，且生有一女，其中的确有许多微妙的、很容易越描越黑的东西。众口铄金，积毁销骨，对待纷纭四起的诋毁她的谣言，丁玲选择了沉默，但在《霞村》这篇小说中，丁玲借叙述者"我"之口表达了自己的难言之隐：

> 每个人一定有着某些最不愿告诉人的东西深埋在心中，这是指属于私人感情的事，既与旁人毫无关系，也不会关系于她个人

---

[1]　丁玲：《魍魉世界　风雪人间》，人民文学出版社 1989 年版，第 174 页。
[2]　同上书，第 139 页。

的道德。①

并且，丁玲还借贞贞之口，表达自己对生命的珍惜与求生的强烈意志：

> "人大约总是这样，哪怕到了更坏的地方，还不是只得这样，硬着头皮挺着腰肢过下去，难道死了不成？……我总得找活路，还要活得有意思，除非万不得已。"②

虽然，丁玲和贞贞的遭遇并不相同，但两人所承受的尴尬的精神压力是相通的。丁玲在小说中借贞贞来自况，表达内心深处不被世人理解的压抑：

> "这次一路回来，好些人都奇怪地望着我。就说这村子的人吧，都把我当一个外路人，有亲热我的，也有逃避我的。再说家里几个人吧，还不都一样，谁都偷偷地瞧我，没有人把我当原来的贞贞看了。我变了么，想来想去，我一点也没有变，要说，也就心变硬一点罢了。人在那种地方住过，不硬一点心肠还行么，也是因为没有办法，逼得那么做的哪！"③

如果把这段话里的贞贞换作丁玲，就恰好描述了丁玲刚从国民党的魔窟里逃出来，回到革命同志们身边时所遭遇的冷漠和怀疑。丁玲在她的南京囚居回忆里记录了自己当年想找张天翼倾诉她三年来在敌人那里所受的折磨和痛苦，却受到难堪冷遇的情形："张天翼看见我

---

① 丁玲:《我在霞村的时候》,《丁玲文集》（第三卷），湖南人民出版社 1983 年版，第 235 页。
② 同上书，第 233 页。
③ 同上书，第 232 页。

闯进门来，好像很平常，对我点了点头，打了一下招呼，没有离开牌桌，仍然注意他手里的牌。……他打了一局又一局，他一家人，他姑姑，他外甥女儿，大家欢乐地有说有笑。我坐在旁边的冷板凳上，呆呆地望着他们，心急如焚。……看样子他们很宽大，并不怪我打扰了他们，只是好像没有我这个人似的。"① 丁玲明白自己那三年是陷在一个泥潭里了，现在只要知道她的事情的人都有可能揣测甚至怀疑她的革命节操和女人名誉。面对国民党三年的怀柔政策，丁玲的内心是坦然的，她的囚居生活的直接见证人冯达定居台湾后，曾对采访者说："我确实相信有一天我可以在冰之墓前献上鲜花礼拜，我是理解她之实在伟大的人！"② 正因为问心无愧，丁玲才能在去法国和去延安之间坚定不移地选择后者，才能在以后几十年的政治风雨中一颗红心永不变地跟党走。可是，就因为这微妙的、无法言说的三年，丁玲在许多人眼里失去了传统文化所特别看重的"节"，被无数"小心"造谣中伤，遭遇了难以想象的精神创伤和折磨：1933 年丁玲被捕后，有关丁玲自首变节的谣言纷纭四起。特别是丁玲抵达延安后，仍有康生之流咬住"丁玲曾在南京自首"的问题不放。直到党中央组织部对丁玲在南京的那段历史进行了审查，并在 1940 年 10 月由中央组织部陈云部长、李富春副部长签名做出《审查丁玲同志被捕被禁经过的结论》，由毛泽东在结尾处添上了重要的一句："因此应该认为丁玲同志仍然是一个对党对革命忠实的共产党员"③，流言蜚语才算暂告平息。诚如童庆炳教授所言："艺术家体验（或者说审美体验）的生命性与艺术活动的心灵性是同构对应的。可以说，艺术的心灵性就是艺术家生命

---

① 丁玲：《魍魉世界　风雪人间》，人民文学出版社 1989 年版，第 68 页。
② 周良沛：《丁玲传》，北京十月文艺出版社 1993 年版，第 248 页。
③ 丁玲：《魍魉世界　风雪人间》，人民文学出版社 1989 年版，第 3 页。

体验的审美表现。艺术所表现的常常是外在的人、事、景、物，但所表现的其实就是他自己的生命迸发出来的火花，属于他的心灵世界。"① 丁玲写作《霞村》，对一位为国"捐躯"，而不被自己同胞理解的女性表达自己由衷的同情和赞美，显然融入了她本人的命运沧桑，是她从南京囚笼逃出后在她内心投下浓重阴影的一种折射。

丁玲自己也曾提到创作《霞村》的缘起，是一位从前方回来的朋友，临走前说："我到医院去看两个女同志，其中有一个从日本人那儿回来，带来一身的病，她在前方表现很好，现在回到我们延安医院来治病。"丁玲一听，就对那位女同志产生了同情："一场战争啊，里面很多人牺牲了，她也受了许多她不应该受的磨难，在命运中是牺牲者，但是人们不知道她，不了解她，甚至还看不起她，因为她是被敌人糟蹋过的人，名声不好听啊。于是，我想了好久，觉得非写出来不可，就写了《我在霞村的时候》。"就丁玲的个人体验来说，她非常理解那位女同志，因为她本人也经受了"不应该受的磨难"，尽管没有死去，在命运中依然是"牺牲者"，可仍有不少人不了解她，老是去揭她囚居在南京时的伤疤。并且，丁玲"觉得这个女人牺牲很大，但是她没有被痛苦压倒，她也是向往着光明的，我就是想写这样一个人"②。丁玲虽然不曾和那位女同志谋面，但女同志的经历使她产生了强烈共鸣，因为"飞蛾扑火，非死不止"正是她一生经历的写照，她自己也就是那种无论遭遇多么大的苦痛，也能坚韧地挺住，并执着地追求光明的人。《霞村》的结尾，贞贞在承受了种种歧视和非议后，又有了新的憧憬——到延安去，"再重新做一个人"。"我"惊诧地发现"新

---

① 童庆炳、程正民主编：《文艺心理学教程》，高等教育出版社 2001 年版，第 77 页。

② 丁玲：《答〈开卷〉记者问》，《丁玲文集》（第五卷），湖南人民出版社 1984 年版，第 441 页。

的东西又在她身上表现出来了……我仿佛看见了她的光明的前途"。

可以认为，丁玲在创作《霞村》时，不由自主地把内心的隐痛和希望寄托到贞贞身上，并在叙述者"我"的声音中渗入作家本人的价值取向和情感认同。

三

翻开中国文学史的长卷，在封建贞操观的枷锁桎梏下窒息而死的女性比比皆是，这些女性的命运可以和七七、贞贞的命运形成彼此参照、互见文意的对话结构：

在冯梦龙的《警世通言》第 32 卷"杜十娘怒沉百宝箱"中，风流绝代的名妓杜十娘与李甲情投意合，一双两好，杜十娘有心从良于李甲，便设计逃脱虔婆的算计，以三百两银子赎了身，带着她的百宝箱，欲与李甲回老家过幸福生活。途中风波乍起，杜十娘的天姿国色被孙富窥见，孙富便借机挑拨李甲，想将杜十娘占为己有。李甲内心本就顾忌娶杜十娘这样的不节之人，无颜去见老父，加之听信孙富谗言，便决心以千金卖了杜十娘。心思缜密的杜十娘纵有千般考虑，万万想不到自己能够逃过精明的虔婆的牢笼，却始终逃不出封建礼教所布下的天罗地网，她心如死灰地答应了李甲。临行前，当着李甲、孙富和众人的面，杜十娘打开了百宝箱，箱内珍宝，价值连城，她尽投江中，自己也抱持宝匣，投江自尽。可叹杜十娘"甫得脱离，又遭弃捐"，虽然"椟中有玉"，但她想依托的人却"眼内无珠"——李甲的眼睛已被封建道德、封建礼教所遮蔽。因为杜十娘曾经身不由己堕入风尘，背了一个不贞不节的名声，所以纵有千般好，李甲也有眼无珠，杜十娘中道见弃只是迟早的事。

在《红楼梦》第 66 回"情小妹耻情归地府"中，刚烈而绝色的尤三姐一心想嫁给柳湘莲为妻，虽然以前受环境的影响失了脚，但自择定了柳湘莲，便立誓："从今日起，我吃斋念佛，只伏侍母亲，等他来了，嫁了他去，若一百年不来，我自己修行去了。"从此"真个竟非礼不动，非礼不言起来。"在贾琏的穿针引线下，柳湘莲将鸳鸯剑赠予尤三姐作定礼，尤三姐喜出望外，以为能够如愿以偿，终身有了依靠。不料柳湘莲从宝玉口中探听到尤三姐的风流名声后，当下跌足道："这事不好，断乎做不得了。你们东府里除了那两个石头狮子干净，只怕连猫儿狗儿都不干净。我不做这剩忘八。"主意已定，便去向贾琏索回定礼。尤三姐得知柳湘莲反悔，不堪其辱，立马决定一手交剑，一手自刎，可怜"揉碎桃花红满地，玉山倾倒再难扶"，①一个力求自新的女子就这么死于男性根深蒂固的封建贞操观念中，连一个改过的机会也没有！

掩卷思痛，感慨万千，滚滚长江东逝水，浪花淘尽的岂止是英雄？古今多少"女儿"事，"难"付笑谈中！

第六节　生态女性主义视域下的《迟桂花》

郁达夫的《迟桂花》，写于 1932 年，小说一经《现代》杂志刊出，就受到读者的普遍好评。1934 年，鲁迅和茅盾应美国友人哈罗德·伊萨克斯之约，编选当时的中国短篇小说选本《草鞋脚》，就把《迟桂花》作为郁达夫的代表作选入。小说以第一人称叙述了"我"

---

① 曹雪芹：《红楼梦》，华夏出版社 1998 年版，第 545—549 页。

受老友翁则生的邀请来翁家山参加婚礼。待在翁家山的日子里，"我"不仅陶醉于大自然的美景和迟桂花的香郁，而且为翁则生的妹妹翁莲所深深感动，灵魂得到了净化和升华。

时至今日，《迟桂花》仍然是公认的郁达夫创作中艺术臻于成熟的佳作。然而，蕴含于这部小说中的生态含义却一直被学界所忽视，小说与生态女性主义思想存在明显的一致性，都表达了对自然与生态、自然与女性之间内在关系的深刻思考。

一

《迟桂花》的故事背景是杭州郊区的一个小山村，郁达夫不仅把山村景色描绘得生意盎然，而且融入了他不自觉的生态意识：

> 渐走渐高，人声人影是没有了，在将暮的晴天之下，我只看见了许多树影。在半山亭里立住歇了一歇，回头向东南一望，看得见的，只是些青葱的山和如云的树，在这些绿树丛中又是些这儿几点，那儿一簇的屋瓦与白墙。
>
> "啊啊，怪不得他（翁则生）的病会得好起来，原来翁家山是在这样的一个好地方。"
>
> ……
>
> 月光下的翁家山，又不相同了。从树枝里筛下来的千条万条的银线，像是电影里的白天的外景。不知躲在什么地方的许多秋虫的鸣唱，骤听之下，满以为在下急雨。白天的热度，日落之后，忽然收敛了，于是草木很多的这深山顶上，就也起了一层白茫茫的透明雾障。山上电灯线似乎还没有接上，远近一家一家看

得见的几点煤油灯光，仿佛是大海湾里的渔灯野火。①

在郁达夫的笔下，翁家山是一个钟灵毓秀的世外桃源，它没有被现代化的工业所侵蚀，连电灯线都没有接上，到了夜里，到处秋虫鸣唱，家家户户点燃煤油灯，"仿佛是大海湾里的渔灯野火"。同时，翁家山也是一个让人获得生命活力和灵魂净化的地方。小说中的翁则生曾留学日本，得了致命的肺病，加上恋爱失败、学业中辍，他原以为自己的生命已走到了尽头，不料回国后隐居避世，在翁家山静养，在母亲、妹妹的悉心照料下，疾病竟奇迹般地康复，并做了一名小学教师，即将娶亲成家。"我"应邀来参加翁则生的婚礼，看到这"青葱的山"和"如云的树"，不由感慨翁则生的病能够不治而愈，便是源于翁家山的自然生态环境。

郁达夫的生态意识并非来自偶然，而是有其文化渊源。郁达夫从小就受吴越风情的滋养和熏陶，继承了浙江文士崇尚自然、热爱自然的传统，他的小说以擅长描写自然景色，充满诗情画意著称，如《沉沦》《东梓关》描绘了风景常新的富春江；《迷羊》刻画了秋阳夕照的公园；《蜃楼》则呈现了秀美的西湖山水图……《迟桂花》对自然的描写更是娴熟有致，别具一格，将自然与生态融为一体，在借鉴西方田园抒情小说的基础上，重新将中国古代的桃花源理想表现出来。

此外，郁达夫在杭州西湖的遭际和身体状况也使他萌生了自发的生态意识。20 世纪 30 年代初的中国，时局非常紧张，继东北九·一八事变之后，上海又发生了"一·二八"事变，日本帝国主义加紧侵犯中国，国民党文化围剿日益深重，"左联"内部的极"左"思潮也排斥郁达夫这位内心非常爱国的进步作家。郁达夫在这危机四伏的社会环境里

---

① 郁达夫：《迟桂花》，《迷羊》，湖南文艺出版社 1996 年版，第 273、281 页。

非常颓唐，肺病复发，重至吐血。1932 年 10 月，他只身来到杭州，即被这里的自然风光和桂花香所触动："在南高峰的深山里一个人徘徊于樵径石垒间时，忽而一阵香气吹来，有点使人兴奋，似乎要触发性欲的样子，桂花香气，亦何尝不暗而艳，顺口得诗一句，叫作'九月秋迟桂始花'，秋迟或作山深，但没有上句。'五更衾薄寒难耐'或可对对；这是今晨的实事……今天的一天漫步，倒很可以写一篇短篇。"次日，郁达夫便赋诗一首："病肺年来惯出家，老龙井上煮桑芽，五更衾薄寒难耐，九月秋迟桂始花。香暗时挑闺里梦，眼明不吃雨前茶，题诗报与朝云道，至局参禅兴正赊。"第二天，郁达夫在日记中又写下："天气又是很好很好的晴天，真使人在家里坐守不住，'迟桂开时日日清'，戏诗一句，聊作今日再出去闲游的口实。""明日起，大约可以动手写点东西，先想写一篇短篇，名叫《迟桂花》。"① 身患肺病的郁达夫在南高峰的深山里养病，与外界烦恼隔绝，四周沁人心脾的桂花香使他心境大好，灵感不可遏制。他写了一首七律，意犹未尽，又萌生了创作《迟桂花》的强烈欲望。

二

阅读小说，可以发现，"迟桂花"是贯穿全篇的意象，具有曲折含蓄的生态审美意蕴。"迟桂花"最先出现，是"我"刚到翁家山的时候：

> 我看见东天的已经满过半弓的月亮，心里正在羡慕翁则生他们老家的处地的幽深，而从背后又吹来了一阵微风，里面竟含满着一种说不出的撩人的桂花香气。②

---

① 王观泉：《颓废中隐现辉煌——郁达夫》，上海书店出版社 2001 年版，第 136 页。
② 郁达夫：《迟桂花》，《迷羊》，湖南文艺出版社 1996 年版，第 274 页。

小说第二次提到"迟桂花",则是翁莲端茶请"我"喝:

> 说着,她(翁莲)就走近了桌边,举起茶碗来请我喝茶。我接过来喝了一口,在茶里又闻到了一种实在是令人欲醉的桂花香气。掀开了茶碗盖,我俯首向碗里一看,果然在绿莹莹的茶水里散点着有一粒一粒的金黄的花瓣。①

第三次出现,则是"我"与翁莲一道去五云山的时候:

> 早晨的空气,实在澄鲜得可爱。太阳已经升高了,但它的领域,还只限于屋檐,树梢,山顶等突出的地方。山路两旁的细草上,露水还没有干,而一味清凉触鼻的绿色草气,和入在桂花香味之中,闻了好像是宿梦也能摇醒的样子。②

在翁则生的婚宴上,"我"又以"迟桂花"来祝福新郎和新娘:

> "则生前天对我说,桂花开得愈迟愈好,因为开得迟,所以经得日子久。现在两位的结婚,比较起平常的结婚年龄来,似乎是觉得大一点了,但结婚结得迟,日子也一定经得久。"③

最后一次是"我"与翁则生、翁莲告别:

> "则生!莲!再见,再见!但愿得我们都是迟桂花!"
>
> 火车开出了老远老远,月台上送客的人都回去了,我还看见他们兄妹俩直立在东面月台蓬外的太阳光里,在向我挥手。④

---

① 郁达夫:《迟桂花》,《迷羊》,湖南文艺出版社 1996 年版,第 277 页。
② 同上书,第 283 页。
③ 同上书,第 293 页。
④ 同上书,第 294 页。

　　小说不仅以"迟桂花"为篇名，三番五次写到"迟桂花"，而且将"迟桂花"与女主人公翁莲相互映衬，互相指涉，赋予她"迟桂花"的品格：迟开，耐久，纯净，芬芳，能够使人得到心灵慰藉。

　　翁莲经历了婚姻的不幸，年轻守寡，因不堪忍受婆姑的百般挑剔，不得不回到娘家。难能可贵的是，她的意志没有消沉、颓唐，依旧保持自己纯真、活泼、朴素的天性。她为母亲分忧，为哥哥煮药、缝衣、焙茶，代他操作一切。翁则生患了严重的肺病，对生活已经绝望，没想到在妹妹、母亲的照料下，致命的病症竟不治而愈了。翁莲的爱心正如生态女性主义所言，女性"贴近自然"，"凭借着母性、爱心及生命意识，可以从罪恶而深陷于权力、等级和死亡文化的男人那里夺回这个世界"①。在《迟桂花》中，历经生活磨难而不失淳朴善良、自然心性的翁莲和迟开耐久、芳香馥郁的"迟桂花"重叠在一起，恰好与当今的生态女性主义观点不谋而合，即女性贴近自然，女性和自然之间存在着某些本质上相同的特点。

　　作为"自然人"②的翁莲，不仅以她的纯朴、乐观和善良唤醒了哥哥的生命意志，而且使哥哥的朋友，叙述者"我"感受到强烈的精神愉悦：

　　　　我觉得最奇怪的，却是她的关于着西湖附近区域之内的种种动植物的知识。无论是如何小的一只鸟，一个虫，一株草，一棵树，她非但各能把它们的名字叫出来，并且连几时孵化，几时他迁，几时鸣叫，几时脱壳，或几时开花，几时结实，花

----

　　①　［澳大利亚］薇尔·普鲁姆德：《女性主义与对自然的主宰》，马天杰、李丽丽译，重庆出版社 2007 年版，第 9 页。
　　②　卢梭把人分为"自然人"和"人为的人"，认为自然人没有受到"文明社会"的不良习俗的影响，他们是自主的个体，只听从良心的指导和支配，自然人的生活才是真正合乎人的天然本性的，并且断言"自然状态"是人类的"黄金时代"。

的颜色如何，果的味道如何等，都说得非常有趣而详尽，使我
觉得仿佛是在读一部活的桦候脱的《赛儿鹏自然史》。而桦候
脱的书，却决没有叙述得她那么朴质自然而富于刺激，因为听
听她那种舒徐清澈的语气，看看她那一双天生成象饱使过耐吻
胭脂棒般的红唇，更加上以她所特有的那一脸微笑，在知识分
子之外还不得不添一种情的成分上去，于书的趣味之上更要兼
一层人的风韵在里头。我们慢慢的谈着天，走着路，不上一个
钟头的光景，我竟恍恍惚惚，象又回复了青春时代似的完全为
她迷倒了。①

翁莲与大自然有着天然的联系，她那康健、青春的形象，以及与
大自然的亲和关系，俨然就是大自然的女儿。她对西湖附近的一鸟一
虫、一草一树都了解得非常透彻，向"我"生动地讲述自然知识。翁
莲与自然为善的和谐图景迥异于都市里那些庸脂俗粉，让来自大城市
的"我"耳目一新，不由自主地被她所"迷倒"。

三

生态主义者认为，生态是一个系统，"在我们共同生存的这个地
球生态系统中，在岩石圈、水圈、大气圈、土壤圈、技术圈、智能圈
之外或之上，还存在一个由人类的操守、信仰、冥思、想象构成的
'圈'，一个'精神圈'"。② 自然生态系统和谐的根本，就在于人的精
神生态的和谐。

郁达夫在《沉沦》《银灰色的死》《南迁》《胃病》《茫茫夜》

① 郁达夫：《迟桂花》，《迷羊》，湖南文艺出版社1996年版，第284页。
② 鲁枢元：《生态文艺学》，陕西人民教育出版社2000年版，第43页。

《怀乡病者》《微雪的早晨》等小说中刻画了一批"零余者"，他们在性的苦闷、社会的苦闷、生的苦闷中产生了病态心理、变态行为，他们孤独、脆弱、敏感、焦虑、愤世嫉俗又自叹自怜，他们都不配有更好的命运，如《沉沦》中走投无路、蹈海自绝的"他"，《银灰色的死》中患脑溢血身亡的主人公，《茫茫夜》中流离失所的质夫，《微雪的早晨》中精神错乱致死的朱雅儒等。《迟桂花》中的翁莲却迥异于这些精神生态紊乱的人物，而是一个无论是外表还是内心都非常健康的人。其实翁莲的生活也不乏屈辱和磨难：丈夫放荡凶暴，染急病死了，婆家却把"克夫"的罪名安在她头上；年轻守寡待在婆家，却被婆婆无端指责与公公有染，不得不回到娘家。曾经少不更事的她结婚后遭遇这命运的不公与无情，却从来不怨天尤人，颓唐丧气，仍然保持着"高山深雪"般的心灵与和谐的精神生态。小说在"我"与翁莲游五云山的路上，有这么一段描写：

> 我沉默着痴想了好久，她（翁莲）却从我背后用了她那只肥软的右手很自然地搭上了我的肩膀。
>
> "你一声也不响的在那里想什么？"
>
> 我就伸上手去把她的那只肥手捏住了，一边就扭转了头微笑着看入了她的那双大眼，因为她是坐在我的背后的。我捏住了她的手又默默对她注视了一分钟，但她的眼里脸上却丝毫也没有羞惧兴奋的痕迹出现，她的微笑，还依旧同平时一点儿也没有什么的笑容一样。看了我这一种奇怪的形状，她过了一歇，反又很自然的问我说：
>
> "你究竟在那里想什么？"
>
> 倒是我被她问得难为情起来了，立时觉得两颊就潮热了起来。先放开了那只被我捏住在那儿的她的手，然后干咳了两声，

最后我就鼓动了勇气，发了一声同被绞出来似的答语：

"我……我在这儿想你！"

"是在想我的将来如何的和他们同住么？"

她的这句反问，又是非常的率真而自然，满以为我是在为她设想的样子。我只好沉默着把头点了几点，而眼睛里却酸溜溜的觉得有点热起来了。

"啊，我自己倒并没有想得什么伤心，为什么，你，你却反而为我流起眼泪来了呢？"

她像吃了一惊似的立了起来问我，同时我也立起来了，且在将身体起立的行动当中，乘机拭去了我的眼泪。我的心地开朗了，欲情也净化了……①

这段描写是小说中人物心理意识交锋的高潮：一个心生邪念、图谋不轨，一个襟怀坦荡、天真无邪，似乎就要陷入才子佳人相遇钟情，佳人禁不住才子的诱惑、违了礼义之大防的俗套。郁达夫的行文却出人意料，他让翁莲的纯洁无瑕打消了"我"的邪念，使"我"心地开朗，欲情净化。接下来，"我"与翁莲兄妹相称，在与自然的相处中实现了精神生态的和谐。值得一提的是，中国五四新文化运动，是以文学革命形式带动的思想启蒙运动，因此，新文学一出现就带有启蒙意向和启蒙精神。在中国现当代小说中，女性通常被看成客体性、他者性的象征，被认为是愚昧、落后、有待启蒙的对象，形成了男性知识分子以启蒙者姿态启蒙愚昧单纯、质朴未琢的女性的现代性叙事模式，如鲁迅的《伤逝》中涓生对子君的启蒙、古华的《爬满青藤的木屋》中李幸福对盘青青的启蒙、路遥的《人生》中高加林对刘巧珍的启蒙等。《迟桂花》

---

① 郁达夫：《迟桂花》，《迷羊》，湖南文艺出版社1996年版，第286页。

却颠倒了这个男性启蒙女性的叙事模式，翁莲不是作为被启蒙者出现，而是作为没有受到现代文明污染的、表现出自然生命状态的"自然人"存在；作为知识分子的翁则生和"我"却不再充当思想启蒙者，向"自然人"灌输知识和文明，而是以被救赎者的形象出现。翁莲不仅以她充满爱心的照顾使哥哥翁则生的身体康复，而且以她的健康、纯朴、善良、乐观为"我"提供了精神上的慰藉，使"我"被燃起的欲望得到净化，从而实现了"自然人"对文明人的拯救。

综上所述，可以看到，《迟桂花》表面上是一篇写景记人的抒情小说，而在性质上，它毋宁说是一篇述志之作，小说呈现了人与自然融为一体的诗意图景，传达出人与自然和谐共存、人性返归自然的生态意识。在郁达夫看来，唯有精神生态和谐的人，才能在自然中诗意地栖居，并实现对文明人的拯救。郁达夫前瞻性的生态意识对解决当今的生态危机和社会问题仍然不乏启示意义。

第七节　从马克思主义女性主义视角
看《月牙儿》《伤逝》

马克思、恩格斯、倍倍尔（August Bebel）等马克思主义者对妇女问题曾给予极大的关注，在《家庭、私有制和国家的起源》《德意志意识形态》《神圣家族》《妇女与社会主义》等著作中对妇女受压迫的根源、妇女生产、妇女的解放道路进行了深入的探讨。他们的有关理论成为女性主义重要的思想源泉。20 世纪六七十年代，妇女运动第二次浪潮中出现了女性主义与马克思主义的融合，试图将女性主义与马克思主义结合起来，形成了马克思主义女性主义思潮。马克思主义女性主义文学批评则"立足于女性主义的思维视野、文化原则、批评精神，借鉴经典马克思主义妇女理论的若干观点，综合、辩证、具体地考察文学领域中妇女所受压迫的根源、妇女自身生产与社会生产的复杂关系、妇女解放条件与途径等诸多前瞻性、现实性、具象性课题"①。马克思主义女性主义者继承了马克思、恩格斯到倍倍尔的妇女解放理论，强调妇女受压迫的经济性根源，认为"妇女受压迫并不是个人蓄意行动的结果，而是个人生活于其中的政治、社会和经济制度的产物"②。关注女性经济独立、摆脱对男性经济和精神依附是马克思主义女性主义者共同关注的话题，其基本论点是经济制度决定上层建筑，物质生活塑造人的意识，经济上的自由和阶级解放是妇女解放的根本出路。

下面笔者以马克思主义女性主义理论为基础，对老舍的小说《月牙儿》、鲁迅的小说《伤逝》进行文本解读。

一

老舍的小说《月牙儿》创作于20世纪30年代，采用第一人称视角叙述了关于母女两代人命运重复的故事：主人公"我"从小失去父亲，与母亲相依为命，开始靠当卖家什、母亲给人洗涤衣裤勉强维持生计。后来母亲再度嫁人，不久，继父抛弃母女俩离家出走了。迫于生存的压力，母亲做了暗娼。"我"为母亲感到羞耻，看不起自己的母亲。母亲年老色衰，不得已嫁给了一位卖馒头的男人，让"我"独

① 罗婷：《女性主义文学批评在西方与中国》，中国社会科学出版社2004年版，第98页。

② ［美］罗斯玛丽·帕特南·童：《女性主义思潮导论》，艾晓明译，华中师范大学出版社2002年版，第141页。

自谋生。"我"帮书记员抄写东西，给学生打手套、袜子，到小饭馆做女招待，试图自食其力，却到处碰壁，先是被人诱奸、包养，后来走投无路，只得重复母亲的命运，也做了暗娼。"我"得了性病，被抓进感化院，却拒绝被感化，又被送进监狱。"我"认为监狱是个"好地方"，再也不想出去。

在小说中，老舍通过主人公"我"的眼光聚焦于自然界的"月牙儿"，诗意地描摹它的外在形态，并将其与主人公的内心情态融为一体，使"月牙儿"成为统摄全文的中心意象。

"月牙儿"第一次出现在"我"的记忆里，是父亲重病去世的时候：

> 那第一次，带着寒气的月牙儿确是带着寒气。它第一次在我的云中是酸苦，它那一点点微弱的浅金光儿照着我的泪。那时候我也不过是七岁吧，一个穿着短红棉袄的小姑娘。戴着妈妈给我缝的一顶小帽儿，蓝布的，上面印着小小的花，我记得。我倚着那间小屋的门垛，看着月牙儿。屋里是药味，烟味，妈妈的眼泪，爸爸的病；我独自在台阶上看着月牙，没人招呼我，没人顾得给我做晚饭。我晓得屋里的惨凄，因为大家说爸爸的病……可是我更感觉自己的悲惨，我冷，饿，没人理我。一直的我立到月牙儿落下去。什么也没有了，我不能不哭。可是我的哭声被妈妈的压下去；爸，不出声了，面上蒙了块白布。①

在"我"和母亲为父亲上坟的时候，"我"又看见了"月牙儿"：

---

① 老舍：《中国现代文学百家老舍·月牙儿》，舒乙编选，华夏出版社 1997 年版，第211—212 页。

我们紧走慢走，还没有走到城门，我看见了月牙儿。四外漆黑，没有声音，只有月牙儿放出一道儿冷光。我乏了，妈妈抱起我来。怎样进的城，我就不知道了，只记得迷迷糊糊的天上有个月牙儿。①

当母亲把家里最后一件值钱的东西——她头上的银簪交给"我"去当铺换钱，"月牙儿"再次出现在"我"的视线里：

我尽了我的力量赶回当铺，那可怕的大门已经严严的关好了。我坐在那门礅上，握着那根银簪。不敢高声的哭，我看着天，啊，又是月牙儿照着我的眼泪！②

当母亲为了挣口饭吃，洗衣裳、臭袜子的时候，"我"经常能看见"月牙儿"：

有时月牙儿已经上来，她还哼哧哼哧的洗。那些臭袜子，硬牛皮似的，都是买卖地的伙计们送来的。妈妈洗完这些牛皮就吃不下饭去。我坐在她旁边，看着月牙，蝙蝠专会在那条光儿底下穿过来穿过去，像银线上穿着个大菱角，极快的又掉到暗处去。我越可怜妈妈，便越爱这个月牙，因为看着它，使我心中痛快一点。它在夏天更可爱，它老有那么点凉气，像一条冰似的。③

当母亲迫于生计另给"我"找了一个爸，母亲离开熟悉的小屋，坐了一乘红轿，"我"看到："那可怕的月牙放着一点光，仿佛在凉风

---

① 老舍：《中国现代文学百家老舍·月牙儿》，舒乙编选，华夏出版社1997年版，第213页。
② 同上书，第214页。
③ 同上。

里颤动。"过了三四年，新爸抛弃母亲走了，母亲沦为了暗娼，"我"唯一的安慰就是望一望天上，寻找"月牙儿"：

> 我心中的苦处假若可以用个形状比喻起来，必是个月牙儿形的。它无倚无靠的在灰蓝的天上挂着，光儿微弱，不大会儿便被黑暗包住。①

当"我"被少年男子诱奸，我幻觉到了"月牙儿"：

> 他的笑唇在我的脸上，从他的头发上我看着那也在微笑的月牙。春风像醉了，吹破了春云，露出月牙与一两对儿春星。……我没了自己，像化在了那点春风与月的微光中。月儿忽然被云掩住，我想起来自己，我觉得他的热力压迫我。我失去那个月牙儿，也失去了自己，我和妈妈一样了！……我早知道，我没希望；一点云便能把月牙遮住，我的将来是黑暗。②

小说的结尾，"我"被关进监狱，隔着铁窗，看着"月牙儿"，心里想的是"狱里是个好地方……自从我一进来，我就不再想出去，在我的经验中，世界比这儿并强不了许多"。老舍一而再再而三地描绘"月牙儿"，难道仅仅是为了渲染这一自然景观吗？根据希利斯·米勒的观点："文学作品的丰富意义，恰恰来自诸种重复现象的结合"③，"月牙儿"贯穿"我"的一生，反复出现，与主人公"我"的命运相互照应，成为"我"的精神寄托和渺茫希望的象征。作家通

---

① 老舍：《中国现代文学百家老舍·月牙儿》，舒乙编选，华夏出版社1997年版，第217—218页。
② 同上书，第224页。
③ ［美］Ｊ．希利斯·米勒：《小说与重复》，郭英剑译，天津人民出版社2008年版，第7页。

过抒情地描绘饱含着人生苦楚、辛酸与无奈的"月牙儿"，揭示了在现实生活的重压下，女性的自我拯救道路的艰难——"我"几经挣扎，努力想使自己不走母亲的老路，但社会却逼良为娼，让经济窘迫的"我"没有别的选择，如"月牙儿"一般的精神寄托最终被社会的黑暗所吞噬。

小说在叙述上最鲜明的特色是内在构思的"重复"。不仅小说中的"月牙儿"意象反复出现，母女两代人被迫沦为暗娼的命运也在大同小异中重复。更发人深省的是，小说中除了这母女俩不得不走卖色为生的道路，还有饭馆里的女招待、瓷人似的小媳妇，以及"我"的那些只有高小学历的女同学，她们都逃脱不了依靠男人、出卖色相或肉体的命运。马克思主义女性主义者认为："当贫穷、没文化、没有技术的女人选择出卖她的性服务或生育服务时，极有可能的是，她的选择更多出于迫不得已，而不是自由选择。毕竟，如果一个人除了自己的身体别无值钱的东西可卖，那么她在市场上的竞争力当然是非常有限的。"① 在《月牙儿》中，母女两代人沦为暗娼的遭遇的重复，特别是倔强自尊的女儿在成长过程中不敢有爱情的奢望，几经挣扎，最终还是屈服于命运，深刻地表现了女性出卖身体本钱的悲剧的普遍性，"妇女挣钱怎这么不容易呢！妈妈是对的，妇人只有一条路走，就是妈妈所走的路"。"她找到了女儿，女儿已是个暗娼！她养着我的时候，她得那样；现在轮到我养她了，我得那样！女儿的职业是世袭的，是专门的！"主人公沦为暗娼并非偶然的个人选择，而是当时社会的政治、经济与意识形态合作的必然结果。作家通过小说内在结构的重复控诉了在那个弱肉强食的男权社会，金钱、权势主宰一切，生

① ［美］罗斯玛丽·帕特南·童：《女性主义思潮导论》，艾晓明译，华中师范大学出版社 2002 年版，第 144 页。

活在社会底层的女性因为受不到良好的教育，没有一技之长，为了生存，就只能被迫沦为男性蹂躏的工具。

整篇小说在"月牙儿"意象的笼罩下，弥漫着悲凉、感伤、无奈的情绪。老舍的叙述温婉中有愤慨、舒缓中有嘲谑、平淡中有激越，字里行间流淌着中国古典诗文的韵致，既抒发了对弱势群体的人文关怀，又道尽了社会底层女性命运的沧桑和世态炎凉，让读者在不疾不徐的叙述节奏中感受到男权社会的意识形态对下层女性精神和肉体的双重吞噬。

二

同老舍的《月牙儿》一样，鲁迅的小说《伤逝》也采用第一人称"我"的内心独白的方式叙述了一个根源于经济窘迫而酿成的悲剧。不同的是，《月牙儿》是以女性的口吻倾诉主人公"我"的内心情态，《伤逝》则是通过"涓生的手记"的形式展开情节，以男性的语调剖析涓生的内心世界和心理变化。男主人公涓生是唯一的叙述者，作为女主人公的子君则始终沉默，她的思想情感则通过涓生的视角间接地表现出来。

鲁迅把小说的题目定为"伤逝"，"伤逝"一词的本意是哀悼死者，作品中的死者是子君，但作品要哀悼的又不仅仅是子君，还有随着子君一同逝去的"希望，欢欣，爱，生活的"一切。小说中涓生与子君的爱情悲剧是耐人寻味的：在"五四"个性解放思潮和启蒙主义思潮的裹挟下，涓生与子君倾心相爱了，子君怀着娜拉走出家庭的果决发出了自己的呐喊："我是我自己的，他们谁也没有干涉我的权利！"冲破封建礼教的重重阻力，他们满怀希望地建立起一个两人世界的小家庭。后来，涓生失业，爱情在温饱难以维持的经济困境中消失了，涓生为了"求生"抛弃了子君，子君回到娘家后不久便郁郁而终，涓生面对子君之死发出了沉痛的忏悔。

电影《伤逝》中的子君（林盈饰）

　　小说发人深省的是，子君在反抗封建礼教方面曾经表现得勇毅坚决，为什么与涓生结合后就沉湎于家庭琐事而无所作为呢？究其根源，这与妇女所受的传统教育有很大关系。绵延千年的中国封建社会传承下来的"男主外，女主内"的思想，子君身上肩负着这种传统思想"因袭的重担"，"倾注全力"操持家务，并将与涓生的爱情、新建立的家庭当作新生活的全部内容，除了爱情，就再也没有更崇高的生活目标。她早已什么书都不看，她的"功业，仿佛就完全建立在这吃饭中"，还常常为了鸡狗问题与房东太太闹纠纷。涓生失业后，两人的同居生活失去了经济保障，子君饲养的油鸡们都成了盘中餐，小狗阿随也不得不被遗弃，子君变得很怯弱、颓唐，先前那位大无畏的、不屑来自世俗的"探索，讥笑，猥亵和轻蔑的眼光"的子君终于被"只知道捶着一个人的衣角"的传统式的家庭妇女所代替了。

《伤逝》写于 1925 年 10 月，当时的中国正处于大变革时期，倡导"民主""科学"的五四运动唤醒了广大知识青年，反抗封建礼教的束缚，形成了追求个性解放、追求恋爱婚姻自主的浪潮。易卜生的戏剧《娜拉》（也译作《玩偶之家》）一传到中国，便深受广大青年，特别是知识女性的热烈欢迎，不少女性身体力行地走娜拉式的道路，激烈地反抗封建家庭和宗法制度的迫害，追求"男女平等""婚姻自主"和"妇女解放"。在胡适的《终身大事》、郭沫若的《卓文君》、白薇的《打出幽灵塔》、庐隐的《海滨故人》、冯沅君的《隔绝》等作品中都出现了毅然走出傀儡家庭的中国式"娜拉"。在中国的接受语境中，"娜拉"负载了个性解放与女性解放的双重诉求，同时与反抗礼教、重估传统、伦理重建、自由恋爱、现代生活等有效地关联起来，从一个角度浓缩了"五四"启蒙的人文景观。

尽管争取个性解放和婚姻自主有着积极的时代意义，但如果仅以此为奋斗目标，便难免在现实生活中遭遇碰壁。如娜拉这样的女人走出父权制的封建家庭，便走进了一个更为广阔的现代社会空间，但这些女子并没有获得真正应对现代生活的技能和经验，因此现代社会并没有为这些女子备好生存的空间。鲁迅敏锐地发现了个性主义思潮中所潜藏的危机，1923 年 12 月 26 日在北京女子高等师范学校文艺会讲上发表了著名的演讲《娜拉走后怎样》。鲁迅在演讲中谈道："但从事理上推想起来，娜拉或者也实在只有两条路：不是堕落，就是回来。因为如果是一匹小鸟，则笼子里固然不自由，而一出笼门，外面便又有鹰，有猫，以及别的什么东西之类；倘使已经麻痹了翅子，忘却了飞翔，也诚然是无路可以走。还有一条，就是饿死了，但饿死已经离开了生活，更无所谓问题，所以也不是什么路。"① 他认为"所以为娜拉计，钱，——高雅地说罢，就是经济，是最要紧的了。自由固不是钱所能买到的，但能够为钱而卖掉"②。鲁迅通过犀利的分析戳破了女性解放的幻象——摆脱家庭束缚的妇女不过是由封建家庭的"傀儡"，变成了资本逻辑的"傀儡"，由此强调了经济问题对于妇女独立的重要意义。

时隔两年，鲁迅在小说《伤逝》中，通过讲述涓生和子君的爱情悲剧，深刻回答了"娜拉走后怎样"这个现实问题：子君走出了封建家庭而获得恋爱婚姻自由，却缺乏物质生活的保障，在这个社会找不到安身立命之所，终被涓生所抛弃。在《娜拉走后怎样》和《伤逝》中，鲁迅提出了"一要生存，二要温饱，三要发展"的进化论观点，但他又是从经济根源上看生存、温饱和发展的，因此这种进化论观点就被注入了唯物主义因素，其实已涉及妇女经济权的问题。鲁迅强调妇女经济权的问题同恩格斯在《家庭、私有制和国家的起源》中指出"妇女解放的第一个先决条件就是一切妇女重新回到公共的劳动中去"③，这样才能在经济上独立于男人，妇女解放才可能真正实现不谋而合。不过，恩格斯是从阶级观点看妇女解放的根源，认为妇女解放的标准途径是消灭阶级压迫、阶级剥削的社会制度。鲁迅虽然洞察到个性解放不能够脱离社会解放而单独实现的社会病症，但还没有从阶级的观点确切地说出妇女解放问题的病源。

在《伤逝》中，涓生由于反叛封建礼教而被解雇，陷入了经济困境，因此痛彻地感悟到："人必生活着，爱才有所附丽""生活的第一

---

① 鲁迅：《娜拉走后怎样》，《鲁迅全集》（第 1 卷），人民文学出版社 2005 年版，第166 页。
② 同上书，第 168 页。
③ 恩格斯：《家庭、私有制和国家的起源》，《马克思恩格斯全集》第 21 卷，人民出版社 1965 年版，第 87 页。

着是求生"。涓生的醒悟表达了遵循快乐原则的"爱欲"应当一定限度地受现实原则的压抑，这种观点恰好与西方马克思主义学者马尔库塞的哲学观基本一致，马尔库塞在《爱欲与文明》中表达了这样的思想："由于经济上的贫困和克服这种贫困所需的劳动，要造就文化就必须对爱欲作一定限度的限制、克制或延迟。这是一种基本的压抑。它是不可避免的，因而在一定意义上是合理的。"[①] 在现实原则下，文明社会压抑了爱欲，压抑了本能，从而使人陷入无限的痛苦之中。马尔库塞提出了解决文明困境的办法，就是解放爱欲，即使爱欲进入劳动领域，使人摆脱异化劳动的痛苦，在劳动中获得快乐。同时也要"对爱欲作一定限度的限制、克制或延迟"，这种基本的压抑是必需的，因为只有如此才能使文明与爱欲不相冲突，和谐共存。

值得一提的是，鲁迅创作《伤逝》时，他正与许广平相恋。正是这个时期，军阀统治下的教育部欠薪严重，鲁迅经常领不到钱，深感经济困顿。同时，鲁迅还受着由母亲包办的旧式婚姻的桎梏，虽然他与原配夫人朱安琴瑟异趣，漠不相关，还是不忍心离弃这位本身没有过错，不过做了旧礼教牺牲品的妻子。况且，当时旧风俗、旧道德的势力还十分强大，鲁迅清醒地意识到他与许广平要走到一起共同生活还要面对重重矛盾和障碍，特别是还应该有足够的经济力量做后盾。1926 年 8 月 26 日鲁迅离开北京，与许广平同车南下，在上海小住数日，到 9 月初，各自乘船分赴厦门、广州，两人相约"分头苦干两年，挣得足可以维持半年生活费的积累，以便不至于社会压迫来了，饿着肚子战斗，减了锐气"。鲁迅明白物质基础对于现实生活的重要

---

① ［美］赫伯特·马尔库塞：《爱欲与文明》，黄勇、薛民译，上海译文出版社 1987年版，第 7 页。

性，因为"梦是好的；否则，钱是要紧的"①。他创作《伤逝》，其中的主要动机便是要通过主人公的爱情悲剧给反抗封建传统婚姻方式的青年提出物质准备的现实忠告。涓生和子君被爱情冲昏了头脑，丝毫没有考虑经济基础，因此涓生一旦被解雇，就无力承受失业后的物质压力，将子君视为生活中的累赘，他们的爱情只能以悲剧告终。如茅盾所言：《伤逝》中的"主人公的幻想的终于破灭，幸运的恶化，主要原因都是经济压迫"②。子君的悲剧与她经济上不能独立有很大关系，鲁迅以形象化的叙述揭示了妇女要想从根本上改变自己的生存现状，首先必须获得经济地位。

一言以蔽之，虽然老舍和鲁迅并不是马克思主义者，但他们在其小说《月牙儿》《伤逝》中从被压迫阶级和弱势社会群体的角度看女性的生存状态，以生动的艺术形象演绎了马克思主义女性主义者所揭示的真理，即经济因素是妇女遭受压迫的主要根源，在私有制和男性统治的父权制社会，唯有通过政治经济体系的根本性变革，让妇女自强自立，掌握经济权，妇女才能逃脱悲剧命运，获得真正的自由和解放。

第八节　从日常生活形象看《死水微澜》的女性空间建构

李劼人的长篇小说《死水微澜》以甲午战争（1894 年）到辛丑条约签订（1901 年）这一段历史为背景，以四川成都北郊的天回镇

---

① 鲁迅：《娜拉走后怎样》，《鲁迅全集》（第 1 卷），人民文学出版社 2005 年版，第 167 页。

② 林志浩：《鲁迅传》，北京十月文艺出版社 1991 年版，第 212 页。

为故事环境，以女主人公由邓幺姑到蔡大嫂到罗歪嘴的情人最后到顾三奶奶的身份转变为情节中心，描绘出安定得如死水般的古城在时代风潮下所激起的历史微澜，被誉为"川西平原的风情画，黑暗岁月的写意图"。

在小说中，清政府和帝国主义势力若隐若现地制约着袍哥与教民双方斗争力量的此消彼长，也因此影响着罗歪嘴和顾天成的命运变化，它们构成了男权社会的罗网主宰了女主人公蔡大嫂的命运。从性别视角观照小说，蔡大嫂无疑是叙述的焦点，历史风云和社会变迁不过是她的生存背景，蔡大嫂活动的审美空间则由衣食住行等日常生活形象堆砌起来。可以说，日常生活形象的多方位呈现构成了小说中女性空间的基础，同时也暗示了女性空间的精神潜质和价值取向，从日常生活形象的角度切入和把握李劼人的《死水微澜》，是学界长期忽视而又极其必要的方式之一。

那么，小说是如何通过日常生活形象来建构一个独特的女性审美空间的呢？下面尝试从三个方面进行考察。

一　显性的欲望符号——服饰妆扮

《死水微澜》中女主人公的最初身份是务农人家的女儿，名唤邓幺姑，长得俊俏，聪明伶俐，虽然生活在乡坝里，却受韩二奶奶的影响，从小就对大都市生活充满了向往。韩二奶奶原是省城成都一个大户人家的女儿，下嫁到乡坝后，一直过不惯乡下生活，因为想念家乡的缘故，将省城里大户人家的生活描绘得天花乱坠，在邓幺姑心田里勾起了嫁到省城的欲望。在父母的一手操办下，邓幺姑嫁给了天回镇兴顺号杂货铺的掌柜蔡兴顺。蔡兴顺，一个壮小伙子，从祖上继承的杂货铺有好几百两银子的本钱，邓幺姑嫁给他，便成了兴顺号的掌柜娘蔡大嫂。但是，蔡大嫂不满意这桩婚姻，因为蔡兴顺有智障，不知情趣，"除了算盘账簿外，只晓得吃饭睡觉"。在这样的丈夫面前，蔡大嫂的"精灵"没地方使，只得在服饰妆扮上下功夫：

> 梳一个扎红绿腰线的牡丹头，精精致致缠一条窄窄的漂白洋布的包头巾，头上的白银簪子，手腕上的白银手钏。玉色竹布衫上，套一件掏翠色牙子的青洋缎背心。①

蔡大嫂对自己的穿着打扮很费心思，不仅色彩搭配得非常协调，而且艳而不俗，媚而不妖，她成了兴顺号的活招牌，招来全镇女人的谈驳议论。蔡大嫂不畏人言，她的服饰就宛如风情万种的旗帜，吸引着男人们垂涎的目光，由此填补她在婚姻生活中的精神饥荒。特别是在袍哥罗歪嘴面前，她的穿着举止更成了一道诱惑的风景：

> 罗歪嘴无意之间，一眼落在她解开外衣襟而露出的汗衣上，粉红布的，虽是已洗褪了一些色，但仍娇艳的衬着那一只浑圆饱满的奶子，和半边雪白粉细的胸脯。他忙将眼光移到几根生意葱茏，正在牵蔓的豆角藤上去。……罗歪嘴不由回过头来看了她一眼。微微的太阳影子，正射在她的脸上。今天是赶场日子，所以她搽了水粉，涂了胭脂，虽把本来的颜色掩住了，却也烘出一种人工的艳彩来。这些都还寻常，只要是少妇，只要不是在太阳地里做事的少妇，略加打扮，都有这种艳彩的，他很懂得。而最令他诧异的，只有那一对平日就觉不同的眼睛，白处极白，黑处极黑，活泼玲珑，简直有一种说不出的神气。此刻正光芒乍乍的把

---

① 李劼人：《李劼人精选集·死水微澜》，北京燕山出版社 2009 年版，第 203 页。

自己盯着，好像要把自己的甚么都打算射穿似的。①

蔡大嫂的穿着和神态激发了罗歪嘴无穷的欲望和想象，蔡大嫂也借"娇艳的"粉红布汗衣将内心的欲望呈现在罗歪嘴面前。罗歪嘴是码头舵把子朱大爷的大管事，袍哥头目，也是个风流成性、吃喝嫖赌全都来的"通货"。几十年来玩过无计其数的女人，以不着女人迷为骄傲的资本，在他看来女人天然是男人的玩物，"玩了便丢开"，但在蔡大嫂这里硬是"阴沟里翻了船"。在上述描写中，罗歪嘴对蔡大嫂的窥淫还带有受社会伦理禁忌约束的性质，毕竟蔡大嫂是他的血亲老表的女人。蔡大嫂对罗歪嘴的欲望单纯而又彻底，在妓女刘三金的撮合下，罗歪嘴终于无法遏制对蔡大嫂的情欲，就在蔡兴顺的眼皮底下与蔡大嫂"酽"在了一起。为笼络蔡大嫂的心，罗歪嘴投其所好，让蔡大嫂享受着城里太太小姐们的物质生活：

> 蔡大嫂自懂事以来，凡所欣羡的，在半年之中，可以说差不多都尝味了一些。比如说，她在赶青羊官时，闻见郝大小姐身上的香气，实在好闻，后来问人，说是西洋国的花露水。她只向罗歪嘴说了一句："花露水的香，真比麝香还好！"不到三天，罗歪嘴就从省里给她买了一瓶来，还格外带了一只怀表回来送她。其余如穿的、戴的、用的，只要她看见了，觉得好，不管再贵，总在不多几天，就如愿以偿了。②

西洋花露水、怀表，还有那些穿的、戴的、用的等物质品都成为欲望媒介，罗歪嘴通过它们表达对蔡大嫂的爱慕和欲望，蔡大嫂则通

---

① 李劼人：《李劼人精选集·死水微澜》，北京燕山出版社2009年版，第194—195页。
② 同上书，第287页。

过它们从男性的被恋之物转变为恋物的主体。蔡大嫂的欲望在罗歪嘴这里得到了全方位满足，她也就"拿出一派从未孳生过的又温婉，又热烈，又真挚，又猛勇的情来报答他，烘炙他"。罗歪嘴和蔡大嫂在彼此的眼里都完全美化了，两人不顾众人的非议，几乎行坐不离，"他们如此的酽！酽到彼此都发了狂！本不是甚么正经夫妇，而竟能毫无顾忌的在人跟前亲热。有时高兴起来，公然不管蔡兴顺是否在房间里，也不管他看见了作何寻思，难不难过，而相搂到没一点缝隙；还要疯魔了，好像洪醉以后，全然没有理知的相扑，相打，狂咬，狂笑，狂喊！有时还把傻子占拉去做配角，把傻子也教坏了，竟自自动无耻的要求加入"①。泛滥的激情缺乏深层次的思想情感交流，注定了无法承受真正的考验。果然，当巡防兵来捉拿犯了事的罗歪嘴，他为了逃命就要丢下蔡大嫂，蔡大嫂紧拽他不放，罗歪嘴却叫她"放手！你是有儿子的！……"罗歪嘴一走了之，却殃及了蔡兴顺一家，他们被当成窝藏要犯的"窝户"，蔡大嫂被官兵打得半死，蔡兴顺被捉去受官刑，杂货铺也被洗劫一空。蔡大嫂康复后，为了生存，索性嫁给了奉了洋教的罗歪嘴的仇人顾天成。

二 日常生活的审美化——饮食起居

"日常生活审美化"的命题是英国学者迈克·费瑟斯通最早提出来的。他于 1988 年 4 月在新奥尔良"大众文化协会大会"上作了题为"日常生活审美化"（The Aestheticization of Everyday Life）的演讲，认为日常生活审美化正在消弭艺术和生活之间的距离，在把"生活转换成艺术"的同时也把"艺术转换成生活"。费瑟斯通认为"日常生

---

① 李劼人：《李劼人精选集·死水微澜》，北京燕山出版社 2009 年版，第 288—289 页。

活的审美总体必然推翻艺术、审美感觉与日常生活之间的藩篱，从而使审美技巧成为唯一可接受的实在"①。"日常生活审美化"应包括两个层面：一是艺术和审美正以更丰富、朴实的方式融入公众日常物质生活中衣食住行的各个方面，被日常生活化。二是日常生活领域中渗入了越来越多的精神性享受和审美因素。费瑟斯通提到的"日常生活审美化"第二个层面其实就是追求一种包含精神性享受的日常生活的审美呈现方式，这在李劼人笔下的《死水微澜》中有着形象化演绎。

　　小说对日常生活的描述达到了一种审美境界。除了服饰装扮，蔡大嫂的饮食起居也充满了审美情调和生活情趣，她用她的玲珑心智装点生活环境，在世俗生活中诗意地栖居：

　　　　空坝之左，挨着内货间，是灶房，灶房横头，本有一个猪圈的，因为蔡大嫂嫌猪臭，自她到来，便已改来堆柴草。而原来堆柴草之处，便种了些草花，和一个豆角金瓜架子。日长无事，在太阳晒不着时，她顶喜欢端把矮竹椅坐在这里做活路②。

此外，围绕蔡大嫂的柴米油盐的生存景观也被描绘得充满浓郁的生活气息和独特的女性韵味：

　　　　蔡大嫂正高高挽着衣袖，系着围裙，站在灶前，一手提着锅铲，一手拿着一只小筲箕盛的白菜；锅里的菜油已煎得热气腾腾，看样子是熟透了。

　　　　"哗喇！"菜下了锅，菜上的水点，着滚油煎得满锅呐喊。蔡大嫂的锅铲，很玲珑的将菜翻炒着，一面洒盐，一面笑嘻嘻的掉

---

　　① ［英］迈克·费瑟斯通：《消费文化与后现代主义》，刘精明译，译林出版社 2000 年版，第 103 页。

　　② 李劼人：《李劼人精选集·死水微澜》，北京燕山出版社 2009 年版，第 190 页。

过头来向罗歪嘴说话，语音却被菜的呐喊掩住了。①

蔡大嫂不仅烧得一手好菜，还有不同凡响的见识。当听到罗歪嘴等人议论袍哥和官府都害怕洋人和奉了洋教的教民的时候，蔡大嫂就站了起来，高声发表自己的想法：

> "那你们就太不行了！你们常常夸口：全省码头有好多好多，你们哥弟伙有好多好多。天不怕，地不怕！为啥子连十来个洋人就无计奈何！就说他们炮火凶，到底才十来个人，我们就拼一百人，也可以杀尽他呀！"
>
> 罗歪嘴看她说得脸都红了，一双大眼，光闪闪的，简直像著名的小旦安安唱劫营时的样子。心中不觉很为诧异："这女人倒看不出来，还有这样的气概！并且这样爱问，真不像乡坝里的婆娘们！"②

蔡大嫂的慷慨陈词就像戏剧里的安安唱劫营，不仅具有不同寻常的美感，还透出一股勇毅果敢的女丈夫气概，让罗歪嘴对她刮目相看。阅读小说，不由感到像蔡大嫂这般生气勃勃、千伶百俐的"人尖儿"嫁给蔡兴顺那样的十拳打不出个响屁的傻子也实在是委屈，无怪乎蔡大嫂居然羡慕妓女刘三金："你们总走了些地方，见了些世面，虽说是人不合意，总算快活过来，总也得过别一些人的爱！……"女性生命的自然力与封建伦理道德的束缚力在蔡大嫂身上冲撞，让她将刘三金视为闺中知己。一方面，刘三金见多识广，蔡大嫂和她"很说得拢"；另一方面，她也暗暗想让刘三金替她和罗歪嘴牵线搭桥，后

---

① 李劼人：《李劼人精选集·死水微澜》，北京燕山出版社 2009 年版，第 230 页。
② 同上书，第 192 页。

来刘三金果然撺掇了她和罗歪嘴。

　　小说通过一系列的日常生活图景客观地呈现了蔡大嫂与蔡傻子极不相配的婚姻，蔡大嫂作为包办婚姻的牺牲品就有了值得同情的地方。不过，蔡大嫂与罗歪嘴的爱情发展到后来转换为无所顾忌的淫乱关系，日常生活的审美意义便消解了。

　　值得一提的是，川籍作家李劼人曾留学法国（1919 年 11 月到 1924 年 6 月），在介绍、研究法国文学的过程中，表现出对法国自然主义文学的偏爱。在其长篇论文《法兰西自然主义以后的小说及其作品中》，李劼人系统地总结、分析了法国自然主义写实派文学产生、发展及最后衰落的过程。他认为福楼拜是法国自然主义的鼻祖，福楼拜的《包法利夫人》（又译作《马丹波娃利》）则是自然主义的开山之作。他曾高度评价福楼拜的创作在文学史上的意义和价值："谨严沉重，内容外表，极其调匀，不第在法国文学史上，占一个重要地位，以成就与影响论，且过于巴尔扎克、乔治桑，即与同时并驾之左拉、龚古尔、都德诸氏，亦有不及之处。"[①] 李劼人笔下的蔡大嫂显然有福楼拜所刻画的包法利夫人的影子：两人都生活在离大都市不远的郊外小镇，都对大都市的浮华生活充满憧憬，都嫁了一个老实厚道但又平庸懦弱的丈夫，都不满于现存的婚姻，将追求幸福的幻想寄托在情人身上，且都失败了。不同的是，福楼拜让他笔下的包法利夫人不配有更好的命运——最后债台高筑，走投无路，吞砒霜自杀；李劼人却让蔡大嫂在心灵的创痛中渐渐平复下来，为了生存，又嫁给了顾天成。李劼人受自然主义的影响，"跳脱对于男女情爱的政治或道德评判，撇开关于性爱情欲的种种禁忌，自由自在地复活历史，逼近世俗

---

　　① 李劼人：《〈马丹波娃利〉校改后记》，《李劼人选集》第 5 卷，四川文艺出版社 1986 年版，第 582 页。

男女丰富的、原生态的生活和欲望"①。他所塑造的蔡大嫂"无视拘禁自然欲望的种种清规戒律,做自己所想,说自己所思,坦坦荡荡,我行我素,勃发出一种充满原始野性的生命的激情"②。可以认为,《死水微澜》中的蔡大嫂在主观上并没有反对封建伦理道德的自觉意识,她对罗歪嘴的情欲不过是一种充满原始野性的生命激情,与"五四"启蒙思想推动下人的觉醒、人对于个性和自由的追求有着根本区别;并且,蔡大嫂鼓动罗歪嘴这些袍哥去打洋人,也并非出自自觉的民族主义爱国精神,而是缘于生命中自发的一种血性。

三 日常生活形象的价值取向和精神潜质

作家以日常生活形象结构小说,描绘出五彩斑斓的富有诗意的人生图景,如兴顺号里酒客们高谈阔论的情形、小市摊上琳琅满目的放出种种光彩的商品、川西坝的带有胡桃仁滋味的白片肉、东大街的夜市、青羊宫的庙会等都显现出浓郁的人情、趣味和生气,同时也将女主人公的精神潜质和价值取向蕴含其中。

首先是现实性。现实性在此也可以诠释为实用主义的生存价值观。蔡大嫂最典型的特点就是以现实的功利心态来经营人生,选择生活的道路。当她还是乡坝里的邓幺姑的时候,就不屑于乡下姑娘所应该做的扒柴草、喂猪等粗活路,在做针线、烧饭菜等细活路上倒很在行。特别是在缠小脚这件事上,她表现出一个乡下小姑娘少有的坚决和毅力:

> 在十二岁上,她已缠了一双好小脚。她母亲常于她洗脚之

---

① 张冠华等:《西方自然主义与中国20世纪文学》,中央编译出版社2007年版,第104页。

② 同上书,第105页。

后，听见过她在半夜里痛得不能睡，抱着一双脚，咈咈的呻吟着哭，心里不忍得很，叫她把裹脚布松一松，"幺姑，我们乡下人的脚，又不必城里太太小姐们的，要缠那么小做啥子？"

她总是一个字的回答："不！"劝狠了，她便生气说："妈也是呀！你管得我的！为啥子乡下人的脚，就不该缠小？我偏要缠，偏要缠，偏要缠！痛死了是我嘛！"①

邓幺姑不安于乡下女子的生活方式，渴望嫁到城里去，过韩二奶奶所描述的城里人的生活。因为城里的太太小姐们都是小脚，邓幺姑坚持忍痛缠小脚就成了她通向梦之港湾的一个手段。可惜，韩二奶奶死得早，邓幺姑想依赖韩二奶奶做媒嫁到城里去的希望成了泡影，作为在她先前的日常生活中离不开的"裹脚布"便几乎成了无用之物：

自从韩二奶奶死后，她的确变成了一个样子。平常做惯的事，忽然不喜欢做了。半个月才洗一回脚，丈许长的裹脚布丢了一地，能够两三天的让她塞在那里，也不去洗，一件汗衣，有本事半个月不换。②

当邓幺姑心存梦想的时候，无论母亲怎样劝，她都珍爱那带给她无穷痛苦的裹脚布，并幻想以缠一双漂亮的小脚作为资本赢取她所向往的省城的物质生活。当韩二奶奶这个通往梦想的渠道被截断了的时候，裹脚布对她便失去了意义。"裹脚"的细节看似琐屑实则精心，强有力地凸显了蔡大嫂从小就不愿苟且命运，对未来的生活有着精明的谋划。

---

① 李劼人：《李劼人精选集·死水微澜》，北京燕山出版社 2009 年版，第 183 页。
② 同上书，第 186 页。

故事发展到后来，罗歪嘴犯了事一走了之，蔡大嫂便决定嫁给顾天成。她的父母顾忌旁人议论，一时还难以接受这样突兀的转变，蔡大嫂便从现实生存角度给他们分析：

> "你两位老人家真老糊涂了！难道你们愿意眼睁睁地看着蔡傻子着官刑拷打死吗？难道愿意你们的女儿受穷受困，拖衣落薄吗？难道愿意你们的外孙儿一辈子当放牛娃儿，当长年吗？放着一个大粮户，又是吃教的，有钱有势的人，为啥子不嫁？"①

这样一个曾经为爱情疯狂着魔的女人竟然选择嫁给自己最爱的男人的仇家（由于顾天成向洋人告密，罗歪嘴才被官府捉拿），这样的行为无疑是惊世骇俗的。但若设身处地地考虑她的生存处境，蔡大嫂也的确没有更好的选择。蔡大嫂答应顾天成的求婚其实是对现实的妥协，考虑的还是丈夫蔡傻子的性命、自己的着落以及儿子的前途，根本与爱情无关。同时这种选择也潜藏着父权制文化环境下女性的弱者意识——表面上泼辣、刚强、不肯服输的蔡大嫂内心深处其实一直渴望找到一位能够为她和她的家人提供安全感的男性。先前她不顾一切地爱着罗歪嘴，在很大程度上也是因为作为袍哥头目的罗歪嘴有势力，有胆气，能够保护她不受欺辱。她和罗歪嘴逛成都东大街，经历了一场耍刀，回来后就在蔡兴顺面前对罗歪嘴赞不绝口："你看，罗哥张哥这般人，真行！刀子杀过来，眉毛都不动。是你，怕不早骇得倒在地下了！女人家没有这般人一路，真要到处受欺了，还敢出去吗？你也不要怪我偏心喜欢他们些，说真话，他们本来行啊！"② 可大事来了，罗歪嘴跑了，蔡兴顺被捉进了官府，孤苦无依的蔡大嫂为了

---

① 李劼人：《李劼人精选集·死水微澜》，北京燕山出版社 2009 年版，第 303 页。
② 同上书，第 247 页。

生存，只能无奈地选择嫁给有资产、有洋人做靠山的顾天成，这其实也是一种悲剧。同时，尽管蔡大嫂决定嫁给顾天成，却还时时念及蔡傻子，这一细节又表现了她品性中怜惜弱者、有情有义的一面。

其次，在小说的日常生活形象中还蕴含着坚韧的生命力和随遇而安的生活态度。通过日常生活景观的呈现，蔡大嫂被塑造得充满生活气息，而且具有旺盛的生命活力和坚韧的性格。

《死水微澜》采用的是倒叙手法，首先在"序幕"里通过叙述者"我"的视角介绍已嫁给顾天成，回到娘家帮忙祭祖的邓幺姑。此时的邓幺姑虽然经历了生活的重大变故，却对一切安之若素，她依然打扮俏丽、笑口常开：

> 她不但脚好，头也好，漆黑的头发，又丰富，又是油光水滑的。梳了个分分头，脑后挽了个圆纂，不戴丝线网子，没一根乱发纷披；纂心扎的是粉红洋头绳，别了根白银簪子。别一些乡下女人都喜欢包一条白布头巾一则遮尘土，二则保护太阳筋，乡下女人顶害怕的是太阳筋痛；而她却只用一块印花布手巾顶在头上，一条带子从额际勒到纂后，再一根大银针将手巾后幅斜别在纂上，如此一来，既可以遮尘土，而又出众的俏丽。大姐问她，这样打扮是从那里学来的。她摇着头笑道："大小姐，告诉你，你要笑的……是去年冬月，同金娃子的这个爹爹，到教堂里做外国冬至节时，看见一个洋婆子是这样打扮的……你说还好看吗？"
>
> 她的衣裳，也有风致，藕褐色的大脚裤子，滚了一道青洋缎宽边，又镶了道淡青博古辫子。夹袄是甚么料子，什么颜色，不知道，因为上面罩了件干净的葱白洋布衫，袖口驼肩都是青色宽边，又系了一条宝蓝布围裙。里外衣裳的领口上，都时兴的有道浅领，露出长长的一段项脖，虽然不很白，看起来却是很柔滑的。

她似乎很喜欢笑，从头一面和妈妈说话时，她是那么的笑，一直到最后，没有看见她不是开口便笑的。①

邓幺姑的时尚精致的服饰，随时随地的笑容照亮了庸常粗鄙的生活角落，同时也宣告了她并没有被变故和不幸压倒。并且，从她的穿着打扮和神态上，可以发现女性自我塑造力量的强大。自我塑造包含两个层次，首先是自我体认。体现在邓幺姑身上，便是面对生活中的打击能保持积极乐观、随遇而安的生活态度。在邓幺姑看来，一块印花布手巾，一道青洋缎宽边，一条宝蓝布围裙，就是她生活的意义，时代的风云变幻、革命的滚滚洪流，对她而言都是微不足道的，她从来没有考虑过自己在这个时代所应肩负的社会责任。她可以鼓动罗歪嘴这些袍哥去杀洋人，也可以在嫁给奉了洋教的顾天成后，和他一起到教堂里过洋人的节日，看到洋婆子打扮漂亮，回来也随之效仿。她的生活方式显然绝缘于意识形态主流话语，从社会责任感的角度上来看，这种生活方式仅仅是为了让自己过得好，逃避了个人对社会的承担，拒绝了精神价值的追求，无疑是个人主义的、庸俗的；然而从现实生存的角度上来看，她努力超越平庸生活，努力营造生活的情趣，又未尝不是一种切合个人现实的随遇而安的生活态度。自我塑造的第二个层面是自我调整。自我调整促使她不畏人言，在男权社会里做出了主宰自己人生的决定。虽然她与罗歪嘴的恋情在传统伦理道德上有伤风败俗的成分，但从女性的主体性方面来看，又称得上富有主体意义的行为。其实，像蔡大嫂这样有血性、有韧性，又不乏聪明、主见的女性，如果能得到积极进步的思想启蒙和指引，应该能够有所作为，实现更大的人生价值。

---

① 李劼人：《李劼人精选集·死水微澜》，北京燕山出版社 2009 年版，第 177 页。

　　综上所述，在李劼人的《死水微澜》里，日常生活形象显示了它不同寻常的意义，服饰装扮、饮食起居都深刻地参与到人物性格的塑造和主题情节之中，与个体的精神存在有着本质联系，不仅构成了小说中女性空间的基础，而且暗示了女性空间的精神潜质和价值取向，以至于若不仔细地分析这些琐碎的日常生活形象，就不能很好地理解蔡大嫂这一人物。还应该看到，李劼人在对日常生活进行生动叙述的同时回避了女性在时代风云的激荡下自我意识的真正觉醒，虽然在很大程度上偏离了意识形态主流话语，却塑造了超越特定时空的具有独特艺术魅力的女性形象。

第四章 当代镜像中的女性形象与现代性体验

新中国成立后，"十七年"的文学创作一直与政治意识形态紧密相连，在强大的政治意识形态的作用下，作家对女性追求个性、独立、自由的性别意识的表达举步维艰。杨沫的《青春之歌》、宗璞的《红豆》表达了在时代洪流中女性如何选择自己的道路和前途的人生命题，是"十七年"小说创作中屈指可数地继承了"五四"时期启蒙主义的思想文化传统，彰显了女性主体意识的作品。

进入20世纪80年代中期以来，随着社会转型与体制改革进程的加快，对外开放与经济市场化日益扩大，社会文化思潮逐步实现由传统伦理政治型文化向现代商业型文化转型，不仅带来物质上的大众消费，而且带来精神文化上的大众消费，个人欲望不断膨胀，世俗化、物质化倾向越来越明显，导致社会结构重组、资本重新配置、价值体系变迁。事实上，市场意识形态在新时期对文学创作的影响要远远超过政治意识形态，特别是20世纪90年代之后，现代性与全球化趋势加剧，中国社会进入了经济、文化转型的多元化时代，个性化的文化要求逐渐成为社会文化的主流，作家的个体体验、主体意识也得到前所未有的彰显，突出表现为以性爱为核心的传统伦理观念与现代伦理观念的融合与冲突，形成了现代性体验多向度发展的人文景观。

第一节　现代性体验在全球化语境中的审美镜像
——以世纪之交的女性小说为中心

　　要理解现代性体验的概念，我们首先要理解什么是现代性？根据学者李欧梵的阐释，"现代性"其实是"一种时间的绞合，是一种瞬息即逝的、捉摸不定的短暂的时间，一种过渡的时间。时间的感觉之所以不稳定，是因为它是变动不居的，现在马上就变成了明天，昨天又变成了今天，而今天呢，和昨天的关系也是暧昧不清的"①。在李欧梵看来，作为一个时间概念，现代性就是过渡、短暂和偶然，现代和传统一样都是活的东西，不同时代的人，从不同的文化立场对于现代性的解释所构成的文化积淀是不同的；伊夫·瓦岱则从人类学的角度将现代性定义为"那种其主要特征与传统文化特征相对立的文化状态"，"在新旧世界的很大一部分传统文化中，方位基点为使人们摆脱混沌无边的现实，生活在一个井然有序的世界提供了一个方位参照体系"，而"现代性要摆脱这些绝对的定位标记"②。在伊夫·瓦岱看来，现代社会与传统社会的最大差别就是文化绝对基准点的消失，与

---

　　① 李欧梵：《未完成的现代性》，北京大学出版社 2005 年版，第 118 页。
　　② ［法］伊夫·瓦岱：《文学与现代性》，田庆生译，北京大学出版社 2001 年版，第 26 页。

井然有序的传统社会相比较，现代性是混沌的、不确定的；齐美尔则认为现代性的本质是"心灵主义，是根据我们内在生活的反应（甚至当作一个内心世界）来体验和解释世界，是固定内容在易变的心灵成分中的消解，一切实质性的东西都被心灵过滤掉，而心灵形式只不过是变动的形式而已"①。在齐美尔看来，生活世界的现代性问题不能仅从社会经济结构来把握，更应该通过人的心灵体验结构来把握。现代性不仅被归纳为人的内心世界的反映，而且被归纳为人的内在生活对它的接纳。在此基础上，王一川教授将中国现代性体验概括为"中国人自鸦片战争以来形成的关于自身所处全球性生存境遇的深沉体认"②，这种现代性体验并非单纯的感受或单一的价值取向，而是与衰落的古典性体验构成错综复杂的关系，是多种感受、多种价值观的矛盾综合体。

笔者所关注的是，进入 21 世纪的又一个转型期，中国的现代性体验呈现为什么样的形态？有什么样的审美特质？其产生的社会文化根源又是什么呢？以塑造女性形象为中心的小说从性别体验出发，通过描写女性的生存状态表达了某种文化思考或价值诉求，以及社会伦理文化变迁的深层蕴涵。这里，不妨结合世纪之交的女性小说来探寻中国现代性体验在全球化时代的审美镜像。

一　现代性体验类型

马泰·卡林内斯库在《现代性的五副面孔》（Five Faces of Modernity）中以西方现代文学艺术为根据，归纳并分析了现代性在审美表

---

① ［英］戴维·弗里斯比：《现代性的碎片》，卢晖临译，商务印书馆 2003 年版，第51 页。

② 王一川：《中国现代性体验的发生》，北京师范大学出版社 2001 年版，第 58 页。

现上的五种典型概念：现代主义、先锋派、颓废、媚俗艺术和后现代艺术。并认为这些概念虽然有着不同的起源和各自的意义，却拥有一个共同的主要特征："它们反映了与时间问题直接相关的理智态度。显然，这不是哲学家的形而上学或认识论时间，也不是物理学家们处理的科学建构，而是从文化上去经验和评价的人性时间（human time）和历史感。"① 卡林内斯库从"人性时间和历史感"的维度上来划分现代性审美经验，对于启发我们研究全球化时代的中国现代性问题是有积极意义的。依照卡林内斯库的"人性时间"的标尺来划分，笔者将世纪之交小说中所蕴含的现代性体验分为回瞥、世俗、颓废和反思等诸种类型，它们分别指向中国现代性的传统维度、现实维度、既无过去又无将来的维度以及过去、现在和未来相交融的维度。

其一，回瞥体验。"回瞥"是缅怀人文主义情境和传统文明所呈现的现代性精神方式，是创作主体古典理想主义和人文主义情结的投射，指向的是中国现代性的传统维度。例如在徐小斌的扛鼎之作《太阳氏族》（又名《羽蛇》）中，作家通过讲述一个家族五代女人的故事折射出 20 世纪中国的百年沧桑，小说的中心人物陆羽便是作家回瞥传统文明，不屈从现代世俗文化规范的产物。陆羽充满了原始生命力，纯真、执着、洗尽铅华，不媚俗不讨巧，带着古典的枯淡的美，在一个平庸的世界里保持着自己的奇妙和精彩，却处处碰壁：她在绘画、中医等领域显示了过人的天赋和才华，却无法获得现代社会所要求的专家系统——大学文凭和执照，所以无法体验生命价值实现、人生飞扬的滋味；她守身如玉，全心地爱着唯一的恋人烛龙，为了他当装卸工做苦劳力，甚至可以献出自己的生命，烛龙却选择了水性杨花

---

① ［美］马泰·卡林内斯库：《现代性的五副面孔》，顾爱彬、李瑞华译，商务印书馆2003 年版，第 15 页。

的安小桃做妻子，在安小桃那里染上了性病。烛龙虽然深爱着羽，对羽的欲望却受阻于现代社会里日益被压迫的古典式情感，两人最终无法达到灵肉交融的境界；羽渴望得到亲情和家人的爱，但由于家族重男轻女的思想和她本人的独特个性，她一直被家人视为异端，遭到冷遇和漠视，直到羽听从母亲的指令切除了脑胚叶，变得温顺、驯服，为这个家族剩下的唯一一位男性献出了几乎所有的血，才总算得到母亲的谅解和疼爱。小说中重复出现的一个比喻恰到好处地言说了徐小斌在回瞥古典主义情境时的内心焦虑："脱离了翅膀的羽毛，不是飞翔，而是飘零，因为它的命运，掌握在风的手中。"① 在全球性的现代化洪流之中，古典主义又怎能挡得住日益陨落的文化宿命？然而，现代人没有了信仰，没有了文化之根，就像脱离了翅膀的羽毛，注定会失去基本的稳定感和归宿感，成为无家可归的精神漂泊者。历史的文化巨变和家族、个人的劫难相叠合，羽遗世独立而最终不得不屈服于命运的悲剧不仅是属于女性的悲剧，而且成为一个文化隐喻，即象征了现代性进程中衰微的古典理想主义被逼挤到"无物之阵"的悲剧。

其二，世俗体验。世俗体验是作家着意描述日常生活中的杯水风波、凡人琐事，传达对芸芸众生的人生体验的理解或认同，指向的是中国现代性的现实维度。池莉的系列小说便诠释了这类体验。在池莉的《生活秀》中，池莉塑造了吉庆街一位卖鸭颈的女老板来双扬，来双扬精明能干，有胆识，有谋略，在务实中懂得进退有据，在卑琐中不失盎然情趣，她的人生理想就是能尽心尽力地卖鸭颈。然而，这个简单的理想几乎没有实现的可能性，她被日常生活中的各种各样的麻烦事所纠缠，即使在难得一遇的恋爱高潮，她也无法撂下世俗生活中

---

① 徐小斌：《羽蛇》，《迷园》，时代文艺出版社 2001 年版，第 5 页。

的精打细算。小说的结尾回荡着宿命般的悲剧旋律："吉庆街的来双扬，这个卖鸭颈的女人，生意就这么做着，人生就这么过着。雨天湖的风景，吉庆街的月亮，都被来双扬深深埋藏在心里，没有什么好说的，说什么呢？正是生活中那些无以言表的细枝末节，描绘着一个人的形象，来双扬的风韵似乎又被增添了几笔，这几笔是冷色，含着略略的凄清。"① 在世俗铺就的吉庆街，来双扬无疑是位出类拔萃的女强人，但作为一位女人，她又是失败的，没有家庭没有孩子，风情万种却难以掩饰她内心的孤寂。池莉写出了爱情在世俗价值观下黯然失色，在感性与理性、灵魂与肉体、爱情与事业的冲突中，女性往往顾此失彼，无法两全其美。

其三，颓废体验。颓废体验是由精神价值缺失导致的一种找不到世界存在的意义和自身生活意义的一种匮乏体验，指向的是既无过去又无将来的现代性维度，"新新人类"女作家卫慧的小说可以归纳为颓废体验的代表。卫慧钟情于描绘一类受西方腐化堕落生活影响的"新新人类"，她们美艳如蝶，又疯狂如鸟，对中国传统的生活方式和生活秩序具有极强的杀伤力和破坏性，如《上海宝贝》中的倪可、《欲望手枪》中的米妮、《床上的月亮》中的张猫与小米、《蝴蝶的尖叫》中的"我"与朱迪……这些"新女性"沉迷于大都市的糜烂生活，盲目地追求自由，无所敬畏也无所顾忌地及时行乐，不断地抛弃男人也被男人所遗弃。因为卫慧塑造的这些与传统伦理观念背道而驰的"新新人类"，往往将自我救赎寄托在肉体的废墟世界里，有着明显的世纪末的颓废趣味，被众多评论视为文学的"恶之花"，如评论家查建英在《都市"恶之花"》中写道："20 世纪 90 年代末，从意识

---

① 池莉：《生活秀》，昆仑出版社 2001 年版，第 59 页。

形态到生活方式到道德观念，中国这条古老的大船终于驶到了新旧交替循环并存的阴阳界。这是真正混浊的世纪末，满街处处有老树开新花的妖娆之气，好比老年人久病之后施行整容术，那光鲜的外表下隐藏着深刻的恐怖和悲哀，而战胜大限难逃的无奈感的有效办法便是及时行乐。'上海宝贝儿'们是一族玲珑剔透的行乐高手。从老主流的角度看，他们当然是道德败坏自私自利的叛逆。从新主流的角度看，他们则是附丽其上尽领风骚的晶莹泡沫。他们一边标新立异，一边占尽便宜。"卫慧笔下的女性颠覆了我们的传统想象和道德规范，同时也呈现了转型期商业化大都市的畸形文化。2000 年 5 月 10 日《纽约时报》的记者克雷格·史密斯采访卫慧后写道："这本书（《上海宝贝》）触及了很多中国文学里长期禁忌的一些社会问题，从女性手淫到同性恋。它包含了一些生动敏感的性描写。"卫慧探索女性情欲，大胆而率真，其小说中的女性大部分都是"性欲狂"，她们彻底抛弃了传统伦理规范和道德底线，就如汹涌暗流中的断梗漂萍，当过眼繁华烟云消散之后，体验到的是既无过去又无将来的颓废与荒凉。

其四，反思体验。反思体验是以一种世纪末的文化焦虑来审视和思考现代人的生存境遇和精神归宿，指向中国现代性的过去、现在和未来相交融的维度。在《因为女人》中，作家阎真以柳依依的情爱经历和婚恋悲剧为主线来揭示欲望化社会中女性特别是知识女性的生存困境：柳依依向往爱情，渴望找到一位能真心爱她、能负责任的好男人结婚，然而她碰到的男人不是"爱情杀手"，就是"青春杀手"，她在狭小的个人情感格局里左冲右突，三番五次地被男人所抛弃，因此丧失了美好的信念，包括对生活的希望。在这部小说里，年轻貌美成了男性衡量女性价值的唯一砝码，男人对女人爱的缘起是性，对女人爱的消解也是性，再也没有经典爱情的审美距离和浪漫想象，有的只是一种近乎动物本能的欲望。借助柳依依的视角，阎真揭示了欲望化时代做女人的"艰难险恶"，带有悲观的世纪末情绪："柳依依不知道自己该怎么办，又能够怎么办。自由吗？自由。但自由对自己没有意义。欲望优先，这是一个世纪性的错误，也是一个世界性的错误。男人失去了爱情，收获了欲望；女人失去了爱情，收获的是寂寞。讲欲望讲身体，女人必然是输家，因为青春不会永久。当欲望的无限性成为可能，爱情就成为不可能。她感到四面都是高高的墙，往哪个方向走都没有路。"① 作家一方面站在传统文化的立场上批判了欲望化社会诗意的消散、人的纯良情感的萎缩，受欲望社会的逼挤，柳依依在矛盾纠结中一步步地背离了传统伦理秩序的轨道——未婚同居，发生性关系，充当地下情人，搞婚外恋，她虽然获得了西方文明的所谓自由，却离爱情和幸福越来越遥远；另一方面，作家站在现代文化的立场上反思了当下女性自身主体性的匮乏——作为一名知识女性，柳依依尽管获得了硕士学位，有一份不错的工作，但她仅仅是在经济上独立了，在精神上并没有清除无主体性的文化心理积淀。她没有立足于自我的对人生的深刻理解和追求，始终将自己的生活价值和理想寄托在以男人为中心的情感世界里，无法成为真正意义上的独立自由的现代女性。

　　应该说明的是，笔者将全球化语境下的中国现代性体验分为回瞥、世俗、颓废和反思四种类型，其实只是一个相对的划分，在具体的文本情境中，现代性体验往往在回瞥中有世俗，颓废中有反思，反思中有回瞥，多种体验往往错综复杂地交融在一起，没有泾渭分明的界线。

---

　　① 阎真：《因为女人》，人民文学出版社 2007 年版，第 552 页。

二 现代性体验的审美特质

李欧梵在谈到中国的现代性与文化传统的关系时，认为两者之间存在一种吊诡：一方面，现代性的需求是崇新抑旧，以新破旧；另一方面，中国的文化传统"根深蒂固，无所不包，并不那么容易被新的东西取代"，当西方现代文化强势入侵时，中国的文化传统"非但挥之不去，反而构成了一种不可或缺的文化土壤，从西方传来的诸多新的事物和观念，就在这种旧的土壤中发酵，再逐渐开花结果，演变成中国的现代文化"①。也就是说，相对于西方的现代性，中国的现代性有其自身特殊的发生原因和发展轨迹——西方的现代性是在社会工业文明高度发达的基础上产生的，具有原生性；中国的现代性是在鸦片战争前后发生的，当时中国社会的文明进程还比较低，科技、经济还比较落后，中国被西方帝国的资本主义洪流裹挟着迈进现代化门槛，其现代性并不具有原生性。中国的传统和现代并不是对立的两极，它们往往联袂而行，不仅在"五四"时期新文化、新道德处于与根深蒂固的传统进行权力角逐的情势中，而且在今天的全球化时代，虽然中国传统文化的价值观、道德观、伦理观遭遇了前所未有的困境，但仍然在排斥、阻拒西方现代化的入侵，东方与西方、传统与现代的不同价值观仍然在中国人的内心深处撞击，中国人正面临着巨大的精神困境。诚如王一川教授在《中国现代性体验的发生》一书中精辟概括的："中国人的现代性体验总是糅合着痛楚与憧憬，悲哀与欢乐，怨恨与羡慕等复杂心绪。"② 也就是说，中国人从古典性迈向现代性的过程中充满了一步一回头的纠结与挣扎，中国人的现代性体验具有多元

---

① 李欧梵：《未完成的现代性》，北京大学出版社 2005 年版，第 65 页。
② 王一川：《中国现代性体验的发生》，北京师范大学出版社 2001 年版，第 33 页。

性、矛盾性和亦此亦彼的审美特质。

谈到"亦此亦彼"，源于恩格斯在研究自然辩证法时提出的概念。恩格斯认为"辩证法不知道什么绝对分明和固定不变的界线，不知道什么无条件的普遍有效的'非此即彼'，它使固定的形而上学的差异互相过渡，除了'非此即彼'，又在适当的地方承认'亦此亦彼'，并且使对立互为中介"①。恩格斯列举出脊椎动物和无脊椎动物之间的界线不再是固定的，鱼和两栖动物之间的界线也是一样，鸟和爬行动物之间的界线正日益消失等实例，说明严格的界线是和进化论不相容的。黑格尔也认为："事实上无论在天上或地上，无论在精神界或自然界，绝没有像知性所坚持的那种'非此即彼'的抽象东西。"② 恩格斯与黑格尔的辩证法"中介论"对我们理解现代性体验有着重要意义：在全球化语境下，中国现代性的进程是以传统文明的破坏为代价，人处在伦理道德观念的与时俱进与传统文明根深蒂固的两难困境之中。就徐小斌在《太阳氏族》里所传达的回瞥体验来讲，羽是作家缅怀古典主义情境的产物，代表着超俗的古典美；作为羽的对位形象出现的安小桃则是在实用主义哲学、媚俗文化影响下的产物，代表着世俗的现代美。烛龙毅然放弃了死心塌地地爱着他的羽，近乎神速地娶了玩世不恭的享乐主义者安小桃，让羽伤筋动骨、痛不欲生。烛龙作为精英符码的象征，他的选择具有深刻的文化隐喻意义，象征着古典主义的没落、精英文化的媚俗。作家虽然钟爱着充满灵性和古典美的羽，却又意识到羽的古典理想主义品格与现代生活是格格不入的，因此只能安排她孤独、失意地走完人生旅程。倒是如安小桃这类现代嬉皮，摒弃了崇高和理想，听从实用主义生活哲学的指导，反能够与

---

① 《马克思恩格斯选集》（第 3 卷），人民出版社 1972 年版，第 535 页。
② ［德］黑格尔：《小逻辑》，贺麟译，商务印书馆 1980 年版，第 258 页。

人欲横流的世态合拍。通过羽和安小桃的对位组合，作家融入了自己在现代性进程中所遭遇的深切体验，对传统文明在回瞥中有反思，眷恋中有叹息，哀婉中有无奈，多种矛盾的情感、理念复杂微妙地糅合在一起，表现了文化裂变时代的焦虑认同。

三 现代性体验的文化逻辑

现代性体验虽然异彩纷呈，在世纪之交的中国女性小说中却大都拥有一个共同的文化逻辑，即反映了现代文化中客观文化（物质文化）与主观文化（个体文化、精神文化）相矛盾、相脱离的悲剧困境。德国社会学家齐美尔在论述现代性的文化悲剧时，谈到随着社会从古典到现代的变迁，"我们的时代动荡不安、物欲横流，对人们不加掩饰、肆无忌惮地追求快感。"[①] 上述状况是因为客观文化游离于主观文化之外，"各种个人在文化上的提高可能十分显然地落后于物——近在咫尺的功能的和精神的物——的文化的提高。"[②] 在齐美尔看来，在现代性的进程中，外在的客观物质文化膨胀、横行，使传统意义上的内在的主观精神文化受到极大的压抑，工具理性或技术理性的扩张在创造丰富的物质文明的同时也导致了严重的精神危机，现代文化的悲剧由此产生。

诚如西方学者罗洛·梅对物质时代爱欲和性分离所作的批判："要消除爱欲产生的焦虑意识，性是最方便的药剂。而要达到这一目的，我们就不得不把性的定义限制得更加狭隘。我们越是执着于性，性所涉及的人性经验也就越是削减，越是萎缩。今天，我们追求性的

---

① ［德］齐美尔：《时尚的哲学》，费勇译，文化艺术出版社2001年版，第173页。

② ［德］齐美尔：《社会是如何可能的》，林荣远编译，广西师范大学出版社2002年版，第128页。

官能享受，正是为了逃避爱的激情。"① 在罗洛·梅看来，性与爱、灵与肉是相离的，性的泛滥压抑了爱欲和激情，借助性的力量可以避免爱欲的焦虑。在物欲弥漫的时代，女性的生存状态如何？女性的情爱境界和社会身份是衡量社会文明"现代性"的基本尺度，作家通过书写女性的情爱困境来针砭我们这个时代：一方面，女性在现代社会中不满足于传统的家庭妇女的角色，希望实现自我价值，希望在爱情、婚姻上与男性人格平等；另一方面，男性仍然绵延了封建时代的性别观念，将女性看作男性的服膺者，没有将女性当作具有独立意志的人来看待。客观文化的恶性膨胀压抑了主观文化中的灵性，理想主义日渐萎缩，人与人之间的感情变得越来越物化，女性对情爱的守望越来越没有着落。

综上所述，世纪之交的女性小说从社会生活的各个层面反映了传统文明与现代文明的碰撞，异曲同工地言说了一个相似的主题，即在现代社会中主观文化与客观文化日趋分离的背景下，中国女性难以应对社会中的种种变数而倍感困惑，现代人格的建立和传统人格的整合还需要相当长的时间。笔者想追问的是，在文化开阖的时代，中国女性如何在传统文明与现代文明相冲突的困境中寻求突围之路？这个问题在小说中难以找到答案。也许作家关心的问题并不在此，而在于现代性体验的审美本身。也就是说，在全球化语境下，当传统的伦理道德规范不再看作强制性的标准，而被视为社会的、历史的观念，甚至是个人的选择，这种左右为难、进退维谷的选择过程具有现代性的审美本质，呈现了虽不纯粹却更丰富的美，这才是作家倾心表现的主题！

---

① ［美］罗洛·梅：《爱与意志》，冯川译，国际文化出版公司1987年版，第62页。

第二节 "嫦娥奔月"神话在陈染女性书写中的当代变形

一

"嫦娥奔月"是中国一个古老的神话，千百年来，在民间口头传承、历代史学家、文学家人为改造的过程中发生了流变，因此，有关嫦娥奔月的原因就有多种版本，据《归藏》和《灵宪》记载，是嫦娥偷吃了丈夫后羿从西王母那儿求来的不死药，弃夫叛逃月宫的。按照这种记载，后世不少文人站在男性中心立场上评价嫦娥的行为，如李商隐有诗云："嫦娥应悔偷灵药，碧海青天夜夜心"；薛道衡也认为："当学织女嫁牛郎，莫学姮娥叛夫婿"；鲁迅则在《故事新编·奔月》中以漫画式手法塑造了一位自私、刁钻、任性的嫦娥形象。但如果我们以性别视角来观照这一神话形象，肯定女性意识和欲望的存在，我们就会做出与男权文化大相径庭的判断：在嫦娥奔月神话的能指背后，寄寓了女性的痛楚、无奈与茫然，以及她们对于幸福与获救的向往——嫦娥不愿生活在以后羿为代表的父权制文化的阴影下，为寻求女性自己的天空，她自主选择了背叛丈夫、投奔月亮的不归路。"嫦娥"无疑成了体现当代女性主义精神的象征符号，她象征了一个拒绝并逃离传统女性角色的女人，一个拥有自我意识和独立支配自己行为能力的女人，一个无家可归的孤独女人。

依据神话原型批评家弗莱的观点，神话即原型是"一种典型的或

重复出现的意象"①，是一切文学作品的典模，经过历史长河的"置
换变形"，这些神话原型就衍化滋生出无数文学作品。

　　若我们将嫦娥奔月神话作为参照对象，对当代作家陈染的作品
进行一番考察，就会惊讶地发现，在陈染不少作品的情节结构中都
隐含了一个共同的原型意象，即"嫦娥奔月"的原型意象：在《与
往事干杯》中，肖濛与老巴情深意笃，一次偶然，肖濛发现老巴原
来就是初恋情人的儿子。她为了摆脱父子两代人的情感纠葛，走出
往昔岁月的阴影，不顾老巴的苦苦挽留，别无选择地离开了老巴；
在《无处告别》中，黛二小姐毅然决然逃离了那位高大英俊、能为
她提供现代文明生活的约翰·琼斯，不仅由于约翰·琼斯不曾唤醒
"她内心的东西"，更由于她意识到自己在异国无法独立，只能以
"性"的方式取悦男人；在《女人没有岸》中，女作家麦一不愿充
当物理学博士泰力的附属物，义无反顾地选择了逃离家庭、成就自
我的道路。

　　当我们结束这番考察，便发现陈染的这三部作品在情节结构上与
嫦娥奔月神话异曲同工，都不约而同地汇拢到两个动作——"逃"与
"奔"：一方面是"逃"，即女性为实现自己的理想，主动逃离爱慕她
的男性。正如嫦娥为了长生不老，不惜背叛丈夫，独自偷吃灵药而远
走高飞；肖濛为寻求自我独立，狠心逃离热恋她的老巴；黛二为追寻
生命的意义、精神的家园，毅然从约翰·琼斯身边逃走；麦一为成就
自己，清醒地放弃了对丈夫泰力的依赖傍凭。另一方面是"奔"，即
女性自觉奔向孤独之境。神话中的嫦娥飞往月宫的同时也是奔向孤
独，最终落得"白兔捣药秋复春，嫦娥孤栖与谁邻？"（李白《把酒

---

　　① ［加拿大］诺斯罗普·弗莱：《批评的剖析》，陈慧等译，百花文艺出版社 1998 年
版，第 99 页。

问月》）的收场，而以上三部作品中的女主人公的生命历程，也就是
一步步奔向自我世界，将心灵修炼到"没有对手、永无对手"的孤独
之境的过程。并且，三部作品的女主人公在性别角色规范与自由、理
想不可兼得的历史境遇中，都表现出与神话中嫦娥类似的性格特征：
（1）主体性——敢于主动承担命运，选择生存方式；（2）叛逆性
——勇于反叛父权制文化指定的性别规范与性别秩序，走自己的路；
（3）孤独性——与周围环境产生尖锐的矛盾冲突，渴望从现实生活中
分离出去，最终被孤独地悬浮起来。因此，可以断言，在这三部作品
的表层叙述结构后面都镶嵌着一个具有特殊象征意义的原型意象，即
嫦娥奔月的原型意象。

作家陈染

二

　　陈染的作品中反复出现嫦娥奔月原型意象，难道仅仅是偶然巧合
吗？瑞士心理学家荣格曾指出，原型意象是"同一类型的无数经验的

心理残迹"①，"都有着人类精神和人类命运的一块碎片，都有着我们
祖先的历史中重复了无数次的欢乐和悲哀的一点残余"。② 可以说，陈
染在创作中无意识地借用嫦娥奔月神话原型，其实有着深刻的文化、
心理根源。

我们知道，自从母系社会被父系社会取代后，菲勒斯中心意识便
从经济、政治、伦理、道德等方面对女性施行强制性压制，使女性成
为边缘处境中用以证明男性价值的"他者"。"家"则是实施这一压
制策略的关键场所——在中国，"夫受命于朝，妻受命于家"的社会
分工将女性逐出社会，禁锢在狭小的生活圈内；"夫者妻之天"的封
建礼教将男性看作主体和超越，将女性视为男性的附庸，是一种不具
主体性的"物"的存在；在西方，菲勒斯中心意识通过对女性气质、
女性价值的宣扬，使女性自动回到家庭，安于操持家务、生儿育女的
性别角色。在许多男性作家笔下，女性形象成了体现男性审美理想的
介质，贞洁、顺从、贤淑、无私……这些都是男性审美规范中作为
"天使"女人的标准。男性作家把女人理想化为"天使"，意图是通
过这类失真的形象传达一种话语形式，并加诸现实生活中的妇女，使
她们失去自由意志，而以"天使"为榜样规范自己的行为。作为 20
世纪的女性作家，陈染所面对的社会文化环境已发生了变化，虽然
"遮天蔽日"的父权社会情境已成为历史，但父权文化的阴影仍旧浓
厚，女性依然处在父权社会的严密控制下。陈染借作品中主人公之
口，发出了女性无奈的呻吟："父亲们/你挡住了我/你的背影挡住了
你，即使/在你蛛网般的思维里早已布满/坍塌了一切声音的遗忘，即
使/我已一百次长大成人/我的眼眸仍然无法迈过/你那阴影……"

---

① ［瑞士］荣格：《荣格文集》，冯川译，改革出版社 1997 年版，第 226 页。
② 同上书，第 227 页。

（《巫女与她的梦中之门》）诗中的"父亲"象征着社会的文化规范和价值标准，以"我"为代表的女性都命定走不出父权文化的罗网。虽然，作为边缘处境的女性作家无法与代表主流文化的男性作家分庭抗礼，但仍然渴望开辟一道独特的风景，于是，陈染便用她的阴柔之笔撩开了传统家庭温情脉脉的面纱，使"家"呈现出不和谐的、支离破碎的图景：或者父亲是专制的暴君，母亲、女儿是逆来顺受的臣民（《与往事干杯》）；或者丈夫是有事业、有地位的成功者，妻子是"一个洗衣机，一个吸尘器，一个厨娘，一个做爱的机器"（《女人没有岸》）。在这种男权家庭里，女性只有自觉地压抑自我意识，将男性标准内化为自身要求，才能维系家庭秩序的稳定，如果女性不安于被男权文化指定的客体地位，力图站在与男性平等相处的立场上去生活，争取作为"人"的价值与尊严，就必须叛离男权文化的角色累赘，颠覆传统家庭的稳定秩序。陈染作品中出现了一系列与传统审美标准大相径庭、孑立于世的女性形象，如"秃头主义者"麦一（《女人没有岸》）；"独身主义者"黛二（《无处告别》）；"幽闭症患者"倪拗拗（《私人生活》）……由于这些女性都有一种激化的自我意识，对禁忌事物有着天然的向往，敢于在精神的刀刃上行走，因此她们在男权文化的天空下找不到自己的位置，最终成为遗世独立、无家可归的"嫦娥"。另外，陈染也委婉地表达了女性的自危意识与拯救意识是造成女性叛逃男性、另辟苍穹的心理动因。巴尔扎克曾经说过：生命的最高目的，男人为名，女人为爱情。可以说，在传统爱情悲剧里，爱情就是女性的命运。女性把自己的情感、希望、灵魂寄托于自己所爱慕的男人，并在这种寄托中表现出全身心的信赖与毫无保留的奉献。在这种不计后果的信赖与奉献中，她们实际上已放弃了作为"自我"的存在价值，其结果往往可以预料——一旦男人对她们的爱情消失，她们便会走向自我失落与毁灭。典型的例子不胜枚举，如《霍小玉传》中"纠缠如怨鬼"的霍小玉；《伤逝》中"负着虚空的重担"走完人生路的子君；《安娜·卡列尼娜》中绝望得无法自拔、卧轨自杀的安娜……在这种"始乱终弃"的恋爱故事里，男女两性有着不平等的观照视点：男性俯视女性，掌握了命运的选择权、主动权；女性仰视男性，只能接受以爱情为中心的命运摆布，因此，被选择、被抛弃、被同情是女性难以避免的命运。陈染的女性书写则打破了传统爱情悲剧的深层结构，以女性视角来观照人生经验，意识到造成女性角色困境的并非某个具体的男人，而是绵延千年的父权制文化。正是这种文化导致女性缺乏主体意识，把男人当作生命的唯一寄托，具有强烈的依附心理。因此，女性要走出角色困境，就必须摆脱依附心理，自主命运。陈染在她的小说中以形象化的方式传达了与伍尔夫类似的女权思想，即女性要敢于面对这一事实："没有人会伸出手臂来搀扶我们，我们要独自行走，我们要与真实世界确立联系，而不仅仅是与男男女女芸芸众生的物质世界建立联系"，① 这样，"我们"（指女性）才能摧毁自己心目中的父权形象和精神上的依赖性，发现自己本身存在的力量。在《女人没有岸》与《无处告别》中，物理学博士泰力和约翰·琼斯都堪称条件优越的男子，他们有魅力、有事业，能为女主人公提供安逸、舒适的现代文明生活，但两位女主人公还是毅然决然离开了他们，因为在他们的"保护"下，女主人公无法摆脱作为附属物的被动命运。这种自我选择的逃离方式使女主人公掌握了命运的主动权，解构了传统爱情悲剧模式中女性的角色宿命；但在这貌似潇洒的逃离姿势背后，隐藏的是女主人公内心深处的

---

① ［英］伍尔夫：《论小说与小说家》，瞿世镜译，上海译文出版社 2000 年版，第 173 页。

忧患意识与拯救意识："在那个年龄，能够接受在厌倦之前流泪分离——这个人类最智慧的真理，实在是在四面楚歌中的成长。世界上，只有这种离开，是永久的占有。"（《另一只耳朵的敲击声》）这句话道破了有思想、争取独立的女性对于爱情本质上无可把握的悲凉以及认同这种无奈所产生的自我救赎心理。所以，陈染笔下的女性与传统女性迥然不同，敢于主动地背叛，但这种背叛并非简单的"乾坤颠倒"，而是在当代社会中，强者生存的境遇使女性逐渐意识到：失去爱情，一切还可以重来；失去自我，一切都失去了。

三

海德格尔在探讨"艺术作品的本源"时曾做过诗意论断："语言是存在的家园。"即一切对于存在的认识，都是由语言来完成。就女性书写而言，女性的诸种体验、欲望都依赖女性话语实现。然而，数千年的男权统治使逻各斯中心意识早已成为人类的集体无意识，渗透进包括语言在内的所有文化中。在逻各斯中心话语的压力下，女性不能发出"自己的声音"，处于失语状态。她们或作为"秦香莲式"的旧女子，遭到男权文化的压制与掩埋，成为缄默的群体；或作为"花木兰式"的新女性，以"扮男"的形式僭越男权社会的女性规范，向男人看齐。"花木兰"们以牺牲女性本性为代价去换取社会价值，实质上是依照男权文化的成规进行错位的精神呐喊，是不自觉地向男性话语就范，因此并没有夺回女性话语权。

在充满语言压抑的逻各斯中心社会里，女性书写总有陷入男权话语的危机，因此，陈染选择了在面世中逃离的书写策略，即从历史的、现实的场景中抽身，通过"转向内心"的私人化叙述来解构男权文化的主流叙述，使淹没在男权话语中的女性意识重新"浮出历史地表"。诚如荷兰女士希勒苏姆所言："我们每一个人都必须转向内心，必须在自己心中毁灭那种以为在别人心中必须毁掉的东西。"① 对陈染来说，"转向内心"就是要在自我审视中发现女性的主体意识，颠覆逻各斯霸权话语。陈染叙述的不是客观世界的外部形态，而是主人公的自我意识，归根到底是作家本人对自己和对世界的最终看法。陈染谈到她的小说是"最具有真实性质的东西"，因为她在其每一篇小说中都渗透着自己"在某一阶段的人生态度、心理状态"②。毋庸讳言，陈染几乎在她所有的作品中都融入了女性的体验与感觉，甚至自我的性情与气质，如《与往事干杯》中忧郁孤独、有思想、有决断的肖濛；《无处告别》中有着自恋、唯美倾向的黛二；《女人没有岸》中孤芳自赏、遗世独立的麦一，她们一直处于和世俗告别的恍惚之境，像断梗飘蓬，无可归依。她们逃离的最后停泊的都是退回内心一隅，轻吟浅唱。这些人物是陈染生命体验的投影，都确定无疑地属于陈染自己。这种自叙传式的、"转向内心"的书写方式使陈染的文本具有双重价值取向：一方面，它表现出"无路可走，逃入内心"的无奈与脆弱，意味着疏离现实世界、回避社会责任的价值取向；另一方面，"转向内心"使女性成为表达欲望的主体，具有发现自我、夺回女性话语权的价值取向。

对陈染而言，也许她并没意识到自己对嫦娥奔月神话原型的运用，但追寻女性意识一直是陈染写作的明确目的。人们通常用太阳象征男性意识和男性世界，而用月亮象征女性意识和女性世界。在嫦娥奔月神话中，月亮意象折射了中国古人寻找女性世界、寻找精神家园

---

① ［德］E. M. 温德尔：《女性主义神学景观》，刁承俊译，生活·读书·新知三联书店 1995 年版，第 39 页。

② 陈染：《另一扇开启的门》，《陈染小说精粹》，四川人民出版社 1998 年版，第 448 页。

的渴望。神话中的嫦娥以孤独为代价实现了自己的理想：摆脱了后羿赫赫神威的笼罩，拥有了属于自己的天空。现实生活中的陈染也离群索居，以转向内心的女性书写逃离男性话语无所不在的罗网，顽强而又执着地撑起一片属于自己的天空。由此，我们不难看出嫦娥奔月神话与陈染女性书写内涵之间的联系，也不难解释陈染的作品在追求自尊、独立的女性群体中备受青睐的原因。瑞士心理分析学家荣格认为，原始神话即原型具有巨大的概括力，它概括了全人类的经验，是人类集体的梦。种族过去的幻想不仅可以从原始神话中找到，而且它的残余力量至今还潜隐在现代人的心灵深处。当审美对象能够激活、唤醒审美主体心中深藏的集体无意识原型或意象时，审美主体即可得到强大持久的美感和美学效果。陈染笔下的主人公不安于传统女性角色，大胆表达内心欲望，宁愿抛弃自己心爱的人也不愿迷失自我，无疑契合了许多女性心中的"自强梦"。因此，当一位追求自尊、自强的女性读到包含嫦娥奔月原型情境的作品时，就会"获得一种不寻常的轻松感，仿佛被一种强大的力量运载或超度"①，在这一瞬间，觉得作家所表达的正是自己想说又不曾找到恰当形式言说的梦想与渴望。

无可否认，陈染的女性书写以反叛的先锋姿态质疑了逻各斯话语体系对性别秩序、道德规范、审美理想的界定，打破了"秦香莲式"与"花木兰式"的镜像格局，尽管微弱但依然鲜明地发出了女性"自己的声音"，同时也应看到，陈染用她的阴柔之笔对"嫦娥奔月"神话的置换变形，不过是作家精神世界的梦幻飞翔，她不能表达当下语境下女性普遍的生存困境与欲望，也无法为在传统与现代的夹缝中生存的女性找到一条自我救赎的光明大道。"嫦娥"逃离了男权社会的

---

① ［瑞士］荣格：《荣格文集》，冯川译，改革出版社1997年版，第227页。

美学趣味和价值标准，但投奔的并不是理想的生存境界，而是一个封闭、孤独、内敛的乌托邦世界。并且，当陈染把女性生命中最隐蔽的经验宣泄到极致时，就丧失了女性主义所应具有的批判立场，而衍化为对男性把玩女性心理的潜在召唤。

第三节　徐小斌小说的人物对位与自我认同

在当代中国文坛，徐小斌似乎总是保持一种边缘姿态，她小说中的人物从宁静的海滩到弧光、海火，从精神病医院到太阳氏族，总是生活在与我们现实世界有着相当距离的"别处"。究其根源，主要是由于徐小斌属于内省式的、心理型作家，她所欣赏的陀思妥耶夫斯基、卡夫卡、普鲁斯特也属于内省式的、心理型作家，徐小斌潜移默化地受其影响。内省型作家创造人物，往往不是模仿客观生活，从客观生活中提炼出典型，而是将作家主观心灵的思想情感形象化、具体化。与其说徐小斌的小说世界和小说人物是客观世界的投影，不如说是她梦想的文化符码和内在生命体验的投射。

在徐小斌的多数小说中，人物形象常常对位出现，即把具有相反相成两种性格特征、价值观念、处世原则的人物进行对举描写，从而使具有对立性质的人物形成鲜明的对照。例如《河两岸是生命之树》中孟弛的执着理想与伊华的趋炎附势对照；《得到的与失去的》中江叶的张扬个性和苏尘的平庸苟且对照；《如影随形》中方菁的循规蹈矩与郜小雪的特立独行对照……这些成对出现的人物正如巴赫金评陀氏作品所言，他（她）们"互相反映对方，或者互相映照；而且一个是诙谐性的，一个是悲剧性的；或者一个是高雅的，一个是鄙俗的；或者一个要肯定什么，一个要否定什么，如此等等"①. 这样成对的人物综合起来，"构成相反相成的两重性的整体"②，便形成了人物之间的对位关系。"对位"本是音乐术语，指把两个或几个有关但是独立的旋律合成一个单一的和声结构而每个旋律又保持它自己的线条或横向的旋律特点。巴赫金把这一音乐术语借用来评价陀思妥耶夫斯基的作品，按照巴赫金的意思，在同类概念的集合中，如果极限的两级分别由两个人物担当，人物之间就构成对位关系。③ 陀思妥耶夫斯基善于把一个人内在矛盾的两极变为对立组合的两个人，使这两个人各自与对应者互为影子，构成不同思想意识的对立与交锋。徐小斌也曾有过与巴赫金异曲同工的表述："《海火》中郗小雪和方菁，貌似两极，实际上我是把她们作为一个人的两种形态来写的。小说结尾点了一下，方菁在半梦半醒中听见郗小雪对她说：'我是你的幻影，是从你心灵铁窗里越狱逃跑的囚徒。'"④ 这些"貌似两级"的对位组合的人物在徐小斌小说中频繁出现，构成了她创作时惯用的修辞策略。并且，徐小斌总是根据创作时的文化语境来编排对位人物的思想意识交锋，借此反思困扰她的社会矛盾问题，如个性自由与社会规范的对立、现代规则与传统道德的冲突以及个体价值与集体价值的矛盾等。可以认为，徐小斌通过塑造这些二元对位人物实现了她个人的价值选择、精神追求在社会转型时期所代表的价值体系及文化体系中的确认，呈现了她在不同社会历史时期的自我认同。所谓自我认同，即文

---

① ［俄］巴赫金：《诗学与访谈》，白春仁、顾亚铃等译，河北教育出版社1998年版，第217页。

② 同上。

③ 参见董小英《再登巴比伦塔——巴赫金与对话理论》，生活·读书·新知三联书店1994年版，第263页。

④ 贺桂梅：《伊甸之光——徐小斌访谈录》，《花城》1998年第6期。

化身份认同，吉登斯表述为"个体依据个人的经历所反思性地理解到
的自我"①。"自我认同"并不是个体所拥有的全部特质及其组合，而
是个体依据其个人经历所形成的，作为反思性理解的自我，并且，自
我认同的内容会随着社会文化的变迁而改变。

　　大体来说，根据徐小斌创作的不同阶段和文化语境，可以划分为
自觉的自我认同和焦虑的自我认同两种形式。

一　自觉的自我认同

　　在徐小斌20世纪80年代创作的小说中，经常出现超俗人物与世
俗人物的对位组合，如《河两岸是生命之树》中的伊华与孟弛；《得
到的与失去的》中的苏尘与江叶；《对一个精神病患者的调查》中的
柳锴与景焕……前者怯懦平庸、因循守旧、趋炎附势，为了功利目的
可以放弃自我，适应他人；后者超凡脱俗、特立独行、才华横溢，对
理想有坚定的信念，执着于内心的自由。这些对位组合的人物形象化
地传达了作家本人二元对立意识的冲突："那时候经常有一些问题在
困扰我。譬如关于生命，照我那时的看法，归根到底人只有两种活
法，一种是屈从于外部的强力和诱惑，放弃自由出卖灵魂，换得世俗
意义的幸福，而另一种是对抗，是绝不放弃，这样可能牺牲太大，但
是这样的生命或爱情可以爆发出瞬间的辉煌，这样的生命注定短暂，
但却真实，它的质地与密度无与伦比，这样的人可以说他真正活过
了。"② 显然，徐小斌内心是自觉否定前者而认同后者的，因此，她在
小说中让自觉认同的人物虽然历经坎坷却依然不悔，执着而顽强地撑

---

　　① ［英］吉登斯：《现代性与自我认同》，赵旭东、方文译，生活·读书·新知三联书
店1998年版，第275页。

　　② 贺桂梅：《伊甸之光——徐小斌访谈录》，《花城》1998年第6期。

起一片属于自己的天空；让自己否定的人物在以牺牲自己的灵魂为代价达到自己的目的后备受良心的谴责和情感的煎熬；在《河两岸是生命之树》中，孟弛由于坚守自己的信念和内心自由在天安门事件中被捕，失去了恋人，但由于同样的原因，她拥有了过人的创造力和才华，最终找到了自己的位置和爱情。她原来的恋人伊华因为随波逐流而越来越平庸，生活也过得乏味、憋闷；在《得到的与失去的》中，苏尘为了光明的前途，狠心抛弃了热恋中的江叶，娶了并不爱的雪平，却在"福星高照"中受着良心上的自我审讯。江叶却由于锲而不舍地追寻理想而实现了自己的价值，成为享有盛誉的作家。

上述两篇小说是徐小斌 20 世纪 80 年代初期的作品，这个时期中国的审美文化基本上属于语调一致的精英文化，它以启蒙精神为己任，"在创作上以少数知识精英为主体，中心任务是以'美'的光芒去开启大众的'蒙昧'。具体讲，以纯审美去提升大众的审美情操；以富于魅力的中心英雄典型来'唤起民众'；以悲剧故事既显示启蒙的艰难性和必要性，又展示其乐观前景；以单音独鸣含蓄地披露精英与大众间的中心——边缘等级意识"①。在这一文化语境下，人文精神追求和理想主义的终极关怀成为徐小斌内在的生命体验和明确目标。她自觉担负起启蒙者的责任，塑造"富于魅力的中心英雄"来捍卫她的人文理想，以获得精神上的慰藉与情感上的认同，如《河两岸是生命之树》中的孟弛与楚杨；《这是一片宁静的海滩》中的乔丁丁；《得到的与失去的》中的江叶等。这些"中心英雄"关注人的生存信念，强调生命活动的本真性，呼吁个体存在的完满与自由，他（她）们所标举和坚守的价值理想正是作家本人在这一时期信奉的价值理

---

① 王一川：《杂语沟通——世纪转折期中国文艺思潮》，湖北教育出版社 2000 年版，第 26 页。

想。作家对她笔下的"中心英雄"青睐有加，经常借作品中其他人物之口或不由自主地自己站出来赞美、同情他（她）们：在《得到的与失去的》中，作家借苏尘妹妹的口是这样批判苏尘的选择、赞美江叶的："你们永远也发现不了像江叶那样的人，她是那种埋在沙子里的珍珠！跟她比起来，雪平不过是朵俗里俗气的牡丹花。上花园去找吧，有的是！"在《这是一片宁静的海滩》中，作家干脆自己站出来为象征着美好理想的乔丁丁和小姑娘呐喊："或许在不知不觉之中，一代人身上全部美好的东西——包括被发现的和远没有被发现的——会在下一代稚嫩的生命中得到延续。不然的话，人类怎么会有今天，又怎么会有明天呢？"为进一步烘托她所认同的"中心英雄"，徐小斌又塑造了一些价值取向、思想立场截然相反的人物，如与孟弛对位的伊华、与江叶对位的苏尘，他们庸俗苟且，过着与世态合拍的生活，内心却痛苦而压抑。他们所代表的价值立场显然是作家否定的，作家塑造他们不过是为了反衬"中心英雄"的高大、纯洁、神圣。

二 焦虑的自我认同

经过一段创作潜伏期，进入20世纪90年代后徐小斌的创作风格发生了很大转变，较之前期小说更铺上了一层扑朔迷离的魔幻色彩，但在人物与人物关系的设置上，仍延续了前期小说的惯用手法，即将一类人的两极分别由不同的人物担当，构成异质同构的对位关系，如《如影随形》中的方菁与郗小雪；《吉耶美和埃耶梅》中的徐茵与吉耶美；《羽蛇》中的羽和安小桃。这种对位组合关系不断在徐小斌的小说中复沓回旋，相对于前期小说又发生了变奏：在这两种人物中，前者与后者代表着大相径庭的价值取向，但前者不再是承担启蒙任务的"中心英雄"，后者也不再是前者的反衬，作家肯定前者的同时也不否定后者，也就是说，作家以兼容的态度对待不可相容的思想意识和价值观念，通过对位组合的人物形象来表达她本人自我认同的焦虑。

在《如影随形》中，徐小斌塑造了方菁与郗小雪这一组对位形象，不仅显示了个性迥异的角色定位，而且能形成把多种矛盾因素和谐地统一在一起的双重视境：在方菁视境内，郗小雪是她怨羡情结的投射对象。所谓怨羡情结"是一种怨恨与羡慕相交织的深层体验"①。郗小雪的言行在循规蹈矩、诚实单纯的方菁眼里，无疑是一道致命诱惑的风景：郗小雪天天打扮得花枝招展，不遵守校纪校规，却能凭灵活的手段取得好分数；郗小雪视爱情为游戏，不愿付出真情，却赢得无数崇拜者；郗小雪厌恶念死板的教科书，却多才多艺，精于棋艺、擅长舞蹈、会做独出心裁的漂亮的女红，特别是在复杂的人际关系网中能穿梭自如，最终捞到实惠。方菁一方面对郗小雪愤愤不平、抱怨不已："这么看来，你的人生哲学就是逢场作戏，对谁都不动真格的？""我真想照着这张雪似的白脸（指郗小雪）结结实实地打上一耳光！"另一方面又艳羡她，甚至萌生想象、幻想及仿效的冲动："在我恪守着各种规则的时候，我心里总有个什么在发出相反的呼喊。这个叛逆被牢牢锁在心灵铁窗里，一有机会便要越狱逃跑。""或许，她（指郗小雪）本来就不存在，只是我心造的一个幻影。"可以说，郗小雪其实就是备受传统观念、社会规范束缚的方菁心中创造的一个自由潇洒的叛逆形象。同时，在郗小雪的视境内，方菁成了她的反讽对象。郗小雪在方菁面前是有优越感的，她时常显示出对方菁所恪守的信条的不屑和讥讽："你好漂亮的身材，为什么不打扮打扮？……念

---

① 王一川：《中国现代性体验的发生》，北京师范大学出版社2001年版，第74页。

书倒有时间？哼！真是本末倒置！""这种教育制度，你不觉得辛辛苦苦搞创造性劳动太没必要了吗？这本是逢场作戏，应付一下也就可以了。方菁，做人做到你这份儿上真太累，我可受不了。"正是在这双重视域下，互相矛盾或互不相容的思想意识、价值取向交织在一起，构成了审美张力场，意味深长地折射出作家在多维价值观思维模式运作下的认同焦虑。

在徐小斌的扛鼎之作《羽蛇》中，陆羽和安小桃分别代表着超俗美与世俗美，她们是生命中的两个方面，得其一必然要以丧失另一个为代价，不可兼得。羽显然是作家所钟爱的人物，是作家古典理想主义情结的投射：羽充满灵性和智慧，在绘画、数学、医术等领域都显示了过人的才华；她不戴假面，透明纯真，珍视逆境中相濡以沫的友谊；她信奉崇高、唯一的爱情，勇于奉献，"虽九死其犹未悔"。作家倾听来自灵魂深处的声音，把羽置于最本真的生命体验中，以质询存在的意义。尽管羽才华横溢，却由于不屈从世俗规范，无法获得现代社会所要求的专家系统——大学文凭和执照，所以她得不到施展才华的空间；她全心地爱着烛龙，为了他可以付出自己的鲜血和生命，但她的智慧却让男人生畏，无论是烛龙，还是后来的丹珠，都无法走进羽的内心，她只能孤独地走完人生的旅程；她强烈渴望得到家人的爱，但由于家族重男轻女的思想和她本人独特的个性，她一直被家人视为异端，遭到冷遇和漠视，直到最后她听从母亲的指令切除了脑胚叶，变得温顺、驯服，为这个家族剩下的唯一一个男性献出了几乎所有的血，才总算得到母亲的谅解和疼爱。作为羽的对位形象出现的安小桃则是实用主义哲学、媚俗文化影响下的产物：安小桃玩世不恭，以享乐作为生活的目的；她风情万种，善于逢场作戏，玩弄男人；她不受法律、道德的约束，以窃取财富、横刀夺爱为人生乐趣。安小桃这类现代嬉皮显然迥异于具有古典理想主义情结的羽，作家却让她在现代社会中左右逢源、游刃有余，连那位骄傲的"王子"烛龙也轻而易举被她征服，直至被她"穷尽"。在小说中，烛龙毅然放弃了死心塌地地爱着他的羽和亚丹，近乎神速地娶了水性杨花的享乐主义者安小桃，让羽"伤筋动骨"，让亚丹痛不欲生，这一情节从故事层面看未免显得突兀，但若结合作品创作时的文化语境来分析，就会发现烛龙的选择其实有深刻的文化隐喻意义。徐小斌在 1995 年开始构思《羽蛇》，1998 年完稿，这一时期随着社会转型和体制改革进程的加快，对外开放与经济市场化日益扩大，中国已历史地进入全球化时代。同时，全球化的消费主义浪潮以势不可当的力量席卷中国市场，正如丹尼尔·贝尔所描述的："在市场成为社会与文化的交汇点之后，最近五十年来产生另一种趋势，即经济逐步转而生产那种由文化所展示的生活方式。……抛售的商品都用耀眼的风采和魅力包装一新，以便提倡享乐型生活方式，诱导人们去满足骄奢淫逸的欲望。"① 在以消费主义文化为主体的全球性文化语境下，作为精英文化的理想主义精神不可避免地被消解，日常生活中的诗性和灵性不可阻挡地被侵蚀，人们的文化经验以至文化想象，也都无可逃遁地被纳入消费主义大众文化的势力范围内。正是在这种文化语境下，徐小斌开始质疑 20 世纪 80 年代张扬的人文精神，并在创作中用特殊视角来反思、批判这个时代的文化宿命。她曾谈道："《海火》里的祝培明和《羽蛇》里的烛龙，都是 80 年代特定的人物，精英符码，最后却被一种强大的力量改变成了一个'非我'，然后无声无息地消失了。这是大不

---

① [美] 丹尼尔·贝尔：《资本主义文化矛盾》，赵一凡等译，生活·读书·新知三联书店 1989 年版，第 36 页。

幸。"① 由此看来，烛龙的选择其实是一种文化的选择，象征着精英文化的溃退和媚俗，究其根源，其实反映了作家本人在社会转型时期内心的矛盾与困惑以及由此而来的认同焦虑：一方面，她钟爱着充满灵性和诗性的羽，在羽身上延续了她在 80 年代塑造的"中心英雄"的理想主义品格：执着、坚贞、纯真、善良、张扬个性、毫不媚俗；另一方面，徐小斌又意识到羽的古典理想主义品格与现代生活是格格不入的，因此她不配有更好的命运。倒是像安小桃这类人，摒弃了崇高和理想，听从实用主义世俗生活哲学的指导，反而能够和人欲横流的世态合拍，潇洒地享受温情脉脉、轻松自在的消费主义文化和享乐主义文化。所以，徐小斌不得不承认"恶"也有"恶的魅力"②。小说中重复出现的一个比喻恰到好处地言说了作家内心的焦虑："现代人没有理想没有民族没有国籍，如同脱离了翅膀的羽毛，不是飞翔，而是飘零，因为它的命运，掌握在风的手中。"③ 现代人没有了信仰、没有了民族、没有了文化之根，就像脱离了翅膀的羽毛，注定会失去基本的稳定感和归宿感，成为无家可归的精神漂泊者。因此，作家自我认同的焦虑，即文化身份认同的危机，其实代表着 90 年代转型时期现代中国人的基本生存感。

　　综上所述，随着社会历史和文化语境的变迁，徐小斌在小说中通过对位人物的组合所实现的自我认同也从自觉发展到焦虑，这不仅是她在创作中自我发现、展开、不断成熟的过程，也是她回应社会转型时期的正常心态。正如童庆炳先生所总结的，作家"所要求的不是单一维度的满足，而是多种维度的同时追求。尽管这种追求可能是不现

---

① 贺桂梅：《伊甸之光——徐小斌访谈录》，《花城》1998 年第 6 期。
② 同上。
③ 徐小斌：《羽蛇》，《迷园》，时代文艺出版社 2001 年版，第 3 页。

实的，可能是乌托邦，也许往往要碰壁而痛苦，而处于熊掌与鱼不可得兼的焦虑、尴尬和无奈，但这种尴尬、焦虑和无奈恰好是真正作家、艺术家的正常的创作心理状况，是作家、艺术家的特性"①。

第三节　性政治与铁凝笔下的"妖妇"形象

随着中国现代性进程的加快、社会文明的进步，当今女性的地位已大大提高。但就整体而言，男性对女性的歧视并没有改变，"男权制根深蒂固，是一个社会常数，普遍存在于其他各种政治、社会、经济制度中"②。这就是性政治问题，即男性对女性的支配和控制，是通过权力实现的，这种权力包括话语权力、政治权力和身体权力等各种形式。

在铁凝的小说中，出现了一系列如罂粟花般邪魅的"妖妇"形象，如《棉花垛》中的小臭子、《笨花》中的小袄子、《大浴女》中的唐菲、《玫瑰门》中的司猗纹、《永远有多远》中的西单小六，她们漂亮、轻浮、风情万种，甘愿将自己的身体当作商品、男人的玩物或征服男人的武器，她们的思维逻辑是以色和性作为生存方式或生存手段。铁凝通过刻画这类女性的毁灭，重复叙述她们所遭遇的性尴尬，让触目惊心的场景逼近人们的灵魂深处，激起人们对性政治的反思，表达了对女性自身道德完善的呼唤，对现实生活中的女性有一定警示作用。

---

① 童庆炳：《中国当代文学的精神价值取向》，《学术月刊》2002 年第 2 期。
② ［美］凯特·米利特：《性政治》，宋文伟译，江苏人民出版社 2000 年版，第34 页。

一

　　美国女权主义学者吉尔伯特和格巴在《阁楼上的疯女人》中研究
了西方 19 世纪以前男性文学中的"天使"与"妖妇"这两类女性形
象，"天使"温柔、顺从、贞洁、富于自我牺牲精神，维系着现实社
会的道德伦理和人性原则，是男性审美理想的体现；"妖妇"则淫荡、
风骚、凶狠、自私、叛逆，反映了男性对女性的厌恶、恐惧心理。在
吉尔伯特和格巴看来，"天使"与"妖妇"多是不真实的，反映了男
性作家的性别偏见和父权制社会对女性的扭曲和压抑。

　　在中国的文学作品中，出现了许多勾魂摄魄、敲骨吸髓的"妖
精"和"祸水"形象，如《封神演义》中蛊惑纣王的苏妲己，《西游
记》中要吃唐僧肉长生不老的白骨精、蜘蛛精，《聊斋志异》中使男
性丧失理智、沉沦堕落的狐魅花妖，《金瓶梅》中的潘金莲，《永远的
尹雪艳》中的尹雪艳等。她们有其历史文化渊源。如白先勇在《永远
的尹雪艳》中所谈到的："那个尹雪艳呀，你以为她是什么好东西？
她没有两下，就能拢得住这些人？……这种事情历史上是有的：褒
姒、妲己、飞燕、太真——这些祸水！你以为都是真人吗？妖孽！凡
是到了乱世，这些妖孽都纷纷下凡，扰乱人间。"这些"妖精""祸
水"恣肆浪荡，以美色诱惑男性达到自己的目的，往往都带有男性作
家强烈的主观夸张和变形，与现实生活中的女性有很大的距离。

　　铁凝在小说中摒弃了男性视角的性别偏见和歧视，理性地审视生
活中的一类以身体和性作为生存资本、生活方式的女人，书写她们的
躯体、欲望和命运，从性政治的角度，对男权文化给予了深刻批判。
在《大浴女》中，唐菲就是铁凝以悲天悯人的女性视角塑造的一个让
人同情的"妖妇"形象：唐菲是位私生女，一出生就没有看到自己的

生父，也不知道他是谁，母亲因受不了被人批斗、迫害而自绝了，唐菲跟着舅舅生活。年少的唐菲对自己美丽的身体充满自信，她用黑色的雨衣将自己装扮成身着"开罗之夜"晚礼服的模特儿，在女友尹小跳和孟由由面前骄傲地宣称"我就是电影"。她 15 岁有了性伙伴"白鞋队长"，16 岁怀上了舞蹈演员的孩子，立刻被舞蹈演员抛弃。经历了堕胎事件后，唐菲更加不拿自己的身体当回事，过着醉生梦死的生活。她频繁地进行着性交易，被感染上性病后又将性病传染给那些有身份、爱脸面的男人，最后得了肝癌。对这朵"恶之花"行将告别人世的悲惨结局，小说是这样描写的：

> 火苗儿照耀着唐菲的脸，她满脸病态的亢奋。她从烟盒里抽出一支烟，凑到那朵小火苗儿前点上，贪婪地猛吸几口，然后把身子往沙发上一仰，一条腿平伸着，一条腿抬起来搭在沙发背上，她这姿势邪恶而又放荡。她吞吐着烟雾说，我就是病。……
>
> 半个月之后唐菲死在医院，尹小跳和孟由由守候在她身边。没有别人来医院看过她，尽管她的眼睛老是下意识地瞟着病房的门。那些男人都到哪儿去了？那些享用过唐菲戏耍过唐菲，也被唐菲戏耍过的男人们。后来唐菲的眼就不往门口瞟了，她没有瞟的劲儿了，她一次又一次地昏迷。①

美丽的身体是唐菲的骄傲，让她发出"我就是电影"的呼喊；美丽的身体也是唐菲招致毁灭的本源，放荡、纵欲的生活使她病入膏肓，她不得不发出"我就是病"的呻吟。唐菲的人生，从"我就是电影"的美好憧憬开始，到"我就是病"的颓丧宣判结束，无疑是个悲

---

① 铁凝：《大浴女》，作家出版社 2009 年版，第 260 页。

剧。她的悲剧命运中最可悲的地方在于，她将自己的价值附丽在身体上，颠倒众生，迷惑了无数男人，但当她走到生命的尽头却没有一个男人来探视她，她的身体失去了让男人寻欢作乐的价值后便一无是处。尽管唐菲的身体千疮百孔，和数不清的男人发生过肉体关系，但她始终保留着一处纯洁的地方没有让任何男人碰过，那就是她的嘴，唐菲在肮脏、龌龊的肉体纠缠中以难以想象的毅力坚守着这寸"净土"。唐菲的毅力来自内心的信念——她一直渴望找到自己的亲生父亲，用一张洁如婴孩的嘴去亲吻自己的父亲。天真与放荡并存，无邪与风骚同在，使唐菲充满了艺术张力，较之男性作家笔下的"妖妇"形象，更接近生活的真实，更值得同情。

在唐菲这一人物形象身上，铁凝还寄托了她的人生考量，反思了父权文化社会中的男性对女性身体所持的相反相成的两种态度：一方面，女性之躯是男性的色欲对象，是男性享受快感的所在；另一方面，传统文化讲究静以修身，俭以养德，对性的规定是"发乎情，止乎礼"。康熙时，流传甚广的蓝鼎元的《女学》颇可说明在封建社会中女性身体的处境："男女之防，人兽之关，最宜慎重，不可紊也。女子守身当兢兢业业，如将军守城。稍有一毫疏失，则不得生，故曰：无不敬也，敬身为大焉。别嫌明微，必防其渐，正本清源，必慎其始。可贫可贱，可死可亡，而身不可辱。"① 显然，传统礼教强调女性的贞节，男女之防成为伦理准则的核心，一个女子身体受辱，比贫贱、死亡还要严重可怕。小说中的唐菲因为没有父母的关爱，缺乏家教，不懂得父权文化的禁忌，当她的身体成为男人淫乱的场所后，便注定了受人鄙薄、歧视，在劫难逃。

---

① 李书崇：《性文化史纲》，四川文艺出版社 2009 年版，第 175 页。

二

当女性诱惑男性，男性会采取什么方式对待？是受欲望控制，顺从色欲，成为性的奴隶，还是以强大的意志战胜色欲，不任其摆布，做自己身体的主人？铁凝以犀利的笔触破开道貌岸然、温情脉脉的面纱，赤裸裸地呈现了男人和女人在色欲纠结下的性尴尬和性僵局：在《棉花垛》里，小臭子向日本人出卖了革命者乔，国带小臭子到敌工部听审，途中小臭子以色相引诱国，国与小臭子在棉花地里交欢，完事后国命令小臭子穿好衣服，然后瞄准她的头，以革命的名义大义凛然地枪决了小臭子；在《麦秸垛》中，下乡知青陆野明要调回城，欲抛弃旧相好沈小凤，沈小凤却纠缠他要和他生孩子，陆野明非常理智地挣脱了沈小凤的怀抱；在《玫瑰门》中，司猗纹要报复对她不断挑衅、刻薄的公公庄老太爷，在一个夜晚以赤裸的肉体袭击了他，庄老太爷抓起痰缸反抗，司猗纹不顾廉耻地同他搏斗，最后带着一身黏痰"凯旋"而归；在《笨花》中，小袄子向日本人出卖情报，八路军时令带小袄子去敌工部听审，在路上小袄子脱光了衣服，挑逗时令不成后又羞辱他，时令怒不可遏，命令小袄子穿上衣服，毫不留情地枪决了她；在《大浴女》中，私生女唐菲为调换工种，以美色挑逗副厂长俞大声，顺势坐在他腿上，却被俞大声"拎"起来轰出了办公室。唐菲以为他是正派男人，后来才知道俞大声就是自己一直寻找的亲生父亲……在这些令人惊悚的性尴尬和性僵局场景中，女性的身体实际上是男性仇视的目标、恐惧的工具，是勾魂摄魄、敲骨吸髓的"恶之花"。与许多作家张扬色欲逻辑、肉体享乐的身体叙事的目的不同，铁凝的身体叙事对色欲逻辑是持批判态度的。色欲逻辑滋长了女性的惰性、依附性和好逸恶劳的习气，遏制了女性潜能的发挥。铁凝的小说通过质疑作为女性生存方式的色欲逻辑，描写祛魅的传统女性和反叛的现代女性，表现出对父权制性政治的批判和父权制性别意识形态的解构。性别意识形态，是一种简单的二元分类模式，即所有的人根据性别分为男性和女性两类，不同性别的人在感觉、思考和行动时被赋予不同标准的期望，形成了性别角色的刻板印象，如男性气质通常被概括为独立、主动、理性、阳刚、主体性、攻击性、客观；女性气质则被概括为依赖、被动、感性、阴柔、客体性、顺从、主观等。有着标准的女性气质的女人在父权制社会"以女性的方式"存在，她们和父权社会的主体——男性一起维系着绵延千年的父权制文化，并产生了社会生活的组织方式和文化逻辑的性别意识形态，深深地扎根于我们的思想。随着资本主义对前现代传统家庭经济的冲击，妇女大量进入劳动力市场，更多地接受教育，传统价值观在不断转换，性别意识形态也开始式微，这在现当代的许多作家作品中都有呈现。在铁凝的笔下，具有传统美德的女性大多不配有更好的命运。如《永远有多远》中的白大省具有典型的传统好女人的品质：善良、仁义、懦弱，脾气随和，待人诚恳，具有奉献精神，却总是被她爱的男人所利用，得不到幸福。白大省是一位好女人，却显然不是幸福的女人，她最崇拜的女人是西单小六，小说是这样描写西单小六的：

> 她的土豆皮色的皮肤光润细腻，散发出一种新鲜锯末的暖洋洋的清甜；她的略微潮湿的大眼睛总是半眯着，似乎看不清眼前的东西，又仿佛故意要用长长的睫毛遮住那火热的黑眼珠。她蔑视正派女孩子的规矩：紧紧地编结发辫，她从来都是把辫子编得很松垮，再让两鬓纷飞出几缕柔软的碎头发，这使她看上去胆大包天，显得既慵懒又张扬，像是脑袋刚离开枕头，更像是跟男人刚有过一场鬼混。其实她很可能只是刚刷完熬了菜粥的锅，或者

刚就着腌雪里蕻吃下一个金黄的窝头。每当傍晚时分，她吃完窝头刷完锅，就常常那样慵懒着自己，在门口靠上一会儿，或者穿过整条胡同到公共厕所去。当她行走在胡同里的时候，她那蛊惑人心的身材便得到了最充分的展示。那是一个穿肥裆裤子的时代，不知西单小六用什么方法改造了她的裤子，使这裤子竟敢曲线毕露地包裹住她那紧绷绷的弹性十足的屁股。她的步态松懈，身材却挺拔，她就用这松懈和挺拔的奇特结合，给自己的行走带出那么一种不可一世的妖娆。她经常光脚穿着拖鞋，脚趾甲用凤仙花汁染成恶俗的杏黄——那时候，全胡同、全北京又有谁敢染指甲呢，惟有西单小六。[①]

西单小六是一位与传统伦理道德格格不入的"妖妇"，她无畏地触犯传统女性的行为准则和父权制的禁忌，却能让男人围着转，为她"出丑"，为她打架，为她神魂颠倒。女人们虽然诅咒他，内心却对她羡慕、崇拜不已。若干年后，"我"和白大省又遇见了西单小六，她已四十多岁了，成了酒吧老板娘，依旧风情万种，还找了个小她十来岁的丈夫。相形之下，善良忠厚的好女人白大省就缺乏女性魅力了。"永远究竟有多远"，铁凝通过白大省和西单小六的性格命运的反差对照，质疑的是男权文化所规范的隐忍奉献的女性传统美德是否会给女性带来幸福？压抑女性个性需求的传统伦理道德是否有存在的合理性？

值得指出的是，同样是塑造魅惑男人的女性，男性作家往往将她们异化为与世界对立的形象，使她们成为人们唾弃、厌恶的类群，从而达到男性在理想世界中取得征服性胜利的快感，反映了父权制文化对女性的歪曲和贬抑。与男性作家塑造的带有极端和偏见的"妖妇"形象相比，铁

---

① 铁凝：《桃花垛 永远有多远》，人民文学出版社 2006 年版，第 81 页。

凝笔下的"妖妇"有着丰富生动的性格审美内涵，她们的欲望虽然游离在传统文化规范和价值观之外，她们的命运却不乏让人同情之处。铁凝以充满理解和宽容的笔触塑造这类备受争议的"妖妇"形象，反映了变动不居的现代社会的多元化价值取向，她塑造的"妖妇"也成了当代文坛上受人瞩目的奇葩，为我们提供了认识这个时代的深层视角。

第四节　"始乱终弃"原型与《因为女人》中的柳依依形象

一

继《沧浪之水》在全国扬起波澜后，阎真教授面壁 6 年，终于磨出了这部 45 万字的长篇小说《因为女人》。

小说以柳依依的情爱经历和婚恋悲剧为主线来揭示男权社会中女性特别是知识女性的生存困境，通过对女性悲剧命运的理性审视，显示了作家对现实的人文关怀精神，并在审美层面上为现代女性提供了直面自己生存状况的镜子：柳依依的初恋发生在大学时代，那时候她把爱情看得很神圣，遇见夏伟凯就把他视为自己理想爱情的载体，但夏伟凯在占有了柳依依的处女之身后，很快就移情别恋了；在一次舞会上，柳依依碰到了郭博士，郭博士有着强烈的处女情结，两人交往的结果从表面上看是柳依依主动离开了郭博士，但实际上是她担心郭博士会计较自己和夏伟凯曾经有过的那段历史；寂寞之中柳依依邂逅了阿裴，两人发生了性关系，柳依依被传染上性病后就再也找不到阿裴的踪影；后来柳依依结识了电视台的记者秦一星，虽然她明明知道秦一星是有老婆孩子的，却迫于生活的压力与情感的孤寂与他同居了。做了五年秦一星的情妇后，秦一星厌倦了柳依依，想方设法将她推给了宋旭升；柳依依不爱宋旭升，却和他结婚了，还有了孩子，宋旭升起初对柳依依唯命是从，但当他有钱发达以后，就在外面包了二奶，将柳依依从心里彻底放逐了。

从故事的表层结构来看，柳依依同几个男人的情感纠葛有着迥然不同的外在形态，但若从故事的深层结构上考察，就会抽出一种有相通性和共同性的故事母题，即"始乱终弃"的原型。所谓"原型"，自古希腊时期柏拉图从哲学角度进行理论阐释，到20世纪加拿大学者弗莱运用它来系统地构造文学批评的新模式，其内涵和外延已有了很大的变化。作为文学批评方法的"原型"是由瑞士心理学家荣格首先提出来的，荣格在分析集体无意识概念时指出人生中有多少典型情境就有多少原型，它们"为我们祖先的无数类型的经验提供形式。可以这样说，它们是同一类型的无数经验的心理残迹"①。荣格认为"原型"或"原始意象"是集体无意识的主要内容，是具有普遍性的无数同类经验的积淀物、凝缩物以及由它决定的心理定式和思维定向，常常出现在神话、寓言、传说中，并可以不断地在历史过程中反复出现。加拿大批评家弗莱批判地继承了荣格集体无意识的原型理论，认为文学作品总体上表现为一些有共同性、相通性而且不断重复的深层模式，体现了人类的集体文学想象，这种深层模式就是"原型"。

有关"始乱终弃"的原型可以追溯到古希腊的金羊毛神话：伊阿宋为了夺回王位继承权，被迫去取金羊毛。美狄亚帮助伊阿宋盗取了父亲的宝物金羊毛，来到异邦与伊阿宋结婚并生儿育女。后来，美狄

---

① ［瑞士］荣格：《荣格文集》，冯川译，改革出版社1997年版，第226页。

亚年老色衰，伊阿宋为跟科林斯王国的公主克鲁萨结婚，便将美狄亚抛弃了。美狄亚为报复伊阿宋，将一件毒衣当成礼物送给了新娘克鲁萨，同时杀掉了自己与伊阿宋的孩子，放火烧掉了王宫；与金羊毛神话异曲同工的是，《诗经》中的《氓》以一位弃妇幽怨的口吻叙述了自己从恋爱到被弃的经过：男人求爱时"信誓旦旦，不思其反"，最终却背信弃义，让女子哀告无门；有关"始乱终弃"的文字表述则出自唐代元稹的《会真记》。这篇传奇叙述了唐贞元年间寄居普救寺的少女崔莺莺和书生张生私自结合、终被遗弃的故事。在与张生诀别之际，崔莺莺对自己的悲剧性结局是有预感的，她无奈而哀婉地道出了自己即将面对的"始乱终弃"的命运："始乱之，终弃之，固其宜矣，愚不敢恨"；到了近现代，从托尔斯泰的《安娜·卡列尼娜》到哈代的《苔丝》、德莱赛的《珍妮姑娘》，从鲁迅的《伤逝》到曹禺的《雷雨》，再到路遥的《人生》等，无不演绎了一个又一个"始乱终弃"的爱情悲剧，并表现出大同小异的故事程式，即青年男女在相互钟情后不顾当时的社会秩序或礼教，私下结合，虽然一时海誓山盟，缱绻缠绵，最终却分道扬镳，男人因为种种原因抛弃了自己曾经钟爱的女人。

　　由上所述可以看到，"始乱终弃"作为一种原型，在源远流长的文艺作品中不断地被重复和置换变形。一方面，原型的反复呈现昭示着人们对人类具有共通性的命运和终极问题的关注；另一方面，文艺作品的创造又不断地超越既有的原型模式，以满足人们不断变化的精神需求。

二

　　《因为女人》的整个叙事便建构在主人公柳依依所经历的五次始乱终弃的情爱纠葛之上。值得追问的是，从封建化的农业社会到现代化的商业社会，时代发生了翻天覆地的变化，人类文明历史大踏步地向前迈进，相似的人生悲剧却再三地在柳依依身上重演，难道仅仅是一种偶然的巧合吗？

解构主义批评家希利斯·米勒曾经断言："一个讲述两遍的故事往回重述它自身，通过那种重述它变得具有寓言性。"① 王一川教授也指出："作为文化的一种修辞术，重复的功能集中表现在，通过重复某种东西，文化的一些隐言的或无意识的层面显露出来。"② 根据上述观点来理解《因为女人》中重复出现的始乱终弃的场景，就有了深刻的文化寓言意义。

无论是希伯来神话中上帝取亚当肋骨创造夏娃的故事，还是中国传统文化所宣扬的三从之道、四德之仪，都揭示了男权文化中男尊女卑的心理定式——男性将女性这一异己性别群体降格为"第二性"，通过对她们命运的主宰和控制来确认自身的地位和价值。透过《因为女人》中反复出现的始乱终弃的场景，不难发现一个共同点，即女性沦为了被观赏、被玩弄乃至被抛弃的工具，男性在需要这一工具时，便会想方设法地占有，一旦他的欲望得到满足，就会去捕捉新的目标，曾经占有的工具便被厌弃了。在小说中我们看到，在男性欲望化的目光下，女性被定格为"物"的存在。柳依依起初也是个心气很高，自尊自重，甚至可以说是冰清玉洁的女孩，薛经理看上了她，准备包养她，她犹豫再三，还是抵御了诱惑。遇见夏伟凯，她把他想象成《简·爱》中的罗切斯特，希望"自己的爱情应该是像简·爱和罗切斯特那样的，缓慢的，优雅的，从容不迫的，绅士和淑女般的，在精神上渐渐靠近"。夏伟凯却只把柳依依当作性欲的发泄工具，短暂的激情过后，他就对她失去了"性"趣，将目标转移到"篮球宝贝"

---

① J. Hillis Miller, "Fiction and Repetition", Harvard University Press, 1982, p. 66.
② 王一川：《修辞论美学》，东北师范大学出版社 1997 年版，第 111 页。

身上去了。后来认识的阿裴，第一次见面就把柳依依往床上拖，把性病传染给她以后，连医药费都不肯出就销声匿迹了。有妇之夫秦一星要柳依依做他的情人，是因为柳依依"年轻漂亮身材好，腰肢会抒情，屁股会说话"，他认为自己冷落年老色衰的老婆，将柳依依金屋藏娇是符合"人性"的行为。小说中所谓的"人性"，其实就是人的性。在这里，男人对女人的爱的缘起是性，对女人爱的消解也是性，再也没有经典爱情的浪漫想象和诗意，有的只是一种近乎动物本能的欲望，就像书中人物苗小慧所说的："他们看我们，不管他自己是在青年中年还是老年，终生只有一种眼光，那就是年轻漂亮。我们谁又能永葆青春呢？这不是个迟早要上演的人生悲剧吗？"年轻美貌是男权文化传统中男性衡量女性价值的重要砝码，在《因为女人》中，这一砝码的分量被大大强化了，几乎成为体现女性自身价值的唯一砝码，譬如小说中有很多这样的论述："女人的美好是要男人来品味的，青春有价，却是无法存入银行的"；"谁看见过四十岁的女人在茶楼咖啡厅跟一个男人促膝谈心？她丈夫不会，别人就更不会了"；"女人一过三十，就像一张百元的钞票打散了"……阎真也曾谈到自己写作这部小说的动因："感情不可靠，这正是欲望化社会的特征。问题在于，女性发生'情感第二春'的机会比男性小得多，这是生理事实（青春不再）和文化事实（男性爱年轻女性）对她们的制约。在这个欲望化社会，女性发生这种悲剧的概率是大大增加了，触目皆是，这是新的社会现实，也是我写这部小说的动因。"[①] 由此看来，"始乱终弃"是一种典型的男性中心主义的衍生物，阎真采用重复修辞策略表现女性被"始乱终弃"的命运，并不是对"始乱终弃"原型的简单模仿和

---

　　① 蔡晓辉、集月音：《〈因为女人〉讲的是"逼女为妾"》，http：//book. sohu. com/20080125/n254884844_ 1. shtml。

承传，而是赋予了欲望化社会的时代色彩。

男人的"爱河饮尽犹饥渴"、喜新厌旧的天性决定了始乱终弃是柳依依们迟早要面对的人生悲剧，悲剧的根源就是以男性为中心的男权文化法网，它巨大无边，无所不在，不仅是男人，而且包括被男权文化戕害的女人都不可避免地或多或少地浸染着男权意识，都难逃它的罗网。在男权文化法网的遮蔽下，女性自身的心理弱势、性格缺失也是非常明显的。柳依依三番五次地遭遇"始乱终弃"的命运，其实也不能完全归咎于遇人不淑，自身主体性的匮乏也是使她无法逃脱命运中的劫数的根本原因。小说中描绘得最为详尽的一段恋情是柳依依与夏伟凯的两性交战，也可以说是女性的爱情理想与男性的"力比多"之间的冲突：夏伟凯打着"人性自由"的旗号有理、有利、有节地一步步进攻，柳依依在夏伟凯的强劲攻势下节节败退，虽然有父母三令五申的家训保驾护航，但最终招架不住，没能守住"最后一道防线"。在这场性别战争中，柳依依可以说是一败涂地，走到了"自己承受不了的地方"——失了身，流了产，又被无情抛弃。虽然柳依依受过高等教育，口口声声说谈恋爱如同与男人博弈，但在与夏伟凯交手的过程中，柳依依总是让自己置身于夏伟凯的下风，自始至终不过是他手下的一枚棋子，承担着被选择、被诱惑最终被抛弃的命运，这样恰恰把自己推向附属的陷阱，从而使本我的世界变得动荡虚无。与宋旭升的婚姻更是暴露了柳依依主体性匮乏的一面。她当初不愿意选择宋旭升，却在情人秦一星的怂恿下与宋旭升结婚了，并在举行婚礼那天心安理得地接受了秦一星给她送来的礼金。婚后的她对宋旭升缺乏起码的真诚，还暗地里与秦一星勾搭。宋旭升事业有了起色后，她又变得极不自信，一天到晚疑神疑鬼，无理取闹，并企图用自己的女儿作武器来控制宋旭升，直到宋旭升完全感受不到家的温暖，终于离

家出走与外面的女人同居了。失去了宋旭升，柳依依就像一只无头的
苍蝇，从酒吧蹿到舞厅又蹿到网上，到处寻找情人想证明自我存在的
价值。我们可以看到，作为一位现代知识女性，柳依依身上并不存在
立足于自我的对人生的深刻理解和追求，她始终将自己的生活价值寄
托在以男人为中心的情感世界里，并将男人看作自己人生保障的根本
性力量和生命支柱。因此，尽管柳依依获得了硕士学位，有一份不错
的工作，但她仅仅是在经济地位上独立了，精神上仍旧是匮乏的，并
没有清除无主体性的文化心理积淀，也不配有更好的命运。不过，值
得庆幸的是，柳依依并没有如许多被抛弃的女性一样在毁灭感和孤独
感中疯狂或自杀，而是在失望和痛苦之后沿着自己的生活轨道继续前
行，并寄希望于自己的女儿不要重蹈覆辙。

三

《因为女人》刻画的都是现实生活中普通的人、平常的事，没
有传奇的色彩和悲壮的事件，有的只是平凡女人的令人叹息的生存
境况。正如阎真本人谈到的："柳依依没有特定的原型，但是我写
的每一句话都来自生活，都是真的。""现实中有精明入骨比柳依依
混得好的，有比柳依依混得差几百倍的，柳依依的智商、性格和素
质，我是取了女人的平均值的，是一个普遍的情形。"[①] 阎真通过日
常生活中的寻常现象来表现鲁迅先生所称道的"几乎无事的悲剧"：
"这些极平常的，或者简直近于没有事情的悲剧，正如无声的言语一
样，非由诗人画出它的形象来，是很不容易觉察的。然而人们灭亡于
英雄的特别的悲剧者少，消磨于极平常的，或者简直近于没有事情的

---

① 阎真：《因为女人：阎真把欲望说个透》，http：//bbs. beifabook. com/showtopic -
1297. aspx。

悲剧者却多。"① 这种"几乎无事的悲剧"是同西方的传统悲剧大相径庭的中国式的悲剧。西方传统悲剧中的主人公较之一般人更有一种崇高的人格和超越死亡的气魄，悲剧的矛盾冲突尖锐而激烈，悲剧主人公在同命运顽强抗争的过程中往往以生命的毁灭作为结束。如在《美狄亚》《安娜·卡列尼娜》《苔丝》中，被抛弃的女人都有一种玉石俱焚的毁灭精神，不惜以命相酬来抗争命运，表现出狂恣激荡的生命强力。与西方的传统悲剧形成鲜明对照的是，《因为女人》既没有剑拔弩张的冲突，也没有惊心动魄的传奇，而是将发生在我们身边的最平常的"几乎无事的悲剧"纤毫毕现出来：柳依依原本是个心地单纯的女孩，爱情是她生命的核心价值之所系，却在平淡无奇的生活情境中一点一滴、不知不觉地被剥夺了理想、信念和激情，到最后，现实彻底击溃了理想，柳依依不再相信爱情，甚至失去了一切属于生命的感觉。

鲁迅先生曾说"悲剧是将人生有价值的东西毁灭给人看"，柳依依爱情信仰的毁灭无疑具有强烈的悲剧色彩——爱情是人类心灵中最为宝贵的珍珠，柳依依爱情信仰的失落过程可以看作衰微的传统和美在欲望化社会中被逼挤到"无物之阵"的过程。如果说毁灭物的珍珠还称不上幻灭，那么粉碎心的珍珠便是一个时代最大的悲哀。阎真在《因为女人》中不动声色却饱含惨烈地叙述了人的精神领域中最美好的珍珠在物欲横流的社会中不断被异化，并无可挽回地失落，柳依依们继续生活下去的世界可能是一个没有梦和美的世界。

与一般女性作家表现女性命运的小说迥然不同的是，一般女性作家在描写情爱经历和家庭生活的过程中往往与小说中的人物、情境难以拉开距离，因而具有明显的自我表现色彩和私人化倾向，阎真却能

---

① 鲁迅：《几乎无事的悲剧》，《鲁迅全集》（第六卷），人民文学出版社1981年版，第371页。

保持一定距离去关注女性的命运和出路，在琐碎的生活细节中提炼出充满诗意的哲理内涵。小说在结尾处，通过柳依依大段的内心独白抒发了作家"西西弗"式的自我情感寄托："她说服自己这是宿命，悲剧性是天然的，与生俱来。既然如此，反抗又有什么意义？在这个欲望的世界上，一个女人，如果她已经不再年轻漂亮，她又有什么理由什么权利要求男人爱她、疼她、忠于她？如果他说这种要求太高、太残酷、太不近人情也不人道，因为他是一个男人，她又有什么话说？也许，应该理解他；可是，理解了他之后，自己又该怎么办呢？对女人来说，欲望的时代是一个悲剧性的时代，她们在人道的旗帜下默默地承受着不人道的命运。有人说过，母系社会的解体是女性具有历史意义的失败。也许，欲望化社会的出现是女性又一个具有历史意义的失败吧！是的，这是一件小事，无处倾诉的小事。可这小事就是她一生幸福，也是无数沉默中女人一生的幸福，这点点滴滴就汇成了一个浩瀚的海。"可以认为，"小事"所酿成的女人的"悲剧性宿命"是理解整部小说的关键。在《因为女人》中，我们看到了人的精神在生存困境中挣扎，看到了反抗的虚无和悲剧的无可避免，小说自始至终回旋着一种压抑的落寞和深深绝望的凄怨，比起西方传统悲剧的激越悲怆，这种"几乎无事的悲剧"虽然不能产生崇高的美学效应，却有着更为意味深长、普遍深刻的审美内涵。

掩卷沉思，如同陷身于一片荒原的暗夜之中，无法释怀的悲凉感与虚无感随之弥漫开来：如何在尽可能满足人的各种需要与人的欲望的无限扩张之间找到平衡点？如何让理想、信念不被日常生活的凡俗轨道所磨蚀？如何使"始乱终弃"的悲剧不再成为司空见惯的悲剧？虽然《因为女人》最终没有给女性指明一条康庄大道，却留下了无尽思索的空间和回味的余地。

第五节　安妮宝贝小说的后现代文化征候

20世纪90年代初，随着中国不断加强与世界的交流与联系，后现代主义思潮开始在中国传播并产生影响。在今天的全球化语境下，后现代主义的文化态度正冲击传统价值观和生活模式，解释着商品经济下中国人的生活方式，影响着中国人的审美习惯、价值取向和文化品位，并催生了一种新都市文化。欲望与绝望、狂欢与幻灭、快感与焦虑、诱惑与孤独构成了新都市文化中人们日常行为方式的对立互补结构，安妮宝贝的网络小说就是在这种新都市文化的背景下应运而生的。其小说以简洁而空灵的语言、颓废而诡异的风格在网络上脱颖而出，受到读者的追捧和市场的肯定，成为当代文坛的一道独特风景。

作家安妮宝贝（庆山）

一

安妮宝贝，原名励婕，从事过金融职员、网站编辑、广告杂志策划等职业，1998 年开始在网络上发表小说。其小说多以漂泊、自虐、虐人、同性恋、同居、离家出走为题材，充满了颓废的色彩和阴郁的格调。小说的叙事结构是破碎而零散的：穿叉跳跃的生活碎片、瞬间闪过的思想碎片、飘忽不定的人物碎片，多方位的叙述视角在铺垫匮乏的条件下走马灯似的转换，人物在时空颠倒的意识流中游走，使读者仿佛进入了一个支离破碎而又阴霾密布的废墟世界，充溢着颓败的气息和霉变的气味。

曾有记者采访安妮宝贝，问她为什么选择网络写作而不是传统形式上的写作？安妮宝贝如此坦言："我的文字一直被认为颓废和阴郁。里面暴力，死亡，离别，伤害，绝望……传统媒体很难接受。网络给了那些地下的暗流一个空间。当它们释放出来的时候，其实很激烈。"[①] 安妮宝贝的写作解构了传统文学观念中的深度模式，注重的是创作主体的自由心态和自在方式。从外部表现形态上看，其小说语言所营构的视觉平面与立体主义绘画极其相似，都是支离破碎、扭曲变形的。并且，这种碎片式的、零散化的叙事符号系统恰好与人物精神上的紊乱、眩晕、骚动不安和无主漂流形成异质同构关系，文本形式因此成为失去中心的、无法统一自我的后现代人的精神状态的一种隐喻。如王岳川教授所言："在后现代式的'耗尽'里，人体验的不是完整的世界和自我，相反，体验的是一个变了形的外部世界。人是一个已经非中心化了的主体，无法感知自己与现实的切实联系，无法将此刻和历史乃至

①　张英主编：《网上寻欢——前卫作家访谈录》，时代文艺出版社 2002 年版，第 27 页。

未来相依存，无法使自己统一起来。这是一个没有中心的自我，一个没有任何身份的自我。主体零散成碎片之后，以人为中心的视点被打破，主观感性消弭，主体意向性自身被悬搁，世界已不是人与物的世界，而是物与物的世界，人的能动性和创造性消失了，剩下的只是纯客观的表现物。"① 在安妮宝贝的小说中，女性常常唱主角，但她们的人格严重物化，并不具备主体性。她们或被男人包养，成为男人的玩偶，如《七年》中的蓝、《暖暖》中的暖暖；或如断梗浮萍，四处漂泊，将爱情当作精神救赎的唯一稻草，如《彼岸花》中的南生、《七月与安生》中的安生、《最后约期》中的安。安妮宝贝以简洁而不动声色的笔触反复表达人在情欲、物质的驱使下过着盲目任性、不可理喻的生活，人成为非中心化的主体，成为一种失去生命意义的"物"的存在：《彼岸花》中的南生与和平陷入情欲的旋涡之中，两人的存在互为威胁，互为地狱，彼此都无法过正常的生活；《告别薇安》中的林冷酷地对待现实生活中与他痴缠的乔，却迷恋虚拟网络上的薇安，乔在绝望中自杀；《疼》中的男主人公沉溺在一个风尘女子的欲望中不能自拔，在极端寂寞中将刀扎向女子的胸口；《下坠》中跳艳舞的乔与安产生了同性恋恋情，乔被一个酗酒的男人杀死，安为了复仇，先用色相迷惑凶手，想趁其不备杀了他，反被那个男人抛出窗外……安妮宝贝通过工业化都市生活中的阴暗场景以及灰色、卑琐、耽于肉欲的凡夫俗子来表现存在的偶然性和生命的本然性，人的历史感和现实感在零散、片断的材料组合中被抽空，文学的超迈精神和理想品格在原始欲望中被分解成碎片，使小说体现出明显的后现代主义文化症候。所谓"后现代主义文化症候"，是在与现实主义、现代主义相比较的"差异性"中呈现出来的，"就精神模式而

① 王岳川：《当代西方最新文论教程》，复旦大学出版社 2008 年版，第 300 页。

言，现实主义注重理想模式（典型），现代主义注重深度模式（象征），而后现代主义则追求'平面模式'（空无）；就价值观而言，现实主义讲求代永恒价值立言的英雄主义，现代主义讲求代自己立言的反英雄（荒诞），而后现代主义则讲求代'本我'立言的非英雄（凡夫俗子）；就人与世界的关系而言，现实主义强调历史发展的必然性和人的社会性，现代主义强调世界的必然性与人的偶然性相遇中的个体存在状况，后现代主义则强调存在的偶然性（生命与艺术是偶然的）和生命的本然性；就艺术表现而言，现实主义以全人观物，叙述人无所不知，无所不晓，并具有一种求雅的审美趣味，现代主义以个人观物，具有一种雅俗相冲突的审美取向，而后现代则强调纯客观的以'物'观物，讲求无个性、无感情的'极端客观性'，并表征出一种直露坦白的求俗趣味⋯⋯"① 后现代主义形式上的破碎性、精神模式上的平面性以及艺术表现上的客观性等特征在安妮宝贝的小说中有着显著体现。并且，安妮宝贝通过人物碎片、场景碎片和思想碎片表现注重感官感受、以本能释放为目的的工业化大都市生活，冲击着传统的价值观和生活模式，象征性地表达了都市边缘人的一种生存体验：放纵的欲望瓦解了人类的精神家园，人与自然、精神与物质之间的和谐关系已荡然无存，后现代社会就像一座到处都是断壁残垣的废墟，一切都变得支离破碎，一切都变得残缺不全。

二

安妮宝贝在小说中编织了许多零零碎碎的故事，表面上相互孤立，却在深层结构上血脉相通。不仅故事里的主人公个性气质雷同，

———————————

① 王岳川：《当代西方最新文论教程》，复旦大学出版社 2008 年版，第 288 页。

而且故事总是围绕都市爱情展开，人物在欲望的支配下做着大同小异的爱与伤害的游戏，故事的结果总是颠覆了有情人终成眷属的传统审美心理模式，而以破碎告终。

小说中的女主人公被冠以不同的称谓：安、乔、蓝、安生、暖暖等，她们都喜欢穿白色的棉布衬衣或棉布裙子、松松垮垮的牛仔裤，黑色的蕾丝内衣、还喜欢光脚穿球鞋，喜欢吃哈根达斯冰激凌，喜欢听爱尔兰音乐，有着漆黑的长发、明亮的眼睛，性格孤僻，桀骜不驯，自由散漫，是世人眼中离经叛道的另类。安妮宝贝也承认："有人说，我的作品里所有的女人都是同一个人，男人也是，他是对的。"① 安妮宝贝反复地述说着个性气质雷同的"小资女性"的故事，这些"小资女性"与男人的情与欲的纠葛被演绎成命中注定要遭受的劫难，她们对自己的缺陷和生活的缺陷无能为力，往往爱得越深，伤害越重。人性中绝望阴暗的东西被客观地展示出来，就如安妮宝贝自己所说的："我希望我的小说里只有展示，而没有判断。因为我不相信人性有判断是非对错的标准。"② 与陈染、林白等女性作家专注于女性的心理世界，言说自我的叙述风格殊为相异的是，安妮宝贝不以独白式的声音披露人物的内心，而是采用外部聚焦的叙述手法客观展示人物的对话和动作，并按人物自己的行为逻辑生成一个自成一体的世界。在《七年》中，安妮宝贝以触目惊心的冷峻叙述呈现了失学少女蓝被林逼迫做人流后的凄惨图景：

> 那是他看到的非常残酷的一幕。一个小小的搪瓷盆里是一大堆黏稠的鲜血。面无表情的医生用一把镊子在里面拨弄了半天，

---

① 张英主编：《网上寻欢——前卫作家访谈录》，时代文艺出版社2002年版，第31页。
② 安妮宝贝：《彼岸花·自序》，南海出版公司2001年版，第2页。

然后冷冷地说，没有找到绒毛，有宫外孕的可能。如果疼痛出血，要马上到医院来。否则会有生命危险。

　　她已经晕眩。他把她抱了出来。她的脸色苍白，额头上都是冰冷的汗水。她的身体在他的手上，突然丧失了分量。就像一朵被抽干了水分和活力的花。突然之间枯萎颓败。[1]

林以爱的名义控制着蓝，摧残蓝的精神和意志，对待蓝就像对待一只小猫或小狗，招之即来挥之即去，给她提供住宿和物质，却没有尊重，更谈不上精神交流；蓝过着没有未来的日子，被林关在洗手间十几个小时不敢有怨怼，发着高烧还被林逼迫做人流；蓝患了严重的抑郁症，临自杀前还感激摧毁了她的身心，断送了她的花样年华的林。叙述者客观展示了蓝的悲剧命运轨迹，却没有社会批判意识和勇毅担当人类苦难的精神，只是在结尾处不动声色地叙述道：

　　整整七年。

　　他没有带她出席过公司的 Party，朋友的聚会，没有带她见过他的家人。

　　做过最多的事是做爱和争吵。是他们生活的最大内容。

　　有过一个没有成形的孩子。

　　送过一枚戒指给她，丢失了。

　　蓝因严重的抑郁症自杀。[2]

　　欲望的洪水退尽之后是人性的疲惫以及前途的凄迷。安妮宝贝以近乎残酷的淡漠和从容呈现了女性在男权文化社会里被压抑的景观，

---

[1]　安妮宝贝：《七年》，《告别薇安》，南海出版公司 2005 年版，第 23 页。

[2]　同上书，第 33 页。

描绘了一朵朵美丽而颓靡的"花朵":《七月与安生》中的安生有很高的绘画天赋和写作才能,却在世俗生活中找不到自己的位置,只能四处漂泊,流离失所;《七年》中的蓝原在重点学校读高中,很有希望上大学,却被自私浅薄的林剥夺了人格,成为林的性欲工具和玩偶;《彼岸花》中的南生天赋很高,也受过高等教育,却在情欲纠葛中不能自拔,耽误了自己,也伤害了他人……这些新时代的"小资女性",有着丰富的情感、内在的创造力和潜在的才能,但环境的限制和自身的缺陷压抑了她们的才智的发挥。她们追求自由却非常盲目,往往将自我救赎寄托在肉体的废墟世界里,其人生就像一部脱轨的列车,在荒凉冷漠、功利迷狂的都市生活中横冲直撞,直至弄得自己伤痕累累,满目疮痍。

三

安妮宝贝的小说风格基调是冷冽而阴郁的,反复渲染了一种迷乱而颓废的虚无体验。所谓虚无体验,是由精神价值缺失导致的一种找不到世界存在的意义和自身生活的意义的一种匮乏体验。这种体验贯穿在安妮宝贝的众多作品中,如表所示。

表3　　　　　　　　　安妮宝贝作品中的虚无体验

小　说	体验者	虚无体验
《告别薇安》	林	然后他对着话筒,他说,谢谢你,在这个夜晚和凌晨。耗尽我最后的百分之十的感情。我终于一无所有
《七年》	蓝	这个世界不符合我的梦想。我对它没有任何留恋

续　表

小　说	体验者	虚无体验
《最后约期》	安	爱如捕风。你想捕捉注定要离散的风吗
《下坠》	乔与安	她们是风中飘零的种子。已经腐烂的种子。落在任何一个地方都不会生长
《空城》	她	她是流浪途中的一只动物。没有任何目的。经过的每一个城市，对她来说，都是空的
《生命是幻觉》	他	而他自己，是一架欲罢不能的商业机器。被物质和空虚驱使着，无休止地操作
《烟火夜》	绢生	我们原可以就这样过下去，闭着眼睛，抱住对方，不松手亦不需要分辨。因为一旦睁开眼睛，看到的只是彼岸升起的一朵烟花。无法触摸，亦不可永恒……
《彼岸花》	乔	生命只是风中飘零的种子。在时间的旷野里失散。一瞬间就不见了
《小镇生活》	安	情欲是水，流过身体不会留下任何痕迹。我不知道有什么人是能够深深相爱的。也许他在非常遥远的地方。用一生的时间兜了个大圈子，却依然不能与他相会

　　虚无体验在安妮宝贝的小说中反复出现，难道仅仅是偶然的巧合吗？按照希利斯·米勒的观点："一个讲述两遍的故事往回重述它自身，通过那种重述它变得具有寓言性。"[①] 从希利斯·米勒的立场出发来理解安妮宝贝小说中反复渲染的虚无体验，便有了深刻的文化寓言

---

① J. Hillis Miller，"Fiction and Repetition"，Harvard University Press，1982，p. 66.

意义。安妮宝贝笔下的工业化大都市，是一个充满欲望的病态社会，理性、道德、责任、良知在全面崩溃，面对多重选择，面对难以回避的诱惑，小说中的人物躁动不安，无所敬畏也无所顾忌。作家通过创造安、蓝、乔、林、绢生这些有着深刻的虚无感和绝望感的符号来表达都市边缘人，特别是都市边缘女性的生存困境。她们拒绝循规蹈矩的生活，以边缘化的职业为生，有的是自我封闭的自由撰稿人，有的是醉生梦死的艳舞女郎，有的是被人包养的情妇，她们的人生从传统生活方式中脱轨后进入失序状态，往往选择自戕、伤害、暴力、泛滥的情欲宣泄等极端方式来挑战、反抗传统，在营营役役的物质生活中放逐灵魂，最终的结果是滑向精神世界的崩塌与幻灭。安妮宝贝以各种变形的方式重复了同一种体验，并不是仅仅为了制造一种颓废、灰色的情调，更为重要的是，这些重复渲染的虚无体验显示了作家意识深处某种持久的焦虑：这是一个理想沦丧、精神失控的时代，没有了道德的底线、没有了伦理的规范，人的欲望就像脱缰的野马在肆无忌惮地驰骋，它的尽头是万劫不复的欲海深渊！虚无体验的反复书写只是一种手段，其目的是以一种淡定而透彻的强化方式来言说裂变时代人性的堕落与异化，寓言化地表达了这样的命题：生命中不堪承受的不是责任、良心、道德、义务、规范施加给人的沉重负荷，而是解脱这一切负荷后所带来的自我迷失的轻松！作家一方面用超然淡漠的文字表达"每个人都为自己而活"；"这个世界不符合我的梦想"；"爱情只是宿命摆下的一个局"；另一方面又在焦虑中期待给灵魂找一条出路，却发现"每一条途径都通向虚无"（《彼岸花》）。安妮宝贝借人物之口坦率地承认："我想我是有病的。心里那些溃烂的东西。所以我一直在继续写作。写作是治疗，做了一个一个的补丁。把它贴在心的缝隙上。"① 颓废、迷惘使作家无力承担精神启蒙、人性关怀和社会救赎的使命，只能将写作视为治疗自己内心疾病而非拯救他人灵魂的方式。

总之，安妮宝贝的小说不再专注于精神的超越性和价值的追问性，而将眼光漂浮在卑微的情感和本能层面，丧失了生命体验的深度感，表现出鲜明的后现代主义文化症候。小说中的女性形象充满了颓废的气息，她们都难以在欲望与人格、尊严之间找到平衡点，无形中启发读者意识到，对于女性来说，要获得真正的解放和自由，不仅需要有个性独立的要求，而且应时时自警，不为外在的诱惑、自身的欲望牵引而走向异化。

第六节 "巫山神女"原型与残雪的爱欲书写

"巫山神女"是先秦时期流传在我国南方楚地的神话传说，具有极大的包容性，千百年来，在民间口头传承，史学家、文学家的人为改造过程中发生了流变，并衍化滋生出无计其数的文学作品。其中，耳熟能详的是宋玉在《高唐赋》中所记载的楚王与神女的典故：

> 楚襄王与宋玉游于云梦之野。望朝云之馆，有气焉，须臾之间，变化无穷，王问是何气也。玉对曰："昔先王游于高唐，怠而昼寝，梦见一妇人，自云'我帝之季女，名曰瑶姬，未行而亡，封于巫山之台。闻王来游，愿荐枕席。'王因幸之。去乃言

---

① 安妮宝贝：《彼岸花》，南海出版公司2001年版，第86页。

'妾在巫山之阳，高邱之岨，旦为朝云，暮为行雨，朝朝暮暮，阳台之下。'旦而视之，果如其言。为之立馆，名曰朝云。"①

在宋玉笔下，"巫山神女"是位未嫁而夭的姑娘，名为瑶姬，她敢于冲破封建礼教的束缚，主动与楚王发生云雨之情，演绎了一段流传千古的风流佳话。这个神话故事将我们民族最隐秘、最深潜的人性欲望显形化，由这场白日梦似的艳遇传奇而衍生的"巫山云雨""梦游高唐"之类的意象在后来的诗词曲赋中不断地反复出现，成为中华民族内心深层的集体无意识记忆：

> 齐　沈约《梦见美人》：既荐巫山枕，又奉齐眉食。
>
> 梁　萧纲《行雨诗》：本是巫山来，无人睹颜色。唯有楚王臣，曾言梦相识。
>
> 唐　骆宾王《忆蜀地佳人》：莫怪常有千行泪，只为巫山一片云。
>
> 唐　元稹《离思》：曾经沧海难为水，除却巫山不是云。
>
> 唐　鱼玄机《感怀寄人》：早知云雨会，未起蕙兰心。
>
> 唐　李贺《巫山高》：瑶姬一去一千年，丁香筇竹啼老猿。
>
> 唐　李商隐《深宫》：岂知为云为雨处，只有巫山十二峰。
>
> 宋　苏轼《蝶恋花》：记得直屏初会遇。好梦惊回，望断高唐梦。

巫山十二峰是三峡的自然景观，其中以神女峰最为挺拔秀美，远观如亭亭玉立的少女，加上巫山地区湿度大，具有多云多雨的气候特征，成为神女幻化为"朝云""暮雨"的现实基础，引发历代文人骚

---

① 闻一多：《神话与诗》，武汉大学出版社2009年版，第79页。

客的想象和感怀，经由两千多年的文化传承，"巫山神女"已超越了具体的意象而成为表现情欲的象征性文化符码，积淀在中华民族的内心深层，她象征了一类浪漫多情，让男子恋恋不舍、难以忘怀的女子；一类不受理性约束，有着自由自在的生命形式的女子；一类张扬个体生命力，积极主动追求性爱同时不带功利之心的女子。

　　依据原型批评家诺思罗普·弗莱的观点，神话即原型是"一种典型的或重复出现的意象"①，是一切文学作品的典模，在不同的时代会有不同的演化和置换变形。倘若我们将"巫山神女"作为参照对象，对先锋作家残雪的小说进行一番考察，就会发现在残雪的爱欲书写中隐含了一个共同的原型意象，即"巫山神女"的原型：在《五香街》中，X女士特立独行，白天与丈夫经营炒花生、蚕豆的生意，夜间则从事"替人消愁解闷或搞一回恶作剧"的秘密职业。五香街的人们想象她与Q男士发生了奸情，因此掀起了轩然大波；在《吕芳诗小姐》中，夜总会小姐吕芳诗周旋在各色各样的男人之间，让男人们对她趋之若鹜，魂不守舍，却无意于婚姻；在《新世纪爱情故事》中，女性多是从仪表厂、纱厂出来的性工作者，她们遵循心的命令行事，用自己的身体去冒险，在性关系中并不注重物质索取，而是追求爱情的极致自由，激发彼此的生命活力。通过此番考察，我们发现残雪的爱欲书写在深层结构上与"巫山神女"原型如出一辙，其核心特质可汇拢到两点：一是主动的性爱姿态；二是性爱不附有功利之心或占有欲望。如表4所示。

---

① ［加拿大］诺思罗普·弗莱：《批评的剖析》，陈慧等译，百花文艺出版社1998年版，第99页。

表4　　　　　　　　　残雪作品中的核心特质

人 物	性爱姿态	非功利的审美特质
巫山神女	自荐枕席	与楚王云雨，不问结果
《五香街》中的X女士	在大庭广众之下发表演讲，喊出自己的欲望	与Q男士在谷仓幽会纯属私情
《吕芳诗小姐》中的吕芳诗	初见曾老六就主动投怀送抱	在性爱关系中彼此激发生命活力
《新世纪爱情故事》中的翠兰	与韦伯一见钟情，主动为他提供性服务	有爱则痴缠，不爱则分手
《新世纪爱情故事》中的阿丝	与韦伯、顾大伯、阿援真诚地恋爱，"身体像热带鱼一样多情"	情愿当妓女或嫁给渔夫顾大伯，也不愿依靠有权势的情人过上上等的生活
《新世纪爱情故事》中的龙思乡	为寻找性能力强的男人，想方设法从丝厂来到温泉旅馆	反抗被包养，从别墅窗口跳下去

在残雪的笔下，这些风尘女子的性爱原始而纯粹、热烈而仗义，虽然也存在金钱交易，但表现得率真而坦荡，没有不可告人的"潜规则"。并且，她们往往表现出与传说中的"巫山神女"共通的审美特质：一是主动的性爱姿态——无视传统伦理妇道观，在婚姻之外积极主动地实践自己的本能欲望；二是浓郁的巫性气质——具有原始生命力的冲动和通灵的直觉；三是超越世俗功利目的的生命激情——个性自主、人格独立，选择在非功利的性爱关系中激活生命力，获得自由。据此，可以断言，在残雪塑造的风尘女子的形象后面镶嵌着一个我们民族生命感受中最基本而又最模糊、最深潜而又最强烈的类似本能的原型意象，即"巫山神女"的原型意象。

二

值得追问的是，残雪在小说中频频以超功利的爱欲符号——"巫山神女"来置换变形风尘女子，难道仅仅是一种偶然的巧合吗？按照瑞士心理学家荣格的观点，原始意象即原型是"同一类型的无数经验的心理残迹"，"都有着人类精神和人类命运的一块碎片，都有着我们祖先的历史中重复了无数次的欢乐和悲哀的一点残余"①。可以说，残雪在创作中无意识地反复再现"巫山神女"原型，其实有着深厚的文化心理根源。

残雪，本名邓小华，20 世纪 50 年代生于长沙，从小和外婆生活在一起，几乎没有接受过正规的学校教育（小学毕业即辍学）。残雪的外婆巫性很重，能看见"灵异"事物，并经常给残雪讲"灵异"故事。从文化地域学考察，长沙属于楚巫文化圈："楚有江汉川泽山林之饶……信巫鬼，重淫祀。"（《汉书·地理志》）楚风巫雨的滋养，使残雪从小就秉承了接近通灵的巫性，她说她做梦有特异功能，能清楚地知道自己是在做梦，如果做了不好的梦，她就让自己走到梦境中的悬崖一跳，便醒来了。楚巫文化作为一种无意识，潜移默化地渗透到残雪的创作中："我每天努力锻炼，使自己保持旺盛的精力。然后脑海空空坐在桌边就写，既不构思也不修改，用祖先留给我的丰富的潜意识宝藏来搞'巫术'。"②残雪所说的"潜意识宝藏"类似荣格概括的"原始意象"，"是一种记忆的沉淀，一种铭刻，它由无数类似的过程凝聚而成。它主要是一种凝结或沉淀，因而是某种不断发生的心理经验的典型的基本形式。因此作为一种神话主题，它是永恒有效

① ［瑞士］荣格：《荣格文集》，冯川译，改革出版社 1997 年版，第 226—227 页。
② 残雪：《残雪文学观》，广西师范大学出版社 2007 年版，第 61 页。

的，持续不断的或是为某种心理经验所程式化的表现"①。在荣格看来，原始意象即原型是一种具有古老遗传性的潜意识记忆，其众所周知的表达方式是神话，本质上是一种被感知而被改变的无意识内容，它以象征性的方式负载不同时代人的精神意识和情感体验，成为沟通原始先民与当下人的精神桥梁。残雪小说中的风尘女子，如 X 女士、吕芳诗、琼姐、翠兰、阿丝、龙思乡等就充当着人类深层心理与现实行为的特殊中介，她们激情澎湃，不甘于平庸、刻板的生活，有着顽强的生命力和向死而生的勇气，同时又神秘莫测，具有超常的直觉和洞察力。她们与"巫山神女"原型有着天然的联系，残雪称她们"都是大自然的儿女，有高度自我意识的精灵"，是源于"原始之力"而创造出来。这里的"原始之力"，残雪的解释是"灵魂，心灵"，她说自己的潜意识创造机制就是依靠"原始之力和理性"启动起来，当"我的那个机制启动起来之后，那种奇妙的情形——好像自然在通过我说话，但又不完全是那样。应该说，是我自己努力挤压，打通了自然和我"②。在潜意识与逻各斯的相互运作下，残雪创造出一系列具有自然美和人性美的风尘女子，尽管她们有的在五香街经营炒花生的生意，有的沦落夜总会、温泉旅馆，却都有梦想、有见地、有追求，其主动追求性爱、不计功利的性情与"巫山神女"一脉相承，终究是属于灵界的超世俗的女子：在阿丝的眼里，"穷人"并非物质匮乏的人，而是"没有隐私的人"；龙思乡从纱厂来到温泉旅馆做性工作已是半老徐娘，但她泰然处之，非常自信："没有太晚，只有太懒，你说是不是？只要人的心不死，无论干什么都不晚。"③ 吕芳诗小姐初入夜总

---

① 程金城：《原型批判与重释》，甘肃人民美术出版社 2008 年版，第 25—26 页。
② 残雪、邓晓芒：《于天上看见深渊》，上海文艺出版社 2011 年版，第 88 页。
③ 残雪：《新世纪爱情故事》，作家出版社 2013 年版，第 64 页。

会，就相信自己是"一个有远大前程的女孩，将来会成为幸福的人"①。残雪笔下的风尘女子来自社会的底层，不仅言谈举止毫不粗俗，而且充满艺术家的想象和哲学家的思辨气质。按照鲁迅先生的观点："然而穷人决无开交易所折本的懊恼，煤油大王那会知道捡煤渣老婆子身受的酸辛，饥区的灾民，大约总不去种兰花，像阔人的老太爷一样，贾府上的焦大，也不爱林妹妹的。"（《"硬译"与"文学的阶级性"》）因为不同的教养，不同的阶级属性和社会身份决定了不同的世界观、审美观和爱情观，所以作家应该遵循其社会身份来塑造人物性格。那么，读者如何理解在残雪的小说中，这些社会身份与言行做派存在巨大反差的人物呢？残雪曾经授给读者一把"钥匙"："我小说中所有人物的原型都是我自己，我将自己分裂成许多人物。"残雪认为，文艺作品扎根于潜意识，是作家在一定的情境中创造出的心灵图式，因此，她并非像鲁迅先生一样，以写实手法塑造典型人物，而是根源于自己的潜意识，创造出符号性的象征人物。在《五香街》的结尾处，通过小说主人公 X 女士的反省，残雪道出了"符号"人物与现实人物的区别：X 女士认为自己"与众不同，并不像他人一样是一个人，只不过是一种主观愿望之体现，这种愿望因为永远不得实现，所以只是起着扰乱人心的作用。如果大家果真能做到如 A 博士所说，仅仅将她看作一个符号，并且在时光的流逝中将她忘却，那当然是最大的美事"②。X 女士作为符号性象征人物，其实是中国人受压抑并反抗压抑的本能冲动的集体无意识投射，其私生活成为人们津津乐道的焦点，象征性地表现了中国人的"性心理"以各种扭曲的方式得以宣泄的可能性。

---

① 残雪：《吕芳诗小姐》，上海文艺出版社 2011 年版，第 91 页。
② 残雪：《五香街》，作家出版社 2011 年版，第 335 页。

在残雪的小说中，不仅人物是象征性的符号，"显微镜""海鸥""原始森林""自由港口"等物象都具有丰富的象征内涵，因此，在小说的表层叙事下还隐藏着一个潜文本，作家曲折表达的深层意蕴便隐藏于潜文本之中。如在《新世纪爱情故事》中，阿丝她们离开纺纱厂，去温泉旅馆做"性服务工作"，只是文本的表层结构，而文本的深层结构则通过象征性的人物、物象、情节迂回表现出来。小说中有这么一个象征性情节：为了到达自由港口，阿丝穿越污臭不堪的地下管道，被红蝎子咬了一口险些送命，终于获得了"最高一级的通行证"。这一情节象征性地表达了以阿丝为代表的艺术家为了自由意志，不屈不挠，哪怕与死亡会晤也在所不惜。借纱厂老传达与阿丝的对话，残雪进一步揭示了小说的深层结构："丝小姐啊，你可是最早一批下海者，你的一些事迹早就被我记下来了。纺纱厂就要从这地面消失了，但历史是不会消失的，这个地狱一般的车间却培养了像你这样出色的女子，真是人间的奇迹啊。你这只爱情鸟啊，如今飞得越来越高了，你是不会轻易坠落的，对吗？"老传达用"出色""人间的奇迹""爱情鸟"等褒义词来形容阿丝所从事的性服务工作，并非反讽修辞，而是象征手法。和阿丝一样，老传达也是由残雪的自我意识分裂出来的符号化人物，他对阿丝的期盼正是残雪本人创作这部小说的动机，即要表达"一种渴望，也是人的自由意志的初现，当然也可以说它是新世纪灵魂的觉醒"①。小说中，残雪无意识地通过阿丝、翠兰、龙思乡这些富有激情、魅力四射的风尘女子置换变形"巫山神女"原型，一方面试图唤醒并激活深藏在中华民族血脉中的文化基因，另一方面以她的视角来确

① 残雪：《新世纪爱情，新世纪的灵魂觉》，http：//blog. sina. com. cn/s/blog_46eacfc90101h9ur. html。

定新世纪的审美价值标准，即从物欲的沉沦回到精神的彼岸，从生命的虚无回到自由意志的张扬。

三

作为一种可以反复重现或置换变形的精神文化现象，原型总是与人类反复克服匮乏感的心理需求息息相关，这也是原型反复出现在文艺作品中的意义。诚如荣格在《论分析心理学与诗歌的关系》中所言："艺术的社会意义正在于此：它不停地致力于陶冶时代的灵魂，凭借魔力召唤出这个时代最缺乏的形式。艺术家得不到满足的渴望，一直追溯到无意识深处的原始意象，这些原始意象最好地补偿了我们今天的片面和匮乏。艺术家捕捉到这一意象，他在从无意识深处提取它的同时，使它与我们意识中的种种价值发生关系。在那儿他对它进行改造，直到它能够被同时代人所接受。"[①] 按照荣格的观点，原始意象或者说原型的出现主要是源于人类克服匮乏感的心理需求，而文艺作品的意义在于激活无意识的原始意象，并使原型在置换变形中被赋予当代人的精神意识，使远古精神与当下境遇相互贯通。据此，本书进一步探讨的是，"巫山神女"原型在浩如烟海的中国文学作品中被反复引发并激活，体现了我们民族怎样的匮乏感和心理需要呢？

这应该从我们民族传统文化的两个方面来考察：一方面，中国传统儒家文化崇尚克己复礼、以礼节情，视爱欲、情欲为原罪，特别是宋中叶以后，随着程朱理学的出笼，并与封建专制主义相结合，"存天理，灭人欲"演变为人们日常生活中的金科玉律，因此，中国传统文化有过于重视伦理道德规范，而忽视生命活力之充实、生命激情之

---

① ［瑞士］荣格：《荣格文集》，冯川译，改革出版社1997年版，第228页。

张扬的倾向；另一方面，女性生殖崇拜或者说对性的崇拜在中华民族文化中源远流长，五经之首的《周易》就是通过对两性交媾描写来赞美万物化生，进而推及天地交合的广阔领域。余英时曾经指出，中国人历来就有注重现世生活的思维原则和肯定生命自然情感的人生态度，"中国古代思想自先秦以来即有明显的'人间性倾向"①，作为对压抑人性的封建礼教的反叛，"巫山神女"作为"种族记忆"才会以各种置换变形的方式不断地或隐或显地重现在文艺作品中，如魏晋南北朝时期干宝的《搜神记·董永与织女》中缘情下凡的织女；唐代陈玄佑《离魂记》中为追求爱情和婚姻的幸福而神魂出窍的倩娘；宋代民间传说中因情欲而水漫金山的白娘子；明代汤显祖《牡丹亭》中"情不知所起，一往而深。生者可以死，死可以生"的杜丽娘；以及清代蒲松龄《聊斋志异》中为爱情奋不顾身、勇于牺牲的狐媚花仙等，这些藐视世俗礼教，美丽多情的女子在情感的深层结构上与"巫山神女"原型一以贯之，异曲同工地表现着中国女性意识深处对爱情和情欲的热烈追求，并被赋予了不同时代人的精神意识。

如果说在封建文化的统治下，"巫山神女"原型的反复重现是为了对抗、反叛"存天理，灭人欲"的封建礼教，那么时空跨越到21世纪，残雪小说中的风尘女子作为"巫山神女"的衍生对象，又辐射了我们这个时代怎样的精神文化现象或者说匮乏感呢？诚如原型批评家程金城所言："神话归根结底表现的不是神的历史而是人的历史，也正是从这个意义上说，文艺作品或文化现象中的神话及其模式，与原始意象有同样的意义和功能，是显现人类深层心理与现实行为的特殊中介，是沟通原始精神与现实情感之间的桥梁。"② 也就是说，只要

---

① 余英时：《士与中国文化》，上海人民出版社，第 452 页。
② 程金城：《原型批判与重释》，甘肃人民美术出版社 2008 年版，第 114 页。

人类心理上的匮乏感不会终止，建立在人类生存的典型情境基础上的神话原型就会不断生成和重现。残雪在创作中反复重现"巫山神女"原型，隐含着作家本人对当下时代匮乏感的敏锐体察：伴随着现代性进程的加速，工具理性的横行，心灵世界的自然原初状态遭到了严重压抑或毁坏，人的情欲和本能越来越萎缩，甚至被物化，残雪通过塑造一系列重视物欲升华的，具有灵性与激情的风尘女子，借此挖掘被现代工业文明所掩盖的人性，表达她本人的现代性焦虑，即在商品化的物质时代拯救爱情、拯救人性的渴望，有着对抗现代文明危机的深远意义。

不言而喻，自20世纪90年代以来，消费主义已成为一种新的意识形态，深入我们社会生活的各个层面。商品化逻辑在消费主义文化语境中得到普及，不仅支配着劳动进程和物质产品，而且支配着个体的生活方式、人际关系乃至性欲。与残雪笔下主动追求性爱，不附加功利目的的"神女"相对照，在当代作家的小说长廊中，呈现了一系列被物欲异化了的"妖妇"：在阎连科的《风雅颂》中，为了评教授、博导，当上系主任，主动向领导投怀送抱的赵茹萍；在王安忆的《长恨歌》中，甘愿做军政要人李主任的"金丝雀"，以自己的青春美貌换取金条，并为了这盒金条不惜葬送了母女亲情，而且搭上自家性命的王琦瑶；在铁凝的《大浴女》中，靠出卖色相换取招工指标，为朋友调动工作的唐菲……同这些被物欲填满了灵魂，人性被扭曲、异化的"妖妇"相比，残雪笔下的"神女"虽然也放纵个人情感和欲望，与传统伦理规范格格不入，却注重男女之间自然生命的相互吸引与契合，即便是做露水夫妻，也表现得不看重功利目的，有情有义。如充满生命活力的翠兰见自己的相好韦伯进了监狱，恨不得自己也关到监狱与他相伴；年轻美丽的阿丝渴望嫁给美男子渔夫顾大伯，却不愿意依傍有权势的情人过上上等的生活；为了反抗被有钱的老永包养，龙思乡从别墅的窗口跳了下去……她们相信爱情，清楚自己需要什么，并努力追求一种自由自在的人生；而她们所崇尚的爱情，不附带占有之欲或功利之心，正是自由的极致。

虽然残雪肯定本能欲望是自然生命状态的呈现，却并不像许多崇尚身体写作的作家那样浓墨重彩地直接描写本能欲望，而是将叙述的重心放在人物的精神追求：《五香街》的 X 女士在业余时间热衷于摆弄"显微镜"，搞"巫术"创作；《新世纪爱情故事》中的男男女女都喜欢听"茶花女"的歌剧；龙思乡偶然听到有人用二胡拉"梁祝"，竟感动得"热泪滚滚"……对这些风尘女子为情欲燃烧生命的生活方式，残雪显然是颇为欣赏的，她借小说人物之口传达了自己的价值取向：在《新世纪爱情故事》中，梦游"失眠者"赞美翠兰："翠兰是这污浊城市里的一颗钻石。"在《吕芳诗小姐》中，当林姐建议地毯商曾老六娶夜总会小姐吕芳诗时，曾老六却自惭形秽："我？就凭我这副样子？你真是太小看吕芳诗小姐了啊。"不仅曾老六对吕芳诗钦佩不已，曾老六的父母也极力撮合自己的儿子娶吕芳诗，甚至连博物馆的女孩都将吕芳诗当作偶像，立志成为吕芳诗小姐一样的人。值得一提的是，在中国文学史上，风尘女子或者说"妓"一直是文学家们关注的对象，从唐传奇《霍小玉传》到宋传奇《李师师外传》，从元杂剧《赵盼儿风月救风尘》到明话本《杜十娘怒沉百宝箱》，从明末清初的戏剧《桃花扇》到晚清小说《孽海花》，塑造了一系列品性高洁、重义轻利，有的还具有民族气节和家国情怀的妓女。这些不拘于礼教约束，而呈现出万千风情的妓女形象与残雪笔下的风尘女子一脉相承，都是对"巫山神女"原型的置换变形，不约而同地表现了女性文化的积极价值。

综上，通过分析残雪的爱欲书写对"巫山神女"的置换变形，我们追问的是——在当今商业化的物质社会中，我们需要什么样的神话原型呢？残雪的思考也许能从一个独特的视角帮助我们找到答案："在新世纪里，人的情欲与爱情都面临着深渊，旧的拯救手段早已失效，一切得救的可能都只在个人自身。然而个人的本能正在日益衰弱，萎缩。艺术家深深地感到了危机，这是整个人类的危机。"[①] 在残雪看来，新世纪的文明危机是一种物欲横流、情欲和爱情面临死亡的危机，迫切需要以非物质主义与非功利主义的神话原型来舒缓现代性焦虑，在一定程度上有着对抗现代文明危机的现实意义。同时，文艺批评家应该有责任意识和承担意识，固本化外，让本土的神话原型实现现代性转换，从中发现特殊的文化价值，这不仅是为了在一定程度上唤醒并激活深藏在中华民族血脉中的文化基因，寻求现代人为了克服匮乏感和无所适从感所需要的精神领悟模式，而且是为了加深中华文化对国人的感召力和亲和力，使中国的文学批评在全球化时代焕发出新的活力与生机。

第七节 《暗算》中黄依依的命运透视

根据麦家的同名小说改编的特情电视剧《暗算》在很短的时间内收视率一路飙升，一举击败时下流行的日剧、韩剧、欧美剧，席卷全国各电视台收视冠军宝位。网上好评如潮，许多观众称该剧是"近十

---

① 残雪：《新世纪爱情，新世纪的灵魂觉》，http://blog.sina.com.cn/s/blog_46eacfc90101h9ur.html。

年来最好看的国产电视剧"（新浪网友评论）。业内人士也公认这是"电视界的奇迹之作"（《中国电影报》）。依赖电视剧的火爆，麦家成为第七届茅盾文学奖的赢家。

《暗算》在热播过程中不仅声势雷霆，而且让观众欲罢不能，引起了巨大的争议，争议焦点大多落在了第二部"看风"中的黄依依特立独行的个性以及她与安在天的充满悬念的爱情上。"看风"故事的时代背景发生在20世纪60年代，当时的中国内忧外患，局势严峻：三年自然灾害，中苏关系紧张，台湾国民党反攻。701的副院长安在天受命于危难之时，要求在最短的时间内破译"光密"，即蒋介石为进行"光复大陆"的阴谋所启用了光复一号密码。安在天到数研所招人，遇见了黄依依。经过考试和面谈，安在天以特工的直觉发现天资极好、悟性极高，有着绝顶的数学才华和天赋的黄依依是破译"光密"的最佳人选。因为对安在天一见钟情，黄依依随他来到了特殊的保密单位701。701是一条看不见的战线，里面的人从事着特殊的职业，保证着党和国家的安全。他们是一群无言的人，胜利了不能宣扬，失败了无法解释；他们也是一群没有人生自由的人，其言行要受到严格的纪律限制，个人的意愿、欲望乃至激情都如宇宙之中的尘埃一样渺小，都要绝对服从于革命的需要。黄依依的到来，如同压抑苍穹中的一道闪电，将原本死板的神秘世界划开了一道人性的缺口。当我们看到她在深夜里高歌，优美的歌声飞进周围的人家；看到她娇憨俏皮地喂小松鼠，在小松鼠面前诉说自己的心事；看到她和701的男人们下棋，所有的男人都不是她的对手，她的头上插满了胜利的鲜花……我们感到这样的女人是值得欣赏的，她无论走到哪里，一颦一笑，举手投足，都是那样鹤立鸡群，与众不同！

《暗算》中的黄依依（陈数饰）

　　701 里唯一能够与黄依依匹配的男人便是安在天，不仅两人都是单身，智慧和才华不分伯仲，而且志同道合，有着共同的事业和奋斗目标，两人的相遇应该是爱情与事业的完美组合，可是剧情却逸出了观众的审美期待，最后的结局竟是破译了"光密"的黄依依没有和安在天走到一起，却因为另外一个才智平庸的男子而死于女子间的争风吃醋。编剧的构思出人意料而又合乎情理，给观众带来了巨大的心灵震撼，黄依依的命运让人唏嘘不已，正应验了那句古人长谈"时也，命也"。所谓"时也，命也"，并不是听天由命的迷信说法，追根溯源，乃是源于《易经》的智慧。《易经》最重视的就是"时"的变动，所以说"时也，命也"，即此一时，彼一时也，人要善于把握时机，否则时一变，整个情势就都变了，人的命运也就跟着改变。

　　在《暗算·看风》中，黄依依这样一位知性、美丽、浪漫、大方的女人偏偏在爱情上吃尽苦头，根本就在于在爱情面前没有随时调整自己的步伐，随时用不同的态度、方法来应对不同的情况。黄依依一出场，便对安在天产生了强烈的爱慕之情：食堂里，安在天在买粥，当他转身的时候，黄依依戏剧性地撞了他一下，把他的粥打翻了，"相遇"的故事从此开始。黄依依是位数学天才，同时也是个多情的、充满灵性的美丽女人，她跟随安在天来到了701，以国家大事为重的安在天希望黄依依尽早地投入工作，黄依依却不分场合，反复向安在天表白爱意。安在天一次又一次地拒绝黄依依，并不是他对黄依依无动于衷，而是他的内心有两个尚未解开的心结：其一，破译"光密"的重任让安在天感到巨大的压力。正如徐院长对安在天的直言忠告："我不是给你压力，自古胜者王侯败者寇，英雄不问出处。只要破译了'光密'，一切流言蜚语都会过去，都会消失于弹指一挥间，都会在胜利面前传为笑谈。某种意义上来说，你已经成了她的保护人，她荣你荣，她损你损，她成功了，你鸡犬升天；她失败了，你同归于尽。你的命运，不完全在你手上了，而是在黄依依的手上。"黄依依的为人处世别具一格，放荡不羁，让701的很多人对她颇有微词，只有安在天能够理解她这种另类天才，并尽可能地为她的工作提供宽松的环境。如果在破译"光密"前安在天接受了黄依依的爱情，那么人言可畏，安在天对黄依依的宽容和保护就会被别人看成私情。并且，安在天深深明白，"光密"对国家的安危起着举足轻重的作用，而破译"光密"是对思维极限的挑战，求索的光明就像游丝一样纤细，只有具备了破釜沉舟的勇气和精卫填海的执着才可与"光密"决一生死。为了让黄依依心无旁骛地破译"光密"，他只能用理智克制情感。其二，安在天对刚去世的妻子小雨有深深的怀念之情和负疚感，在感情上一时也无法接受黄依依。安在天的妻子小雨非常贤惠，一个人独立抚养了一对儿女，最后因为配合安在天获取情报而在苏联牺牲。遇见黄依依的时候，安在天还沉浸在与牺牲不久的小雨的爱情回忆里，他在河边对黄依依讲一位青年在阴阳界上不肯喝忘情汤的故事，并暗示她，忘情汤其实就是时间。黄依依却没有琢磨这个故事的内涵，不能理解安在天对亡妻的感情，不能设身处地为对方着想，以及安在天在重大使命下的压力，只考虑自己的感受，用猛烈的爱情炸弹来轰炸安在天，显然不合时宜。

安在天与黄依依，一个含蓄内敛，如静水深流；一个率真奔放，如惊涛拍岸。不过，两人个性上虽有矛盾，并不存在根本的价值观的冲突。和安在天一样，黄依依也是热爱祖国的，为了报效祖国，她不惜抛弃在美国兰登公司的丰厚待遇和曾经相爱的丈夫，在海上漂泊了三个月，历尽千辛万苦才回到祖国。为了破译"光密"，她呕心沥血，将自己的粮票、工资也贴上了。"光密"因为她的猜想失误而耗费了人力，黄依依比谁都焦急，只有安在天懂她、宽慰她。安在天虽然在口头上没有直接表达过对黄依依的爱慕，但每次黄依依有难，安在天便心神不安，他和她之间有一种难得的默契。感情若是顺其自然地发展，应该有水到渠成的一天。可惜黄依依没有守到那个"时"，她被爱情冲昏了头脑，深夜突兀地闯入安在天的居室，让安在天非常畏惧，他害怕自己带回来的不是一个破译密码的数学家，而是"一棵饱受西方资产阶级思想侵害的大毒草"。黄依依因为自己的冲动被安在天狠心拒绝，双方都没有给对方留下回旋的余地。一贯骄傲的黄依依在事业和爱情受挫的双重打击下，几近精神崩溃的边缘，培训中心的汪林乘虚而入，借酒诱奸了黄依依。从此，黄依依便对安在天封闭了自己的心扉，走进了情感的阴霾。

其实，后来黄依依成功破译了"光密"，如果在情路上迷途知返，认准目标，也还是极有可能迎来她所希望的幸福。因为安在天在安葬了小雨后，对黄依依的态度明显变了，连徐院长都看得出来，在工作场合，在食堂，他的目光总是在追随着黄依依。徐院长曾经苦口婆心地启发黄依依抓住自己的幸福："我告诉你，自打安副院长安葬了小雨回来，我发现他变了，对你的态度变了。人的感情很怪，也许都是在不知不觉中产生的，在长期的工作中培养的。我认为，他心里……有你了。或者说，以前就有，只是他没意识到，不敢意识到……"可是，在情感上栽过跟头的黄依依已心灰意懒，面对安在天的捉摸不透的感情密码失去了她天才的灵感和敢于突破的勇气，陷入了自残自贱的歧途。她在安在天面前自我诋毁，赌气似的非要为曾经严重失职的机要员张国庆"行好"，将下放到农村的张国庆的老婆刘丽华调回701。刘丽华是有名的泼妇，她嫉恨黄依依，当黄依依来医院看病，刘丽华寻机将蹲在厕所里的黄依依狠命一推，黄依依被磕着了后脑勺，从此成了植物人。安在天将黄依依接回自己的家，亲自照顾她，黄依依在安在天家住了877天后溘然长逝。

黄依依在专业领域有着超人的天赋，她能释读天书，破译最高级别的密码，却缺乏在世俗中生活的智慧，在心理上，她很多时候还像一个孩子，没有成人。她无视世俗的种种法律、道德和禁忌，不能控制自己的情感和身体，不懂得相机而动，不懂得趋吉避凶，天真无邪又无法无天，乃至遇见自己的真爱也不知道把握，眼睁睁地与幸福擦肩而过。"时也，命也。"《易经》告诉我们，人的命运是由很多偶然构成的，时机要靠自己用心去捕捉。一件事情，在时机没有成熟的情况下，硬着头皮去做不会成功，一定要守到那个时，时一到，就一定要当机立断，抓住机会，否则时间一拖就错过了。《暗算·看风》中，应该得到幸福的黄依依却错过了幸福，从主观上讲，在很大程度上就是因为她在感情上没有把握好时机所致。

从客观上讲，黄依依的悲剧命运归根结底还是由她所处的时代文化环境所致。在 20 世纪 60 年代的中国，禁欲主义是当时普遍的文化现象，黄依依的浪漫、开放、特立独行是不容于当时的社会文化环境的，而安在天尽管在专业领域非常欣赏黄依依，但对她在私生活上的"不检点"还是心怀芥蒂的。安在天既敬畏人言，也敬畏 701 铁一般的纪律，因此在黄依依生前，他始终与黄依依保持距离，不敢越雷池一步，直到黄依依出事了，成了植物人，他才满心愧疚地将她接到自己的家悉心照料。这可以理解为安在天对黄依依的爱情，也可以理解为一种感情赎罪的需要。

作为一位美丽的、高智商的知性女性，如何避免爱情的悲剧，虽然《暗算·看风》讲述的是 20 世纪 60 年代的故事，但仍以形象化的方式带给今天的人们一定的启示。

第八节　《芈月传》的家国情怀与文化认同

历史剧，指取材于历史事件和历史人物的剧目。在通常所说的历史真实与艺术真实的关系上，不同时代的历史剧创作实际上各行其道，形成了不同的创作形态和理论取向，大体可分为三种类型：一类是"博考文献，言必有据"[①] 的历史正说剧，强调史书叙述历史的客观性与确定性，不随意杜撰历史，虽然其中也有艺术虚构和想象，但仍保持与史书基本一致，体现了现实主义的审美精神。如孔尚任创作《桃花扇》，经过十多年的文献资料的准备，虽然在具体细节上运用了

---

① 鲁迅：《故事新编·序言》，人民文学出版社 2006 年版，第 2 页。

艺术上的集中、提炼和想象，但对于基本史实的表述相当忠实，属于风格严谨的历史正说剧；另一类则是不追求历史的真实性，"只取一点因由，随意点染"①，表现出后现代主义审美精神的历史戏说剧。20世纪90年代以来，随着社会文化多元化，特别是市场经济体制的确立和消费文化的发展，历史剧的创作理念、叙事策略和审美走向发生了显著变化，以历史作为消费、娱乐的电视剧蔚然成风，从《戏说乾隆》到《戏说慈禧》，从《杨贵妃秘史》到《武则天秘史》，从《宫锁心玉》到《步步惊心》，这些历史戏说剧往往通过荒诞不稽的情节、时空混淆的装束，以及后现代式的噱头、拼贴解构历史，使历史成为被悬置的空洞的能指；还有一类则是游离于历史正说剧与历史戏说剧之间，体现出浪漫主义审美精神的历史表现剧，它一方面拥有正史的骨架，但又不同于正说剧严格地受史实规约，而是"通过由一变多或由多变一的想象，虚构成符号性的形象体系，把那个现代的观念表现、诠释出来。这些历史题材的作品借历史之外衣，所指涉的是皇权、统治、财富、欲望、享乐、权术、阴谋、算计等等，并不是历史本身"②，蒋胜男的小说《芈月传》就属于此类，既有历史事件的真实展示，又拥有较大的自由想象空间，将古装历史剧引向一个开放的艺术真实与历史真实相交融的领域。

一

《芈月传》以"中国历史上第一位女政治家"秦宣太后芈八子为原型，秦宣太后是秦始皇的高祖母，强秦统一中国的奠基人，有着铁血手腕和绝世才华，曾执掌秦国国政41年。正史中，有关秦宣太后

---

① 鲁迅：《故事新编·序言》，人民文学出版社2006年版，第2页。
② 童庆炳：《童庆炳文集》（第二卷），北京师范大学出版社2016年版，第497页。

的记载只有区区十余条，大部分还是她摄政之后的事迹。这样一位距今2300多年前的历史传奇女性，给人留下的想象空间很大，郑晓龙却不再准备走不受史实约束的创作道路，而试图在"大事不虚，小事不拘"的前提下迎合当前的社会价值观和审美情趣，创造具有历史文化底蕴和精神力度的历史题材剧。事实上，《芈月传》也基本上体现了郑晓龙的创作理念，在历史真实与艺术真实之间把握了一个适度的平衡点，这主要体现在史传式的客观写实与个人化的历史叙事相结合，在宏阔而真实的历史背景下展开浪漫主义想象，使历史进程内化为人的命运流程。

电视剧《芈月传》中的芈月（孙俪饰）

电视剧以芈月的命运为叙述基点，一头连着宫闱争斗，一头连着帝王将相、群雄称霸的历史风云。作为陪嫁滕女，芈月从楚宫到秦宫，嬴驷殁后，又从秦国到燕国充当人质，然后到义渠，再杀回秦国扶立儿子嬴稷为国君，自己做摄政太后，在这过程中联系着历史上许多真实的有名有姓的人物，如楚威王、楚怀王、屈原、黄歇、秦惠文王嬴驷、秦昭襄王嬴稷、义渠王、樗里子、张仪、魏冉、白起等，历史背景宏阔，在一系列重大事件的描写上，诸如秦惠文王嬴驷车裂商鞅，嬴稷被发落到燕国当人质，秦武王嬴荡猝死，楚怀王受骗在秦国被拘并死于秦国，宣太后杀义渠王于甘泉宫等，悉按当时的历史本事演绎，而前朝后宫的一些细节如郑袖挑拨离间、楚怀王对魏美人施以劓刑、张仪因楚相失璧被鞭打、张仪割地六里称"六百里"忽悠楚怀王、秦武王喜好跟人角力等都是历史典故，有充分的史料根据；在微观的日常叙事上，如芈月与生命中三位男人的悲欢离合则充满了浪漫主义的审美想象，不乏虚构与夸张。如芈月青梅竹马的恋人黄歇，在历史上确有对应的原型，他是战国时期的楚国大臣，曾为楚相，游学博闻而善辩，被封为春申君，与魏国信陵君魏无忌、赵国平原君赵胜、齐国孟尝君田文并称为"战国四公子"。不过历史上的黄歇比芈月小 20 岁左右，两人青梅竹马的恋情显然是编导杜撰出来的；芈月与秦王嬴驷的爱情则显然理想化、现代化了。秦王嬴驷胸襟博大、高瞻远瞩，坚持变法与国家统一，是中国历史上不可多得的有所作为的君王。在电视剧中，他珍爱芈月，用情至深，对她展开的是欲擒故纵的追求，如父如兄的教导，其高岸深谷的情义让芈月懂得了国事天下事，为她日后逐鹿天下，完成经天纬地的大业夯实了基础。秦王与芈月的关系与其说是封建时代尊卑等级森严的帝王与妃子，不如说是现代社会里志同道合、惺惺相惜的知己恋人；义渠王也是历史人物，在司马迁的《史记·匈奴列传》中有所记载，"秦昭王时，义渠戎王与宣太后乱，有二子。宣太后诈而杀义渠戎王于甘泉，遂起兵伐残义渠"[①]。宣太后的儿子秦昭王在位时，宣太后曾亲自修书邀请义渠王居于甘泉宫，共同生活了三十多年，还生了两个儿子。但史书上叙述的义渠王与宣太后的结合，并非源自爱情，而是相互利用、各取所需，宣太后利用义渠王获得秦国政权的稳定，义渠王则利用宣太后从秦国

---

① 《毛泽东读批史记》，红旗出版社 1998 年版，第 1112 页。

获得义渠的口粮。在宣太后与义渠王生活的第 34 年，宣太后引诱义渠王入秦，杀之于甘泉宫，秦国趁机发兵攻灭义渠。在电视剧《芈月传》中，义渠王欣赏、爱慕芈月，对其几次舍命相救，秦武王殁后，是义渠王动用义渠的倾国之力助芈月的儿子嬴稷为王（历史上是宣太后在同母异父的弟弟魏冉的帮助下平除内乱，让嬴稷登上王位）；芈月对义渠王也铭感五内，以身相报，两人之间不乏真爱与亲情，只是后来为了秦国的统一安定，芈月在万般无奈和痛苦之下牺牲了义渠王。

原创编剧蒋胜男不拘泥于有限的史料，在历史的空白处大胆发挥创造性想象，以女性视角去感知历史，挖掘芈月的精神世界。在芈月与各种势力博弈的过程中竭力突出她作为女性情感丰富细腻的一面，通过历史叙事来传递一种自强、坚韧、心怀大格局的女性价值观，表现一位女性走向自我实现的励志体验。正如电视剧中芈月自己所说的："我虽出生王族，却一直被人踩在脚下，一无所有，我不墨守成规，也不怀挟偏见，我既能一掷决生死，又能一笑泯恩仇。"芈月从一位仰人鼻息、受人欺凌的媵侍之女成长为不仅能主宰自己命运，而且充满救世自信与创世豪情的摄政太后，可谓历尽坎坷后终成人生赢家，在她身上汇集了许多美好的品质和经验可以启发现代女性，与当今社会形成一种精神连接的对话关系。

首先，聪颖好学，刚毅坚韧。芈月从小受楚威后打压、排挤，被派至先王陵墓守灵，不能和芈姝、芈茵等公主一起接受贵族女子教育，但她善于把握机会跟周围各阶层的人学习：她跟女医挚学医术，向葵姑学女红，还有幸得到了屈原授业、庄子传道、张仪解惑。多才多艺且乐于助人让芈月数次逢凶化吉、绝处逢生：因为懂医术，救了被蝎子草蜇伤的南后郑袖，获得重返楚宫的机会；因为会鞭术，从毒蛇口中救了嫡公主芈姝，让芈姝感恩图报，成为芈月在后宫里的重要"护身符"；因为博览群书，被义渠王俘虏后，凭着见识不凡的谈吐让义渠王对她刮目相看，珍惜善待；即便是在燕国充当人质，到了饥寒交迫、山穷水尽的境地，她还可靠针线刺绣的手艺养活自己和家人。原创编剧蒋胜男在采访中谈到，她喜欢芈月，"不是因为她最后成了赢家，而是她在任何时候都有着努力奋发，不肯在任何艰难困苦面前折辱自己心志的毅力"①。电视剧以大量的长镜头呈现了以芈月为中心的琐碎的日常生活，并在其中提炼诗意，这种诗意来自一种坚忍顽强的生命力，以及刚毅不可夺其志的品格。

其次，有情有义，善于为他人着想。与一般宫斗剧不同，《芈月传》没有将女主人公塑造成一位不择手段上位的"腹黑"之人，而是心地善良，善于设身处地为人着想，无论遭遇怎样的困境，她都始终透着一股子笃定，给周围的人传递一种积极的正能量。因为看重情义，才令芈月一步步顺势而为、成就大业——芈月从小目睹了宫廷险恶，母亲向氏和莒姬都成为宫闱争斗的牺牲品，不愿再做媵女随芈姝陪嫁入秦宫。她本与黄歇计划护送芈姝出楚国后就私奔，见芈姝遭人下毒病情每况愈下，念及姐妹情谊，她放弃了与黄歇私奔的机会；途中送嫁队伍被义渠军伏击，为吸引敌军，芈月义不容辞穿上芈姝身上的披风，阴错阳差中遇见了她生命中的贵人义渠王；黄歇不幸被害，为追查幕后指使者给黄歇报仇，芈月不得已入了秦宫；进了秦宫后芈月本不愿侍寝秦王，为救同母异父弟小冉免遭宫刑，不得不接近秦王，并在相处过程中受秦王"高岸深谷的情意"吸引，不知不觉爱上了秦王……因为有情有义有才华，芈月

① 蒋胜男：《用芈月展开历史画卷》，http://mt.sohu.com/20151107/n425592051.shtml，2015－11－07。

被历史的风云波涛推向了权力之巅。

最后，也是最为关键的，就是家国天下的情怀。在芈月的三段恋情中，唯有和秦王嬴驷的爱情是有始有终的，因为两人志同道合，在价值观上趋同一致。嬴驷钟情并赏识芈月，有意让她整理书简和奏章，带她祭拜商鞅，去四方馆同四方策士辩论治国学说，在潜移默化中，芈月逐渐从一位只懂得男情妾意、向往自由的小女子成长为用理性驾驭情感、心怀家国大义的人。在电视剧的第62集，芈月和黄歇谈及当初为什么没有跟他私奔时说过这样一席话："未遇秦王之前，月儿只知道儿女之情，白水鉴心，清澈如溪，结识秦王之后，才知这世上，还有另一种高岸深谷的情意……"这高岸深谷的情意，芈月没有往下说，却通过电视剧的主题曲《满月》表达出来，那便是"我愿上苍，在我之后，让天下骨肉相守"。秦王有意统一疆土、统一文字、统一度量衡的抱负让芈月深受感动，在其引导下，芈月逐渐滋生了家国天下的情怀，明白了所谓的个人，总是在家国天下的共同体中得以生存，"覆巢之下，安有完卵"，如果家国破碎了，个人又何谈幸福？因此，秦武王殁后，秦国四分五裂，黄歇找到芈月，欲与她回楚国重修旧好；与此同时，庸芮也找到芈月，希望芈月母子跟他回秦，力挽狂澜，救国救民于水火之中。芈月选择信守当年与嬴驷的承诺，带着公子稷回到秦国承担大业，辜负了许她一世安稳的黄歇；在义渠王的鼎力相助下，芈月当上了摄政太后，虽然她与义渠王深深相爱，还生了两个儿子，但当义渠王试图分裂秦国，毁了大秦王朝时，她没有因感情而退让，而是顾全大局，诱杀了对她有恩有义有情的义渠王。家国天下的情怀使芈月的人生有了不同于一般女子的大格局，成为为历史进步做出积极贡献的人物，但她也因此牺牲了个人的情感和幸福。

二

中华文化从传统走向现代的进程中，步履维艰。在全球化语境下，现代中国人究竟能不能继续保持原有的文化认同，还是必须向西方文化认同？《芈月传》的编导试图走出一条以视觉图像展示"中国元素"的民族文化认同的道路，而这也正是中国影视承担"文化自觉"使命的审美选择。

"文化自觉"的命题是费孝通在1997年北京大学举办的第二届社会学人类学高级研讨班上提出来的，"这个概念可以从小见大，从人口较少的民族看到中华民族以至全人类的共同问题。其意义在于生活在一定文化中的人对其文化有'自知之明'，明白它的来历、形成的过程，所具有的特色和它的发展的趋向，自知之明是为了加强对文化转型的自主能力，取得决定适应新环境、新时代文化选择的自主地位"①。随着全球化时代的到来，国家之间文化软实力的竞争日趋激烈，古装历史剧是科技和文化相互结合的产物，是文化软实力的物化和有效载体，在传播中，一方面能带来经济效益，另一方面，其所承载的文化价值和思想观念对消费者能产生潜移默化的影响。《芈月传》以"文化自觉"为使命，力图真实地还原战国时期秦楚一带的历史文化景观，并在故事架构和人物塑造中不经意地呈现秦风楚韵，让观众在视觉图像中感受两千多年前的物质、精神和文化生活，对厚重而博大的先秦文化有一定的"自知之明"。

《芈月传》的故事发生在战国，这时正是中国历史上的大变革时期，周王朝四分五裂，各诸侯国互相吞并，最终产生了战国七雄

---

① 费孝通：《文化与文化自觉》，群言出版社2010年版，第403页。

"燕、赵、魏、韩、楚、秦、齐"，其中，楚国雄霸南方，疆域辽阔，人口众多，物产丰富，文化也最为辉煌，芈月的童年和少女时代就是在当时的楚文化背景下展开的，镜头中出现的各式各样的道具如精美的丝绸服饰、玉器、漆器、青铜器，包括国宴仪式上出现的编钟、芈月吹奏用的排箫，以及各色宫廷饮食如肉糜粥、薏米山药粥、红枣鹌鹑汤、金银花茶、冰镇糯米酒等，多有据可考，充分显示了两千多年前楚文化的灿烂辉煌。

尤为可贵的是，剧中的文化景观不仅使故事的存在空间具有强烈的历史真实感，而且在塑造人物性格、隐伏故事脉络、推动情节发展等方面起着至关重要的作用：电视剧第一集演绎了楚太史令唐昧夜观星象，发现霸星降临，由此带出芈月出生的故事。"霸星出世，横扫六国"的预言使芈月从小获得一种心理暗示，这种心理暗示关键时刻便会激发她的生命潜能，让她做出承担大业的抉择。历史记载，先秦时期的楚国是一个天文历法发达的诸侯国，考古学家在曾侯乙墓出土的漆箱上发现绘有二十八星宿和北斗的图画，表明楚人在天文学、占星术上卓有建树，因此唐昧夜观星象的情节虽然是虚构，却建立在真实的历史文化背景之上；第六集叙述秦王嬴驷为破五国联楚抗秦，前往楚国欲娶楚国嫡公主为妻，一路上通过他的视角看楚国，并与自己的国家做比较。嬴驷对樗里子道："楚人好乘车，秦人好骑马"，"楚国比秦国繁华，但街道混乱，而秦国遵规守纪，井然有序"，并且"楚国的男子不以健壮为美，却以瘦削为美；不以弓马为荣，却以诗赋为荣；不以军功为尊，却以亲族为尊，将来秦楚开战，楚国必输"。嬴驷对秦、楚的评述不仅表现了他见识不同凡响，有称霸的雄心，而且从一个侧面反映了战国时期秦国与楚国真实的社会文化状况——秦王杀商鞅而不废新法，因此秦国热衷法制与行为规范；而楚王好色好细腰，导致楚国女子争相以瘦为美，连男子服色，都是尽显瘦而修长之特色。

电视剧还通过曲折的故事情节还原了古老神秘的先秦礼仪风俗：少司命大祭上，本由芈姝领衔表演的祭舞阴错阳差变成芈月，让芈月大展风姿，勾动了观舞者嬴驷的情愫。这一情节不仅为芈月日后秦宫受宠做了铺垫，而且美轮美奂地呈现了楚人好巫舞的风俗：楚人相信自己是神的后裔，对神鬼的祭祀极其虔诚，"少司命"旧注以为星名，也是神名，王夫之在《楚辞通释》中注解云："大司命通司人之生死，而少司命则司人子嗣之有无，皆楚俗为之名而祀之。"在《芈月传》中，公主领衔跳少司命舞，以皇室身份进行祈祷，象征了只有皇室才能传达上天意愿，并以上天意愿祈祷神灵降福大地，愿五谷丰登、子嗣繁衍、皇室在人间享有无限权威和力量。因此，楚威后见领衔跳祭舞的不是亲生女儿芈姝，而是芈月，深感不祥且极其震怒，对芈月更加忌恨，欲除之而后快。

秦王嬴驷与芈姝的大婚拍得非常有仪式感，成为普及战国古礼的视觉盛宴。婚礼仪式的程序根据《礼记》第44篇《昏义》而来，"却扇"类似掀红盖头，共牢而食、夫妇食黍、饮汤咂酱、合卺而饮，无不强调婚礼之后夫妻同甘共苦、合二为一；剧中人物的服饰也不是孤立存在的，在色彩构成上"秦国尚黑，霸气内敛；楚国尚红，灵秀鲜艳"，全方位地用逼真的场景和细节还原战国时期秦楚一带的服饰礼仪、人文风貌，让观众领略先秦文化的魅力。

三

《芈月传》摄制组起用了《甄嬛传》的原班人马，但有别于《甄嬛传》以后宫争斗为中心，"《芈月传》是一个从后宫走到前朝的戏，更多的戏份儿是在朝堂上。《芈月传》的格局更大，写的不是后宫琐事，而是家国大义"①。作为一部历史表现剧，秦宣太后在《芈月传》中被重塑为一位慧而多才、坚忍顽强、正道直行、心怀家国大义的人，而历史上宣太后心机深沉、工于权谋的一面则被有意忽略了。虽然芈月从一位陪嫁媵女到一代摄政太后的过程中蕴含着极为丰富的权力角逐的叙事资源，但编导不是将这一过程"腹黑化"，而是将其理想化，表现的是"中国历史上第一位女政治家"的精神成长史和价值成长史，在宫斗、权谋之外大大渲染家国天下的情怀，以及刚毅不可夺其志、奋发有为的人格魅力。

为了深刻理解电视剧《芈月传》将历史人物理想化的意义，就必须追问，该剧是在怎样的文化语境下产生的？《芈月传》的剧本从2011年开始创作，2014年9月6日在内蒙古坝上草原正式开拍，到最终播出，前后长达五年。这期间，全球化浪潮加剧，西方消费主义文化盛行，在大众传媒的推波助澜下，古装历史剧以不可阻挡之势席卷中华大地。秦皇汉武、唐宗宋祖、康熙乾隆等帝王将相"你方唱罢我登场"，宫闱红墙、金戈铁马、权力爱情日渐成为左右大众审美旨趣的主题。因为"'历史'远离了当代中国各种敏感的现实冲突和权力矛盾，具有更丰富的'选择'资源和更自由的叙事空间，因而，各种力量都可以通过对历史的改写来为自己提供一种'当代史'，从而回避当代本身的质疑。历史成了获得当代利益的一种策略，各种意识形态力量都可以借助历史的包装登场发言。无论是国家立场，或是市场立场，以及知识分子立场，几乎都不约而同地选择了'历史题材'

---

① 郑晓龙：《〈芈月传〉有大格局》，http://tj.ifeng.com/culture/detail_2015_12/07/4632455_0.shtml，2015-12-07。

作为自己的生存和扩展策略"①。在这些历史剧中，真实的历史往往被架空，历史成了胡适所说的"任人打扮的小姑娘"。更有一些所谓历史剧，为了博取票房或收视率，打着揭秘历史"真相"的幌子，消解崇高、颠覆英雄、丑化历史，发出与主流价值观极不和谐的声音。不少在历史上做出积极贡献的人物如大禹、孔子、玄奘、岳飞、梁启超等走下了神坛，成为荧屏上被消费、被娱乐的对象，导致优秀的主流文化价值在不断丧失并消解。

"灭人之国，必先去其史"，习近平主席在2013年贯彻党的十八大精神研讨班上发表讲话，引用了清代思想家龚自珍的话，表达了对历史文化的重视。2014年10月15日，习近平主席在北京主持召开文艺工作座谈会并发表重要讲话，进一步指出，"古往今来，中华民族之所以在世界有地位、有影响，不是靠穷兵黩武，不是靠对外扩张，而是靠中华文化的强大感召力和吸引力。我们的先人早就认识到'远人不服，则修文德以来之'的道理。阐释中华民族禀赋、中华民族特点、中华民族精神，以德服人、以文化人是其中很重要的一个方面"②。习近平主席积极鼓励21世纪的文艺工作者以弘扬和培养民族精神的重要源泉和宝贵财富为使命，创作有民族文化凝聚力和向心力的文艺作品，为中华民族的伟大复兴提供强大的价值支撑。

在今天，影视媒体成为我们社会生活中的普遍存在已是不可否认的事实，视觉文化不只是反映和沟通社会生活，也在创造我们的世界。无论是个体、家庭，还是国家、民族，其信仰、价值和欲望都通过图像被折射、被建构，也被扭曲。从某种意义上说，历史剧不仅可

---

① 尹鸿、曹乐书主编：《影视传播研究前沿》，清华大学出版社2010年版，第44页。

② 习近平：《习近平在文艺工作座谈会上的讲话》，http://cpc.people.com.cn/n/2015/1015/c64094-27699249.html，2015-10-15。

作为娱乐消遣，还能直观地反映了一个国家和民族社会历史和文化的方方面面，指导着我们的生存与发展。尽管历史有"阴暗的一面"，但那些超越一己之私、超越一时之利，在物质与欲望之上的精神，才是推动历史长河奔流不息的洪流，也才是值得当下文艺工作者传承发扬的历史主旋律。郑晓龙站在历史理性的高度来看秦宣太后这一历史人物，肯定她代表了社会的进步力量，感慨史书对其评价不公："史书上说她靠女色来骗取政治利益，说她工于心计，但她是中国第一位女政治家，当政 41 年，在她当政这些年坚持商鞅变法、坚持统一六国，把秦国变得那么强大，她肯定有她的人格魅力、尊严自我。"① 循着这样的思路，电视剧对芈月的塑造有明显的理想化倾向，尽管芈月从小遭受楚威后的欺凌，经历了宫闱争斗的险恶，但她并没有因此成为"腹黑"之人，而是出淤泥而不染，她胸襟磊落，正直诚恳，百折不挠，有血性有胆识，正是这些美好的品格深深吸引了公子歇、秦王嬴驷和义渠王翟骊。

在《芈月传》的创作研讨会上，与会专家认为《芈月传》是"对当下影视剧热衷于低吟浅唱和权谋之争的创作误区进行有力匡正"。"怀着历史必须向前的价值情怀与信念，让沉睡于久远年代的人性品质走出尘封的纪传编年，让血性、温暖、情义、慷慨、千金一诺与远见卓识等中华民族的优秀特质，在宫廷邪恶与卑鄙的反衬下得以重见天日。"②《芈月传》的创作宗旨是重塑中国传统文化中优秀、美好的道德标准和人文情怀，同时不可否认，电视剧有的地方欠严谨，存在与历史事实不相吻合的地方，对芈月的性格塑造也有自相矛盾之

---

① 郑晓龙：《芈月传》为"中国首位女政治家正名"，http：//media. people. com. cn/n/2015/1202/c40606 – 27878967. html，2015 – 12 – 02。

② 《〈芈月传〉收视率点播率去年最高》，http：//ent. ifeng. com/a/20160127/4256888 6_ 0. shtml，2016 – 01 – 27。

处，比如一方面极力渲染她的重情重义；另一方面，又让她无情地诱杀了义渠王，情节的转承比较突兀等。

综上所述，历史古装剧其实是当代史对于特定历史的重述或建构，不能离开当下的价值立场和意识形态的需要，电视剧《芈月传》以现代的思想去激活历史、创造历史，将历史人物理想化，借芈月这一艺术形象承载主流意识形态所认同的国家观、历史观和民族观，通过浓郁的家国情怀打动观众，对当代人增强文化认同与民族认同具有现实意义，也在一定程度上为时下消费文化与主流意识形态的弥合找到了契合点。或许，我们可以这样断定，《芈月传》编导的文化理想正是探索一种文化的两全境界：在主流意识形态与消费文化的对立冲突中找到契合点，使两者相互交融、相互弥合——主流意识形态为历史古装剧确定价值根基与审美理想；历史古装剧则为主流意识形态提供雅俗共赏的传播平台和渠道。虽然两全很难齐美，但《芈月传》的编导为古装剧的创作发展以及历史文化传播做的探索还是值得肯定。

余论 近年来女性小说的悲剧性征候与性别文化建设

进入 20 世纪 90 年代以来，随着社会转型与体制改革进程的加快，对外开放与经济市场化日益扩大，带来的不仅是物质上的大众消费，而且是精神文化上的大众消费，世俗化、物质化倾向越来越明显，文化思潮逐步由传统伦理政治型文化向现代商业型文化转型。在转型期的文化语境下，远离主流意识形态叙事，表现女性体验、爱情婚姻、家庭伦理的女性小说获得前所未有的繁荣。笔者所关注的是，近年来的小说从生活的各个维度呈现了如下主题：女性在现代性进程中的生存困境和精神困境，为什么悲剧精神却消减甚至被放逐了？悲剧精神的消减主要表现在哪些方面？从性别视角考察这一文学现象，性别文化建设应当确立什么样的价值目标才能促进两性关系和谐发展？

一

纵观近年来我国有代表性的女性小说，会发现多以女性命运为中心，呈现了现代工具理性的横行对人的内在精神文化构成极大的威胁。人与人之间的感情越来越物化，精神守望越来越没有着落，女性对情爱的憧憬和追求往往以悲剧告终。也就是说，这些女性小说不约而同地表现了现代文化的悲剧性症候，并拥有一个共同的文化逻辑，即反映了中国现代化进程中主观精神文化与客观物质文化相矛盾、相脱离的悲剧困境。女性小说中悲剧性症候的结构模式如表所示。

表 5　　　　　　　　女性小说中悲剧性症候的结构模式

女性形象	主体的理想	客体的反应	悲剧性症候
王安忆《长恨歌》中的王琦瑶	渴望凭自己的姿色出人头地，实现自我价值	竞选上海小姐一举成名，让她成为李主任包养的情人。李主任死后，与康明逊生下了私生女，从此与爱情婚姻无缘	因李主任留给她的金条，被一位青年谋财害命
徐小斌《太阳氏族》中的陆羽	执着地爱着烛龙，为了爱情，虽九死其犹未悔	烛龙娶了轻浮漂亮的安小桃，被染上性病，无法和陆羽灵肉交融	屈从世俗生存法则，切除了脑坏叶
池莉《生活秀》中的来双扬	对卓雄洲抱有幻想，希望拥有美好的爱情和婚姻	卓雄洲来吉庆街买了来双扬两年多的鸭颈，不过是为了寻求婚外的新鲜刺激	卓雄洲占有了来双扬后再也没有出现在吉庆街
铁凝《大浴女》中的唐菲	有着美丽的身体，发出了"我就是电影"的憧憬	男人们觊觎、蹂躏、糟蹋着唐菲的身体	唐菲病入膏肓，发出了"我就是病"的呻吟
卫慧《蝴蝶的尖叫》中的朱迪	在假想的疯狂中爱上了"小鱼"，并怀了他的孩子	"小鱼"为了让前女友资助他出唱片，无情地抛弃了朱迪	朱迪始终不敢告诉"小鱼"怀了他的孩子
安妮宝贝《七年》中的蓝	想通过爱情给自己的灵魂找一条出路	蓝和林同居七年，除了做爱和争吵，林没有给过她任何名分	蓝因严重的抑郁症自杀

续　表

女性形象	主体的理想	客体的反应	悲剧性症候
徐坤《春天的二十二个夜晚》中的毛榛	希望家庭、事业两全其美	丈夫突然离家出走，为治愈情感的创伤，她与男人玩起了性爱游戏	找不到情感归宿，成为都市的抑郁病人
方方《桃花灿烂》中的星子	将情感的归宿定向了粞，憧憬与相爱的人步入婚姻的殿堂	粞禁不住水香的诱惑，亵渎了星子的爱情。相爱的人都抛弃了痴恋的一方，走进无爱的婚姻	粞死于癌症，星子为粞留下了生命的延续，却陷入无意义的迷惘
辛夷坞《致我们终将逝去的青春》中的郑微	相信爱情并主动追求爱情	两次爱情梦都因爱恋对象去美国而破灭	终于清醒地意识到"青春是用来怀念的"

综上，列表中的小说异曲同工地呈现了现代人的灵与肉、爱与欲、义与利，理想与现实各自为政，难以达到和谐统一的生存状态。小说中的女性形象，虽然有着不同的性格、不同的身份和命运，却在悲剧性症候的文化逻辑上颇为一致，即反映了随着现代性进程的加速，生存方式发生了巨大改变，欲望滋生的同时人的精神、情感却越来越萎缩，甚至被物化：她们有的在现代都市中发生了灵魂裂变，如《长恨歌》中的王琦瑶原本对生活充满美好的憧憬，在经历了上海小姐竞选后失去了平常心，对大上海的迷恋、对情欲的无法自控使她难逃悲剧宿命；有的被男人包养当作玩物，人格被严重异化，如《七年》中的蓝，将爱情当作精神救赎的唯一稻草，失了学、流了产、患了严重的抑郁症，临自杀前还感激摧毁了她整个身心、断送了她的花样年华的林；有的将人生价值附丽在身体上，身体却成为她招致毁灭的渊薮，如《大浴女》中的唐菲，颠倒众生，在感官享受中沉沦，当

她走到生命的尽头渴望有人来关心的时候，却没有一个男人来探视她；有的在事业上具备不逊于男人的才智和能力，在感情婚姻上却是失败者，如《春天的二十二个夜晚》中的毛榛，事业有成，丈夫却突然离家出走，她与男人"同居"以排遣抑郁，却无法医治情感的创伤；有的相信自己的魅力天下无敌，到头来却失望之至，如《致我们终将逝去的爱情》中的郑微，不计功利，飞蛾扑火般地投入爱情，最终清醒地意识到，"青春是用来怀念的"，在爱情和利益面前，爱情总是最值得牺牲的……透过这些悲剧性症候，我们看到作为主体的女性和她爱欲投射的客体对象即男性之间存在着紧张的矛盾冲突：一方面，女性在现代社会中的权力意识开始觉醒，她们不满足于传统的家庭妇女的角色，希望在爱情、婚姻上与男性人格平等，实现自我价值；另一方面，男性仍然绵延了封建时代的性别观念，没有将女性当作与他们平等的，具有独立意志的人来看待，女性无法在家庭和事业之间找到平衡点。

不仅传统的父权制文化观念极大地扭曲了女性的人格建构，现代工具理性的横行也对人的内在精神文化构成极大的威胁，导致人与人之间的感情越来越物化。如在辛夷坞的《致我们终将逝去的青春》中，击败郑微爱情的，并非第三者，而是功利主义价值观。陈孝正为了去美国而放弃了与郑微的爱情，他是这么为自己的选择辩解的："我的人生是一栋只能建造一次的大楼，所以我错不起，微微，哪怕一厘米也不行。"与辛夷坞的形象化表述异曲同工的是，德国社会学家齐美尔在论述货币哲学时，以抽象的方式谈到现代人精神功能的"数字系统"化："现代人用以对付世界，用以调整其内在——个人和社会的——关系的精神功能大部分可称作为算计功能。这些功能的认知理念是把世界设想成一个巨大的算术题，把发生的事件和事物质的规定性当成一个数字系统。"① 在齐美尔看来，男性文化与女性文化对峙就是客观文化与主观文化的对峙，男性一手创造了客观文化，女性在客观文化中的悲剧命运就是被当作纯粹的手段，即作为男人的手段、孩子的手段和家庭的手段。在论述现代性的文化悲剧时，齐美尔进一步谈到，随着社会从古典到现代的变迁，"各种个人在文化上的提高可能十分显然地落后于物——近在咫尺的功能的和精神的物——的文化的提高。"② 也就是说，在现代性进程中，外在的客观物质文化膨胀、横行，使传统意义上的内在的主观精神文化受到极大的压抑，导致了精神价值的失落，现代文化的悲剧由此产生。根据齐美尔的论断，可以认为，上述小说中女性命运的悲剧归根结底也是现代文化的悲剧。

二

具有反讽意味的是，虽然当下的女性小说普遍存在悲剧性症候，崇高的悲剧精神却反而呈现出消减的态势。谈到悲剧精神的消减，我们需要解释一下什么是悲剧精神？蒋孔阳对此的表述是："人面对生活中的不幸、苦难与毁灭的必然性时主体所表现出的抗争与超越精神，而悲剧性的精髓在于主体悲剧精神的张扬。"③ 蒋孔阳概括的是传统悲剧精神，法国社会学理论家吕西安·戈德曼所论述的"悲剧世界观"则揭示了资本主义社会历史条件下人类生存新的悲剧性冲突。戈德曼在《隐蔽的上帝》中认为，"在17世纪的法国和18世纪的德国，科学思想以及随之而出现的更高的技术效率，还有理性主义和个人主

① ［德］齐美尔：《货币哲学》，陈戎女译，华夏出版社2002年版，第131页。
② ［德］齐美尔：《社会是如何可能的》，林荣远译，广西师范大学出版社2002年版，第128页。
③ 邱紫华：《悲剧精神与民族意识》，华中师范大学出版社2000年版，第1页。

义伦理道德的兴起"①，带来了宗教、道德危机，在此刺激下产生了悲剧世界观，它以一种坚定的至真、至善、绝对正义的价值理想来对抗充满缺陷的世俗社会。综合蒋孔阳与戈德曼的论述，我们将现代悲剧精神概括为面对消费化时代复杂严峻的矛盾冲突、伦理道德趋向崩落的社会现实，主体所表现出的坚忍不拔的人格力量、一往无前的独立意志以及知其不可而为之的抗争、超越精神。

值得进一步探讨的是，中华民族的悲剧传统历来注重张扬悲剧精神，如远古神话中的精卫填海、愚公移山、共工怒触不周山，都是中华民族决不妥协、不懈抗争的悲剧精神的体现；中国古典悲剧里的"大团圆"结尾则以乐观主义的审美追求强化了精诚所至、一往无前的悲剧精神：梁山伯与祝英台虽然殉情了，却最终化蝶双飞；牛郎和织女被王母娘娘一道银河分开了，却有喜鹊搭桥让他们每年七夕相会；窦娥虽然蒙冤而死，却有一腔热血飞溅白旗、六月天降三尺大雪、楚州大旱三年等天人感应为她申冤……这些悲剧人物虽然身躯倒下了，精神却仍然坚持战斗，在现实世界里被毁灭的理想，经过不屈不挠的、虽九死其犹未悔的抗争后，终于在虚幻世界里得到肯定或实现。倘若我们以民族的悲剧传统来观照近年来的女性小说，虽然普遍存在悲剧性症候，但主人公往往因为薄弱的个人意志，成了世俗功利价值观或情感纠葛中的俘虏，崇高的悲剧精神则呈现出消减甚至被放逐的态势，主要体现在以下几个方面：

其一，现实生存立场代替了启蒙立场。近年来，受后现代主义思潮的影响，批判启蒙理性和启蒙立场成为中国思想文化界主流价值取向，这也深刻地影响到小说家的创作，不少当代作家摒弃了启蒙立

---

① 王天保：《吕西安·戈德曼对"悲剧世界观"的解析》，《江淮论坛》2013 年第 1 期，第 166 页。

场，以务实的现实生存立场来塑造人物和结构情节。例如在方方的《桃花灿烂》中，作家以融入世俗生活中去的平民视角叙述了相爱者在阴差阳错中酿成的欲笑无痕、欲哭无泪的悲剧："反动学术权威"的女儿星子和"历史反革命"的儿子粞在搬运站的艰苦岁月里相爱了，由于星子的矜持和粞的自卑，两人屡次错失表白爱情的良机。抵挡不住水香的诱惑，粞投入水香的怀抱，对星子造成极大的伤害，象征着欲望的灿烂的桃花成为星子心中挥之不去的噩梦。星子考上大学后遵从世俗法则，与条件相当的亦文结婚；粞娶了沈可为的妹妹沈小妹，凭借裙带关系当上了调度员，但婚姻生活极不如意；沈可为去美国发展使粞失去靠山，又重新回到搬运工的位置，万念俱灰的粞患了肝癌；星子冲破世俗礼教，与弥留之际的粞交合了；在参加粞的葬礼上，星子悟出这么多年来自己倾心爱着的那个人其实是个自私而平庸的人，"他死了也许正是他活着的最好形式。否则更糟糕"。后来星子生下了眼睛酷似粞的儿子，却无限怅惘："这究竟是些什么？又有什么意义呢？"[①] 小说弥漫着悲剧的旋律，当我们对这部小说抽丝剥茧，会发现小说的悲剧内核并不是有情人无法成为眷属，也不是粞的英年早逝，而是原本执着于情爱无价的星子认同了情爱的虚妄与无意义。

与《桃花灿烂》的爱情悲剧内核相通的是辛夷坞的《致我们终将逝去的青春》，18 岁的"玉面小飞龙"郑微天不怕、地不怕，有着对爱的勇敢和坚持，但当她经历了刻骨铭心爱着的两个男人林静和陈孝正都为了去美国留学放弃了爱情的时候，她终于洞悉了青春的残酷，因此变得猜忌和防范，最终向世俗生活妥协而嫁给了林静，因为小富即安的林静能给她安稳感。

---

① 方方：《水随天去》，春风文艺出版社 2007 年版，第 169—170 页。

星子与郑微的爱情在世俗功利价值观的渗透下变得千疮百孔、面目全非，她们的爱情悲剧本质上属于叔本华式的"悲剧放弃"，即悲剧人物经过漫长的斗争和痛苦之后，最后永远地放弃了她们此前热烈追求的目的，悲剧人物的这种放弃是由其自身意志决定的，而非两种矛盾力量对抗的结果，是一种悲剧性的妥协。尽管小说《桃花灿烂》与《致我们终将逝去的青春》改编成影视后获得了不俗的收视率和票房，却忽视了对女性主体意识的深切关注，这一文化现象显然是值得进一步思考的。

其二，"灰色"人物消解了理想生活。中国文艺中的悲剧人物历来有着深厚的理想主义情结，特别在古典戏剧中，如《赵氏孤儿》中的程婴，《桃花扇》中的李香君、《梁山伯与祝英台》中的梁山伯与祝英台等，这些悲剧人物往往为了道义、公理，或者美好的爱情，可以一念所至一往无前，可以玉石俱焚无怨无悔，他们的抗争精神千载之下仍能启发一种改造无情现实的生命热情。在近年来的小说创作中，很难寻觅这种宁为玉碎不为瓦全的理想主义精神，多的是"灰色"人物在柴米油盐、饮食男女中碌碌奔忙、无奈挣扎的苟且人生。所谓"灰色"人物，是指围绕自身的利益而行动，命运受世俗的生存模式或物质生活所支配，缺乏强烈的生命抗争意识和理想主义情怀的人物形象。在王安忆的《长恨歌》中，王琦瑶就是一位典型的"灰色"人物：王琦瑶是上海弄堂的女儿，因相貌出众便憧憬凭借自己的姿色实现自我价值。竞选上海小姐的成功使她原来的生活轨迹彻底改变了——她走出弄堂，做了军政要人李主任的外室；李主任预感到自己大势将去，将一个装有金条的桃花心木盒交与王琦瑶后走出了她的生活；李主任在仓皇逃亡中罹难而死，从此，这个桃花心木盒成了王琦瑶最忠实可靠的伴侣，让她有了留在上海生活的从容和底气；为了保住这个桃花心木盒，人老色衰的王琦瑶被前来偷盗的"长脚"所谋害。王安忆以精雕细刻的笔触大肆渲染了以王琦瑶为中心的上海市民过小日子的生活情态，从旗袍式样到小笼包子、下午茶，从发髻装扮到桂花粥、麻将牌，在理想主义人生观的烛照下，这种简慢的赏心悦目的物质生活处处透着在衰败中挣扎的绝望和悲凉。王琦瑶虽死于非命却难以让读者感受惊心动魄的悲剧震撼，因为在她的"灰色"人生中，没有与平庸的现实形成抗争的尖锐冲突，更无从寻觅意义洪荒时代的救赎力量。小说的精神深度也因作家对物质化的日常生活玩赏有余、批判不足的叙述态度而平面化了。

其三，审美距离嬗变为感官的直接享乐。在《悲剧心理学》中，朱光潜谈到审美经验中的距离是一个很有价值的重要因素。"因为它给了我们确定产生和保持审美态度的条件的一个标准。被形式主义者认为与美学不相容而抛弃的逻辑认识、个人经验、概念的联想、道德感、本能、欲望以及其他许多因素，的确使我们的审美经验或成或毁。"① 悲剧之所以能让人产生怜悯与恐惧、痛感和快感，关键在于在审美主体与客体对象之间保持着"中庸"的距离，"距离过度"或"距离不足"都难以产生审美效果。在倾向于自然主义描写的当代作家笔下，"距离不足"往往使他们的小说难以洞穿悲剧现实，成为丧失目的性和意义的虚无主义景观。如卫慧的小说钟情于描绘一类受西方腐化堕落生活影响的"新新人类"，她们的情感被金钱所控制和异化，混迹于酒吧、舞厅、游乐场所之间，吸毒、酗酒、淫乱、同性恋，对中国传统的生活方式和生活秩序具有极强的杀伤力和破坏性；《上海宝贝》中，倪可无意于平实而简单的贤妻良母的角色，在声色

---

① 朱光潜：《悲剧心理学》，安徽教育出版社1996年版，第45页。

犬马、纸醉金迷中疯狂地做爱，骨子里却是冷漠、自私和无情。在经过了饮鸩止渴的情欲自主后，倪可乐极生厌，不知道自己何去何从；《蝴蝶的尖叫》中，朱迪爱上了一个毫无责任感的男人"小鱼"，"小鱼"为了旧女友资助他出唱片而抛弃了朱迪，憎恨、绝望和恐惧使朱迪的生活濒临崩溃，精神陷入混乱悲戚的状况；《欲望手枪》中，目睹女儿与军官情人做爱达到高潮，米妮的父亲死于一片肉体的糜烂……这些"新新人类"往往将自我救赎寄托在肉体的废墟世界里，无所敬畏也无所顾忌，其人生就如一部脱轨的列车，在荒凉而迷狂的都市生活中横冲直撞，直至将自己弄得伤痕累累，满目疮痍。虽然死亡和毁灭是卫慧小说中常见的主题，但我们在其中仅仅是看到了悲剧性症候却无法感受到悲剧所应产生的精神力量。因为悲剧的精神力量是在赋予希望的失败或毁灭中呈示人的生命强力和伟大，而卫慧的赤裸裸的感性肉身描写消解了审美距离，人性的堕落与异化在她笔下成为无法救赎的必然趋势。这种言说一方面颠覆了我们的传统审美想象和伦理道德规范，另一方面呈现了商业化大都市的畸形文化——工具理性的过度张扬导致价值理性的式微，人们陷入一个危机四伏的失控世界。

三

当下我们处在和平年代，虽然没有遭遇帝国主义侵略的民族危机，但在现代性进程中所经历的时代悲剧比传统悲剧更为普遍、更为深层。众所周知，中国的现代性是在西方现代性的强力刺激下开始形成的——19世纪以来，西方以其工业革命的成功，极大地推动了经济、政治和物质文明的发展，西方价值和文化形态也就随着殖民扩张而成为全球化的价值与文化模式。正如王一川教授在《中国现代性体验的发生》一书中精辟概括的，中国的现代性体验"不是从自身的古典性体验简单地进化或过渡而来的，而是古典性体验在现代全球性境遇中发生急剧断裂的产物"①。也就是说，西方的现代性是在社会工业文明高度发达的基础上产生的，具有原生性；中国的现代性则是在西方现代性的强制性推动下，发生社会剧烈变革，将西方几百年累积的变革压缩到几十年完成，这种剧烈的变革致使中国的现代化进程备尝新旧更迭的艰辛：一方面，现代工业、商贸、文教的兴起与发展演绎着现代的城市文明，整个社会的审美取向和伦理价值发生了深刻变迁，突出表现为以性为核心的爱情、婚姻和家庭伦理观念的转变；另一方面，绵延千年的中国传统文化根深蒂固，顽强地对抗、抵拒强势入侵的西方现代文明。因此，在中国的现代化进程中，传统和现代并不是对立的两极，它们往往联袂而行，不仅在"五四"时期新文化、新道德处于与传统文明进行权力角逐的情势中，而且在今天的全球化时代，中国传统文化的价值观、道德观、伦理观虽然遭遇了前所未有的困境，但仍然在排斥、阻拒西方现代文化的入侵，东方与西方、传统与现代的迥然不同的价值观仍然在中国人的内心深处撞击，中国人正面临着巨大的精神困境。

从近年来女性小说的悲剧性症候中可以看到，因为现代性进程中主观文化与客观文化日趋分离，社会文化语境不再为女性提供启蒙、救赎的途径，相反，成为女性悲剧命运的渊薮。女性难以应对社会中的种种变数而倍感困惑，女性对情爱的追求难免陷入困境，想通往自由广阔天地的道路仍然漫长。值得深思的是，这些小说从社会生活的各个层面呈现了女性的生存镜像和悲剧性症候，多的是对生命感觉萎

---

① 王一川：《中国现代性体验的发生》，北京师范大学出版社 2001 年版，第 39 页。

缩的原生态描写，少的是生命方向上反抗的抗争精神，放过了人生更宽阔和深厚的生命意识和生命情怀，现代社会世俗化的精神景观已然成形，积重难返！这显然不仅仅是一种文学现象，更是一种性别文化现象，值得性别诗学研究者思考。

倘若我们回眸 20 世纪的中国现代女性文学，便会发现呼应时代风云、为女性寻求自我发现和社会解放的作品占据了主导地位：从谢冰莹的《一个女兵的自传》到白薇的《打出幽灵塔》；从萧红的《生死场》到丁玲的《我在霞村的时候》；从陈学昭的《工作着是美丽的》到杨沫的《青春之歌》；等等，这些作品以激昂高蹈的革命热情和理想主义情怀承担着构建主流价值观的历史使命，让人感受到时代女性所具有的积极生存力量。再看当下的社会文化现实，中国的主流价值观仍然是"国家所提倡的价值观，它是有强烈的意识形态性的，是一种有价值导向的文化理念，它体现的还是国家与民族的意志，如党的十八大报告中所倡导的社会主义核心价值观就是主流价值观的集中体现。简言之，社会主义核心价值观从三个层面上体现为二十四个字：富强、民主、文明、和谐（国家层面），自由、平等、公正、法制（制度层面），爱国、敬业、诚信、友善（公民层面）"①。应该说，这种主流价值观的导向是为了求得国家意志与大众意愿的统一，非但不强调性别的区分，而且它所标举的民主、和谐、自由、平等、敬业、文明、公正等与当今女性主义的价值取向也相契合。正如杜维明所言："家庭即国家之缩影的形象，国家即家庭之放大的理想"②，家庭是国家的基本单位，国家的主流价值观是由家庭来传播的，因此，

---

① 蒋述卓：《流行文艺与主流价值观关系初议》，《文学评论》2013 年第 6 期，第131 页。

② 胡治洪：《全球语境中的儒家论说》，生活·读书·新知三联书店 2004 年版，第234 页。

以家庭的日常生活为基础的女性主义价值观与国家的主流价值观虽有差异却存在弥合的可能性："从女性主义的角度来看，没有任何女性主义不能接受的包袱是儒家不能放弃的……女性是不是可以成圣成贤，成为发展儒家理想的先知；家庭是不是应该是互惠的；男女是不是应当同工同酬；女性代表的价值，注重同情，注重联网，注重公义，注重礼让是不是应予突出？"① 在杜维明看来，一方面，男女平等是现代性进程的组织策略之一，中国人的日常生活已被纳入国家民族的现代化宏大目标；另一方面，中国文化有载道言志、匡时济世的传统，小说作为人类审美地把握世界的不可缺少的方式，理应以高度的文化自觉和文化自信，为培育和弘扬主流价值观做出独特贡献。值得反思的是，当下的女性小说却多跳不出个人情感的小圈子，普遍在私人生活的杯水风波里玩味流连，与主流价值观保持相当距离，甚至有偏离、脱节的个别现象。究其根源，固然与全球化语境下的自由竞争带来的女性选择人生的严峻挑战，女性的自我生成、自我实现充满了风险和不确定因素有着密切关系，但归根结底还是很多作家不自觉放弃了价值担当精神和理想主义情怀。

在现代性进程中，到处充斥着人被工具理性不断地异化和物化的悲剧性现象和事件，而人们生活在这种悲剧状况中而不自知，这既是一种普遍的精神危机，也是一种深沉的悲剧。伊格尔顿指出，悲剧作为现代性工具理性的批判形式能够实现审美启蒙和救赎，因为"悲剧是人类理想的共存和精神的寄托。它不像理性主义，将现实看成如科学的计算公式一样具有必然性，悲剧认为人类的生活是晦暗不明的，有不可估量的深度和内容，因而显得神秘而不可穿透。不过如果你把

---

① 杜维明：《儒家与自由主义——和杜维明教授的对话》，生活·读书·新知三联书店 2001 年版，第 63 页。

这种批判推进得过了头，你又会让自己陷入某种虚无主义的困境，完全站到了资产阶级现代性的背面。""如果要避免这种虚无主义并要与它的全部令人厌恶的偶然性和碎片化相对抗，那么你就必须坚持现实自身内含条理清晰的叙事秩序或者宇宙秩序。"① 面对日新月异的不确定的世界，伊格尔顿所说的"叙事秩序或者宇宙秩序"在某种意义上就相当于一种代表绝对真理、绝对正义、至善的道德信仰，也是维持社会稳定、和谐的主流价值观，对于悲剧主人公而言，这种道德信仰或者说价值观念比现实生活中的任何物质存在都重要，悲剧主人公就是以此对抗充满缺陷的世俗社会，获得现代悲剧精神。

近年来，女性小说的悲剧性症候反映了现代社会中主观文化与客观文化的不协调，人被工具理性不断地异化和物化，虽然存在想象和虚构，却从性别角度折射了生活本质的真实。转型期的中国女性如何走出精神困境和生存困境？这涉及方方面面的问题，但归根结底还是价值观的重塑。价值观的重塑必须有个生长的出发点，这个出发点就是主流价值观，也可以说是道德信仰，在此基础上，才能解决现代人格的建立和传统人格的整合问题。

价值系统所涉及的不仅是观念世界，更重要的是日常人生。如何用日常表现手法反思和批判现代性进程所导致的物欲私利的膨胀、工具理性的隘化、道德伦理的沦丧等异化现象？如何呈现女性的个人情感诉求背后折射的大人生、大境界，借此建构一种面向未来，关注两性新型审美关系的性别意识或道德信仰？如何拓宽文化视野，在继承传统优秀的价值观的同时又清醒地意识到必须超越传统，走出女性自我的狭小天地？这都是作家和性别诗学研究者亟待思考的问题。

---

① 肖琼：《伊格尔顿悲剧理论研究》，中国书籍出版社 2013 年版，第 98 页。

四

置身于中国现代化进程，如何处理性别身份认同的困惑以及两性之间的关系，成为建构和谐社会无法回避的问题。中国传统文化拥有深厚的"人文化成"精神，呈现出对人生终极理想和生命至高意义苦苦追寻的诗性品格。如孔子提出"尽善尽美"的美学观；孟子提出"充实之谓美，充实而有光辉之谓大"（《孟子·尽心下》）的崇高人格理想；一直到现代王国维的"境界说"、梁启超的"趣味说"，朱光潜的"情趣说"，以及蔡元培提出的"以美育代宗教说"的命题，都强调人生的理想之境与审美之境相通，审美活动是陶冶人格修养、圆成合理人生的必要途径。

性别诗学秉承上述审美思想传统，着眼于通过女性主义阅读和批评来揭示女性的视点、立场、审美观照方式和体验方式，认为对文本的阅读，一方面可看作现实社会中女性体验的自我表达，另一方面也可看作受压抑的女性通过语言中的性别建构来重新阐释自己，并在历史语境的意义解读活动中不断掺入现代人关切的问题。也就是说，性别诗学将人的存在及其意义作为研究重心，立足于文本的历史文化经验和语境，将文本推向研究的前台，注重文本背后涵盖的性别关系、权力关系和文化内涵。文本和历史是相互渗透的，通过文本，批评家与其时代之间完成了一种相互塑造：一方面，批评家超不出自己的时代，批评家对文本意义的把握从某种程度上说是一种意义的自我置入与把握；另一方面，批评家可以通过挖掘文本中女性遭受压抑的历史，彰显文化批判精神，形成塑造历史和时代精神的能量。

研究性别诗学和性别文化建设有着相辅相成的关系，当下性别诗学的建构应坚持理论的务实品格，立足于中国社会性别发展的客观情势，在关注人生、贴近审美实践中寻找新的学术生长点。本书在借鉴西方性别诗学的基础上，继承中国古典文学批评中的诗学传统，通过对叙事文本做性别向度的理论评析，从文化与审美领域深入认识现代社会中国女性性别意识的本质，对社会现代性进程所导致的物欲私利的膨胀、工具理性的盛行、道德伦理的沦丧等异化现象进行反思和批判，以立足于本土的历史文化经验和语境，直接感悟文学艺术的本体作为其逻辑起点；以关注女性体验和灵魂归属，以及两性关系的和谐生成作为其价值终点；强调性别诗学的品格并不是以咄咄逼人的颠覆姿态解构父权制传统文化，而是倡导在和而不同的传统文化价值观的基础上呼唤人文精神，呼唤两性对话，建立平等、公正、和谐、精神生态平衡的伦理价值。

如果说，20 世纪八九十年代是我们突破封闭式的过去，大量输入西方女性主义文论的时代；那么迈向 21 世纪，则是我们以西方女性主义理论为参照，探求和建立具有民族特色、适合中国国情的性别诗学的时代。虽然今天的中国妇女已逐步摆脱政治、经济方面的不平等地位，在法律上享有和男性平等受教育、参政、就业等权利，但并不意味着两性问题的彻底解决，传统性别观念的影响无论是对男人还是对女人都根深蒂固，女性要赢得真正自由和解放的道路还非常漫长。

在多元文化共生的背景下，中国的性别诗学何为？笔者相信，在历史文化语境与文学艺术本体的紧密相连处，性别诗学有可能在本土文化资源中探求到自己的原创品格，在 21 世纪的学术话语中承担起具有现实意义的课题，为建设和谐社会的性别文化，实现"中国梦"做出积极贡献。

主要参考文献

一 英文参考资料

1. Elaine Showalter, *A Literature of Their Own: British Women Novelists from Bronte to Lessing*, Princeton University Press, 1977.

2. Ester Boserrup, *Women's Role in Economic Development*, London: George Allen and Unwin, 1970.

3. Valerie Bryson, *Feminist Political Theory – An Introduction*, The Macmillan Press Ltd. , 1992.

4. Sarah Gamble ed. , *The Routledge Companion to Feminism and Postfeminism*, New York/London: Routledge, 2001.

5. Judith Plant, *Healing the Wounds: The Promise of Ecofeminism*, Philadelphia: New Society Publishers, 1989.

6. Jonathan Culler, *On Deconstruction: Theory and Criticism after Structuralism*, Cornell University Press, 1982.

7. J. Hillis Miller, *Fiction and Repetition*, Harvard University

Press, 1982.

8. Shlomith Rimmon – Kenan, *Narrative Fiction: Contemporary Poetics*, Methuen London and New York, 1983.

9. Jakob Lothe, *Narrative in Fiction and Film*, New York: Oxford University Press, 2000.

10. Leo Ou – fan Lee, *The Romantic Generation of Modern Chinese Writers*, Harvard University Press, 1973.

二　国内理论著作

1. 鲁迅:《中国小说史略》,东方出版社 1996 年版。

2. 李欧梵:《中国现代作家的浪漫一代》,新星出版社 2005 年版。

3. 夏志清:《中国古典小说》,江苏文艺出版社 2008 年版。

4. 夏志清:《中国现代小说史》,复旦大学出版社 2005 年版。

5. 齐浚:《持守与嬗变:明清社会思潮与人情小说研究》,齐鲁书社 2008 年版。

6. 李建国:《唐宋传奇品读辞典》(上下册),新世界出版社 2007 年版。

7. 朱一玄编:《红楼梦资料汇编》,南开大学出版社 2001 年版。

8. 梁归智:《红楼梦探佚琐话》,中华书局 2008 年版。

9. 费孝通:《文化与文化自觉》,群言出版社 2010 年版。

10. 杨义:《中国现代小说史》,人民文学出版社 1998 年版。

11. 杨义:《中国叙事学》,人民出版社 1997 年版。

12. 杨义:《感悟通论》,人民出版社 2008 年版。

13. 钱理群等:《中国现代文学三十年》,北京大学出版社 1998 年版。

14. 傅修延：《中国叙事学》，北京大学出版社 2015 年版。

15. 王一川：《中国现代卡里斯马典型》，云南人民出版社 1995 年版。

16. 王一川：《汉语形象美学引论》，广东人民出版社 1999 年版。

17. 王一川：《中国形象诗学》，上海三联书店 1998 年版。

18. 王一川：《中国现代性体验的发生》，北京师范大学出版社 2001 年版。

19. 王一川：《文学理论》，四川人民出版社 2003 年版。

20. 王一川：《修辞论美学》，中国人民大学出版社 2009 年版。

21. 王一川：《改革开放时代的电影文化修辞》，中国电影出版社 2015 年版。

22. 姚文放：《审美文化学导论》，社会科学文献出版社 2011 年版。

23. 赵毅衡编：《新批评文集》，百花文艺出版社 2001 年版。

24. 赖大仁：《当代文学批评的价值观》，社会科学文献出版社 2013 年版。

25. 蒋述卓、陶东风：《大众文化研究——从审美批评到价值观视野》，暨南大学出版社 2015 年版。

26. 王岳川：《当代西方最新文论教程》，复旦大学出版社 2008 年版。

27. 王岳川：《大学中庸讲演录》，广西师范大学出版社 2008 年版。

28. 王岳川：《后现代后殖民主义在中国》，首都师范大学出版社 2002 年版。

29. 王岳川：《中国镜像》，中央编译出版社 2001 年版。

30. 王岳川：《本体反思与文化批评》，辽宁人民出版社 2001
　　年版。

31. 王岳川：《后殖民主义与新历史主义文论》，山东教育出版社
　　1999 年版。

32. 赵毅衡：《当说者被说的时候——比较叙述学导论》，中国人
　　民大学出版社 1998 年版。

33. 赵宪章：《文学与形式》，南京大学出版社 2011 年版。

34. 赵炎秋：《明清近代叙事思想》，湖南师范大学出版社 2010
　　年版。

35. 赵炎秋：《文学形象新论》，湖南师范大学出版社 2000 年版。

36. 赵树勤：《找寻夏娃——中国当代女性文学透视》，湖南师范
　　大学出版社 2001 年版。

37. 赵勇：《法兰克福学派内外：知识分子与大众文化》，北京大
　　学出版社 2016 年版。

38. 高小康：《中国古代叙事观念与意识形态》，北京大学出版社
　　2005 年版。

39. 曹卫东：《交往理性与权力批判》，上海人民出版社 2016
　　年版。

40. 曹卫东：《交往理性与诗学话语》，天津社会科学院出版社
　　2001 年版。

41. 吴承学：《中国古典文学风格学》，北京大学出版社 2011
　　年版。

42. 高建平：《美学的当代转型》，河北大学出版社 2013 年版。

43. 陈晓明：《表意的焦虑：历史祛魅与当代文学变革》，中央编
　　译出版社 2002 年版。

44. 程金城：《原型批判与重释》（修订本），甘肃人民美术出版社2008年版。

45. 叶舒宪编选：《神话—原型批评》（增订版），陕西师范大学出版总社有限公司2011年版。

46. 方刚、罗蔚主编：《社会性别与生态研究》，中央编译出版社2009年版。

47. 柏棣主编：《西方女性主义文学理论》，广西师范大学出版社2007年版。

48. 苏红军、柏棣主编：《西方后学语境中的女权主义》，广西师范大学出版社2006年版。

49. 王宇：《性别表述与现代认同》，上海三联书店2006年版。

50. 杨莉馨：《异域性与本土化：女性主义诗学在中国的流变和影响》，北京大学出版社2005年版。

51. 林树明：《多维视野中的女性主义文学批评》，中国社会科学出版社2004年版。

52. 林树明：《迈向性别诗学》，中国社会科学出版社2011年版。

53. 孟悦、戴锦华：《浮出历史地表》，中国人民大学出版社2004年版。

54. 李有亮：《20世纪女性文学中男权批判意识的流变》，社会科学文献出版社2005年版。

55. 禹建湘：《徘徊在边缘的女性主义叙事》，九州出版社2004年版。

56. 王纯菲：《火凤冰栖——中国文学女性主义伦理批评》，辽宁人民出版社2006年版。

57. 乔以钢：《中国当代女性文学的文化探析》，北京大学出版社2006年版。

58. 林幸谦：《女性主体的祭奠：张爱玲女性主义批评》，广西师范大学出版社 2003 年版。

59. 西慧玲：《西方女性主义与中国女作家批评》，上海社会科学院出版社 2003 年版。

60. 罗婷：《女性主义文学与欧美文学研究》，东方出版社 2002 年版。

61. 罗婷：《女性主义文学批评在西方与中国》，中国社会科学出版社 2004 年版。

62. 刘慧英：《走出男权传统的樊篱》，生活·读书·新知三联书店 1996 年版。

63. 荒林：《日常生活价值重构——中国当代女性主义文学思潮研究》，北京大学出版社 2013 年版。

64. 温儒敏、赵祖谟：《中国现当代文学专题研究》（第二版），北京大学出版社 2013 年版。

65. 温儒敏：《新文学现实主义的流变》，北京大学出版社 2007 年版。

66. 胡治洪：《全球语境中的儒家论说》，生活·读书·新知三联书店 2004 年版。

67. 余英时：《现代儒学的回顾与展望》，生活·读书·新知三联书店 2004 年版。

68. 王光文：《中国古典文学的悲剧精神》，江苏教育出版社 2006 年版。

69. 邵迎建：《传奇文学与流言人生》，生活·读书·新知三联书店 1998 年版。

70. 蓝棣之：《现代文学经典：症候式分析》，清华大学出版社 1998 年版。

71. 肖同庆：《世纪末思潮与中国现代文学》，安徽教育出版社 2000 年版。

72. 严家炎：《五四的误读》，福建教育出版社 2000 年版。

73. 邵伯周：《中国现代文学思潮研究》，上海三联书店 2001 年版。

74. 黄子平：《"灰阑"中的叙述》，上海文艺出版社 2001 年版。

75. 安敏成：《现实主义的限制——革命时代的中国小说》，江苏人民出版社 2001 年版。

76. 严家炎：《严家炎论小说》，江西高校出版社 2002 年版。

77. 丁帆：《重回"五四"起跑线》，人民文学出版社 2004 年版。

78. 叶朗：《中国小说美学》，北京大学出版社 1982 年版。

79. 童庆炳：《文体与文体的创造》，云南人民出版社 1994 年版。

80. 童庆炳：《文学审美论的自觉》，北京师范大学出版社 2011 年版。

81. 罗钢：《叙事学导论》，云南人民出版社 1994 年版。

82. 陶东风：《文化研究：西方与中国》，北京师范大学出版社 2002 年版。

83. 陶东风：《文化研究与政治世界批评的重建》，中国社会科学出版社 2014 年版。

84. 陶水平：《现代性视域中的文艺美学》，江西高校出版社 2008 年版。

85. 董小英：《再登巴比伦塔——巴赫金与对话理论》，生活·读书·新知三联书店 1994 年版。

86. 王平：《中国古代小说叙事研究》，河北人民出版社 2001 年版。

87. 谭君强：《叙事理论与审美文化》，中国社会科学出版社 2002 年版。

88. 李建军：《小说修辞研究》，中国人民大学出版社 2003 年版。

89. 申丹：《叙述学与小说文体学研究》，北京大学出版社 2004 年版。

90. 程正民：《巴赫金的文化诗学》，北京师范大学出版社 2001 年版。

91. 李春青：《在文本与历史之间》，北京大学出版社 2005 年版。

92. 蒋原伦、潘凯雄：《历史描述与逻辑演绎》，云南人民出版社 1994 年版。

93. 张法：《中西美学与文化精神》，北京大学出版社 1994 年版。

94. 王德威：《想象中国的方法》，生活·读书·新知三联书店 1998 年版。

95. 李炽昌、游斌：《生命言说与社群认同》，中国社会科学出版社 2003 年版。

96. 刘小枫：《沉重的肉身》，华夏出版社 2004 年版。

97. 寇鹏程：《中国审美现代性研究》，上海三联书店 2009 年版。

98. 陈定家编：《审美现代性》，中国社会科学出版社 2011 年版。

99. 姚建彬：《走向马克思主义阐释学》，北京大学出版社 2013 年版。

三　相关汉译著作

1. ［美］凯特·米利特：《性政治》，宋文伟译，江苏人民出版社 2000 年版。

2. ［法］西蒙娜·德·波伏瓦：《第二性》，陶铁柱译，中国书籍出版社 1998 年版。

3. ［英］弗吉尼亚·伍尔夫:《论小说与小说家》,瞿世镜译,
上海译文出版社 2000 年版。

4. ［美］弗里丹:《女性的奥秘》,程锡麟等译,广东经济出版
社 2005 年版。

5. ［日］西川直子:《克里斯托娃——多元逻辑》,王青、陈虎
译,河北教育出版社 2002 年版。

6. ［英］玛丽亚姆·弗雷泽:《波伏娃与双性气质》,崔树义译,
中华书局 2004 年版。

7. ［英］伊丽莎白·赖特:《拉康与后女性主义》,王文华译,
北京大学出版社 2005 年版。

8. ［美］贝尔·胡克斯:《女权主义理论:从边缘到中心》,晓
征、平林译,江苏人民出版社 2005 年版。

9. ［美］罗斯玛丽·帕特南·童:《女性主义思潮导论》,艾晓
明等译,华中师范大学出版社 2002 年版。

10. ［德］E. M. 温德尔:《女性主义神学景观》,刁承俊译,生
活·读书·新知三联书店 1995 年版。

11. ［澳大利亚］普鲁姆德:《女性主义与对自然的主宰》,马天
杰、李丽丽译,重庆出版社 2007 年版。

12. ［加拿大］巴巴拉·阿内尔:《政治学与女性主义》,郭夏娟
译,东方出版社 2005 年版。

13. ［古希腊］亚里士多德:《修辞学》,罗念生译,生活·读
书·新知三联书店 1991 年版。

14. ［美］W. C. 布斯:《小说修辞学》,华明等译,北京大学出
版社 1987 年版。

15. ［以色列］里蒙·凯南：《叙事虚构作品》，姚锦清等译，生活·读书·新知三联书店1989年版。

16. 张寅德编选：《叙述学研究》，中国社会科学出版社1989年版。

17. ［法］热拉尔·热奈特：《叙事话语　新叙事话语》，王文融译，中国社会科学出版社1990年版。

18. ［美］浦安迪：《中国叙事学》，北京大学出版社1996年版。

19. ［苏］巴赫金：《诗学与访谈》，白春仁译，河北教育出版社1998年版。

20. ［苏］巴赫金：《小说理论》，白春仁译，河北教育出版社1998年版。

21. ［美］肯尼斯·博克：《当代西方修辞学：演讲与话语批评》，常昌富、顾宝桐译，中国社会科学出版社1998年版。

22. ［法］罗兰·巴特：《S/Z》，屠友祥等译，上海人民出版社2001年版。

23. ［荷兰］米克·巴尔：《叙述学》，谭君强译，中国社会科学出版社2003年版。

24. ［美］希利斯·米勒：《重申解构主义》，郭英剑译，中国社会科学出版社1998年版。

25. ［美］希利斯·米勒：《解读叙事》，申丹译，北京大学出版社2002年版。

26. ［美］苏珊·S. 兰瑟：《虚构的权威》，黄必康译，北京大学出版社2002年版。

27. ［美］詹姆斯·费伦：《作为修辞的叙事》，陈永国译，北京大学出版社2002年版。

28. ［捷］米兰·昆德拉：《被背叛的遗嘱》，余中先译，上海译文出版社 2003 年版。

29. ［捷］米兰·昆德拉：《小说的艺术》，董强译，上海译文出版社 2004 年版。

30. ［法］蒂费纳·萨莫瓦约：《互文性研究》，邵炜译，天津人民出版社 2003 年版。

31. ［法］贝尔纳·瓦莱特：《小说》，陈艳译，天津人民出版社 2003 年版。

32. ［美］弗雷德里克·詹姆逊：《批评理论和叙事阐释》，中国人民大学出版社 2004 年版。

33. ［美］华莱士·马丁：《当代叙事学》，伍晓明译，北京大学出版社 2005 年版。

34. ［苏］伊·谢·科恩：《自我论》，佟景韩等译，生活·读书·新知三联书店 1984 年版。

35. ［美］弗雷德里克·詹姆逊：《晚期资本主义的文化逻辑》，陈清侨等译，生活·读书·新知三联书店 1997 年版。

36. ［美］弗雷德里克·詹姆逊：《语言的牢笼——马克思主义与形式》，钱佼汝、李自修译，百花洲文艺出版社 1997 年版。

37. ［美］弗雷德里克·詹姆逊：《政治无意识》，王逢振译，中国社会科学出版社 1999 年版。

38. ［美］保罗·德曼：《解构之图》，李自修译，中国社会科学出版社 1998 年版。

39. ［美］埃里克·H. 埃里克森：《同一性：青少年与危机》，浙江教育出版社 1998 年版。

40. ［英］安东尼·吉登斯：《现代性与自我认同》，生活·读书·新知三联书店 1998 年版。

41. 〔英〕安东尼·吉登斯：《现代性的后果》，译林出版社 2000
年版。

42. 〔法〕伊夫·瓦岱：《文学与现代性》，田庆生译，北京大学
出版社 2001 年版。

43. 〔德〕齐美尔：《金钱、性别、现代生活风格》，顾仁明译，
学林出版社 2000 年版。

44. 〔美〕赫伯特·马尔库塞：《爱欲与文明》，黄勇、薛民译，
上海译文出版社 1987 年版。

45. 〔法〕朱丽娅·克里斯蒂娃：《中国妇女》，赵靓译，同济大
学出版社 2010 年版。

46. 〔英〕雷蒙·威廉斯：《现代悲剧》，丁尔苏译，译林出版社
2007 年版。

47. 〔德〕瓦尔特·本雅明：《德国悲剧的起源》，陈永国译，文
化艺术出版社 2001 年版。

48. 〔法〕吕西安·戈德曼：《隐蔽的上帝》，蔡鸿滨译，百花文
艺出版社 1998 年版。

49. 〔德〕格奥尔格·席美尔：《货币哲学》，朱桂琴译，光明日
报出版社 2009 年版。

50. 〔美〕朱迪斯·巴特勒：《性别麻烦：女性主义与身份的颠
覆》，宋素凤译，上海三联书店 2009 年版。

51. 〔美〕桑德拉·吉尔伯特、苏珊·古芭：《阁楼上的疯女人：
女性作家与 19 世纪文学想象》，杨莉馨译，上海人民出版社
2015 年版。

跋　在执着中绽放

这本十年磨一剑的书终于可以付梓出版了，我百感交集，五味杂陈，首先涌上心头的竟是一个关于"性命"的形而上问题。

性者，天赋之性情也；命者，命定之因缘也。我常想，一个人来到世上走一遭，终究是有其与生俱来的心性和天命的，幸运的人，并非那些用世俗的价值尺度衡量的所谓洪福齐天的人，而是能够依从本心、尽才尽性的人：远有司马迁承受腐刑谱写"史家之绝唱，无韵之离骚"的《史记》；曹雪芹遭遇家族的变故与创伤，呕心沥血、发愤创作《红楼梦》。近有邓稼先抛妻别子来到荒凉的戈壁滩进行核试验，以28年的默默无闻换来中国原子弹、氢弹的一声声震撼全球的巨响；女神郎平从20世纪末作为国家队的主攻手荣获"五连冠"到21世纪开启人生的第二次启航，作为教练带领中国女排重返世界之巅……这些人有着超凡的天赋和才华，且能达于尽才尽性、天人兼尽之境，纵使其平生遭际坎坷，也未尝不是极大的幸运。

我虽无上述人中翘楚的天赋和才华，却以"驽马十驾，功在不舍"自勉，发愿此生要读万卷书，行万里路，写五本好书。扪心自问，这本学术专著《性别视角中的女性形象与文化语境》算不算"宏愿"中的一本好书呢？写作的过程的确是如切如磋、如琢如磨，虽不知心中理想的蓝图何日可成，只是希望用心雕琢的每一段话、每一篇文章能有新的领悟和发现。虽谈不上"字字看来皆是血"，但也的确是"十年辛苦不寻常！"书中的章节已经形成 18 篇论文在核心期刊上发表，也算是集腋成裘，水到渠成。

《性别视角中的女性形象与文化语境》强调性别视角和女性体验，综合多学科理论资源来分析中国各个时代的小说创作中性别话语想象和社会文化建构的关系，涉猎的作品时间跨度比较大，上至唐传奇《莺莺传》，下至当代 70 后写手创作的《芈月传》。当初写的时候不想集中于古代或现当代的某个时间段，是参照了钱穆先生告诫后学的方法，即"须知做学问应先有一广大基础，须从多方面涉猎，务使自己能心智开广"。我也认为，若在做学问的开始，就将自己局限于一两部书，就只能单线前进，而单线前进的学术路线太窄太枯燥，为我所不情愿。

其实，倘若只是为了应景而出本著作，于我倒有不少机会，但这些表面上的机会都被我婉言谢绝了。我以为，每个人的时间和精力都是有限的，有所不为方能有所为，因此，没有必要为出书而写书，而要选择契合自己心性、修为的学术道路坚持下去，方能发现并挥洒自己的智慧与天赋，从而达到其可能之顶点。但这种不屑于迎合他人的执着究竟是坚忍不拔的理想追求，还是不合时宜的倔强到底？我自己无法判断，只能说学术的道路没有捷径，求仁得仁，又有何怨？

此书曾经有过得到资助出版的机会，却由于客观的原因被搁浅了，今天获得资助出版，让我更加明白安天乐命之道，也得以放下一个执念，准备攀登新的学术高峰了。在此，我感恩领我上路的三位恩师——赵炎秋老师、王一川老师和王岳川老师，我也感谢在我的成长道路上鼎力支持、帮助过我的朋友和亲人，感谢中南大学的"双一流"建设，还有刘泽民院长，没有他们鼓励普通教师做自己感兴趣的研究，努力攀登学术高峰，此书还需要等待面世的机会。最后，衷心感谢中国社会科学出版社的郭晓鸿主任，感谢她尽心尽力，兰心蕙质，为我的新书穿上了美丽的"衣裳"。

"为之不已，将有可时，若其不为，则天下事固无一可也。"梁启超评价曾国藩如是说，此话也恰恰是我攀登学术高峰的深切体会。我还想，人各有其天命，天命莫违，听从心灵深处的声音的引导，"无望其速成，无诱于势利"，坚忍不拔地完成自己的天命，此生就应该不会有遗憾。

是为跋。

魏　颖

2016 年 10 月

于阳光 100 后海静辉斋